VI KEELAND / PENELOPE WARD

Sweet Player

Die Romane von Vi Keeland und Penelope Ward bei LYX:

Sweet Player
Park Avenue Player
British Player
Hate Notes
The Story of a Love Song
Sleepless in Manhattan
Can't Stop the Feeling
Perfect Player *(erscheint 24.02.2023)*

Die One-More-Reihe:
One More Chance
One More Promise
One More Kiss
One More Time

Das Rush-Duett:
Rebel Soul
Rebel Heart

Christmas Deal *(exklusiv als E-Book)*
Merry Kissmas *(exklusiv als E-Book)*

Außerdem von Vi Keeland:
Touchdown – Er will doch nur spielen

Außerdem von Penelope Ward (exklusiv als E-Book):
Off Limits – Wenn ich von dir träume
Hate You, Love You
Our Second Chance
Anti-Boyfriend
Hot Crush – Mit dir gibt es keine Regeln

VI KEELAND / PENELOPE WARD

SWEET PLAYER

Roman

Ins Deutsche übertragen von Antje Görnig

LYX

LYX in der Bastei Lübbe AG
Dieser Titel ist auch als E-Book und als Hörbuch erschienen.

Die Bastei Lübbe AG verfolgt eine nachhaltige Buchproduktion. Wir verwenden Papiere aus nachhaltiger Forstwirtschaft und verzichten darauf, Bücher einzeln in Folie zu verpacken. Wir stellen unsere Bücher in Deutschland und Europa (EU) her und arbeiten mit den Druckereien kontinuierlich an einer positiven Ökobilanz.

Textredaktion: Christiane Wirtz
Umschlaggestaltung: © Guter Punkt, München | www.guter-punkt.de
unter Verwendung von Motiven von
© iStock (Aleksandr Zotov) und
© iStock/Getty Images Plus (SanneBerg/JaySi/KazanovskyAndrey)
Satz: Greiner & Reichel, Köln
Gesetzt aus der Adobe Caslon
Druck und Verarbeitung: GGP Media GmbH, Pößneck

Printed in Germany
ISBN 978-3-7363-1768-0

1 3 5 7 6 4 2

Sie finden uns im Internet unter lyx-verlag.de
Bitte beachten Sie auch: luebbe.de und lesejury.de

1. KAPITEL

Molly

»Was machst du beruflich?«

Die Frau trommelte mit den Fingern auf ihre Oberschenkel. »Ich bin Musikerin.«

Ich warf einen Blick auf ihre Bewerbung. »Lyric Chords« lautete ihr Name.

Ich biss mir auf die Zunge und bemühte mich, unvoreingenommen zu bleiben. Ich suchte eine Mitbewohnerin, und sie war die zwölfte Frau, mit der ich sprach. Nur weil sie eine Handvoll Sicherheitsnadeln in der Augenbraue hatte und eine Art Hundehalsband trug, musste ich sie nicht sofort aussortieren.

»Oh, schön. Bist du Sängerin?«

Lyric schüttelte den Kopf. »Drummerin. Wie groß ist das Zimmer eigentlich? Ich muss zwei komplette Schlagzeuge darin unterbringen.«

»Äh … ich denke, es ist vier Meter fünfzig mal vier Meter fünfzig groß. Aber du übst doch nicht zu Hause, oder? Ich habe in meiner Anzeige geschrieben, dass ich eine ruhige Mitbewohnerin suche, weil ich nachts arbeite.«

»Doch, schon. Aber keine Sorge, ich spiele in meinem Zimmer.«

Damit war mein Gespräch mit Nummer zwölf beendet, denn mein Zimmer und das meiner zukünftigen Mitbewohnerin lagen nebeneinander. Ich seufzte und rang mir ein Lächeln ab. »Danke, dass du gekommen bist. Ich werde noch ein paar andere Leute sehen, bevor ich mich entscheide. Ich melde mich bei dir.«

»Super.« Die Frau stand auf. »Ach, eins noch. In der Anzeige stand, du hättest gern zwei Monatsmieten im Voraus, aber ich bin gerade ein bisschen knapp bei Kasse. Wäre auch eine okay?«

Ich lächelte. »Klar, kein Problem.« *Weil du nicht hier wohnen wirst.*

Nach dem Termin mit der Schlagzeugerin sprach ich mit zwei weiteren Kandidatinnen. Eine wollte zusammen mit ihrem Freund einziehen, obwohl ich in meiner Anzeige geschrieben hatte, dass ich nur eine Person suchte. Und die andere kam zwanzig Minuten zu spät, roch nach Alkohol und lallte … um halb vier am Nachmittag.

Warum um alles in der Welt war es so schwer, in einer Stadt mit fast drei Millionen Menschen eine Mitbewohnerin zu finden? Für das letzte Gespräch des Tages hoffte ich auf ein Wunder, weil ich sonst gezwungen war, in eine neue Anzeige zu investieren und noch mal von vorn anzufangen. Und dafür hatte ich weder Zeit noch Geld. Die Miete war in zwei Wochen fällig, und wenn ich sie wieder allein aufbringen musste, blieb mir nichts anderes übrig, als einen Monat lang Katzenfutter zu essen.

Als meine letzte Verabredung pünktlich anklopfte, atmete ich tief durch, schaute an die Decke und bat den Himmel um Hilfe.

Ich öffnete die Tür und blinzelte überrascht.

Äh, ich glaube, du hast das falsche Gebet erhört, Gott.

Ein Mann stand im Flur – aber nicht irgendeiner, sondern ein absolut hinreißender Mann mit einer perfekten geraden

Nase, schönen Wangenknochen, einem markanten Kinn, vollen Lippen, gebräunter Haut und den hübschesten schokoladenbraunen, mandelförmigen Augen, die ich je gesehen hatte.

»Kann ich helfen?«

Er schenkte mir ein Wahnsinnslächeln, mit dem er wahrscheinlich schon Dutzende Frauen rumgekriegt hatte.

»Hallo! Ich bin um halb fünf mit Molly Corrigan verabredet.«

»Wirklich?« Ich hatte die letzte Bewerbung in der Hand und schaute auf den Namen. »Ich glaube nicht. Der Name lautet D. Tate.«

Er streckte die Hand aus. »Das bin ich. Declan Tate.«

»Aber … du bist keine Frau.«

Er lächelte wieder. »Korrekt. Sehr gut beobachtet. Ich bin keine Frau. Aber meine letzte Mitbewohnerin meinte, ich könnte gut eine sein, weil ich Nachtcreme benutze und am Ende von *Marley & Ich* geheult habe. Und ehrlich gesagt hatte ich auch am Ende von *Toy Story* feuchte Augen, deshalb bin ich womöglich ein Weichei. Aber vielleicht könntest du das auch eher als meine positiven weiblichen Eigenschaften betrachten.«

Ich war völlig durcheinander. »Äh … es tut mir leid. Dir ist offenbar entgangen, dass ich in meiner Anzeige geschrieben habe, dass ich eine Mitbewohnerin suche.«

»Nein, ist mir nicht entgangen. Und wenn du mir fünf Minuten gibst, werde ich dich davon überzeugen, dass ich ein besserer Mitbewohner bin als jede Frau.«

Ich schmunzelte. »Damit ich dich recht verstehe: Du hast deinen Vornamen in deiner Nachricht absichtlich nicht ausgeschrieben … Wie war der noch gleich?«

»Declan.«

»Meinetwegen, Declan. Du hast dich also auf eine Anzeige beworben, in der eine Mitbewohner*in* gesucht wird, und die

Inserentin vorsätzlich getäuscht, indem du deinen Vornamen weggelassen hast. Und deine Strategie ist nun, mich in weniger als fünf Minuten davon zu überzeugen, dass ich nicht weiß, was ich will? Habe ich recht?«

Er ließ seinen jungenhaften Charme erneut spielen. »Absolut.«

Ich überlegte, wie ich mit der Situation umgehen sollte. Einerseits vergeudete ich mit ihm nur meine Zeit, wie ich es schon den ganzen Tag lang getan hatte, aber andererseits hatte er meine Neugier geweckt. Etwas an seinem Grinsen sagte mir, dass das hier amüsant werden könnte. *Scheiß drauf*, dachte ich. Ich hatte ohnehin nichts Besseres zu tun.

Ich trat zur Seite und winkte ihn herein. »Ich werde den Timer meines Handys stellen, und bevor du anfängst, hole ich mir ein Glas Wein. Wenn ich mich unterhalten lasse, trinke ich gern einen Schluck.«

Declan grinste und schlenderte in meine Wohnung.

Ich zeigte auf die Couch. »Setz dich. Ich bin gleich wieder da.«

Als ich in die Küche ging, rief er mir nach: »Hey, Mollz?«

Ich drehte mich um. »Ja?«

»Würdest du mir auch ein Glas Wein mitbringen?«

»Natürlich«, sagte ich schmunzelnd. »Warum nicht, *Decs*.«

Ich schenkte zwei Gläser Pinot Grigio ein und ging wieder ins Wohnzimmer.

»Bitte sehr. Ich hoffe, du magst Weißwein.«

»Siehst du? Wir passen perfekt zueinander. Ich mag weißen lieber als roten.«

Ich führte mein Glas an den Mund. »Ja, perfekt. Wie füreinander geschaffen. Am Ende sind wir noch Seelenverwandte.«

Declan ließ abermals seine blendend weißen Zähne aufblitzen. Er hatte wirklich ein umwerfendes Lächeln und sehr schöne Zähne. Schade, dass er auch einen Penis hatte. Ich trank mein Glas halb aus und stellte es auf dem Tisch ab. Dann stellte ich den Timer meines Telefons auf fünf Minuten.

Ich zeigte ihm das Display. »Bereit?«

»Ich bin immer bereit.«

Ich drückte auf Start, legte das Handy zwischen uns und faltete die Hände. »Dann los!«

»Okay. Also … was ist deine Lieblingsfarbe?«

»Meine Lieblingsfarbe?«

Declan zeigte auf den Timer. »Die Zeit läuft, Molly. Bitte wiederhol meine Fragen nicht!«

Ich lachte. »Gut, meine Lieblingsfarbe ist rosa.«

Declan griff in die Hosentasche und zog einen Schlüsselbund heraus. An dem Ring befanden sich zwischen den Schlüsseln rosafarbene Perlen mit weißen Buchstaben, die seinen Namen ergaben. »Meine auch!«

Ich zog eine Augenbraue hoch. »Hast du den selbst gemacht?«

»Nein, meine Nichte Arianna hat ihn für mich gebastelt.«

»Dann könnte es auch Ariannas Lieblingsfarbe sein, oder?«

»Da ist etwas dran. Machen wir weiter. In der Anzeige stand, du arbeitest nachts.«

»Genau, ich arbeite im Krankenhaus. Ich bin Nachtschwester auf der Entbindungsstation.«

»Dann schläfst du tagsüber?«

»Ich habe um sieben Uhr Dienstschluss und versuche, mich schlafen zu legen, sobald ich nach Hause komme.«

Er tippte sich auf die Brust. »Ich wiederum arbeite tagsüber. Ich gehe gegen sechs ins Fitnessstudio und komme in der Regel erst nach neunzehn Uhr nach Hause. Du hättest also deine Ruhe.«

Ich nickte. »Okay. In dieser Hinsicht wärst du tatsächlich ein guter Mitbewohner. Aber die meisten Leute arbeiten tagsüber, das ist eigentlich nichts Besonderes.«

»Kochst du?«, fragte er.

»Zählen Käsemakkaroni?«

»Ich bin in einem italienischen Mehrgenerationenhaushalt aufgewachsen. Meine Nonna hat mir beigebracht, wie man Soßen selber macht.«

»Du würdest für mich kochen?«

»Wenn ich dadurch das Zimmer bekomme, ja.«

»Das ist zwar verlockend, aber gleich um die Ecke gibt es ein italienisches Restaurant mit ausgezeichnetem Essen. Witzigerweise heißt es *Nonna's*, und da bereitet eine *echte* italienische Großmutter die meisten Gerichte zu und kein Möchtegernkoch.«

Declan blies theatralisch die Wangen auf und schaute auf mein Handy. »Drei Minuten und achtunddreißig Sekunden. Du machst es mir wirklich nicht leicht. Wie wäre es, wenn du mir sagst, warum du keinen Mann in der Wohnung haben willst, dann kann ich direkt darauf eingehen. Ist es wegen der Sache mit der Klobrille? Dazu kann ich nur sagen, dass ich vier ältere Schwestern habe und gut erzogen bin. Mit acht Jahren habe ich einmal den Fehler gemacht, die Brille oben zu lassen, und meine Schwester hat sich auf den Rand gesetzt, den ich versehentlich bekleckert hatte. Sie hat mich am Schlafittchen gepackt und meinen Kopf *vor* dem Abziehen in die Schüssel getaucht. Es war das letzte Mal, dass ich die Brille nicht wieder runtergeklappt habe.« Er hielt drei Finger hoch. »Großes Pfadfinderehrenwort. Das wird garantiert kein Problem sein.«

Ich lächelte. »Es geht nicht um die Klobrille.«

»Okay? Und was ist dann der Grund?«

Ich hatte nicht groß darüber nachgedacht, warum ich eine Mitbewohnerin haben wollte. Es erschien mir einfach normal, die Wohnung mit einer Frau zu teilen. »Nun ... es gibt keinen bestimmten Grund. Ich würde mich nur mit einer Frau wohler fühlen. Zum Beispiel schlafe ich in T-Shirt und Slip. Und wenn ich morgens in die Küche gehe, um Kaffee zu machen, ziehe ich mir nicht extra etwas an. Es würde mir merkwürdig vorkommen, so vor einem Mann herumzulaufen.«

»Warum?«

»Warum es mir merkwürdig vorkommen würde, nur halb angezogen vor einem Mann herumzulaufen, und bei einer Frau nicht?«

»Ja.«

Ich zuckte mit den Schultern. »Keine Ahnung. Ist einfach so. Wahrscheinlich, weil die Frauen, mit denen ich bisher zusammengewohnt habe, nicht auf Frauen standen. Es hatte nichts Sexuelles.«

»Ah, da liegt der Hund begraben. Du befürchtest, zwischen uns könnten sexuelle Spannungen entstehen? Liegt es an meinem guten Aussehen?«

»Was? *Nein!* Und es ist ziemlich arrogant von dir zu glauben, ich würde dich für attraktiv halten und hätte Angst, mich nicht beherrschen zu können.«

»Ich bin nur dafür, die Dinge beim Namen zu nennen, Molly. Du hast mir nur fünf Minuten gegeben, und ich versuche, deine wahren Gründe herauszufinden.«

»Ich glaube, ich möchte nicht das Gefühl haben, mich bedecken zu müssen, wenn ich mein Zimmer verlasse. Wenn ich mir die Haare trockne, laufe ich zum Beispiel im Handtuch oder in Unterwäsche rum – solche Sachen.«

»Hättest du auch das Gefühl, dich bedecken zu müssen, wenn ich schwul wäre?«

Diese Frage gab mir zu denken. Ich war mir nicht sicher. »Bist du es denn?«

»Nein, verdammt. Ich will doch bloß dein Problem verstehen. Geht es darum, dass ich ein Mann bin, oder darum, dass ich deinen Hintern bewundern könnte, wenn er zufällig zu sehen ist? Mir scheint Letzteres der Fall zu sein. Aber da kann ich dich beruhigen: Ich werde es nicht tun.«

Ich war komischerweise beleidigt. »Was stimmt nicht mit meinem Hintern?«

Er grinste. »Woher soll ich das wissen? Ich habe nicht geguckt. Und weißt du, warum?«

»Warum?«

»Weil ich in eine andere verliebt bin.«

Es war komplett verrückt, aber ich verspürte einen Anflug von Eifersucht. »Oh. Und warum ziehst du nicht mit ihr zusammen?«

»Weil sie meine Gefühle nicht erwidert ... noch nicht. Wenn deine einzige Sorge in Bezug auf einen Mann als Mitbewohner die ist, dass er dich abchecken könnte, hast du von mir nichts zu befürchten. Ich bin monogam. Wenn du willst, gebe ich dir die Nummern von einigen meiner Verflossenen, damit du dich selbst davon überzeugen kannst. Ich gehe nicht fremd.«

Hmmm. »Ich weiß nicht ...«

Declan warf einen Blick auf den Timer. Noch einunddreißig Sekunden. »Die Zeit läuft ab, wir müssen uns beeilen. Soll ich dir einfach die Fakten nennen, die für dich interessant sind?«

»Gute Idee.«

»Ich bin achtundzwanzig Jahre alt. Ich habe ein sechsstelliges Jahresgehalt. Mein Bonitätsscore ist achthundertzehn, und ich habe Empfehlungsschreiben von mehreren Vermietern. Ich bin ordentlich und sauber. Ich bin nicht viel zu Hause, aber wenn, dann bin ich ziemlich leise. Und ich kann verdammt gut mit einem Hammer umgehen.« Er sah sich um und zeigte auf ein Loch, das ich in die Wand gemacht hatte, als ich einmal die Schranktür zu schwungvoll aufgerissen hatte. »Ich kann das zuspachteln und einen Türstopper montieren, damit es nicht noch mal passiert.« Er zeigte in Richtung Küche. »Und die Wandschränke sind ziemlich hoch. Ich bin eins neunzig groß. Du müsstest nie wieder auf einen Stuhl steigen, um etwas aus dem oberen Regal zu nehmen. Und …«

Der Timer piepte.

»Darf ich noch etwas hinzufügen?«

»Aber sicher doch.«

»Ich würde dir meine Passwörter für Hulu und Netflix verraten.«

Ich lachte. »Das sind ziemlich überzeugende Argumente.«

»Dann bekomme ich das Zimmer?«, fragte er lächelnd.

Ich seufzte. »Mir gefällt zwar deine Hartnäckigkeit, aber daraus wird leider nichts. Obwohl ich heute mit vierzehn anderen Leuten gesprochen habe und sagen muss, dass du wahrscheinlich für jemand anderen ein fantastischer Mitbewohner wärst.«

Declan runzelte die Stirn, nickte aber. »Es war einen Versuch wert. Das hier ist ein großartiges Haus, und ich arbeite gleich in der Nähe. Es ist schwer, eine Wohnung zu finden, bei der man sich nicht länger als sechs Monate verpflichten muss.«

»Dann läuft mein Vertrag aus, und ich habe mich noch nicht entschieden, ob ich ihn verlängere.«

»Siehst du? Ein weiterer Grund, warum ich perfekt wäre. Ich bin nur noch ein halbes Jahr in der Stadt.«

»Es tut mir wirklich leid. Ein klarer Fall von ›Es liegt an mir und nicht an dir‹.«

Er nahm sein Glas und trank es aus, bevor er aufstand und mir die Hand schüttelte. »Danke für deine Zeit. Und für den Pinot.«

»Hat mich gefreut, dich kennenzulernen, Declan.«

Als ich ihn hinausbegleitet hatte, schloss ich die Tür und lehnte mich mit dem Rücken dagegen. Schade. Er schien wirklich ein netter Kerl zu sein und war *mit Abstand* der beste Kandidat von allen.

Ich wollte mir gerade noch ein Glas Wein genehmigen, als es an der Tür klopfte. Ich schaute durch den Spion und sah Declan.

»Ich habe etwas Wichtiges vergessen«, sagte er.

»Oh? Was denn?«

Er zückte seine Brieftasche und nahm ein Foto von einer Nonne heraus. »Das ist meine Schwester Catherine, und sie hat *kein* Halloween-Kostüm an. Sie ist eine echte Nonne. Wie schlecht kann jemand sein, dessen Schwester eine Nonne ist?«

Ich lachte. »Ist sie die Schwester, die dich mit der Nase voran in die Toilettenschüssel getaucht hat?«

Er grinste. »Genau die.«

»Also, ich weiß nicht, ob die Entscheidung deiner Schwester, ihr Leben der Kirche zu widmen, zwangsläufig bedeutet, dass *du* ein guter Mensch bist. Aber auch wenn ich dir glauben würde, würde sich nichts an meiner Entscheidung ändern.«

Declan ließ die Schultern hängen. »Ich musste es versuchen. Sie sagt mir immer, dass ich nicht allein deshalb in den Himmel komme, weil sie Nonne ist. Aber ich dachte, für irgendetwas muss es doch gut sein.«

»Auf Wiedersehen, Declan!«

»Bis dann, Mollz.«

»Wie läuft's? Hast du schon eine Mitbewohnerin gefunden?« Emma schenkte sich einen Becher Kaffee ein und setzte sich an den kleinen Tisch in unserem Pausenraum.

Ich stöhnte. »Warum ist es heutzutage so schwer, einen normalen Menschen zu finden? Ich habe mit mehr als einem Dutzend Leuten gesprochen, und es war nicht eine einzige geeignete Kandidatin dabei.«

»Hast du inzwischen eine Anzeige auf dem digitalen Infoboard für die Mitarbeiter gepostet, wie ich vorgeschlagen habe?«

Ich schüttelte den Kopf. »Ich will keine Kollegin. Wenn es nicht funktioniert, könnte es schwierig auf der Arbeit werden.«

»Vielleicht bewirbt sich ja Dr. Dandy.« Sie wackelte mit den Augenbrauen. »Wie ich hörte, schläft er zurzeit bei Dr. Cohen auf der Couch, bis er etwas findet.«

Ich wurde hellhörig. »Echt? Will und seine Wie-hieß-sie-noch-gleich haben sich getrennt?«

»Ja. Lisa von der Röntgenabteilung hat mir gesagt, dass Dr. Cohen ihr gesagt hat, dass er bei ihm wohnt. Allem Anschein nach ist es zwischen ihm und dieser Möchtegernschauspielerin vorbei.«

»Wow.«

Emma lächelte. »Ja, genau. Und ich warne dich, meine Liebe … Ich gewähre ihm eine Schonfrist, damit er das Ende seiner einjährigen Beziehung betrauern kann, aber dann werde ich dir im Nacken sitzen, damit du dem Mann endlich signalisierst, dass du an ihm interessiert bist. Er wird nicht lange auf dem Markt sein, und letztes Mal, als er Single war, hast du die Gelegenheit verpasst. Das kann ja nicht ewig so weitergehen.«

Sie hatte natürlich recht. Doch obwohl ich mich freute, weil Will wieder auf dem Markt war, wurde mir speiübel bei dem Gedanken, ihm meine Gefühle zu gestehen. Will Daniels – oder Dr. Dandy, wie Emma ihn wegen seines Nachnamens und seiner verblüffenden Ähnlichkeit mit dem Model David

Gandy nannte – und ich waren seit vier Jahren gute Freunde. Wir hatten am selben Tag im Krankenhaus angefangen und zusammen an der Einweisung teilgenommen. Damals hatte ich einen Freund gehabt, und er war mit einer Medizinstudentin liiert gewesen, und obwohl ich ihn von Anfang an sehr attraktiv gefunden hatte, waren erst vor zwei Jahren Gefühle bei mir aufgekeimt. Doch seitdem war er die meiste Zeit vergeben gewesen. Emma hatte recht, der Mann blieb anscheinend nie lange Single.

»Freitagabend kommt er zur Happy Hour ins *McBride's*«, sagte ich. »Ein paar Kollegen von der Intensivstation haben sich auch angekündigt. Ich bin gespannt, ob er etwas von der Trennung erzählt.«

»Weiß er, dass du ein Zimmer zu vergeben hast?«

»Ich glaube nicht.«

»Nun, er braucht einen Platz zum Schlafen, und du brauchst einen Mitbewohner.« Emma zuckte mit den Schultern. »Timing ist alles! Vielleicht ist es Schicksal, und er zieht ein und erfüllt gleich zwei deiner Bedürfnisse.«

»Jetzt geht echt deine Fantasie mit dir durch! Am besten checken wir erst mal, ob es mit ihm und dieser Dingsbums wirklich vorbei ist. Sie haben sich schon öfter getrennt, und er ist jedes Mal zu ihr zurückgekehrt.«

»Okay, aber ich habe ein gutes Gefühl, was euch zwei angeht.«

»Mir wäre lieber, du hättest ein gutes Gefühl, was meine Suche nach einer Mitbewohnerin angeht. Ich habe gerade für eine zweite verdammte Anzeige bezahlt.«

Emma schüttelte den Kopf. »Kaum zu glauben, dass du nicht *eine* vernünftige Kandidatin gefunden hast.«

Mit dem Gedanken an mein letztes Gespräch sagte ich: »Da war jemand, der perfekt gepasst hätte – gut verdienend, ordentlich, kochbegabt, frühmorgens aus der Wohnung und abends erst spät wieder zurück.«

»Und warum hast du sie nicht genommen?«

»Weil sie ein *Er* war.«

2. KAPITEL

Molly

Bewerberin Nummer fünfzehn war die Krönung.

Sie war Profi-Jodlerin und gab gleich kund, dass sie oft für Wettbewerbe üben müsse. Sie wollte wissen, ob das Zimmer hallte.

Warum fand ich keine ruhige Person? So etwas wollte ich mir auf keinen Fall anhören müssen. Daher brachte ich sie in dem Wissen zur Tür, dass ich sie nicht wiedersehen würde – so nett sie auch war.

Als wir uns voneinander verabschiedet hatten, entdeckte ich im Flur eine Frischhaltebox auf dem Boden. Es klebte ein Umschlag darauf.

Ich nahm sie mit hinein und öffnete den Umschlag.

Auf dem darin liegenden Zettel stand:

Wie ich gesehen habe, ist das Zimmer weiterhin zu vermieten. Tut mir leid, dass du noch kein Glück hattest. Genieß doch in der Zwischenzeit diese Cupcakes, die ich selbst gebacken habe. Vielleicht helfen sie ja gegen den Stress. Wenn ich sonst noch etwas für dich tun kann – dir die Sorge mit dem Zimmer abnehmen beispielsweise –, du hast meine Nummer.
Declan
(Um ehrlich zu sein: Ich habe immer noch einen Penis.)

Lachend öffnete ich den grünen Deckel, und zum Vorschein kamen acht große Cupcakes mit weißem Topping. Darauf standen Wörter, die zusammen einen Satz ergaben.

Greif. Zu. Und. Bedank. Dich. Später. Bei. Mir.

Frustriert nahm ich mir einen Cupcake und biss kräftig hinein. Ich aß immer nur die Toppings und ließ die untere Hälfte liegen. Der gebackene Teil interessierte mich nicht.

Wie ich zugeben musste, war der Cupcake sehr lecker. Die lockere Creme war schön fluffig und nicht zu süß.

Dachte der Kerl wahrhaftig, er könnte mein Herz – oder das freie Zimmer in meiner Wohnung – mit Cupcakes erobern?

Ich lachte in mich hinein und nahm mir den nächsten. Zuerst leckte ich an dem Topping, dann verschlang ich es komplett. Unglaublich köstlich! Wären die Törtchen nicht in einer Frischhaltedose und von der Form her etwas unregelmäßig gewesen, hätte ich ihn verdächtigt, sie in der Konditorei gekauft zu haben.

Ich hatte eindeutig den Verstand verloren, wenn ich in Betracht zog, dem Mann eine Chance zu geben, nur weil seine Cupcakes so gut schmeckten.

Innerhalb von zehn Minuten hatte ich die Toppings von sechs Törtchen verdrückt und sah mir die Wörter an, die auf den verbliebenen zwei standen.

Greif. Zu.

War das ein Zeichen, dass ich ihm eine Chance geben sollte?

Und war ich so verzweifelt, dass ich mir von süßen Backwaren Rat erhoffte?

Die Antwort lautete: Ja.

Ich atmete tief durch und gestand mir ein, was mein Bauch bereits wusste: Die Suche war vorbei. Declan Tate hatte mangels Alternative gewonnen. Ich brauchte das Geld. Er war von allen, mit denen ich gesprochen hatte, am wenigsten verrückt.

Und ich hatte ihn im Grunde dafür bestraft, dass er einen Penis hatte. Darüber hatte ich in den vergangenen Tagen viel nachgedacht und seltsamerweise auch über ihn: sein Charme, seine Fähigkeit, mich zum Lachen zu bringen … Es gab wirklich schlimmere Eigenschaften.

Aber bevor ich ihm den Zuschlag gab, musste ich mit ihm reden und einige Grundregeln aufstellen.

Ich griff zum Telefon und wählte seine Nummer.

Er wusste offensichtlich gleich, dass ich es war.

»Hey, Mollz! Wie geht …«

»Okay. Du kannst das Zimmer haben«, platzte ich heraus.

»Ernsthaft?«

»Die Cupcakes waren unheimlich gut. Du hast mich überzeugt, wie es wohl deine Absicht war.«

»Cupcakes? Plural? Hast du mehr als einen gegessen?«

»Kein Kommentar.«

Er lachte. »Das muss ich mir merken. Der Weg ins Herz meiner neuen Mitbewohnerin führt durch ihren Magen.«

Mitbewohnerin.

Ich seufzte.

Was mache ich hier eigentlich?

Er spürte offenbar meinen Frust. »Nimm es nicht so schwer, Mollz. Es wird bestimmt lustig, und wie gesagt, du bekommst mich kaum zu sehen. Bei unseren Zeitplänen werden wir uns prima aus dem Weg gehen.«

»Wann möchtest du einziehen?«

»Wann passt es dir? Ich könnte heute Nachmittag bei meinem Kumpel ausziehen und um fünf da sein. Er will sowieso seine Privatsphäre zurückhaben. Irgendwie hat er ein Problem damit, in meiner Anwesenheit seine Freundin zu vögeln. Ist das zu fassen?« Er lachte. »Wie auch immer … Musst du heute Abend arbeiten?«

Heute Abend? Es erschien mir zu früh, aber eigentlich konnte ich es auch gleich hinter mich bringen.

»Nein, heute nicht. Nach drei Nachtschichten in Folge habe ich die nächsten Tage frei.«

»Perfekt! Dann packe ich meine Sachen und komme!«

Ich nahm den vorletzten Cupcake und biss hinein. »Großartig«, sagte ich mit vollem Mund.

Wenige Stunden später klopfte es. Als ich aufmachte, stand Declan vor der Tür, mit seinem schönsten Zahnpastalächeln.

»Hallöchen! Da bin ich!«

Ich trat zur Seite und ließ ihn herein. »Hey!«

Als er an mir vorbeiging, umwehte mich sein Duft. *Herrlich.* Ich hatte beileibe nichts dagegen, dass der Geruch seines Eau de Cologne ebenfalls bei mir einzog. Die Atmosphäre meiner Wohnung würde sich durch eine gehörige Portion männliche Energie schlagartig verändern.

Er ließ seine Tasche auf den Boden fallen und sah sich um, bevor er seinen Koffer hereinrollte und in die Ecke stellte. Dann kam er mit ausgefahrenem Zeigefinger auf mich zu. Ich zuckte erschrocken zusammen, als er mir über die Unterlippe strich, und bekam eine Gänsehaut.

»Da war noch ein wenig Creme.«

Ich wischte mir den Mund ab. »Oh.«

Kurz vor seiner Ankunft hatte ich das Topping des letzten Cupcakes vertilgt. Nur die acht Teigstumpen waren noch übrig.

Er sah mir prüfend ins Gesicht. »Alles okay?«

»Ja«, sagte ich und wurde rot.

Vielleicht hatte ich zu viel Zucker im System, aber mit einem Mal war ich schrecklich nervös.

»Jetzt dreh bloß nicht durch, weil ich hier bin.« Er schmunzelte. »Du hast wohl noch nie mit einem Mann zusammengewohnt?«

»Das stimmt. Meine Eltern haben sich scheiden lassen, als ich sechzehn war, und nachdem mein Vater weg war, waren meine Mutter, meine Schwester Lauren und ich allein.«

»Ich verspreche, ich beiße nicht.«

Ich schluckte. Es verunsicherte mich, dass er dermaßen attraktiv war. Fast *zu* attraktiv. Mit so einem Mann könnte ich niemals zusammen sein. Er war vermutlich sehr von sich überzeugt, auch wenn er es nicht zeigte, denn er wusste selbstverständlich, wie gut er aussah.

»Wir müssen ein paar Grundregeln vereinbaren, okay?«

Er straffte die Schultern und nickte zackig. »Schieß los.«

»Es ist eigentlich selbstverständlich, aber meins ist meins und deins ist deins. Meine persönlichen Sachen wie Toilettenartikel oder Essen teile ich nicht.«

»Verstanden. Aber das gilt dann auch umgekehrt. Wenn ich zum Beispiel etwas Leckeres koche und du mitisst, schuldest du mir eine Gegenleistung.«

Ich runzelte die Stirn. »Eine Gegenleistung? Was meinst du damit?«

Er riss die Augen auf. »Nicht das, was gerade deiner schmutzigen Fantasie entspringt. Wir haben ja schon darüber geredet, dass ich in eine andere verschossen bin. Ich habe gemeint, wenn du mein Essen isst, bekomme ich etwas Gleichwertiges von dir zurück. Wer nehmen kann, muss auch geben können und so weiter.«

Ich kniff die Augen zusammen. »Wie kommst du auf die Idee, dass ich bei dir mitessen werde?«

»Vielleicht ja auch nicht. Aber die Cupcakes hast du anscheinend gemocht, also …«

Da hatte er recht. Die Cupcakes waren jedoch ein Geschenk

gewesen. Ich konnte mich ruhig mit seiner Bedingung einverstanden erklären und mir selbst schwören, dass ich sein Essen niemals anrühren würde. *Pfff!* Ich brauchte sein Essen nicht.

»Okay.« Ich zuckte mit den Schultern. »Es gilt auch umgekehrt.«

Er lehnte sich gegen meine kleine Kücheninsel. »Welche Regeln gibt es sonst noch?«

»Du kannst machen, was du willst, wenn ich nicht hier bin, aber bring keine Leute in die Wohnung, wenn ich schlafe. Das sollte recht einfach sein, weil du drei Abende pro Woche hast, an denen ich nicht da bin.«

»Gut. Abgehakt. Weiter im Text.«

»Ich habe es gern ordentlich. Wenn du etwas siehst, das auf eine bestimmte Weise sortiert oder arrangiert ist, dann lass es, wie es ist.«

»Zum Beispiel die Schokolinsen in den Gläsern da hinten? Die rosafarbenen dürfen nicht mit den mintfarbenen vermischt werden, solche Sachen?«

»Ich mag sie nur in bestimmten Farben, deshalb bestelle ich sie online. Aber ja … bitte bring nichts durcheinander, das irgendwie geordnet aussieht.«

»Okay.« Er schmunzelte. »Du bist speziell, weißt du das?«

»Jeder hat seine Marotten. Zu meinen gehört, dass ich meine Süßigkeiten nach Farben sortiere und immer Ordnung halte. Also verklag mich, aber was mir gefällt, gefällt mir eben.«

»Auf welche Männer steht eine Frau, die ihre rosa M&Ms getrennt in ein Glas sortiert? Auf Männer, die rosa Lacoste-Shirts und Slipper tragen?«

»Nein, ich stehe auf Männer mit Verstand, die …«

»Die langweilig und überheblich sind?«

»Nein!«, erwiderte ich abwehrend.

»Das war ein Witz, Molly. Ich wollte dich nur aufziehen.«

Ich atmete langsam aus. »Ich weiß.«

»Bist du Single?«, fragte er.

»Ja … Aber hoffentlich nicht mehr lange.«

»Wirklich? Hast du was am Laufen? Wer ist der Glückliche?«

Oh Gott, warum habe ich das überhaupt gesagt? Jetzt muss ich es erklären.

Aber warum eigentlich nicht? Wenn ich meine Schwäche für Dr. Daniels eingestand, wusste Declan, dass mich seine Reize kaltließen.

»Es gibt einen Arzt im Krankenhaus, den ich schon seit einiger Zeit mag, und er ist gerade wieder Single geworden. Ich treffe mich morgen Abend mit ihm und ein paar anderen Leuten zur Happy Hour. Ich hoffe, es wird etwas draus.«

Er lächelte. »Das klingt gut. Ergreif die Initiative!«

Ich räusperte mich verlegen. »Und wie sieht es bei dir aus? Was ist mit der Frau, von der du mir erzählt hast?«

»Ich kenne sie auch von der Arbeit. Wir sind bei derselben Werbefirma beschäftigt, und wir kommen beide aus Kalifornien, wo die Firma ihren Sitz hat. Wir sind wegen einer Kampagne für einen wichtigen Kunden, an der wir gemeinsam arbeiten, in Chicago. Deshalb bin ich nur sechs Monate in der Stadt.«

»Weiß sie, dass du sie magst?«

»Das ist das Problem. Sie ist mit so einem Idioten zusammen, der nicht wollte, dass sie nach Chicago geht. Es geht ewig auf und ab bei ihnen. Ich hoffe also, dass die Beziehung eines Tages komplett den Bach runtergeht und ich meine Chance bekomme. Aber solange sie offiziell einen Freund hat, unternehme ich nichts. Ich bin ja kein Arschloch. Im Moment liege ich auf der Lauer und warte.«

»Okay, aber sie weiß doch, dass du sie magst?«

»Ich bin mir nicht sicher. Ich gehe davon aus, dass sie etwas ahnt. Wir sind Freunde … vorerst. Aber ich will mehr. Nicht nur, weil sie toll aussieht, sie ist auch sehr intelligent und liebenswert. Das ganze Paket. Und ich glaube, wir passen gut zusammen.«

Wieder versetzte mir die Eifersucht einen unangenehmen Stich. Vermutlich steckte eher der Wunsch dahinter, dass jemand auf diese Weise für mich empfand. Declans Attraktivität hatte auf keinen Fall etwas damit zu tun. Er sah gut aus und alles, aber er war nicht mein Typ.

»Wie heißt sie?«

»Julia.«

»Hübscher Name.«

»Und der flotte Herr Doktor?«

»Will«, entgegnete ich mit einem verlegenen Lächeln.

»Welche Fachrichtung?«

»Gynäkologie und Geburtshilfe.«

»Ach, natürlich. Du hast ja gesagt, du arbeitest auf der Entbindungsstation. Na, du hast zumindest das Glück, dass die Babys, um die du dich kümmern musst, niedlich sind – im Gegensatz zu meinen Kunden.« Er tat so, als wollte er nach den Schokolinsen greifen, zog die Hand jedoch mit einem schelmischen Lächeln wieder zurück. »Weitere Regeln, Molly?«

»Nun, dass du nicht nackt hier herumläufst, sollte eine Selbstverständlichkeit sein.«

Er wackelte mit den Augenbrauen. »Hast du Angst, dass es dich anmacht?«

»Nein.« Ich schaute zu Boden. »Es gehört sich einfach nicht.«

»Das gilt dann auch für dich. Fairerweise.« Er senkte die Stimme. »Unter uns gesagt werde ich mich aber nicht beschweren, wenn du es tust.«

Ich verdrehte die Augen. »Ich dachte, für dich gibt es nur die Eine?«

»Ich bin verknallt, Mollz, nicht tot.« Er grinste. »Sollte es mal passieren, werde ich wahrscheinlich einen Blick riskiere. Aber ich sage keinen Ton und werde auch nicht unangenehm.«

Mit glühenden Wangen lenkte ich vom Thema ab. »Ist deine Schwester wirklich Nonne?«

Er schmunzelte. »Ja.«

»Das ist … ungewöhnlich.«

»Warum? Weil ihr Bruder alles andere als heilig ist?« Er warf mir ein verschmitztes Grinsen zu.

»Auch deswegen. Außerdem kommt es heute nicht mehr so oft vor, dass eine Frau Nonne wird.«

»Catherine war immer anders als meine anderen Schwestern. Sie hat stets nach höheren Zielen gestrebt. Aber es war ein ziemlicher Schock, als sie es uns gesagt hat.«

»Sind deine Eltern religiös?«

»Sie sind katholisch und besuchen jeden Sonntag den Gottesdienst, aber sie sind nicht übertrieben fromm oder so. Meine Mutter hat geweint, als Catherine angekündigt hat, dass sie ins Kloster geht. Sie hatte sich eine andere Zukunft für sie vorgestellt. Aber weißt du, letzten Endes tut jeder das, was er möchte. Und sie ist glücklich.«

»Das freut mich.«

»Ist schon komisch, dass Menschen, die zusammen aufwachsen, so unterschiedlich sein können. Catherine lebt im Kloster, betet und tut Gutes, und ich hänge abends meistens im Internet oder schaue Netflix. Wir haben dieselben Eltern. Wie ist das möglich?«

»Du scheinst sehr erfolgreich zu sein. Sie sind bestimmt stolz auf dich.«

»Sie hätten zwar gern, dass ich irgendwann mal eine Familie gründe, aber es stimmt schon, verstoßen haben sie mich noch nicht.« Er wechselte das Thema. »Hast du eigentlich eine Strategie für morgen Abend?«

»Was? Wovon redest du?«

»Von deinem flotten Doktor. Wie willst du vorgehen?«

Warum habe ich ihm bloß von Will erzählt? »Muss ich denn einen konkreten Plan haben?«

»Du willst ihm doch zeigen, dass du ihn magst, oder?«

»Ja, aber ich will nicht aufdringlich erscheinen. Er kommt gerade aus einer Beziehung. Andererseits bleiben Männer wie er nicht lange allein.«

»Okay, dann musst du die Unerreichbare spielen.«

»Was bedeutet das?«

»Umgekehrte Psychologie ist das Geheimnis im Umgang mit Männern. Wenn wir denken, dass wir etwas nicht haben können, wollen wir es umso mehr. In dieser Hinsicht sind wir wie Kleinkinder.«

»Bist du deshalb so in Julia verschossen – weil sie vergeben ist?«

Er kratzte sich am Kinn. »Das schürt womöglich auf der unbewussten Ebene das Feuer, aber der Hauptgrund, warum ich sie mag, ist ein ganz anderer.«

»Was schlägst du also vor?« Mein Ton war ablehnend, doch ein Teil von mir wollte wirklich hören, was er zu sagen hatte. Ich bekam schließlich nicht oft die Gelegenheit, etwas über die männliche Sicht auf solche Dinge zu erfahren.

»Zeig ihm nicht, dass du ihn magst. Zeig ihm, warum er *dich* mögen sollte.«

Ich horchte auf. »Und wie mache ich das bitte?«

»Du musst richtig heiß aussehen, was kein Problem für dich sein wird. Rede mit allen anderen, aber nicht mit ihm – zeig ihm, was ihm entgeht. Und wenn er dann zu dir kommt, sprich mit ihm, aber widme deine Aufmerksamkeit nach einer Weile jemand anderem. Dann hat er die Witterung aufgenommen und will mehr. Wir lieben die Jagd.«

»Riskiere ich damit nicht, dass er denkt, ich würde ihn nicht mögen?«

»Vertrau mir. Wenn er dich will, wird er irgendwann den ersten Schritt machen. Je weniger du dich für ihn zu interessieren scheinst, desto härter wird sein Schwanz.«

»Oh, danke für die anschauliche Erklärung.«

»Gern geschehen. Ich bin ziemlich direkt, wie du feststellen wirst, und rede nicht lange um den heißen Brei herum.« Er ließ seinen Blick durch den Raum schweifen. »Sind wir fertig mit den WG-Regeln?«

»Ja, ich denke schon – bis mir einfällt, dass ich etwas vergessen habe.«

»Gut.« Er ging zu seiner Tasche und nahm zwei Flaschen Gatorade heraus. »Kann ich die in den Kühlschrank stellen?«

»Natürlich.«

Als er den Kühlschrank öffnete, sah er seine Frischhaltebox und öffnete sie.

»Wow. Die Cupcakes haben dir wohl geschmeckt?«

»Ich habe mich ein wenig hinreißen lassen. Sie waren wirklich lecker.«

»Ist das auch eine Marotte von dir, dass du Cupcakes köpfst?«

»Das Topping esse ich am liebsten.«

»Und den Rest isst du nicht mehr?«

»Wieso sollte ich?«

»Siehst du? Ich wusste doch, wir passen gut zusammen. Ich hasse die Creme. Ich lasse das Topping immer weg. Erst unsere gemeinsame Vorliebe für Weißwein und jetzt das – ich würde sagen, das wird richtig gut.« Er grinste. »Dann magst du von Muffins auch den oberen Teil lieber?«

»Ja.«

»Bingo! Ich steh auf den unteren Teil.« Er verdrehte die Augen. »Äh, das hat sich jetzt irgendwie falsch angehört, aber du weißt, was ich meine.«

»Du bist verrückt.« Ich schüttelte lächelnd den Kopf. »Aber nochmals danke für die Cupcakes. Das war sehr aufmerksam.«

»Nun, du weißt natürlich, dass ich einen Hintergedanken hatte.«

»Und deine Mühe hat sich ausgezahlt.«

Er schaute in Richtung Flur. »Was dagegen, wenn ich auspacke?«

»Nein, mach nur.«

»Prima. Willst du vorgehen?«

Declan folgte mir mit seinem Rollkoffer in sein neues Zimmer.

Ich zog mich in meins zurück, um ihm ein wenig Privatsphäre zu geben, konnte mich aber mit nichts anderem beschäftigen als der Tatsache, dass er da war.

Ich hörte, wie er die Musik aus seinem Handy mitsummte, während er auspackte, und musste unwillkürlich lächeln. Mir hatte davor gegraut, mir die Wohnung mit einer neuen, mir fremden Person zu teilen. Es hatte mich schlaflose Nächte gekostet. Aber nun hatte ich zum ersten Mal seit langer Zeit das Gefühl, wieder gut schlafen zu können.

Ich zuckte zusammen, als er den Kopf durch die Tür steckte. »Ist es okay, wenn ich meine Zahnbürste neben deine hänge?«

»Habe ich dir den Eindruck vermittelt, es könnte nicht okay sein?«

»Meins ist meins, hast du gesagt. Mir war nicht klar, ob das auch für den Zahnbürstenhalter gilt.«

»Tut mir leid, wenn ich am Anfang etwas unwirsch rübergekommen bin. Ich muss mich einfach an die neue Situation gewöhnen. Das ist alles. Aber mir ist auch jetzt schon viel wohler dabei, dich hier zu haben.«

»Gut.« Er setzte sich unvermittelt ans Fußende meines Betts, ließ sich auf den Rücken fallen und schaute an die Decke. Der Anblick seines langen Körpers auf meinem Bett war … besonders.

Er nahm die Hände hinter den Kopf und wandte sich mir zu. »Du hast gesagt, dass du morgen freihast, oder?«

»Ja.«

»Hast du Eier und Brot und so etwas da?«

»Ja. Wahrscheinlich kurz vor dem Verfallsdatum.«

»Cool. Ich mache uns morgen Frühstück – als kleine Einzugsfeier. Ohne Bedingungen. Du bist mir nichts schuldig dafür.« Er zwinkerte mir zu. »Dieses Mal nicht.«

»Ich werde mich gewiss nicht darüber beschweren, dass mir jemand Frühstück macht. Garantiert nicht.«

»Aber ich warne dich, ich höre Musik beim Kochen und wackle dazu mit dem Hintern. Manchmal singe ich auch und benutze den Pfannenwender als Mikrofon. Ist ein bisschen Küchenkaraoke okay für dich?«

»Wenn ich wach bin und du dabei bekleidet bist, habe ich kein Problem damit.«

Er sprang von meinem Bett, machte eine Drehung wie Michael Jackson und ging pfeifend den Flur hinunter.

Das werden ziemlich lange sechs Monate.

3. KAPITEL

Molly

Als ich am nächsten Morgen aufwachte, roch es nach gebratenem Frühstücksspeck.

Nachdem ich mir das Gesicht gewaschen und die Zähne geputzt hatte, folgte ich meiner Nase in die Küche. Declan stand am Herd und sang *Wagon Wheel* von Darius Rucker. Er hatte In-Ear-Kopfhörer drin und bemerkte mich nicht gleich. So konnte ich seiner Stimme lauschen, die … ziemlich furchtbar war. Ich musste unwillkürlich grinsen. Ein Mann mit seinem Aussehen, der mit so viel Charisma gesegnet war, musste auch Schwachstellen haben. Außerdem gefiel mir, wie wenig es ihn zu kümmern schien, dass er keinen Ton traf.

Ich ging schnurstracks auf die Kaffeekanne zu und holte eine Tasse aus dem Schrank. Declan nahm einen Ohrstöpsel heraus und lächelte mir zu.

»Guten Morgen, Mitbewohnerin. Ich hoffe, ich habe dich nicht mit meinem Gesang geweckt?«

Ich war normalerweise kein Morgenmensch, hauptsächlich weil ich nachts arbeitete und es mir an meinen freien Tagen schwerfiel, vor zwei Uhr morgens in den Schlaf zu finden. Heute jedoch war ich putzmunter. »Nein, du hast mich nicht geweckt.« Ich schenkte mir einen heißen Kaffee ein und nippte daran. »*Das* war das komische Geräusch? Du hast gesungen? Und ich dachte, jemand erwürgt eine Katze.«

Declan kniff die Augen zu schmalen Schlitzen zusammen. »Willst du damit sagen, dass ich nicht singen kann?«

»Ich bin bestimmt nicht die Erste, die es dir sagt.«

Er lächelte, als hätte ich ihm ein Kompliment gemacht, und wies mit dem Kinn auf meine Tasse. »Du trinkst deinen Kaffee schwarz, wie ich sehe. Ich auch. Ich habe ja gesagt, dass wir gut miteinander auskommen werden.«

Ich schmunzelte und trat näher an den Herd heran. Declan hatte drei Flammen an, einschließlich der einen, die schon bei meinem Einzug nicht funktioniert hatte. »Wie hast du die Flamme vorne links anbekommen?«

»Die Düse war verstopft. Ich habe sie herausgenommen und die Löcher mit einem Zahnstocher von dem getrockneten Fett befreit.«

»Oh. Wow. Danke!«

»Gern geschehen. Und jetzt kannst du dich gerne an den Tisch setzen. Das Frühstück ist fast fertig.«

Kurz darauf stellte Declan mir einen Teller mit einem perfekten Omelett mit Speck und ein Glas Orangensaft hin.

»Das sieht ja toll aus! Bei meinen Arbeitszeiten frühstücke ich nur selten. Wenn ich nach der Schicht morgens Hunger habe, nehme ich mir meistens einen Joghurt oder so etwas, weil ich mit vollem Magen nicht schlafen kann. Aber eigentlich ist das Frühstück meine Lieblingsmahlzeit. Ich würde es so gut wie jedem tollen Abendessen vorziehen. Das fehlt mir am meisten, was einen normalen Tagesablauf angeht.«

Declan setzte sich hin und schnitt ein Stück von seinem Omelett ab. »Aber du musst doch nicht auf ein Frühstück verzichten. Mach es dir einfach abends, bevor du arbeiten gehst.«

Ich zog die Nase kraus. »Das könnte ich nicht.«

»Wieso nicht?«

»Ich weiß nicht …, weil man eben morgens frühstückt.«

»Wer sagt das?«

»Äh … jeder?«

»Frühstücksgerichte magst du also am liebsten, aber du verzichtest darauf, weil man sie traditionell morgens isst und du zu dieser Zeit in der Regel schläfst?«

»Wenn du es so sagst, klingt es albern. Aber es ergibt Sinn.«

Er zog eine Augenbraue hoch. »Für wen?«

Ich lachte. »Für mich.«

»Tz!«, machte Declan. »Molly, Molly, Molly. Es muss nicht alles zu einer bestimmten Zeit oder an einem bestimmten Ort stattfinden. Gut, dass ich hier bin. Du brauchst meine Hilfe.«

»Ach ja? Wobei brauche ich denn Hilfe?«

»Du musst ein bisschen lockerer werden.«

Bis jetzt hatten wir herumgeflachst, doch seine Bemerkung traf einen wunden Punkt. Mein letzter Freund hatte mich mehr als einmal als verklemmt bezeichnet. Deshalb fühlte ich mich sofort angegriffen.

»Ich glaube nicht, dass du mich gut genug kennst, um das beurteilen zu können. Ich bin keineswegs verklemmt, nur dass du es weißt.«

Declan legte den Kopf schräg. »Nicht?«

»Nein.«

»Schon gut, Molly, wenn du es sagst …«

Jetzt wollte er mich beschwichtigen. »Sag nicht ›Schon gut, Molly‹. Es klingt, als wäre ich irgendwie unflexibel. Aber das bin ich nicht. Ich habe nicht gesagt, dass ich abends grundsätzlich nicht frühstücken würde, wenn ich Gelegenheit dazu hätte. Die Gelegenheit hat sich nur noch nicht ergeben. Das ist alles.«

»Okay. Tut mir leid, wenn ich dich verärgert habe.«

Nun hatte ich die Stimmung verdorben. Was als lustiger

Morgen angefangen hatte, wurde zu einem Frühstück in Stille. Als wir mit dem Essen fertig waren, kam ich mir ziemlich blöd vor.

»Das war wirklich köstlich. Entschuldige bitte, dass ich dich angeblafft habe.«

Declan lächelte etwas gezwungen. »Schon gut.«

»Nein, ist es nicht. Du hast dir solche Mühe gegeben, und ich bin dir an die Kehle gesprungen. Es wird nicht wieder vorkommen.«

Er grinste. »Oh doch. Ich neige dazu, Dinge zu sagen, die ich wahrscheinlich besser für mich behalten sollte. Deshalb wird es garantiert wieder vorkommen.«

Ich kicherte. »Okay, aber vielleicht kannst du daran arbeiten, und ich werde daran arbeiten, dich nicht bei jeder Kleinigkeit anzuschnauzen.«

»Klingt gut, Mollz. Hast du eigentlich Pläne für deinen freien Tag heute?«

Ich nahm meinen Teller und begann den Tisch abzuräumen. »Nein, ich habe nichts Besonderes vor. Ich wollte einkaufen gehen und muss zur Reinigung. Und später treffe ich mich mit Kollegen zur Happy Hour. Davon habe ich dir schon erzählt.«

»Ach ja. Heute Abend siehst du den Buschdoktor.«

»Meinst du Will? Rede nicht so abfällig über ihn. Er ist ein ausgezeichneter Mediziner.«

»Schon klar. Aber er ist Frauenarzt, oder?«

»Ja, aber … Oh, *Busch*doktor.« Ich kicherte. »Witzig.«

Declan und ich schafften gemeinsam Ordnung in der Küche. Ich räumte die Spülmaschine ein, während er alles wegstellte, was er zum Kochen gebraucht hatte, den Tisch abwischte und den Herd reinigte. Als wir fertig waren, wusch ich mir die Hände und musste hinterher mein nasses T-Shirt abtupfen. Der blöde Kran an der Spüle leckte und spritzte wie verrückt, wenn man ihn zu weit aufdrehte. Zwar hatte ich ihn mit Isolierband geflickt, aber es hatte sich wieder gelöst. Ich warf das Handtuch zur Seite, und als ich aufsah, stellte ich fest, dass Declan mich anstarrte. Mir ging schnell auf, warum. Mein Schlafshirt war weiß, und die obere Hälfte davon war durch die Nässe nun komplett durchsichtig. Doch damit nicht genug: Natürlich trug ich keinen BH, und meine Nippel hatten sich wegen der plötzlichen Kälte auf der Haut aufgerichtet. Sie bohrten sich praktisch durch den transparenten Stoff.

Ich verschränkte die Arme, um meine Brüste zu bedecken. »Der … äh … Wasserhahn spritzt.«

Declan hob den Blick und sah mir in die Augen. Dann schluckte er, räusperte sich und schaute weg. »Ich kümmere mich heute darum.«

»Ach, das macht nichts. Er spritzt schon länger. Ich rufe einfach noch mal den Hausmeister an. Du musst das nicht reparieren.«

»Doch, das muss ich«, brummte er. »Das muss ich unbedingt.«

Als ich später zur Happy Hour aufbrach, war ich irgendwie enttäuscht, dass Declan nicht zu Hause war. Ich hatte mich mehr herausgeputzt als sonst und hätte seine Unverblümtheit gut brauchen können, um herauszufinden, ob ich aussah, als hätte ich mich zu sehr bemüht. Ich meine, ich *hatte* mir Mühe gegeben, aber ich wollte nicht, dass man es mir ansah.

Weil ich mich viermal umgezogen hatte, war ich spät dran, und die meisten waren schon im *McBride's*, als ich eintraf. Es fiel auf, dass Dingsbums nicht dabei war, weil sie Will normalerweise zur Happy Hour begleitet und permanent an seinem Arm gehangen hatte. Ich war außergewöhnlich nervös, als ich an die Theke ging, und blieb neben Daisy stehen, einer neuen

Arzthelferin. Wir waren uns schon öfter auf Station begegnet, aber heute war sie zum ersten Mal bei unserem vierzehntägigen Treffen dabei.

»Hey«, sagte ich, »freut mich, dass du gekommen bist.«

»Hey, Molly.« Sie musterte mich kurz. »Dieses Grün steht dir ausgezeichnet! Ohne Kittel und Pferdeschwanz siehst du total anders aus.«

Jetzt war ich froh, dass ich mich kurz vor knapp doch noch einmal umgezogen und für ein etwas außergewöhnlicheres Outfit entschieden hatte. Ich fand meine smaragdgrüne Seidenbluse zwar wegen des Kontrasts zu meinen dunklen Haaren und meiner hellen Haut ein wenig zu dramatisch, aber um trotzdem lässig zu erscheinen, hatte ich dazu eine dunkle Jeans und schlichte Schuhe mit Keilabsatz angezogen.

»Danke dir! Du siehst auch sehr hübsch aus«, entgegnete ich lächelnd.

Der Barkeeper kam zu uns herüber und legte mir eine Serviette hin. »Hey, Molly! Wie geht's? Was kann ich dir bringen?«

»Hey, Patrick. Ich hätte gern einen Vanillewodka mit Ginger Ale.«

Er nickte. »Sollst du haben. Kommt sofort.«

»Mmm …«, machte Daisy. »Ist das dieser Longdrink, der wie Vanillelimo schmeckt?«

»Genau. Möchtest du auch einen?«

Sie warf einen Blick auf ihre fast leere Bierflasche. »Klar, warum nicht?«

»Kannst du uns zwei davon bringen?«, bat ich Patrick. »Und ihrer geht auf mich.«

»Du willst einen Deckel anfangen?«

»Ja, bitte.«

Als Patrick wegging, sagte Daisy: »Vielen Dank, das war doch nicht nötig.«

Ich lächelte. »Gern geschehen. Dann erzähl mal, wie gefällt es dir so im Chicago General? Wie lange bist du jetzt da? Bestimmt schon einen Monat, oder?«

Sie nickte. »Sogar fünf Wochen. Es gefällt mir wirklich gut. Nicht dass ich viele Vergleichsmöglichkeiten hätte. Es ist mein erster Job nach der Ausbildung. Einige der Ärzte können ziemlich einschüchternd sein.«

»Dr. Benton zum Beispiel?«

Daisy verzog das Gesicht. »Vor allem *Dr. Benton*. Gott, dieser Mann macht mich total nervös. Wenn er den Raum betritt, erstarre ich regelrecht.«

»Ich werde dir ein kleines Geheimnis über ihn verraten, das dir vielleicht hilft.«

»Oh ja!«

Ich beugte mich zu ihr. »Du musst einfach viel lächeln. Das macht ihn fertig.«

Sie grinste. »Im Ernst?«

»Ja. Wenn er dich etwas fragt, antworte einfach mit einem riesigen Lächeln. Das entwaffnet ihn irgendwie. Meine Theorie ist, dass er alle anschnauzt, damit niemand lächeln kann, weil Lächeln wie Kryptonit für ihn ist.«

»Wow. Okay, ich werde es ausprobieren. Das ist wirklich gut zu wissen. Hast du noch mehr Tipps für mich?«

»Kennst du Dr. Arlington schon?«

»Ja, der ist auch oft ziemlich grantig.«

»Wenn du es zulässt, wird er versuchen, seine Praktikanten an dich loszuwerden, um sich stundenlang zu verdrücken.«

Daisy sah mich groß an. »Das hat er tatsächlich neulich gemacht. Ich soll sie einarbeiten, hat er gesagt. Ich hatte keine Ahnung, was ich mit vier Praktikanten anstellen sollte. Sie sind schon länger im General als ich. Es wäre besser gewesen, wenn sie *mich* eingearbeitet hätten.«

»Da hast du es. Wenn er sie dir das nächste Mal aufdrücken will, sagst du: Eigentlich wartet Edith im Schwesternzimmer auf mich.«

»Auch wenn es gar nicht stimmt?«

Ich nickte. »Ja. Er hat nämlich Angst vor Edith.«

»Ernsthaft? Aber sie ist doch so klein und nett.«

Ich hob den Zeigefinger. »Bis man sie verärgert. Dann ist sie ziemlich furchterregend. Schon bei der Vorstellung, auf Edith zu treffen, tritt Dr. Arlington die Flucht an. Sie hat ihn einmal zur Schecke gemacht, weil er ihr seine Praktikanten aufgehalst hatte, und jetzt schreckt er bei der bloßen Erwähnung ihres Namens zurück.«

Sie lachte. Wahrscheinlich dachte sie, ich hätte übertrieben, aber das war nicht der Fall. Unsere Belegschaft war wirklich eine Ansammlung ganz spezieller Charaktere.

Patrick kam herüber und brachte uns unsere Drinks. Während wir daran nippten, sahen wir uns in der Gruppe um. Heute waren erfreulich viele gekommen.

Daisy nickte mit dem Kinn in Richtung von Will, der zusammen mit einem Anästhesisten am anderen Ende der Theke saß. »Und was ist mit Dr. Daniels? Was gibt es über ihn zu berichten?«

»Will ist einer von den Guten. Er ist freundlich zu allen. Mit ihm wirst du keine Probleme haben.«

Sie biss sich auf die Unterlippe. »Ich meinte, was macht er so? Ist er … Single?«

Oh. Mist. »Äh … ich weiß nicht genau. Er ist in so einer On-off-Beziehung. Hast du … Interesse?«

Daisy nippte mit einem verschmitzten Lächeln an ihrem Drink. »Er sieht wirklich gut aus.«

In der Tat. Ich zuckte mit den Schultern. Und natürlich kam er exakt in diesem Moment zu uns herüber.

Er gab mir einen Kuss auf die Wange. »Hey, Molly. Ich habe dich gar nicht reinkommen sehen.«

»Ich bin noch nicht lange hier«, sagte ich.

Daisy straffte die Schultern.

Er nickte und wandte sich ihr zu. »Du bist Daisy, nicht wahr?«

Sie schenkte ihm ein strahlendes Lächeln. »Genau. Schön, Sie zu sehen, Dr. Daniels.«

»Bitte nenn mich Will.«

»Gerne, Will. Neulich habe ich zufällig gesehen, wie du auf dem Parkplatz in dein Auto gestiegen bist. Du hast einen Aufkleber von der Northwestern University. Hast du da studiert?«

»Ja.«

»Ich auch.« Sie reckte die Faust in die Luft. »*Wildcats* go!«

»Wirklich? Ich bin ein großer Fan. Ich habe immer noch eine Saisonkarte.«

Daisy zog einen Schmollmund. »Jetzt bin ich neidisch. Ich konnte mir die Karte dieses Jahr nicht leisten. Ich war vier Jahre lang Cheerleader, und mir fehlen die Spieltage.«

Würg.

Will nahm einen Schluck aus seiner Bierflasche. »Dann musst du mich irgendwann mal zu einem Spiel begleiten.«

Ihre Mundwinkel gingen nach oben. »Mit Vergnügen!«

Noch mal würg.

Der hübschen Neuen war es innerhalb von dreißig Sekunden gelungen, sich eine Einladung zu einem Ausflug mit Will zu verschaffen – direkt vor meiner Nase. Ich war wirklich grottenschlecht im Flirten.

Die beiden vertieften sich in ein Gespräch über den neuen Quarterback für die gerade beginnende Footballsaison, und mir blieb nichts anderes übrig, als zu versuchen, an den richtigen Stellen zu lachen, obwohl ich mich fühlte, als würde mir das Herz herausgerissen. Normalerweise ließ ich mein Handy in der Tasche, wenn ich in Gesellschaft war, aber als es plötzlich vibrierte, beschloss ich, eine Ausnahme zu machen.

Ich war überrascht, als ich Declans Namen auf dem Display sah.

Declan: Wie läuft es? Spielst du die Unerreichbare?

Ich stieß einen Seufzer aus und schrieb zurück.

Molly: »Leicht zu haben« ist anscheinend eher Wills Stil. Eine Kollegin hat gerade vor meinen Augen ein Date mit ihm klargemacht.

Die Punkte sprangen eine Weile im Kreis, dann blieben sie stehen, bevor sie von Neuem zu hüpfen begannen. Einen Augenblick später klingelte das Telefon in meiner Hand. Declan.

Ich zog mich aus dem Gespräch zurück, an dem ich gar nicht mehr beteiligt war, und entfernte mich ein paar Schritte von der Theke.

»Hey.«

»Ich dachte, du hast eventuell Redebedarf. Was ist passiert?«

Ich schüttelte den Kopf. »Eine neue Kollegin hat mir eben erzählt, dass sie Will toll findet, und als er uns Hallo gesagt hat, hat sie sich innerhalb von dreißig Sekunden von ihm zu einem Footballspiel einladen lassen.«

»Okay. Unterhalten sie sich noch?«

Ich schaute zur Theke und sah, wie Daisy lachend ihre Haare zurückwarf. »Ja«, sagte ich stirnrunzelnd.

»Was hast du an?«

»Eine grüne Seidenbluse und Jeans.«

»Hübsch«, sagte er. »Ich muss es gar nicht sehen, um zu wissen, dass dir Grün fabelhaft steht. Ist die Jeans eng?«

»Ziemlich.«

»Hohe Absätze?«

»Keilabsätze.«

»Okay, du siehst also verdammt heiß aus. Das ist gut … sehr gut. Pass auf, du machst jetzt Folgendes. Ist es warm in der Kneipe?«

»Äh … angenehm eigentlich.«

»Wie dem auch sei … Dir ist jedenfalls warm. Geh wieder zu ihnen zurück, und während der Herr Doktor mit … wie heißt sie noch mal?«

»Daisy.«

Er schnaubte. »Dämlicher Name. Aber egal … Du gehst gleich zu ihnen, und während er mit Violet redet, nimmst du deine Haare hoch, um deinen Nacken zu kühlen, als wäre dir total warm. Dann bestellst du ein Glas Wasser. Wenn der Barkeeper es dir bringt, kippst du es dir versehentlich über die Bluse.«

»Was? *Nein!* Warum sollte ich das tun?«

»Vertrau mir einfach und tu es!«

»Die Hälfte meines Schrankinhalts liegt auf meinem Bett, weil ich lange überlegt habe, was ich anziehen soll, und jetzt soll ich mein Outfit ruinieren?«

»Du ruinierst es damit nicht. Aber noch etwas anderes: Wie groß ist deine Handtasche?«

Ich schaute an mir hinunter. »Ich weiß nicht, ungefähr dreißig mal zwanzig Zentimeter. Warum?«

»Perfekt. Bevor du dir das Wasser bestellst, gehst du noch schnell zur Toilette und ziehst deinen BH aus. Du hast doch einen an, oder?«

»Bist du betrunken, Declan?«

»Nein. Aber womöglich genehmige ich mir die offene Flasche Wein, die du im Kühlschrank stehen hast, wenn du nicht auf mich hörst.«

»Declan, ich werde meinen BH *nicht* ausziehen und mir *nicht* absichtlich Wasser auf die Bluse kippen.«

»Jetzt entspann dich bitte mal, Mollz. Ist doch keine große Sache. Du willst, dass der Typ dich mit anderen Augen sieht – und so wird es dir spielend gelingen. Glaub mir, er wird Rose vollkommen vergessen.«

»Daisy.«

»Wie auch immer. Und jetzt packst du den Stier bei den Hörnern, ja? Das ist der richtige Weg.«

»Ich dachte, der richtige Weg wäre, die Unerreichbare zu spielen?«

»Ich habe mich spontan umentschieden.«

»Ach nee?«

»Vertrau mir einfach.«

Ich schüttelte den Kopf. »Lieber nicht, Declan. Das ist nicht die Art, auf die ich Beachtung finden möchte.«

»Na gut. Aber ich sage dir, es würde funktionieren.«

»Mach's gut, Declan.«

»Bis dann, Mollz.«

4. KAPITEL

Molly

Im Verlauf des Abends schwelgten Will und Daisy weiterhin in Erinnerungen an die Northwestern University. Ich hätte kotzen können.

»Hast du jemals den Stein bemalt?«, fragte sie.

»Ja, zusammen mit den Jungs von meiner Studentenverbindung. Wir haben ihn rosa angemalt, um wegen der Mutter meines Kumpels auf Brustkrebs aufmerksam zu machen. Wir sind die ganze Nacht aufgeblieben, um ihn zu bewachen.«

»Das ist ja cool«, säuselte sie.

Ich räusperte mich. »Was hat es mit diesem Stein auf sich?«

Will lächelte. »Das ist eine Tradition an der Northwestern. Sie geht bis in die Vierziger- oder Fünfzigerjahre zurück, glaube ich. In der Mitte des Campus befindet sich ein großer Stein, den Studenten bemalen, um für bestimmte Anliegen einzutreten oder Veranstaltungen anzukündigen. Dann müssen sie ihn, so lange sie können, bewachen, um zu verhindern, dass er von anderen übermalt wird.«

»Ah, toll.« Ich trank mein Glas aus.

Daisy spielte mit ihren Haaren und flirtete weiter mit Will.

Irgendwann hielt ich es nicht mehr aus und stand auf. »Entschuldigt mich bitte«, sagte ich und ging zur Toilette. Im Vorraum schaute ich niedergeschlagen in den Spiegel.

Ich hatte das Gefühl, gerade meine einzige Chance zu verlieren. Es gab nur ein kurzes Zeitfenster, um sich einen Mann wie Will Daniels zu angeln. Er zog sämtliche Singlefrauen in seiner Umgebung an wie ein Magnet. Aber ich wollte ihn um keinen Preis an Daisy verlieren. Ich hatte schon viel Zeit investiert, in der ich mit ihm geflirtet und über ihn nachgegrübelt hatte. Möglicherweise verlor ich das Spiel, aber garantiert nicht gegen eine Neue, die gerade erst auf der Bildfläche erschienen war.

Ich dachte über Declans Vorschlag nach. Zwar hatte ich nur wenig Alkohol getrunken, aber der war mir bereits zu Kopf gestiegen, daher kam ich zu dem Schluss, dass verzweifelte Situationen verzweifelte Mittel erfordern. Ich fasste unter meine Bluse, öffnete meinen BH und zog ihn aus. Dann verstaute ich ihn in meiner Handtasche. Weil es ziemlich kalt im Toilettenvorraum war, richteten sich meine Nippel prompt auf, doch ihr Einsatz war noch nicht gefragt, daher schaltete ich den Händetrockner ein, um meine Brust zu wärmen.

Es wäre ein Wunder, wenn es funktionieren würde. Daisy hatte Will vollkommen in nostalgische Erinnerungen entführt, und ich hatte Zweifel, ob er überhaupt ablenkbar war. Damit nicht gleich auffiel, dass ich keinen BH mehr trug, drapierte ich meine langen Haare über meiner Brust.

Als ich an die Theke zurückkehrte, waren weitere Kollegen eingetroffen. Will unterhielt sich mit einigen, während Daisy immer noch an ihm klebte und bei allem lachte, was er sagte.

Die Eifersucht wurde unerträglich, also fragte ich schließlich: »Geht es nur mir so, oder ist es hier tatsächlich so warm?«

Offensichtlich hatte meine kleine Performance begonnen. Ich hob die Hand, um mir ein Wasser zu bestellen. Als der Barkeeper es brachte, trank ich einen Schluck, stellte das Glas vor mir ab und wartete auf den richtigen Moment.

Daisy entschuldigte sich und ging zur Toilette. Kurz darauf kippte ich mir mit einer unauffälligen Bewegung das Wasser auf die Brust und tat natürlich so, als wäre es ein Missgeschick.

Ich gab mich schockiert. »Oh nein! Was bin ich nur für ein Tollpatsch!«

Dann schaute ich an mir hinunter. *Du liebe Güte.* Das Wasser hatte meiner dünnen Seidenbluse mehr zugesetzt als erwartet. Ich war beschämt – vor allem wegen meines eigenen Verhaltens.

Bis …

Ja, bis ich Will ansah und bemerkte, dass ihm fast die Augen aus dem Kopf fielen, während er meine Brust anstarrte.

Er kam sofort zu mir herüber und gab mir eine Serviette. »Hier, Molly.«

»Danke«, sagte ich und wischte oberflächlich an meiner Bluse herum, denn natürlich sollte sie gar nicht richtig trocken werden.

Nachdem Will noch einen Blick auf meine Brust riskiert hatte, sah er mir in die Augen.

»Schön, dass du wieder hier dabei bist. Die letzten paar Treffen hast du ausgelassen.« Er lächelte.

Ich hörte auf zu wischen. »Es überrascht mich, dass es dir aufgefallen ist.«

»Ich bemerke es immer, wenn du in der Nähe bist – auf der Arbeit und auch sonst.«

Heilige Scheiße, ist es wirklich so einfach? Declan ist ein Genie!

Als Daisy von der Toilette zurückkehrte, waren Will und ich bereits in ein Gespräch vertieft. Er verbrachte die nächste halbe Stunde an meiner Seite. Dann fiel mir ein, was Declan mir als Nächstes geraten hatte. *Je weniger du dich für ihn zu interessieren scheinst, desto härter wird sein Schwanz.*

Es war ein Risiko, und es fühlte sich völlig widernatürlich an, mich von ihm zu entfernen, nachdem ich ihn endlich an der Angel hatte, aber ich sagte: »Entschuldige mich bitte, Will.«

»Selbstverständlich«, entgegnete Will, aber er schien sich sehr über das abrupte Gesprächsende zu wundern.

Ich holte mir noch einen Drink an der Theke und gesellte mich zu anderen Kollegen. Daisy nahm wieder Kurs auf Will, aber mir entging nicht, dass sein Blick öfter in meine Richtung wanderte. Okay, es mochte daran liegen, dass meine Nippel nach wie vor deutlich zu sehen waren, aber dennoch: Seine Aufmerksamkeit gehörte eindeutig *mir* und nicht Daisy.

Nun machte ich den nächsten kühnen Zug. Ich trank mein Glas aus und sagte laut genug, dass auch Will es hören konnte: »War schön mit euch, Leute, aber ich muss los.«

Will stellte sein Bier ab und machte ein enttäuschtes Gesicht. »Willst du etwa schon gehen, Molly?«

»Ja, ich habe … noch etwas vor.«

»Hast du ein Date?«

Ich zögerte. »So was in der Art.«

»Okay.« Er nickte. Dann sah er mich einen Moment lang an, bevor er sich vorbeugte und mir ins Ohr flüsterte: »Hör mal, ich würde gern bei Gelegenheit mit dir Kaffee trinken gehen. Vielleicht bei der nächsten gemeinsamen Schicht?«

Ich blieb cool. »Klar … vielleicht.«

Vielleicht?

Von wegen.

Lieber heute als morgen!

»Gut. Okay. Schönen Abend noch, Molly.«

»Dir auch«, sagte ich und stolzierte mit einem unglaublichen Hochgefühl aus der Kneipe.

Ich konnte es kaum erwarten, nach Hause zu kommen und Declan zu berichten, dass sein Plan tatsächlich funktioniert hatte.

Zu meiner Überraschung war Declan im Wohnzimmer, als ich die Tür aufmachte, aber er war nicht allein. Eine schöne Frau mit kastanienbraunem Haar saß ihm gegenüber im Sessel, und auf dem Tisch lagen alle möglichen Papiere.

Declan stand auf. »Oh, hallo, Mitbewohnerin. Ich habe dich nicht so früh zurückerwartet.«

»Es war auch nicht meine Absicht, früh nach Hause zu kommen, aber ich habe deinen Rat befolgt.«

Declan schaute auf meine Bluse. »Das sehe ich.«

»Nicht nur *das*. Aber es hat auf wundersame Weise geklappt.« Ich verschränkte die Arme vor der Brust. »Ich habe deinen Rat beherzigt, nicht interessiert zu erscheinen. Als ich gegangen bin, habe ich ihm gesagt, ich hätte noch etwas vor, und da hat er mich gefragt, ob ich mal mit ihm Kaffee trinken gehe. Also haben beide Strategien funktioniert, die du vorgeschlagen hast.«

»Daran hatte ich keinerlei Zweifel.« Er wandte sich der Frau zu. »Entschuldige bitte. Wie unhöflich von mir. Ich hätte euch zuerst miteinander bekannt machen sollen. Das ist meine Mitbewohnerin Molly. Und Molly, das ist Julia.« Er drehte sich wieder zu mir um und zwinkerte, um mir zu verstehen zu geben, dass es sich um *die* Julia handelte. »Julia und ich arbeiten zusammen. Ein wichtiger Termin mit unserem Kunden steht an, und wir wollten ein bisschen brainstormen.«

»Schön, dich kennenzulernen«, sagte Julia und gab mir die Hand, während sie mir auf die Brust starrte.

»Freut mich auch.« Ich ließ verlegen den Blick durch den Raum schweifen. »Aber lasst euch von mir nicht bei der Arbeit stören.«

»Du störst nicht«, sagte sie.

»Ja«, fügte Declan hinzu. »Wir waren so gut wie fertig.«

Als Julia mir abermals auf die Brust schaute, sagte ich: »Du wunderst dich bestimmt, warum ich keinen BH anhabe.«

»Der Grund bin ich«, erklärte Declan.

Ihre Augen weiteten sich. »Wirklich?«

»Das darfst du nicht falsch verstehen«, warf ich ein. »Declan hat mir nur einen Rat gegeben. Er war zwar reichlich gewagt, aber genial.«

Dann erzählte ich Julia von meiner Schwärmerei für Will und der Happy Hour im *McBride's*.

»Es ist Declans Verdienst, dass ich jetzt eine Verabredung zum Kaffee mit Will habe.«

Julia schaute zwischen mir und Declan hin und her. »Ihr scheint euch ja blendend zu verstehen, obwohl ihr erst wenige Tage zusammenwohnt.«

»Ich muss sagen, es läuft wirklich ziemlich gut. Allmählich gewöhne ich mich an ihn.«

Declan grinste. »Das ist gelogen. Sie mochte mich auf Anhieb.«

»Ich mochte *deine Cupcakes* auf Anhieb!«

Julia beobachtete uns mit einem Lächeln, das mir gezwungen vorkam. Fühlte sie sich nicht wohl? Ich fragte mich, ob sie womöglich neidisch darauf war, wie gut Declan und ich miteinander klarkamen.

Ich wusste, was er für sie empfand, aber nun kam mir der Verdacht, dass sie seine Gefühle erwiderte, obwohl sie einen Freund hatte.

Julia schaute zu den Gläsern mit meinen M&Ms. »So ordentlich sortierte Süßigkeiten habe ich noch nie gesehen.«

»Mollz ist ein bisschen perfektionistisch.«

»Nein, gar nicht. Ich habe nur gern eine gewisse Ordnung, aber ich bin alles andere als perfekt.«

»Gib mir ein Beispiel«, sagte Declan.

»Nun ... zum Beispiel wollte ich ursprünglich Ärztin werden, hatte aber nicht den Mumm zum Studieren. Natürlich ist nichts daran auszusetzen, dass ich Krankenschwester bin – ich bin sehr stolz auf meine Arbeit –, aber ich habe mich von meinen Versagensängsten davon abhalten lassen, meinen Traum zu verwirklichen. Von Perfektion bin ich also weit entfernt.«

Seine Miene wurde sanfter. »Das hast du mir noch gar nicht erzählt.«

»Da wir uns erst wenige Tage kennen, ist das wohl kaum verwunderlich.«

»Kommt mir länger vor«, entgegnete er mit einem Augenzwinkern, dann stellte sich eine unbehagliche Stille ein.

Schließlich klatschte Declan in die Hände. »Mal ’ne andere Frage: Habt ihr Hunger? Ich kann was für uns kochen. Allerdings darf Molly nur mitessen, wenn sie bereit ist, dafür zu bezahlen.«

Julia sah ihn mit großen Augen an. »Bezahlen?«

»Wir haben eine kleine Vereinbarung. Sie glaubt, sie könnte meiner Küche widerstehen. Wenn sie der Versuchung erliegt, ist sie mir etwas schuldig.«

»Ich habe schon gegessen«, log ich. Eigentlich war ich völlig ausgehungert, aber ich wollte aus zweierlei Gründen nicht mit den beiden essen. Erstens wollte ich nicht, dass Declan recht behalten würde, und zweitens dachte ich, dass er wahrscheinlich noch ein Weilchen mit Julia allein sein wollte.

»Esst ihr zwei beide mal schön allein. Ich gehe in mein Zimmer und schaue die Serie auf Hulu weiter, die ich angefangen habe, weil mein Mitbewohner mir netterweise sein Premiumpasswort verraten hat.«

»Ich habe doch gesagt, du wirst es nicht bereuen, dass du mir das Zimmer gegeben hast!«, rief er.

Ich winkte in die Runde und zog mich zurück. »War schön, dich kennenzulernen, Julia.«

»Hat mich auch gefreut, Molly.«

Als ich auf meinem Bett lag und fernsah, hörte ich Julia lachen, während sich der Geruch des Essens, das Declan kochte, in der Wohnung ausbreitete. Es schien nur noch eine Frage der Zeit zu sein, bis sie seinem Charme erliegen würde.

In mir herrschte ein ziemliches Gefühlschaos. Auf der einen Seite war ich höchst zufrieden, weil Will mir Aufmerksamkeit geschenkt hatte, auf der anderen plagte mich ein gewisses Unbehagen, was Julia anging.

Doch ich sagte mir, dass ich sie nur um die Gefühle beneidete, die Declan ihr entgegenbrachte, und keinesfalls selbst Gefühle für ihn hatte.

Am folgenden Tag schaffte ich es erst aus dem Bett, als es schon fast zwölf war. Ich schlief sonst nie so lange. Meine innere Uhr war im Eimer, weil ich nachts arbeitete, und wenn ich freihatte, versuchte ich eigentlich, tagsüber aufzubleiben und nicht zu schlafen.

Als ich in die Küche kam, fand ich auf der Arbeitsfläche eine Nachricht von Declan.

Guten Morgen (oder Guten Tag, du Schlafmütze)! Bin zum Arbeiten ins Büro gefahren. Bis später!

Er arbeitete an einem Samstag? Das war Einsatz. Oder auch nur eine Ausrede, um mehr Zeit mit Julia zu verbringen. Ich tippte auf Letzteres.

Mir knurrte der Magen. Ich hatte seit gestern Nachmittag nichts mehr gegessen. Was immer Declan am vergangenen Abend gekocht hatte, es hatte fantastisch gerochen.

Ich öffnete den Kühlschrank und entdeckte eine Schüssel mit Resten. Daran klebte ein Zettel.

Das beste Pilzrisotto, das ich je gemacht habe! Es ist womöglich die Konsequenzen wert. Entscheide selbst.

Ich schüttelte lachend den Kopf. War es irgendwie seltsam, dass ich Lust hatte, es zu essen, nur um herauszufinden, was die Konsequenzen waren?

Nachdem ich die Frischhaltefolie entfernt hatte, schnupperte ich daran. Es roch köstlich nach Knoblauch und Kräutern. *Vielleicht ein kleines Häppchen …* Ich löffelte mir eine Portion auf einen Teller und stellte ihn in die Mikrowelle.

Dann ging ich mit dem aufgewärmten Essen ins Wohnzimmer, setzte mich mit gekreuzten Beinen auf die Couch und probierte einen Löffel voll.

Zum Teufel mit dir und deinem Essen, Declan.

5. KAPITEL

Declan

Julia und ich saßen im leeren Besprechungsraum. Wir hatten den ganzen Morgen unsere Präsentation der neuen Werbekampagne geprobt. Nun machten wir eine kleine Pause, nachdem wir uns in der Küche einen Kaffee geholt hatten.

Sie rührte etwas Milch in ihren Becher. »Deine Mitbewohnerin scheint dich zu mögen.«

»Wie kommst du darauf?«

»Das merkt man einfach.«

»Wir sind Freunde. Wir verstehen uns gut.«

»Okay, aber ich meine, sie mag dich vielleicht ein bisschen mehr, als du denkst.«

»Hast du nicht zugehört, als sie von diesem Arzt erzählt hat?«

»Doch, aber sie kann viel erzählen … Meiner Meinung nach hat sie auch etwas für dich übrig. Ich meine, warum denn nicht? Du bist ein guter Fang.«

Sieh an, sieh an …

In all den Jahren, die Julia und ich befreundet und Kollegen waren, hatte sie mir noch nie solch ein Kompliment gemacht. Und sie hatte noch nie den leisesten Anflug von Eifersucht gezeigt. Doch angesichts ihrer roten Wangen hätte ich darauf gewettet, dass sie eifersüchtig war. *Nicht zu fassen!* Womöglich hatte ich am Ende doch eine Chance bei ihr.

»Sie hätte sich ihren BH ruhig wieder anziehen können, bevor sie nach Hause gefahren ist«, fuhr Julia fort. »Ich glaube ehrlich gesagt, sie wollte dir ihre Brüste unter die Nase halten.«

Ich konnte meine Belustigung nur schwer verbergen und beschloss, noch eins draufzusetzen. »Nun, sie hat wirklich eine gute Figur. Das muss man ihr lassen.« Ich zuckte die Achseln. »Ich weiß nicht, vielleicht steht sie ja auf mich. Du könntest recht haben.«

Dann passierte etwas Verrücktes.

»Was machst du heute Abend?«, fragte Julia.

»Ich habe nichts vor. Warum?«

»Wenn wir hier fertig sind, könnten wir zusammen essen gehen.«

Na dann …

»Ja, klingt gut.«

Julia hatte mir noch nie vorgeschlagen, etwas gemeinsam zu unternehmen. Für gewöhnlich war ich derjenige, der den Anstoß dazu gab. *Heilige Scheiße.* Womöglich konnte ich hier tatsächlich etwas reißen. Ich hatte Molly erklärt, dass sie den flotten Doktor herumkriegen konnte, indem sie sich uninteressiert zeigte. Aber möglicherweise erreichte man noch mehr, indem man Interesse an jemand anderem zeigte.

Als ich abends zu Hause den Kühlschrank öffnete, stellte ich fest, dass Molly die Reste meines Risottos fast komplett verputzt hatte. Sie lag auf der Couch und las.

»Du böses Mädchen!«, rief ich ihr zu. »Wie ich sehe, konntest du meinem Risotto nicht widerstehen.«

Sie klappte ihr Buch zu und setzte sich auf. »Gekonnt hätte ich es sehr wohl, aber ich habe mich fürs Probieren entschieden. Außerdem war ich neugierig, was die Strafe ist. Woher soll ich wissen, ob es sich lohnt, deiner Küche zu widerstehen? Ich habe keine Ahnung, was die Konsequenzen sind, wenn ich es nicht tue.«

Ich schmunzelte. Ich wusste selbst nicht, was die Konsequenzen waren.

»Ich werde mir etwas ausdenken. Du findest die Strafe morgen früh an deiner Tür.«

»Ah, darauf freue ich mich schon. Du hast gesagt, deine Oma hat dir das Kochen beigebracht. Ist deine Mutter denn auch eine gute Köchin?«

Ich wollte ihr weder unsere komplizierte Familiendynamik noch den Umstand erklären, dass meine Mutter nicht immer in der Verfassung gewesen war, um ihre Kinder zu versorgen. Ich zuckte die Achseln.

»Bei uns haben früher alle abwechselnd gekocht. Aber das meiste habe ich von meiner Oma gelernt.« Ich machte mir eine Flasche Gatorade auf und wechselte das Thema. »Und? Wie läuft's bei dir? Hast du etwas von deinem heißen Doc gehört?«

»Nein. Und leider hat er nach meinem Abgang noch sehr gemütlich mit Daisy zusammengehockt, wie ich von meiner Freundin erfahren habe.«

»Ja, aber nur, weil du nicht da warst.«

»Wahrscheinlich kann ich besser beurteilen, wie die Dinge stehen, wenn ich wieder arbeiten gehe. Er wollte ja mit mir Kaffee trinken. Mal sehen, ob er dranbleibt.«

»Sobald du wieder im Spiel bist, hat die Kleine keine Chance mehr.«

»Hoffentlich.«

»Also … bei mir ist auch etwas ziemlich Interessantes passiert«, sagte ich, denn ich brannte darauf, ihr von meinem Tag zu erzählen.

»Was denn?«

»Julia und ich haben im Büro gearbeitet, und irgendwann hat sie angefangen, über dich zu reden. Ich habe eine gewisse Eifersucht bei ihr gespürt.«

»Wirklich? Lustig, dass du das sagst, weil ich gestern Abend einen ähnlichen Eindruck hatte. Was hat sie gesagt?«

»Sie glaubt, du magst mich.« Ich feixte. »Ich meine, wir wissen beide, dass es so ist, aber ich fand es interessant, dass sie darauf zu sprechen kam.« Ich zwinkerte ihr zu. »Ich mache nur Spaß. Aber dass sie denkt, du magst mich, war *kein* Scherz. Jedenfalls hat ihre leise Eifersucht die Rädchen in meinem Kopf in Bewegung gesetzt.«

»Inwiefern?«

»Mir ist eine Strategie in den Sinn gekommen, die noch besser funktionieren könnte als nur Desinteresse vorzutäuschen: Man muss einen Rivalen ins Spiel bringen.«

»Interessant. Freut mich, dass ich helfen konnte.«

»Deine Nippel waren echt eine Riesenhilfe, denke ich. Sag ihnen Danke von mir.«

Molly wurde rot. »Moment mal! Sie denkt, ich hätte das deinetwegen getan? Aber ich habe ihr doch von Will erzählt.«

»Ja, sie meinte aber, du hättest deinen BH wieder anziehen können, bevor du nach Hause kommst, und wolltest mir deine Brüste zeigen.«

»Sie hält mich also für eine Schlampe. Na großartig. Ich habe ihn nicht angezogen, weil ich auf direktem Weg nach Hause wollte und dachte, du wärst nicht da.«

»Ja, *du* weißt das, und *ich* weiß das, aber sie nicht. Dann lassen wir sie doch in dem Glauben. Lassen wir sie denken, dass ich dich gern anschaue. Vielleicht schaffe ich ja so den Durchbruch.«

Und ich schaue dich wirklich gern an, aber das ist jetzt nicht der Punkt.

Später, als Molly schlafen gegangen war, klebte ich ihr einen Zettel an die Tür.

Du isst mein Risotto, du wäschst meine Wäsche.
Das ist der Preis! Morgen stelle ich dir einen Korb hin. ;-)

Molly und ich sprachen uns erst wieder, als sie mich am nächsten Tag von der Arbeit aus anrief. Ich absolvierte ein spätes Workout in meinem Zimmer und machte eine Pause, um mit ihr zu reden.

»Was gibt's, Mollz?«

»Im Ernst? Deine Wäsche?«

Ich wischte mir die Stirn mit meinem Handtuch ab. »Ich stemme gerade Gewichte. Jede Menge verschwitzte Klamotten für dich.«

»Was für eine Freude.«

»Ich freue mich auch total, weil ich davon ausgehe, dass du meine Wäsche nach Farben sortierst.« Als sie schwieg, sagte ich: »Hey, ich könnte es auch ausnutzen. Hast du deshalb angerufen? Um dich über die Strafe zu beschweren?«

»Nein, eigentlich wollte ich dir etwas Interessantes erzählen.«

Ich trank einen Schluck Wasser. »Ich bin gespannt.«

»Du hast doch gesagt, dass Julia eifersüchtig gewirkt hat, als sie über mich geredet hat.«

»Ja?«

»Also, ich glaube, an deiner Theorie ist was dran. Will und ich haben gerade in der Pause zusammen Kaffee getrunken. Er hat mich gefragt, was es Neues gibt, und ich habe ihm von meinem neuen Mitbewohner erzählt. Ich habe von dir geschwärmt, als wärst du der Traum aller Frauen.«

»Wird nicht so schwer gewesen sein. Okay, mach weiter.«

»Wie auch immer.« Sie lachte. »Irgendwie änderte sich die Stimmung, während ich von dir geredet habe. Er hat sich sehr dafür interessiert, in welcher Beziehung wir zueinander stehen.«

»Hat er dich um eine Verabredung gebeten?«

»Nein. Aber ich frage mich, ob ich ihm Feuer unter dem Hintern machen muss. Vielleicht sollte ich ihm vorgaukeln, ich wäre an dir interessiert.«

Ich kratzte mich am Kinn. *Könnte funktionieren. Oder besser noch …* »Vielleicht könnte ich dich ja auch im Krankenhaus besuchen. Wenn er mich sieht, fühlt er sich vielleicht erst recht unter Zugzwang.«

»Ein kleines bisschen eingebildet, was?«

»Ich will nur helfen.«

»Ich glaube …«, sagte Molly, »ich habe eine bessere Idee. Komm doch mit zu unserem nächsten Happy-Hour-Treffen.«

»Das kann ich machen, aber nur unter einer Bedingung.«

»Warum gibt es bei dir immer Bedingungen?«

»Die hier ist nur fair.«

»Nun sag schon.«

»Du tust das Gleiche für mich. Ich weiß noch nicht, wie, aber ich will Julia eifersüchtig machen. Wir sollten so tun, als wäre wirklich etwas zwischen uns.«

»Okay«, sagte sie nach einer kurzen Pause, »aber wir müssen vorher vereinbaren, was das im Einzelnen beinhaltet.«

Wow. Es überraschte mich ein bisschen, dass sie sich sofort darauf einließ. Anscheinend war sie wirklich scharf auf diesen Will.

»Das beinhaltet alles, was nötig ist, um sie eifersüchtig zu machen«, entgegnete ich. »Wenn es so aussehen soll, als hätten wir etwas miteinander, müssen wir …«

»Uns anfassen und … küssen?«

Ich schmunzelte über ihre Reaktion. »Wenn es dir zu viel ist, müssen wir es nicht machen. Wir erwecken einfach auf irgendeine bizarre Weise den Eindruck, als würden wir aufeinander stehen – durch permanentes Anstarren und telepathische Kommunikation oder so.«

Sie seufzte. »Nein, nein, es muss schon glaubhaft rüberkommen.«

Na, das kann ja interessant werden …

In den folgenden Tagen bekam ich Molly nicht zu Gesicht. Sie arbeitete drei Zwölf-Stunden-Schichten hintereinander, und wir liefen uns nicht über den Weg. Aber heute hatte sie frei, und ich hatte ihr nachmittags geschrieben und nachgefragt, ob sie zum Abendessen zu Hause sein würde. Nach der Arbeit hatte ich im Lebensmittelladen ein paar Dinge besorgt, die ich brauchte, um ihr eine meiner Spezialitäten aufzutischen.

Als sie hereinkam, rührte ich in einer Schüssel, und sie versuchte, mir über die Schulter zu schauen. Ich drehte mich schnell zu ihr um und versperrte ihr die Sicht.

»Du darfst es erst sehen, wenn es fertig ist«, sagte ich.

Sie schmollte, aber ich sah das Lächeln in ihren Augen. »Und wenn ich das, was du da machst, gar nicht mag?«

»Es wird dir schmecken.«

»Woher willst du das wissen?«

»Weil *ich* es mache und du anscheinend alles isst, was ich koche.«

Sie verdrehte die Augen. »Jetzt blas dich mal nicht so auf. Ich habe gestern nur deshalb etwas von deinen Resten stibitzt, weil ich zu faul war, in den Laden zu gehen.«

Ich grinste. »Du kannst ruhig zugeben, dass du mein Essen magst.«

Molly schüttelte den Kopf. »Ich kenne dich zwar noch nicht lange, aber ich bin mir ziemlich sicher, dass dein Ego keine Streicheleinheiten braucht, um noch größer zu werden.«

»Da hast du recht. Ich habe etwas viel Besseres als mein Ego zu bieten, das größer wird, wenn du es streichelst«, sagte ich augenzwinkernd.

Sie errötete und wandte sich rasch ab. Keine Ahnung, warum, aber ich fand es hinreißend, wenn sie rot wurde und es vor mir zu verbergen versuchte.

»Wie viel Zeit habe ich, bis das Essen fertig ist?«, fragte sie.

»Kommt drauf an … Wie viel brauchst du denn?«

»Wenn es noch eine Viertelstunde dauert, rufe ich vorher noch meine Mutter an. Sie hat eben versucht, mich zu erreichen, als ich unterwegs nach Hause war, aber ich telefoniere nicht mehr beim Fahren. Vor einem halben Jahr hatte ich nämlich einen kleinen Unfall, weil ich mit meiner Kreditkartenfirma über eine falsche Kontobelastung gestritten und nicht aufgepasst habe.«

»Nimm dir so viel Zeit, wie du brauchst.«

»Eine Viertelstunde sollte genügen. Wenn ich dann immer noch nicht aufgelegt habe, ruf mir einfach zu, dass das Essen fertig ist. Dann kann ich leichter Schluss machen. Meine Mutter redet manchmal wie ein Wasserfall.«

Ich lächelte. »Alles klar.« Eigentlich benötigte ich nur noch wenige Minuten und beschloss daher, die Zubereitung zu unterbrechen. Aber nach einer halben Stunde war Molly immer noch nicht aus ihrem Zimmer gekommen. Deshalb klopfte ich leise an ihre Tür. Vielleicht hatte sie nicht übertrieben und brauchte tatsächlich Hilfe, um sich von ihrer Mutter loszueisen.

»Hey, Molly? Das Essen ist in ein paar Minuten fertig.«

»Okay, ich komme gleich.«

Zehn Minuten später kam sie endlich aus ihrem Zimmer. Ich hatte bereits zwei Teller angerichtet und auf den Tisch gestellt und wollte gerade einen Scherz darüber machen, dass sie mein Essen kalt werden ließ. Doch da bemerkte ich, dass ihr Gesicht gerötet und fleckig war. Sie hatte offensichtlich geweint.

Ich rieb mir das Brustbein. Plötzlich war mir, als hätte ich Sodbrennen oder so etwas. »Was ist los? Alles in Ordnung mit deiner Mutter?«

Molly schniefte. »Ja, ihr fehlt nichts. Es geht um meinen Vater.«

»Was ist passiert?«

»Er ist krank. Offenbar wurde bei ihm Lungenkrebs festgestellt, und die Prognose sieht nicht gut aus.«

»Scheiße, Moll. Das tut mir leid. Komm her.« Ich zog sie an mich, und in meinen Armen begann sie von Neuem zu weinen. Ich wusste nicht, was ich sagen oder tun sollte, hielt sie einfach nur fest, strich ihr über den Kopf und sagte ihr ein ums andere Mal, dass alles gut werden würde. Als sie sich beruhigt hatte, führte ich sie zur Couch.

»Was kann ich dir bringen?«, fragte ich. »Ein Glas Wein oder Wasser?«

»Nein danke. Du hast extra gekocht, und jetzt wird alles kalt.«

»Mach dir keine Gedanken über das Essen. Sag mir, was du brauchst.«

Ihr Gesicht war so gerötet, dass das Blau ihrer Augen deutlich hervorstach. Schwarze Mascara hinterließ Spuren auf ihren Wangen. Ich wischte sie mit dem Daumen weg. »Möchtest du einen Wein?«

Sie nickte. »Ich glaube, ich könnte wirklich ein Glas brauchen.«

In der Küche schenkte ich zwei Gläser Weißwein ein und nahm die Flasche mit ins Wohnzimmer. Ich reichte ihr ein Glas, setzte mich zu ihr und sagte: »Mein Vater hatte Prostatakrebs, als ich ein Teenager war. Ich hatte große Angst und dachte, er würde es nicht schaffen. Aber er hat überlebt. Die Medizin wird von Tag zu Tag besser. Manchmal kann sich eine Prognose ändern.«

»Ich weiß. Es ist nur … Mein Vater und ich, wir haben eine komplizierte Beziehung.«

Ich nickte. »Verstehe. Meine Beziehung zu meiner Mutter ist auch nicht gerade einfach.«

Molly trank ihren Wein und starrte gedankenverloren auf ihre Füße. Ich gab ihr Zeit zu überlegen, was sie mir anvertrauen wollte. Nach einer Weile begann sie zu reden.

»Als ich sechzehn war, hat mein Vater meine Mutter verlassen. Er ist Dermatologe, und knapp ein Jahr später hat er seine Arzthelferin geheiratet. Kayla ist nur sechs Jahre älter als ich. Ich glaube, ich habe die Trennung und seine erneute Heirat schwerer verkraftet als meine Mutter.« Sie schüttelte den Kopf. »Ich war unheimlich sauer auf ihn. Er hatte einfach ein neues Leben ohne uns angefangen. Die ganze Sache war so klischeehaft. Meine Mutter hatte während seines Studiums zwei Jobs gehabt, um ihr gemeinsames Leben zu finanzieren. Er hat es ihr gedankt, indem er sie einen Monat vor ihrem fünfzigsten Geburtstag gegen ein neueres Modell ausgetauscht hat – ausgerechnet seine Arzthelferin. Ich habe eine kleine Schwester, die glatt meine Tochter sein könnte.«

»Üble Geschichte. Tut mir leid, Molly.«

»Danke. Das ist zwölf Jahre her. Meine Mutter ist darüber hinweg. Sie ist inzwischen mit einem sehr netten Mann zusammen. Aber ich konnte meinen Groll nie ablegen, was meine Beziehung zu meinem Vater all die Jahre belastet hat. Er ruft mich alle paar Wochen an, aber wir reden miteinander, als würden wir uns nur flüchtig kennen: Wie läuft es auf der Arbeit? Wie ist das Wetter? Hast du eine schöne Reise geplant?«

»Lebt er hier in Chicago?«

Sie nickte. »Er wohnt drüben in Lincoln Park.« Dann schwieg sie erneut eine Weile, bevor sie weitersprach. »Ich habe so viele Jahre mit schlechten Gefühlen wegen etwas vergeudet, das gar nichts mit mir zu tun hatte.«

»Nun …« Ich nahm ihr fast leeres Weinglas und schenkte ihr nach. »Das Gute an Vergebung ist, dass sie kein Verfallsdatum hat. Vergeben kann man immer.«

Molly rang sich ein Lächeln ab. »Danke.«

»Ist er im Krankenhaus?«

Sie schüttelte den Kopf. »Es wurden einige Tests gemacht, und er fängt in den nächsten Tagen mit der Chemo an. Er hat meine Mutter angerufen, weil er mir letzte Woche eine Nachricht hinterlassen hatte und ich noch nicht dazu gekommen bin, ihn zurückzurufen. Meine große Schwester offenbar auch nicht.«

»Ist sie auch in Chicago?«

»Nein, Lauren lebt in London. Sie hat dort ein Jahr studiert und einen Mann kennengelernt. Kaum hatte sie ihren Abschluss, ist sie zu ihm gezogen. Sie sind beide Universitätsprofessoren, und sie kommt nur einmal im Jahr zu Besuch.«

Ich nickte. »Was willst du nun machen? Rufst du ihn an, oder fährst du zu ihm?«

»Ich weiß nicht. Wahrscheinlich beides, erst anrufen und dann persönlich mit ihm reden. Obwohl ich mich ehrlich gesagt ziemlich unwohl fühle bei dem Gedanken. Es ist lange her, dass wir uns gesehen haben, und ich weiß nicht, wie ich die Dinge in Ordnung bringen soll, vor allem unter diesen Umständen.«

»Ich begleite dich, wenn du möchtest.«

Molly stutzte. »Das würdest du tun?«

»Aber sicher. Wir wohnen zusammen. Ich unterstütze dich.«

»Das weiß ich wirklich zu schätzen. Aber es könnte merkwürdig sein, jemanden mitzubringen, den er noch nie gesehen hat. Ich glaube, das muss ich allein schaffen.«

Ich nickte. »Okay. Aber ich kann dich hinfahren. Ich parke um die Ecke und warte auf dich. Wenn ich meinen Laptop mitnehme, kann ich in der Zeit arbeiten. Dann musst du nicht selbst zurückfahren, falls dich der Besuch zu sehr aufwühlt, und auf dem Hinweg hast du jemanden an deiner Seite, der dich beruhigt.«

»Das ist wirklich lieb von dir. Ich weiß, dass ich mit meinen Gedanken woanders sein werde und mich vielleicht nicht so gut auf den Verkehr konzentrieren kann. Daher würde ich dein Angebot tatsächlich annehmen, wenn es dir ernst ist.«

»Natürlich ist es mir ernst. Ich mache das gern! Sag mir nur, wann, und ich bin bereit.«

Molly lächelte, und mir war, als würde die Hand, die mein Herz umklammert hielt, ihren Griff ein wenig lockern. »Danke, Declan.«

Nach einem Moment des Schweigens fragte sie: »Hatten deine Eltern auch eine schmutzige Trennung?«

Als ich die Stirn runzelte, schob sie erklärend nach: »Du hast gesagt, die Beziehung zu deiner Mutter sei kompliziert, und ich dachte, deine Situation ähnelt meiner vielleicht.«

Ich schüttelte den Kopf. Es fiel mir wesentlich schwerer, über die Krankheit meiner Mutter zu reden als über den Kampf meines Vaters gegen den Krebs – gerade zurzeit. Außerdem hatte ich die Stimmung endlich ein wenig aufgelockert und wollte Molly nicht wieder runterziehen. Deshalb versuchte ich, meine Äußerung von zuvor zu relativieren. »Nein, nur der übliche Familienkram.« Ich stand auf. »Trink deinen Wein und entspann dich. Ich mache das Essen fertig. In zehn Minuten gibt es eine neue Portion.«

Molly schaute über meine Schulter in Richtung Küche. »Was hast du vorbereitet?«

»Belgische Waffeln mit Eis. Ich finde, es gehört zu meinen Aufgaben als Mitbewohner, etwas gegen deine Abneigung gegen Frühstücksgerichte zum Abendessen zu unternehmen. Und weißt du was? Weil du einen schweren Abend hattest, geht das Essen auf mich. Du musst weder meine Wäsche waschen noch meine Sachen aus der Reinigung holen.«

Sie schüttelte den Kopf, schmunzelte aber. »Danke.«

Ich warf die kalten Waffeln mit dem geschmolzenen Eis in den Mülleimer und bereitete rasch neue zu. Es freute mich, dass Molly ordentlich zulangte und ihren Vater eine Zeit lang zu vergessen schien.

»Und? Wie läuft es mit Julia?«, fragte sie mich beim Essen.

»Gut. Neulich waren wir nach der Arbeit noch zusammen Abend essen.«

»Ihr hattet ein Date?«

»Nein. Wir arbeiten zusammen und sind viel auf Reisen, daher essen wir auch häufig zusammen. Aber diesmal war es irgendwie anders.«

»Wie denn?«

»Sie hat sich über ihren Freund Bryant beklagt, und zwar nicht zu knapp. Sie sind seit fast einem Jahr zusammen, und das hat sie noch nie getan.«

»Dann wollte sie dir zu verstehen geben, dass es Ärger im Paradies gibt?«

Ich zuckte die Achseln. »Ich finde das Timing interessant. Plötzlich lässt sie zum ersten Mal durchblicken, dass es in ihrer Beziehung kriselt – kurz nachdem ihr der Verdacht gekommen ist, zwischen mir und meiner heißen Mitbewohnerin könnte etwas laufen.« Sofort nachdem ich es gesagt hatte, wurde mir bewusst, dass es eventuell unangebracht war, Molly als »heiß« zu bezeichnen. Ich neckte sie gern, aber ich wollte nicht, dass sie sich in meiner Gegenwart unbehaglich fühlte. »Entschuldige. Das hätte ich nicht sagen sollen. Ich meine, du bist offensichtlich hübsch, aber du sollst nicht denken, dass ich dich abchecke, wenn du in der Wohnung herumläufst. Ich habe einfach ein loses Mundwerk.«

In Wahrheit checkte ich Molly tatsächlich heimlich ab, wenn sie es nicht merkte. Es fiel mir verdammt schwer, es nicht zu tun. Aber das musste sie nicht wissen.

Sie lächelte. »Ist schon gut.«

»Natürlich könnte das Timing auch purer Zufall sein. Aber das glaube ich nicht. Wie sieht es bei dir aus? Was macht der nette Herr Doktor? Gibt es da etwas Neues?«

»Eigentlich nicht.«

»Vielleicht wird er aktiv, wenn er uns zusammen sieht, wie es offenbar bei Julia der Fall war.«

Molly wischte mit ihrem letzten Waffelhappen das geschmolzene Eis von ihrem Teller. »Wieso muss man so einen Zirkus daraus machen? Wenn Will mich wirklich mag, warum sollte er dann nur handeln, wenn er fürchtet, seine Chance zu verpassen? Das Gleiche gilt für Julia. Das Ganze kommt mir total unreif vor. Ehrlich gesagt kann ich es immer noch nicht fassen, dass ich mir neulich in der Kneipe den BH ausgezogen und mich mit Wasser bespritzt habe, um die Aufmerksamkeit eines Mannes zu erregen. Ich bin siebenundzwanzig, nicht siebzehn. Im Nachhinein ist es mir ziemlich peinlich – obwohl es die gewünschte Wirkung erzielt hat.«

Ich schüttelte den Kopf. »Ich denke, wir schweifen häufig zu sehr in die Ferne und übersehen dadurch etwas, das wir direkt vor der Nase haben. Spielt es denn eine Rolle, ob uns die Eifersucht oder was auch immer aufrüttelt – solange wir wach werden?«

Sie zuckte die Achseln. »Ich weiß nicht. Du magst recht haben. Vielleicht ist das Leben einfach so, aber es wirkt albern auf mich.«

Mir kam der Gedanke, dass Molly zwar über Will sprach, aber ebenso gut ihre Eltern meinen könnte. Zudem war mir nicht entgangen, dass Will den gleichen Beruf hatte wie ihr Vater, und Molly und ihre Stiefmutter waren beide Krankenschwestern. Ich war kein Psychologe, aber womöglich gab es da einen Zusammenhang.

Ich stand auf, um meinen Teller in die Spüle zu stellen. »Wann arbeitest du das nächste Mal mit dem hyperopischen Doktor zusammen?«

Sie runzelte die Stirn. »Hyperopisch?«

»Hyperopie ist das Gegenteil von Myopie. So nennt man das, wenn jemand in der Ferne gut sehen kann und in der Nähe nicht.«

»Oh. Verstehe.« Sie kam lächelnd in die Küche und spülte ihren Teller unter dem Wasserhahn ab. »Er hat Freitagnacht Bereitschaftsdienst. Wenn also eine Frau Wehen bekommt, sehe ich ihn wahrscheinlich. Wir erleben nur selten eine Nacht, in der der zuständige Arzt nicht reinkommen muss.«

»Dann könnte ich dich zum Lunch abholen, oder?«

»Äh, ich arbeite von sieben Uhr abends bis sieben Uhr morgens. Meine Mittagspause ist um Mitternacht.«

Ich zuckte die Achseln. »Ja und?«

»Ich werde dich nicht bitten, um diese Uhrzeit ins Krankenhaus zu kommen.«

»Du brauchst mich nicht bitten, ich habe es selbst vorgeschlagen.«

»Ich weiß, aber …«

»Es ist ein Date, Mollz.«

»Okay, danke dir«, entgegnete sie seufzend. »Mal sehen, ob er überhaupt auftaucht.«

Wir räumten schweigend die Küche auf, bis Molly irgendwann sagte: »Ich glaube, ich muss meine Mutter noch mal anrufen. Wenn ich es nicht tue, macht sie sich die ganze Nacht Sorgen, weil ich am Ende so aufgelöst war. Wahrscheinlich sollte ich auch mit meiner Schwester sprechen, aber in London ist es jetzt ziemlich spät. Ich mache es lieber erst morgen.«

»Klingt nach einer guten Idee.«

»Übrigens habe ich seit meiner Kindheit keine belgischen Waffeln mit Eis mehr gegessen. Sie waren köstlich! Danke für dieses Frühstück am Abend.«

»Keine Ursache. Ich gehe jetzt in mein Zimmer. Ich muss noch etwas für die Arbeit lesen. Aber wenn du nach dem Gespräch mit deiner Mutter reden willst, weißt du, wo du mich findest.«

»Danke.«

Molly schenkte sich noch ein Glas Wein ein, sagte »Gute Nacht« und ging den Flur zu ihrem Zimmer hinunter. An der Tür drehte sie sich um und erwischte mich dabei, wie ich ihr auf den Hintern starrte. Ich dachte schon, sie würde sauer werden, aber sie schmunzelte.

»Du hast keine Probleme mit Hyperopie, was?«

»Hundertprozentige Sehschärfe«, entgegnete ich grinsend. »Gott sei Dank.«

»Gute Nacht, Dec. Danke für alles. Und ich meine nicht nur das Essen.«

»Gern geschehen. Gute Nacht, Mollz.«

6. KAPITEL

Molly

»Verdammt! Eine Frau, die gerade erst eine Melone aus sich rausgepresst hat, wird schon bald wieder schwanger werden.«

Daisy und ich saßen nebeneinander im Schwesternzimmer, aber ich hatte keine Ahnung, wovon sie redete. Ich sah vom Computermonitor auf und folgte ihrem Blick.

Oh mein Gott. Ein Mann mit einem riesigen Blumenstrauß kam den Flur hinunter. Er trug einen gut sitzenden Anzug mit Weste, hatte seine Krawatte etwas gelockert, und ein Bartschatten zierte seine markante Kieferpartie. Und es war nicht irgendeine markante Kieferpartie, sondern die von *Declan*. Als er mich entdeckte, trat ein strahlendes Lächeln auf seine Lippen, und zwei Grübchen blitzten auf.

»Au Mann …«, flüsterte Daisy mir zu. »Ich glaube, er hat *mich* gerade geschwängert.«

Ich hatte nichts von seinem Kommen gewusst, denn wir hatten eigentlich vereinbart, dass er vorher anrufen sollte. Vor lauter Überraschung und geblendet von seinem fantastischen Aussehen bekam ich keinen Ton heraus. Ich saß einfach nur da und glotzte, während er direkt auf mich zukam.

»Hey, meine Schöne.«

Daisy staunte nicht schlecht, als ich aufstand.

»Declan … Was machst du denn hier?«

Er hielt eine Tüte hoch. »Ich habe Abendessen für dich gemacht … oder besser gesagt Lunch.« Dann überreichte er mir die Blumen. »Und die habe ich dir mitgebracht.«

»Die sind wunderschön. Aber … das wäre doch nicht nötig gewesen. Ich habe nicht geahnt, dass du herkommst.«

»Ich wollte dich überraschen. Hast du schon Pause gemacht?«

Ich schüttelte den Kopf. »Nein, aber in einer Viertelstunde kann ich gehen. Ich muss hier nur noch etwas zu Ende bringen.«

Daisy, die ich völlig vergessen hatte, stand auf und nahm mir die Patientenakte aus der Hand.

»Ich erledige das für dich.«

»Oh … okay. Danke, Daisy.«

Declan musterte sie, als er den Namen hörte. »Daisy, hm?«, sagte er. »Ich bin Declan, Mollys Verabredung.«

»Freut mich, Declan.«

»Ganz meinerseits. Es ist nett von dir, für Molly einzuspringen, damit ich mit ihr essen kann. Ich arbeite tagsüber, und sie arbeitet nachts, und ich hatte Sehnsucht nach ihr.«

Daisy hörte gar nicht mehr auf zu lächeln. »Wie süß! Lasst euch Zeit. Es ist ziemlich ruhig heute Nacht, und ich komme auch allein klar.«

Declan streckte die Hand nach mir aus, um mich hinter meinem Schreibtisch hervorzuholen. »Bitte, nach dir, meine Schöne.«

Sobald wir außer Hörweite waren, raunte er mir zu: »Das ist also Daisy? Sie hat keine Chance gegen dich. Wenn der flotte Herr Doktor sie dir vorzieht, ist er nicht nur blind, sondern ein echter Vollidiot.«

Aus irgendeinem Grund hatte ich Herzrasen. Ich wusste nicht, ob es daran lag, dass ich so überrascht war von Declans

Besuch, oder an der Tatsache, dass ich bei seinem Anblick völlig hin und weg gewesen war. Der Mann hatte eine unglaubliche Präsenz.

»Nett, dass du das sagst, auch wenn es Blödsinn ist«, gab ich zurück. »Aber leider haben wir heute eine der seltenen Nächte, in denen keine unserer Patientinnen in den Wehen liegt und Will nicht hier ist. Ich wünschte, du hättest vorher angerufen. Dann wäre dir die Fahrerei erspart geblieben.«

Declan zuckte mit den Schultern. »Macht nichts. Ich wollte sowieso nach dir sehen. Heute war dein Vater zum ersten Mal bei der Chemo, nicht wahr? Du hattest erwähnt, dass er dich danach anrufen wollte. Ich dachte, du möchtest vielleicht darüber reden.«

Ich ging mit Declan in den Pausenraum. Eigentlich war er nur für Krankenhauspersonal, aber im Grunde achtete niemand darauf, und nachts schon gar nicht. Er begann wie zu Hause in der Küche mit der Essensvorbereitung und nahm eine Frischhaltebox aus der Tasche, stellte sie in die Mikrowelle und bot mir einen Stuhl an.

»Hast du mit ihm gesprochen?«

»Ja, wir haben uns fast eine halbe Stunde unterhalten. Es war mit Sicherheit das längste Gespräch, das wir in den vergangenen zehn Jahren geführt haben. Wir haben hauptsächlich über seinen Behandlungsplan gesprochen und darüber, welche Ärzte wir mögen und welche nicht. Es war eher, als würde ein Arzt mit einer Krankenschwester über eine Patientenakte reden, und kein richtiges Vater-Tochter-Gespräch, aber es ist immerhin ein Anfang.«

Er nickte. »Gut, dass ihr mit der Medizin eine Gemeinsamkeit habt. Das macht es leichter.« Die Mikrowelle piepte, und er nahm den Behälter heraus und stellte ihn mir hin. »Selbst gemachte Gnocchi mit Sahnesoße.«

»Wow, selbst gemacht? Auch den Kartoffelteig?«

»Jawohl. Ich habe dir doch gesagt, ich bin der perfekte Mitbewohner.«

Ich spießte zwei von den Klößchen mit der Gabel auf und probierte. Wenn Declan nicht vor mir gestanden hätte, um meine Reaktion zu beobachten, hätte ich womöglich die Augen geschlossen und leise gestöhnt, so köstlich waren sie.

»Wahnsinnig lecker!«

Er setzte sich mir gegenüber und lächelte. »Gut. Hau rein.«

Ich spießte die nächsten Gnocchi auf. »Teilen wir sie uns?«

»Nein, iss ruhig. Ich hatte schon eine Portion. Aber jetzt erzähl doch mal, wie du mit deinem Vater verblieben bist. Wirst du ihn besuchen?«

»Er hat mich zum Essen eingeladen.«

»Super! Wann?«

»Dienstagabend.«

Declan kratzte sich am Kinn. »Da habe ich ein Meeting, aber das lässt sich eventuell verlegen.«

»Nein, nicht nötig. Ich kann allein hinfahren.«

Er nahm sein Handy und begann zu tippen. Als er fertig war, warf er es auf den Tisch. »Erledigt. Ich habe dem Typ geschrieben und ihn gefragt, ob es auch am Freitag geht. Ist bestimmt kein Problem.«

Kauend sagte ich: »Du bist wirklich ein guter Freund, Declan.« Obwohl wir uns erst wenige Wochen kannten, wusste ich irgendwie, dass ich mich auf ihn verlassen konnte.

Wenige Minuten später hatte ich die Portion fast aufgegessen. Ich spießte noch zwei Gnocchi auf, aber auf halbem Weg zum Mund hielt ich inne. »Ich würde ja gern, aber ich bin pappsatt.«

»Bist du sicher, dass nichts mehr reinpasst?«, fragte Declan.

»Hundertprozentig.«

»Gut.« Er beugte sich über den Tisch und öffnete den Mund, um sich die Gnocchi zu schnappen. »Ich habe nämlich gelogen«, sagte er mit vollem Mund. »Ich habe noch nichts gegessen. Ich musste lange arbeiten, und die verdammten Gnocchi dauern eine Weile. Aber ich habe mich beeilt, weil ich deine Pause nicht verpassen wollte. Also fütter mich bitte mit den Resten, ja?«

Ich lachte und schob ihm noch zwei Bissen in den Mund. Wir waren so beschäftigt und hatten einen solchen Spaß, dass wir es gar nicht hörten, als jemand den Raum betrat.

Dann sagte eine tiefe Männerstimme: »Hallo, Molly …«

Ich drehte mich um und sah Will Daniels mit einer Kaffeetasse in der Hand. Sein Blick wanderte zwischen Declan und mir hin und her.

Ich räusperte mich. »Hallo, Will!«

Declans Augen weiteten sich, als ihm klar wurde, was gerade passierte, und ein selbstgefälliges Lächeln breitete sich auf seinem Gesicht aus. Sein Blick sagte eindeutig: »Auftrag erfüllt!«

Will reichte Declan die Hand. »Will Daniels.«

»Declan Tate. Nett, Sie kennenzulernen.«

»Sind Sie ein Freund von Molly?«

»Das hier ist ein Date«, sagte Declan, ohne zu zögern.

Will war verständlicherweise verwirrt und sah mich an. Wir hatten erst vergangene Woche zusammen Kaffee getrunken, und ich hatte meinen neuen Mitbewohner erwähnt, jedoch nicht, dass ich mit jemandem ausging. Weil ich Declans Namen nicht genannt hatte, konnte er nicht wissen, dass mein Date ebendieser Mitbewohner war.

Ich wusste nicht, was ich sagen sollte. »Äh, es ist … unser erstes.«

Will lächelte etwas gezwungen. »In einer Woche kann sich einiges ändern.«

»Ja.«

Er wandte sich Declan zu. »Was immer in der Mikrowelle war, es riecht fantastisch.«

Declan grinste. »Danke. Gnocchi. Habe ich selbst gemacht.«

»Ah, ein Koch.« Will ging zu der Kaffeekanne, und es dauerte gefühlt zehn unbehagliche Sekunden, bis er seine Tasse gefüllt hatte. Als er die Kanne wieder abstellte, sagte er: »Dann lasse ich euch mal in Ruhe zu Ende essen.«

Und dann war er weg.

Als er den Raum verlassen hatte, sagte Declan leise zu mir: »Okay … willst du meine Einschätzung hören?«

»Ja.«

»Der Doc war eindeutig eifersüchtig«, raunte er mir zu. »Die Situation war total unangenehm. Großartig! Er war offensichtlich enttäuscht und überrascht, dich hier mit mir zu sehen.«

In mir keimte Hoffnung auf. »Meinst du?«

»Ich *meine* es nicht, ich *weiß* es. Das hat also geklappt. Ich bin nicht umsonst hergekommen.«

»Und jetzt?«, fragte ich. »Ich meine, kann das auch nach hinten losgehen? Weil er jetzt denkt, ich wäre vergeben?«

»Wir haben ja nicht gesagt, dass wir zusammen sind, sondern nur, dass wir ein erstes Date haben. Glaub mir, wenn er dich das nächste Mal allein erwischt, wird er dich über mich ausfragen. Dann hast du die Möglichkeit, ihn wissen zu lassen, dass es nichts Ernstes ist. Ich werde einfach nur präsent sein, um ihm begreiflich zu machen, dass er sich beeilen muss, wenn er seine Chance nicht verpassen will.«

Ich blies mir eine Haarsträhne aus dem Gesicht. »Das ist auf jeden Fall einfacher, als meine Nippel herzuzeigen. Und ich muss mich nicht selbst widerlich finden.«

»Das wird lustig, Mollz.« Declan verschloss den Plastikbehälter. »Apropos lustig, könntest du nächsten Mittwoch am

Abend zu Hause sein? Dann hast du doch frei, oder? Ich wollte Julia gerne zum Brainstorming für die neue Kampagne zu mir einladen. Das wäre eine super Gelegenheit für dich und mich zum … Flirten.«

Ich konnte schlecht Nein sagen. Er hatte mir heute sehr geholfen.

»Ja … klar. Natürlich. Das können wir machen. Schließlich muss ich mich bei dir revanchieren. Du hast mir gerade einen großen Gefallen getan.«

Er grinste von einem Ohr zum anderen. »Cool.«

In diesem Anzug sah er wirklich besonders gut aus.

Declan blieb, bis meine Pause vorbei war, dann machte ich mich wieder an die Arbeit.

Später in der Nacht erwischte Will mich tatsächlich allein im Schwesternraum.

Er blätterte in einigen Akten, dann sagte er: »Dieser Declan … so heißt er doch, oder? Scheint ein netter Kerl zu sein.«

Mir klopfte das Herz bis zum Hals. »Ja, das ist er. Wie gesagt, es war das erste Date. Nichts Ernstes.«

»Er scheint es aber ziemlich ernst zu meinen, wenn er dir mitten in der Nacht Essen bringt …«

»Ja, das war wirklich nett von ihm. Aber das hat noch nichts zu bedeuten.«

Er sortierte die Akten wieder ein, bevor er sich zu mir umdrehte. »Gut zu wissen«, sagte er augenzwinkernd, bevor er den Flur hinunterging.

Ich war begeistert, aber gleichzeitig fragte ich mich, warum er so lange brauchte, um mich um eine Verabredung zu bitten. Er hätte mich inzwischen längst fragen können.

Wenige Minuten später tauchte Daisy auf. »Wahnsinn, Molly! Erzähl mir alles über deinen neuen Typen!«

Sie bekam von mir die gleiche Geschichte zu hören wie Will: dass es noch zu frisch war, um etwas sagen zu können.

»Also, wenn es nicht klappt, schick ihn zu mir! Ein Mann, der so aussieht und seiner Liebsten Essen und Blumen bringt, ist eine absolute Ausnahme.«

Ja, solche Männer gibt es nicht, hätte ich beinahe gesagt.

Andererseits: Was war eigentlich nicht echt an Declan? Er sah aus, wie er aussah, und er war ein fantastischer Koch. Das Essen heute war vielleicht Show gewesen, aber die belgischen Waffeln, die er für mich gemacht hatte, sicher nicht. Und auch sein Angebot, mich zu meinem Vater zu begleiten, war aufrichtig gewesen, und er konnte wirklich gut zuhören, das war auch nicht gespielt.

Ich wollte Will, doch aus irgendeinem Grund ging mir Declan in dieser Nacht nicht mehr aus dem Kopf.

7. KAPITEL

Molly

In Lincoln Park fand Declan gleich bei meinem Vater um die Ecke einen Parkplatz.

»Okay, ich werde hier sein und arbeiten, falls du mich brauchst.«

Es war mir unangenehm, ihn im Auto warten zu lassen. Er hatte zwar gesagt, er habe zu tun, aber ich konnte mir nicht vorstellen, dass er die Zeit freiwillig in seinem Wagen eingesperrt verbringen würde, wenn er mir nicht einen Gefallen tun wollte. Und wenn ich ihm sagen würde, dass mir nicht wohl dabei war, ihn hier warten zu lassen, würde er trotzdem darauf bestehen. Deshalb tat ich so, als bräuchte ich seine Unterstützung beim Abendessen. Und es war keine komplette Lüge.

»Meinst du, wir könnten den Plan ändern? Ich würde mir wünschen, dass du mit reinkommst.«

Er runzelte die Stirn. »Ich soll mit dir und deinem Vater zu Abend essen?«

»Ich weiß, es kommt ein bisschen plötzlich, aber ich möchte lieber nicht allein zu ihm.«

»Mehr musst du nicht sagen.« Declan löste seinen Sicherheitsgurt. »Und wie lautet unsere Geschichte?«

»Was meinst du?«

»Wer soll ich sein?«

Ich knuffte ihn in die Schulter. »Mein Mitbewohner Declan, ganz einfach.«

»Das ist doch mal eine originelle Idee.« Er schmunzelte.

»Sei einfach du selbst.«

Er zwinkerte mir zu. »Das krieg ich hin.«

Nachdem wir ausgestiegen waren, gingen wir zur Haustür. Mein Vater wohnte in einem drei Millionen Dollar teuren Einfamilienhaus in einer schicken, von Bäumen gesäumten Straße in einem der schönsten Viertel von Chicago.

Meine »Stiefmutter« Kayla machte uns auf. »Molly, wie schön, dich zu sehen.« Bei der obligatorischen Umarmung tätschelte sie mir den Rücken.

»Ich freue mich auch.«

»Und wer ist das?«, fragte sie.

»Das ist mein Freund Declan. Ich hoffe, es ist euch recht, dass ich ihn mitgebracht habe.«

»Aber natürlich! Wir haben reichlich zu essen.«

»Freut mich, Sie kennenzulernen«, sagte Declan.

Ich hätte schwören können, dass Kaya ihn kurz abcheckte.

»Wo ist Siobhan?«, fragte ich.

»Deine Schwester ist bei einer Freundin. Sie wollte dich unbedingt sehen, aber sie wurde zu einer Übernachtungsparty eingeladen, die schon um vier angefangen hat. Sie war hin- und hergerissen.«

»Ah. Hoffentlich erwische ich sie nächstes Mal«, sagte ich.

Obwohl ich meine neunjährige Halbschwester wirklich gern gesehen hätte, war ich froh, meinen Vater heute Abend für mich zu haben. Siobhan war so redselig, dass außer ihr niemand zu Wort gekommen wäre.

»Dein Vater ist im Wohnzimmer«, sagte Kayla.

Wir folgten ihr durch die Diele ins Haus. Mein Vater stand am Fenster und drehte sich um, als er uns kommen hörte.

Er breitete die Arme aus. »Da ist ja meine schöne Tochter!«

»Hey, Dad.«

Als wir uns umarmten, spürte ich, wie dünn er geworden war. Sein Kopf war kahl, und obwohl ich wusste, dass er ihn vorsorglich rasiert hatte, war der Anblick ein Schock.

Sein Blick fiel auf meinen Begleiter. »Und wer ist das?«

Declan reichte ihm die Hand. »Hallo, Dr. Corrigan. Ich bin Mollys Mitbewohner Declan.«

Mein Vater nickte. »Ah, der lustige Typ, von dem du mir erzählt hast.«

Declan sah mich groß an.

»Pst …« Ich lächelte. »Declan darf nicht wissen, dass ich nett über ihn rede.«

»Freut mich, dass er mitkommen konnte.«

»Mich auch, Dr. Corrigan.«

»Bitte nennen Sie mich Robert, Declan. Kann ich Ihnen etwas zu trinken anbieten?«

»Das wäre großartig.«

Wir begleiteten meinen Vater ins Esszimmer, das eine wunderbare Stuckdecke besaß. Überhaupt war die klassische Architektur des Hauses ziemlich beeindruckend. Er öffnete den in die Ecke eingebauten Spirituosenschrank.

»Ich habe fast alles da, was gut ist. Was hätten Sie gern?«

»Ein Scotch wäre toll«, sagte Declan.

»Kommt sofort.« Er wandte sich mir zu. »Und meine Molly? Was möchtest du?«

»Ich nehme ein Glas Weißwein.«

»Kayla!«, rief er in die Küche. »Würdest du Molly bitte von dem Weißen einschenken, den du gestern aufgemacht hast?«

»Sofort, mein Schatz«, gab sie zurück.

Zum Dinner gab es Spaghetti Carbonara, die dafür, dass Kayla sie gemacht hatte, überraschend gut waren. Beim Essen erzählte mein Vater Geschichten aus meiner Kindheit, und Declan schien sich gut zu amüsieren. Kayla nickte meistens nur, was mir durchaus recht war. Ich wollte nicht so tun müssen, als würde ich mich gern mit ihr unterhalten. Das Zusammensein mit meinem Vater genoss ich jedoch sehr, auch wenn wir unsere Probleme gehabt hatten. Er hatte mir gefehlt.

Schließlich stand Kayla auf und brachte das Geschirr in die Küche. Declan und ich boten ihr Hilfe an, aber sie bestand darauf, dass wir bei meinem Vater blieben und uns mit ihm unterhielten. Als wir zu dritt waren, nahm das Gespräch unversehens eine Wendung, als hätte jemand einen Schalter umgelegt.

»Warum sind Sie eigentlich wirklich mitgekommen, Declan?«, fragte mein Vater. »Weil meine Tochter mir nicht allein begegnen wollte?«

Mehrere Sekunden lang herrschte Stille.

Mein Mitbewohner, der sonst selten um eine Antwort verlegen war, sah mich an und stammelte: »Nein, äh … ich …«

»Doch!«, rief ich. »Ich habe seine Unterstützung gebraucht. Ich war aus vielen Gründen ziemlich nervös. Hauptsächlich hatte ich Angst, weil ich dich nicht krank sehen wollte. Ich bedauere so vieles an unserer Beziehung, aber letztlich bist du mein Dad. Ich hatte Angst. Angst vor der Angst.«

»Ich weiß«, sagte mein Vater. Nach kurzem Schweigen wandte er sich an Declan. »Danke für die Begleitung.«

»Es ist mir ein Vergnügen.«

»Wie ist es dazu gekommen, dass Sie ihr Mitbewohner geworden sind?«

Declan grinste verschmitzt. »Sie konnte meinem Charme nicht widerstehen.«

»Also, eigentlich geht die Geschichte anders«, warf ich ein.

»Richtig, in Wahrheit habe ich das Zimmer mangels Alternativen bekommen. Alle anderen waren so furchtbar, dass

Molly nichts anderes übrig geblieben ist, als mich zu nehmen – *und* ich habe Cupcakes für sie gebacken.«

»Geniale Idee.« Mein Vater lachte. »Ein Kerl, der Cupcakes backt, kann unmöglich böse sein.«

»Genau das war auch mein Gedanke, Robert.«

»Wie lebt es sich denn mit meiner Tochter?«

Declan schaute zu mir herüber und lächelte. »Es macht Spaß – auch wenn man sich das bei ihrer Ordnungsliebe und ihren strengen Regeln zuerst gar nicht vorstellen kann.«

Mein Vater schaute zu mir. »Streng, hm?«

»Sie hat es gern sauber und ordentlich«, erklärte Declan. »Aber daran ist nichts auszusetzen. So ist sie eben.«

Mein Vater sah mich durchdringend an. »So war sie nicht immer. Ich habe in Erinnerung, dass sie früher recht unordentlich und unbekümmert war.« Er hielt inne. »Aber nach der Trennung habe ich öfter von meiner Ex-Frau gehört, Molly sei fast zwanghaft ordentlich geworden.« Er senkte den Blick und seufzte. »Und ich dachte immer nur: Das passt gar nicht zu ihr.« Er schüttelte den Kopf. »Ich habe mich gefragt, ob es etwas damit zu tun hat, dass ich die Familie verlassen habe.«

Ich wusste nicht, was ich sagen sollte. Auf diesen Gedanken war ich noch gar nicht gekommen, aber ich hatte mein Verhalten bisher auch nie analysiert.

Mein Vater fuhr fort und sah mich dabei nun unverwandt an. »Mein Therapeut meint, wir tun gewisse Dinge, um für Ordnung und Stabilität in unserem Leben zu sorgen, weil es Dinge sind, die wir kontrollieren können. Als ich euch verlassen habe, habe ich dein Leben auf den Kopf gestellt.«

Es erstaunte mich, dass mein Vater von meinen Marotten wusste. Meine Mutter hatte ihm offenbar mehr anvertraut, als ich gedacht hatte. Die zweite Überraschung für mich war, dass er eine Psychotherapie machte.

»Du gehst zu einem Seelenklempner?«

»Ja. Schon eine ganze Weile. Ich bereue vieles, Molly. Wie ich euch Mädels und deine Mutter behandelt habe, tut mir sehr leid.«

Mir wurde eng um die Brust. Er sollte sich jetzt nicht mit derartigen Selbstvorwürfen quälen. »Wir machen alle Fehler«, sagte ich, um ihn zu beruhigen.

»Ich habe einen ziemlich großen gemacht.«

Es brach mir das Herz, dass mein Vater sich mit Sachen beschäftigte, die er bereute, während er gegen diese Krankheit kämpfte. Er hatte vielleicht nicht mehr viel Zeit und musste sich auf das Positive konzentrieren.

»Dad, bitte mach dir jetzt keine Gedanken über die Vergangenheit.«

Die Spannung im Raum war förmlich greifbar, und auf einmal spürte ich Declans Hand auf meiner, als hätte er gespürt, wie sehr ich in diesem Moment seine Unterstützung brauchte.

Er drückte meine Hand. »Wenn ich etwas sagen darf, Dr. Corrigan …?«

Mein Vater nahm einen Schluck von seinem Drink. »Selbstverständlich.«

»Molly war sechzehn, als Sie gegangen sind, und in der Regel hat man in diesem Alter seine Persönlichkeit gefunden. In den prägenden Jahren waren Sie also für sie da. Das sollten Sie nicht außer Acht lassen. Gut, Sie haben Fehler gemacht, aber Ihre Tochter ist ein großartiger Mensch mit einem klugen Kopf und einem tollen Beruf, und sie steht mit beiden Beinen fest auf dem Boden. Sie ist zufrieden und liebt die kleinen Freuden des Lebens – vor allem Essen.« Er sah mich an, und ich verdrehte die Augen. »Sie kommt klar, und ich für meinen Teil bin froh, sie meine Freundin nennen zu können.«

Ob Declan die Wahrheit sagte, spielte keine Rolle. Er hatte genau die richtigen Worte für meinen Vater gefunden. Ich hätte ihn küssen können. *Oh Gott, wo kam das denn her?*

»Sie sollten in die Werbung gehen«, flachste mein Vater, der beim Essen sehr wohl mitbekommen hatte, dass Declan in der Werbebranche tätig war. »Aber vielen Dank. Es freut mich, dass meine Tochter jemanden wie Sie hat, der auf sie aufpasst.«

Kurz darauf suchte Declan die Toilette auf.

Mein Vater ging mit mir ins Wohnzimmer. »Er ist schwul, oder?«

Ich hätte fast meinen Wein ausgespuckt. »Was? Nein! Wie kommst du darauf?«

»Willst du mich auf den Arm nehmen? Er ist *nicht* schwul?«

»Nein, hundertprozentig hetero.«

»Du willst mir sagen, dass er so von dir redet und dich so ansieht, obwohl nichts zwischen euch läuft *und* er heterosexuell ist?«

Ich schluckte. »Ja.«

»Da habe ich mich wohl gründlich getäuscht.«

Ich trank einen großen Schluck Wein. »Er ist in eine andere verliebt.«

Mein Vater dachte einen Moment darüber nach. »Ich kenne die Frau ja nicht, aber sie kann dir absolut nicht das Wasser reichen. Ich bin sicher, es ist nur eine Frage der Zeit, bis er das erkennt.«

»Er geht in ein paar Monaten von hier weg, deshalb …«

Mein Vater kniff die Augen zusammen. »Das war mir nicht klar.«

»Ja. Er geht wieder nach Kalifornien, wo er ursprünglich herkommt. Er ist im Auftrag seiner Firma für ein halbes Jahr in Chicago.«

Wow. Irgendwie machte mich der Gedanke an Declans Weggang auf einmal traurig, während mich das Thema bei seinem Einzug noch nicht gekümmert hatte. Es würde echt blöd werden, wenn es so weit war.

Wir blieben noch eine halbe Stunde, bevor ich in die Küche ging, um Kayla für das Essen zu danken, und meinen Vater zum Abschied in die Arme schloss. Insgesamt war der Besuch besser gelaufen, als ich erwartet hatte. Ich verabredete mit meinem Vater, ihn in der kommenden Woche noch einmal allein zu besuchen. Hoffentlich war dieser Abend der Auftakt für einen Neuanfang zwischen uns.

Als Declan und ich ins Auto stiegen, sagte ich: »Ich muss dir etwas Witziges erzählen.«

»Was denn?«

»Mein Vater hat die ganze Zeit gedacht, du wärst schwul.«

Declan wollte gerade den Motor anlassen und hielt verdutzt inne. »Wie bitte?«

»Du hast richtig gehört.«

Er sah mich perplex an. »Wirke ich auf dich schwul? Das würdest du mir doch sagen, oder? Habe ich so eine Ausstrahlung?«

»Nein.« Ich musste lachen. »Er hat es angenommen, weil er nicht glauben konnte, dass wir kein Paar sind, obwohl wir uns so gut verstehen, du so viele nette Sachen über mich sagst und wir auch noch zusammen wohnen. Das hat ihn wohl auf diese Idee gebracht.«

»Verdammt!« Declan startete das Auto. »Kein Wunder, dass er so nett zu mir war. Er hat mich nicht als Bedrohung angesehen. Hast du ihm gesagt, dass ich nicht schwul bin?«

»Natürlich. Ich habe ihm gesagt, du bist in eine andere verliebt.«

Er verzog das Gesicht, als hätte ich ihn beleidigt. »Verliebt?

Das ist, glaube ich, nicht das richtige Wort. Ich meine, ich mag Julia. Wirklich sehr. Aber ›verliebt‹ ist ein wenig zu dick aufgetragen. Das klingt irgendwie gruselig.«

»Als wir uns kennengelernt haben, hast du gesagt, dass du in sie verliebt bist. Aber du bist nicht mit ihr zusammen, und sie hat einen Freund. Das waren deine Worte.«

»Ich habe vielleicht etwas übertrieben. Ich wollte dieses Zimmer unbedingt und hätte alles gesagt, um bloß nicht wie jemand zu erscheinen, der an Sex mit dir interessiert sein könnte. Ich hätte dir einfach erzählen sollen, ich sei schwul.«

»Tja, mein Vater hätte es geglaubt«, entgegnete ich mit einem Augenzwinkern.

8. KAPITEL

Declan

Am nächsten Abend arbeiteten Julia und ich im Wohnzimmer. Wir hatten uns wieder auf dem Boden niedergelassen und benutzten den Couchtisch als Schreibtisch. Ich war mir nicht sicher, ob ich es mir nur einbildete, aber sie schien dichter neben mir zu sitzen als sonst.

Laut Plan sollte Molly irgendwann aus ihrem Zimmer kommen und mit mir flirten – nicht zu heftig und gerade so viel, dass es Julia ein wenig aus der Ruhe brachte.

Doch der Abend verlief nicht nach Plan, denn Molly ließ sich Zeit. Ich wusste nicht, was zum Teufel sie in ihrem Zimmer trieb – ob sie ihre Serie auf Hulu guckte und dabei masturbierte oder was auch immer –, aber sie tauchte einfach nicht auf.

Als ich von meinem Laptop aufschaute, merkte ich, dass Julia mich ansah. Auf frischer Tat ertappt senkte sie rasch ihren Blick. *Perfekt.* Wenn Molly endlich mal die Kurve kriegte, konnten wir das Feuer schüren.

»Hast du nicht gesagt, dass deine Mitbewohnerin zu Hause ist?«

»Ja. Aber man merkt es nicht, oder? Sie ist ziemlich ruhig.«

»Wirklich. Kein Laut zu hören. Meinst du, es passt ihr nicht, dass ich hier bin? Stören wir sie?«

»Nein, das glaube ich nicht. Vielleicht ist sie eingeschlafen.«

Es war die einzige vernünftige Erklärung.

Ich tat so, als bräuchte ich etwas aus dem Kühlschrank, und schickte Molly heimlich eine Nachricht.

Declan: Kommst du heute noch da raus?

Die drei Punkte tanzten, während sie tippte.

Molly: Ich habe ein optisches Problem.

Declan: Was soll das heißen?

Molly: Ich habe dieses neue Wimpernset ausprobiert und den Kleber ins linke Auge bekommen. Ich kriege es kaum auf.

Declan: Wie bist du auf die Idee gekommen, das ausgerechnet heute Abend zu machen?

Molly: Ich wollte bei meinem Auftritt sexy aussehen.

Declan: Und da hast du dir das Auge zugeklebt? Einäugig ist echt verdammt sexy, Mollz.

Molly: Sei still. Das ist alles deine Schuld.

Vor meinem geistigen Auge tauchte das Bild auf, wie Molly mit einer Augenklappe aus ihrem Zimmer kam – eine lustige Vorstellung. Allerdings verwandelte sie sich rasch in eine Piratenbraut mit einem knappen, taillierten Schnürkorsett, aus dem ihre Brüste praktisch herausquollen.

In diese alberne Fantasie versunken starrte ich mein Handy an und bemerkte nicht, dass Julia in die Küche kam.

»Wem schreibst du da?«, fragte sie. »Du hast so ein schmutziges Grinsen im Gesicht.«

Scheiße. »Ich, äh … meiner Schwester.« Ich schloss die Augen und verfluchte mich und meine dämliche Antwort. *Großartig, jetzt findet sie mich wahrscheinlich gruselig.* »Sie hat … äh …« Ich versuchte, es irgendwie zurechtzubiegen. »Sie will mich mit einer ihrer Freundinnen verkuppeln.«

»Ach?«

»Ja, bei vier Schwestern kommt das häufiger vor.«

»Wirst du … mit der Frau ausgehen?«

Ich schüttelte den Kopf. »Ich habe meine Lektion vor langer Zeit gelernt. Mein Liebesleben halte ich so gut es geht von meinen Schwestern fern. Als mich das letzte Mal eine von ihnen verkuppelt hat, ist ein Date mit einer katzenverrückten Frau dabei herausgekommen.«

»Und? Hast du eine Allergie oder so etwas?«

»Nein. Aber sie hat mich mit ihrem Auto abgeholt, und beim Einsteigen habe ich gesehen, *wie* verrückt sie nach Katzen ist. Es saßen sechs davon auf der Rückbank.«

»Sie hat ihre Katzen zu der Verabredung mitgebracht?«

Ich nickte. »Sie meinte, sie würden sich zu Hause alleingelassen fühlen, aber gern Auto fahren. Außerdem seien sie gute Menschenkenner.«

»Das ist ziemlich bizarr. Mochten dich die Katzen denn wenigstens?«

»Eine ist mir auf dem Weg zum Restaurant auf den Schoß gesprungen und hat mir die Hose vollgekotzt.«

Julia lachte. »Oh mein Gott. Das heißt, sie waren nicht mal in Transportboxen? Was hast du gemacht?«

»Sie hat mich zum Umziehen nach Hause gefahren, und ich habe Kopfschmerzen vorgetäuscht. Aber das war nicht das Schlimmste an der Geschichte.«

»Nein?«

Ich schüttelte den Kopf. »Meine Schwester hat einen Monat lang nicht mit mir gesprochen, weil ihre Freundin ihr erzählt hatte, ich sei nicht nett zu ihren Katzen gewesen. Ich hätte sie nervös gemacht, und deshalb hätte sich eine von ihnen übergeben.«

Plötzlich surrte das Telefon in meiner Hand. Julia warf einen Blick darauf. »Dann lasse ich dich in Ruhe, damit du deiner Schwester eine freundliche Absage erteilen kannst. Ich wollte nur fragen, ob du Wein dahast.«

»Molly hat welchen, glaube ich. Sie hat bestimmt nichts dagegen, wenn wir etwas davon trinken. Ich schenke dir ein Glas ein und komme gleich zu dir.«

Als Julia ins Wohnzimmer ging, schrieb ich Molly noch einmal.

Declan: Alles okay? Oder soll ich eine Augenspülung besorgen?

Molly: Nein, schon gut. Ich muss nur ein bisschen warten, bis es nicht mehr so brennt, dann kann ich versuchen, sie noch mal anzukleben.

Declan: Vergiss die falschen Wimpern! Die brauchst du nicht. Du hast auch so schöne Augen.

Molly: Lieb von dir. Aber ich habe keine andere Wahl. Ein Wimpernsatz sitzt schon, und ich kriege ihn nicht mehr ab. Ich komme gleich raus.

Ich schrieb schmunzelnd zurück.

Declan: Aye, aye, Käpt'n.

Ich dachte, sie würde den Scherz nicht verstehen, aber sie schrieb sofort zurück.

Molly: Haha. Bin sofort da, beim Klabautermann!

Zehn Minuten später kam Molly endlich aus ihrem Zimmer. Ich hatte mir auch einen Wein eingeschenkt und trank gerade einen Schluck, als mein Blick auf sie fiel. Weil ich nicht damit gerechnet hatte, dass sie sich derart aufdonnern würde, verschluckte ich mich, begann zu husten und spritzte Julia versehentlich mit Wein voll.

»Scheiße. Tut mir leid.« Ich nahm die Serviette, auf die ich mein Glas gestellt hatte, und tupfte ihr das Gesicht ab.

Großartig, Declan … wirklich großartig.

Molly sah verdammt heiß aus mit ihrem kurzen schwarzen Minikleid und ihren atemberaubend hohen silbernen High Heels. Ihre Haare fielen in sanften Locken auf ihre Schultern, und sie hatte wesentlich mehr Make-up im Gesicht als sonst, einschließlich superlanger dichter dunkler Wimpern. Verdammt, diese Dinger waren den Ärger mit dem Kleber wirklich wert, denn sie betonten ihre strahlend blauen Augen.

»Hey, Mollz.« Ich räusperte mich und versuchte, völlig entspannt zu wirken, so als liefe sie jeden Tag in diesem Look in der Wohnung herum. Ich hob mein Weinglas. »Ich hoffe, es macht dir nichts aus, dass wir uns an deinem Wein vergriffen haben. Ich kaufe dir morgen eine neue Flasche.«

Molly klimperte lächelnd mit den Wimpern. Die Lippen hatte sie knallrot angemalt und dick mit Gloss bestrichen. Ich wusste nicht, wohin ich meinen Blick zuerst lenken sollte – auf ihre verführerischen Augen, ihre vollen, glänzenden Lippen oder ihre ellenlangen Beine.

»Macht nichts. Kein Problem«, sagte sie. »Außerdem habe ich morgen Abend frei, dann können wir die neue Flasche vielleicht gemeinsam leeren.« Sie sah mir extralange in die Augen, und dann tat sie so, als hätte sie Julia in diesem Moment erst bemerkt.

»Oh, hallo … Jessica.«

Julia schürzte die Lippen. »Julia heiße ich.«

Molly spielte mit ihren Haaren. »Sorry. Stimmt. Julia … »Dann wandte sie sich wieder mir zu. »Bist du bald mit der Arbeit fertig, Dec?«

»Gleich«, sagte ich. »Warum? Stören wir dich?«

»Nein, gar nicht.« Sie rieb sich den Nacken. »Aber der Knoten ist wieder da, und ich hatte gehofft, du könntest deine magischen Hände noch mal zaubern lassen. Es hat mir neulich sehr geholfen.«

»Äh, ja. Klar … kein Problem.«

Molly sah Julia an. »Er hat wirklich kräftige Hände«, schwärmte sie.

Julia lächelte, aber ich hatte sie schon oft im Umgang mit schwierigen Kunden erlebt und wusste, dass es nicht ihr echtes Lächeln war. Es wirkte künstlich und gezwungen. Ein Muskel in ihrer Wange zuckte. Ich beobachtete, wie sie Molly zum zweiten Mal von oben bis unten musterte. Ehrlich gesagt konnte ich es ihr nicht verdenken … Mollz sah atemberaubend aus.

»Du hast dich aber schick gemacht«, sagte Julia. »Hattest du ein Date?«

Molly winkte lachend ab. »Nein, das habe ich mir nur übergeworfen, weil alles andere in der Wäsche ist.«

Julia runzelte die Stirn. »Aha …«

»Gut, dann lasse ich euch jetzt wieder arbeiten. Ich hole mir nur ein Glas Wein, damit ich schon mal entspannen kann, bevor du mich massierst. Komm einfach in mein Zimmer, wenn du fertig bist, Dec.« Molly musste wegen ihrer langen Wimpern blinzeln, und dann ging ihr linkes Auge nicht wieder auf.

Ich konnte fast nicht an mich halten, als sie sich abwendete, um es zu verbergen, und das Auge mühsam mit zwei Fingern öffnete. Allem Anschein nach hatte sie das Kleberproblem noch nicht gelöst.

Nachdem Molly in ihrem Zimmer verschwunden war, leerte Julia ihr Glas in einem Zug. Ihre Wangen waren leicht gerötet. »Offensichtlicher ging es ja wohl nicht!«

Ich tat so, als hätte ich keine Ahnung, wovon sie redete, aber man hätte schon blind und taub sein müssen, um nicht zu merken, wie übertrieben Molly mich angeflirtet hatte. »Was meinst du?«

Julia schnaubte. »Dieses Kleid, das Make-up – ganz zu schweigen davon, dass sie dir zugezwinkert hat, als sie von der *Massage* gesprochen hat. Sie hat doch gar keine Nackenschmerzen, Declan.«

Zugezwinkert? Nicht direkt. Julia dachte demnach, Molly hätte mich anmachen wollen.

Ich räusperte mich. »Was soll das heißen, sie hat keine Nackenschmerzen?«

Julia rollte mit den Augen. »Sie steht auf dich und will von dir angefasst werden.«

»Oh, nun ja … Wäre das denn so schlimm? Ich meine, wir sind beide Single …«

»Es wäre ein großer Fehler, Declan.«

Ich legte die Stirn in Falten. Aus einem unerklärlichen Grund fühlte ich mich angegriffen. »Warum? Molly ist wirklich cool.«

»Also, erst einmal wohnst du mit ihr zusammen.«

»Das würde ich eher als Pluspunkt ansehen.« Ich zuckte die Achseln. »Ist doch bequem.«

Julia bekam einen roten Kopf. »Weißt du, ich halte es einfach nicht für gut, wenn du dich auf eine Geschichte einlässt, aus der du unter Umständen nicht so leicht wieder herauskommst. Ich weiß aus persönlicher Erfahrung, dass es schwer ist, einen Schritt zurück zu machen, wenn man den Weg einmal eingeschlagen hat. Bryant und ich sind zum Beispiel sofort eine feste Beziehung eingegangen. Damals habe ich nicht darüber nachgedacht, dass es womöglich keine gute Idee ist, weil ich ja wegen der Arbeit so viel herumreise. In letzter Zeit hatten wir einige Schwierigkeiten, daher habe ich vorgeschlagen, dass wir unsere Beziehung ein wenig öffnen und die Sache nicht so eng sehen.«

»Ich vermute mal, das Gespräch ist nicht gut gelaufen. Sonst würdest du deine Situation nicht als Beispiel heranziehen und mich davor warnen, etwas mit meiner Mitbewohnerin anzufangen.«

Sie schüttelte den Kopf. »Nein, wirklich nicht. Bryant gefällt die Idee nicht, eine offene Beziehung zu führen, nachdem wir so lange exklusiv waren. Deshalb rate ich dir, gründlich darüber nachzudenken, bevor du etwas mit deiner Mitbewohnerin anfängst. Wenn es einmal begonnen hat, ist es schwer, einen Schritt zurückzutreten.«

Sie hatte eine Menge gesagt, aber ich hatte nur die Worte »offene Beziehung« gehört.

»Wie steht es denn jetzt zwischen dir und Bryant, wo ihr so unterschiedlicher Meinung seid?«

Julia seufzte. »Er hat gesagt, ich soll gut darüber nachdenken, was ich will – er hat mich mehr oder weniger vor die Entscheidung gestellt, ob ich mit ihm zusammenbleibe, und zwar exklusiv, oder mich von ihm trenne.«

Ich nickte. »Wow. Okay. Das ist natürlich eine große Entscheidung.«

Sie überraschte mich damit, dass sie meine Hand ergriff. Als ich aufsah, trafen sich unsere Blicke.

»Allerdings. Ich hab dich sehr gern, Declan. Also sollten wir uns beide die Zeit nehmen, um zu überlegen, was wir wirklich wollen, statt vorschnell zu handeln.«

Schau an, schau an. Mein Blick fiel auf ihren Mund, dann sah ich ihr wieder in die Augen. »Ja, das klingt nach einer guten Idee.«

Eine halbe Stunde später umarmte Julia mich zum Abschied – was selten vorkam. Als ich die Tür hinter ihr schloss, hätte ich eigentlich in Hochstimmung sein müssen, weil der Abend so gut gelaufen war, doch ich hatte ein komisches Gefühl in der Magengrube.

Molly hatte die Haustür wohl zufallen gehört, denn sie kam sofort aus ihrem Zimmer.

»Und? Wie war's?«

Sie hatte noch das kleine Schwarze an, und ich kam nicht umhin festzustellen, dass sie eine wesentlich bessere Figur hatte als Julia. Letztere war eher schmal gebaut, während Molly weibliche Kurven besaß. Und heute, in diesem Kleid, zeigte sich, wie gefährlich diese Kurven waren.

Ich zwang mich, ihr in die Augen zu sehen. Keine leichte Aufgabe.

»Gut war's. Sie hat ihrem Freund gesagt, sie möchte lieber eine offene Beziehung führen.«

»Oh wow! Wie unsere gefakte Beziehung.«

Ich schmunzelte. »Offenbar hat Bryant sie vor die Wahl gestellt: entweder exklusiv oder gar nicht. Jetzt überlegt sie, wie es weitergehen soll.«

»Wenn sie schon in Betracht zieht, sich mit anderen Männern zu treffen, dann ist ihr aktueller Freund sicher nicht der Richtige.«

»Ja.«

»Dann hat unser teuflischer Plan wohl funktioniert.«

»Das habe ich dir zu verdanken. Bei deinem Aufzug heute Abend wäre jede Frau eifersüchtig geworden. Du hast wirklich alles gegeben.«

Molly errötete. »Gehst du jetzt schlafen?«

»Nein, ich bin noch nicht müde.«

»Würdest du einen kleinen Spaziergang mit mir machen? Ich habe gerade große Lust auf Erdbeereis, und zwei Blocks weiter gibt es einen tollen Laden.«

»Klar. Klingt gut.«

»Okay! Ich ziehe mir schnell eine Jeans an und bin sofort wieder da.«

Ich war ein bisschen enttäuscht, weil sie das sexy Kleid nicht mehr tragen wollte, aber es war durchaus verständlich. Außerdem hätte ich sonst nicht die Augen von ihr lassen können, und ich wollte nicht beim Glotzen erwischt werden.

Sie kam in einem T-Shirt und einer zerrissenen Jeans zurück, aber um ehrlich zu sein, sah sie genauso schön aus wie zuvor. Ich merkte erst, dass ich sie anstarrte, als sie mich darauf ansprach.

»Was ist?« Sie wischte sich über die Wange. »Sind die Wimpern abgegangen?«

Ich grinste. »Nein, ich habe dich nur angesehen. Normalerweise bist du nicht so stark geschminkt.«

Sie zeigte auf ihr Auge. »Ja, jetzt weißt du auch, warum. Ich kann das einfach nicht so gut. Dass ich mir das Auge zugeklebt habe, war nicht mein erster Kosmetikunfall.«

»Du brauchst den ganzen Quatsch sowieso nicht.«

Sie zog eine Augenbraue hoch. »Ach nein? Du willst also

behaupten, du hättest mich nach all der Mühe, die ich heute investiert habe, nicht anders wahrgenommen?«

»Nein, nein, ich bin ein Mann, und du hast es mir schwer gemacht, dich *nicht* wahrzunehmen. Aber mit solchem Glanz und Glitter zieht man zwar die Aufmerksamkeit auf sich, aber erhalten muss man sie sich anders.«

Molly stieß mich grinsend mit der Schulter an. »Ich hab's dir also schwer gemacht? *Harte* Zeiten für dich, was?«

Ich öffnete die Haustür und ließ sie vorangehen.

Verflucht … ihr Hintern sieht auch in der Jeans fantastisch aus.

Kopfschüttelnd folgte ich ihr und atmete tief durch.

Ja, verdammt hart.

Als ich am folgenden Morgen den Namen meiner Schwester Catherine auf dem Display meines Handys sah, grinste ich. Mit ihr trieb ich am liebsten meine Späße. Ich lehnte mich im Stuhl zurück und warf meinen Stift auf den Schreibtisch, bevor ich ihren Anruf annahm.

»Satans Sündenhaus. Pornos, Glücksspiele und Prostitution. Was kann ich für Sie tun?«

»Haha. Du müsstest eigentlich besonders nett zu mir sein, weil ich Nonne bin.«

»Wer sagt das?«

»Das steht im Regelbuch.«

»In welchem Regelbuch?«

»In dem für Nonnen.«

»Das ist doch Quatsch, Schwester-Schwester. Ich würde mich gern mit eigenen Augen davon überzeugen, dass es dieses Regelbuch überhaupt gibt, von dem du immer erzählst.«

»Geht aber nicht. Es ist nur für Nonnen.«

Ich schmunzelte. »Wie geht es dir, Cat? Was gibt es Neues im sonnigen Kalifornien?«

»Nun, ich habe einen Yogakurs angefangen, das ist etwas Neues. Es macht mir großen Spaß. Hast du schon mal Yoga gemacht?«

Ich stellte mir meine Schwester in ihrer Nonnenkluft in der Kriegerstellung vor, obwohl ich wusste, dass sie die komplette Tracht nur sehr selten trug.

»Ich habe es mal ausprobiert«, entgegnete ich, »aber es ist mir ziemlich schwergefallen, mich zu konzentrieren.«

»Wirklich? Bei mir ist es genau umgekehrt. Ich finde, es fördert die Konzentrationsfähigkeit. Vielleicht hattest du keinen guten Lehrer.«

»Die Lehrerin war in Ordnung. Wahrscheinlich wäre ich besser in die erste Reihe gegangen.«

»Oh, konntest du sie von hinten nicht gut sehen?«

»Doch, ich konnte sie sehr gut sehen. Aber wie sollte ich mich in einem Raum voller Frauen mit engen Yogahosen konzentrieren, die sich alle zusammen vorbeugen?«

Meine Schwester lachte. »Ich hätte wissen müssen, dass der Wind aus dieser Richtung weht, du Perversling.«

»Perversling? Ist das nicht ein Schimpfwort, das du nicht in den Mund nehmen darfst?«

»Keine Ahnung. Ich muss in meinem Nonnen-Handbuch nachsehen.«

Ich schmunzelte. Catherine fehlte mir sehr. Sie war zwar Nonne, aber sie war verdammt witzig und hatte von allen meinen Schwestern den besten Humor. »Was passiert denn sonst im Land des Sonnenscheins? Hast du Mom und Dad getroffen?«

Ihr Tonfall änderte sich. »Ja, erst letzte Woche.«

»Nicht gut?«

»Das Übliche«, sagte sie mit einem Seufzer.

Ich wusste, was das bedeutete, und ließ das Thema auf sich

beruhen. Wir unterhielten uns eine Viertelstunde lang über das Wetter in Chicago und über den Patchworkkurs, den sie leitete, und ich erzählte ihr ein wenig von meiner neuen Mitbewohnerin und der Arbeit.

»Sag mal, wie geht es dir überhaupt?«, fragte sie schließlich. »Wirken die Medikamente noch gut?«

»Es geht mir bestens, Cat.«

»Hast du mit Dr. Spellman gesprochen?«

»Nein, weil ich nur mit ihm sprechen muss, wenn es notwendig ist.«

»Und du bist *sicher*, dass alles in Ordnung ist?«

Ich hatte mit diesen Fragen gerechnet. Meine Schwester meinte es gut, aber sie machte sich zu viele Sorgen.

»Würde ich eine Nonne belügen?«

Sie kicherte. »Ja, das würdest du. Aber das ist jetzt unerheblich. Im Ernst, Declan. Ich bin besorgt um dich. Es ist eine lange Zeit, wenn du sechs Monate nicht zum Arzt gehst.«

Ich verschwieg ihr, dass Dr. Spellman die gleiche Sorge geäußert und mir Telefonnummern von Kollegen in Chicago gegeben hatte. »Hör zu, wenn sich irgendetwas ändert, bist du die Erste, die es erfährt. Okay?«

»Versprichst du es mir?«

»Du kannst mich zwar nicht sehen, aber ich lege die Hand auf mein Herz.«

»Okay«, gab sie zurück. »Aber tu mir bitte den Gefallen und melde dich öfter.«

»Jawohl, Ma'am.«

»Ich hab dich lieb.«

»Ich dich auch, Schwester-Schwester.«

Nachdem ich aufgelegt hatte, dachte ich über unser Gespräch nach. Ich hatte nicht gelogen, es ging mir in letzter Zeit wirklich gut. Nach Chicago zu kommen hatte sich in vielerlei

Hinsicht als positiv für mich erwiesen. Durch diesen Job stand ich in engerem Kontakt mit der Führungsetage und rückte der Beförderung näher, auf die ich schon länger hinarbeitete. Außerdem lief es super mit Molly.

Julia.

Ich meinte Julia.

Es lief super mit *Julia.*

Oder?

9. KAPITEL

Molly

»Da hat aber jemand gute Laune um zwei Uhr nachts!«

Wills Stimme ließ mich zusammenzucken. Es war Sonntagnacht, und ich hatte ihn in den vergangenen Tagen nicht gesehen. Ich hatte nicht einmal gewusst, dass er heute Bereitschaft hatte. Daisy und ich saßen im Schwesternzimmer. Sie gab Daten in die elektronische Akte eines Patienten ein, und ich war mit meinem Handy beschäftigt. Ich schrieb mit Declan hin und her, weil ich für ihn bügeln musste als Gegenleistung dafür, dass ich mich vor der Arbeit über seine Essensreste hergemacht hatte.

»In letzter Zeit lächelt sie ständig«, sagte Daisy zu ihm. »Und seit ich ihren Neuen gesehen habe, weiß ich auch, warum.«

Oh … Will hatte *mich* gemeint? Mir war gar nicht bewusst gewesen, dass ich beim Tippen gelächelt hatte.

Will warf einen Blick auf mein Telefon und runzelte die Stirn. »Hast du kurz Zeit für mich, Molly?«

Ich steckte mein Handy in die Kitteltasche und stand auf. »Klar, selbstverständlich.«

Als wir den Flur hinuntergingen, berichtete Will mir von einer Patientin, die auf dem Weg zu uns ins Krankenhaus war. Sie war mit Drillingen schwanger, und ihre Wehen hatten zu früh eingesetzt, weshalb er an seinem freien Tag extra hereingekommen war. Er wollte sehen, ob sich die Wehen stoppen ließen. Wir bereiteten einen Untersuchungsraum vor, legten die nötigen Medikamente zurecht und gingen die Anamnese noch einmal zusammen durch. Als wir fertig waren, schaute Will auf seine Uhr.

»Mrs Michaels war bereits eine halbe Stunde unterwegs, als ich mit ihr telefoniert habe, demnach bleiben uns noch zwanzig Minuten, bis sie da ist. Es wird wahrscheinlich eine lange Nacht. Trinken wir noch einen Kaffee?«

»Gern.«

Die Kaffeekanne im Pausenraum war leer.

»Ich mache uns neuen«, sagte ich.

Will lehnte sich gegen die Arbeitsfläche, während ich die Glaskanne ausspülte, Kaffeepulver abmaß und Wasser in die Maschine gab.

»Und?«, fragte er. »Wie läuft es bei dir?«

Seine Frage war vage formuliert, aber ich hatte das Gefühl, dass sie auf etwas Bestimmtes abzielte.

»Gut. Und bei dir?«

»Ziemlich gut.« Er hielt einige unbehagliche Sekunden lang inne. »Also … das mit dem neuen Typen … das läuft wohl auch gut, wenn du die ganze Zeit lächelst.«

Ich zuckte mit den Schultern. »Ich denke schon. Es ist noch ziemlich frisch, und wir sehen das locker.«

Er kratzte sich am Kinn. »Komisch. Ich hätte nicht gedacht, dass du für eine offene Beziehung zu haben bist.«

»Nein? Warum nicht?«

»Ich weiß nicht. Du bist einfach ein sehr loyaler, vernünftiger Mensch. Ich meine, du wirkst meist so ernsthaft.«

»Tja, ich halte mir meine Optionen gern offen.«

Er schwieg, während ich uns Kaffee einschenkte. Ich wusste, dass Will seinen mit Milch und Zucker trank, und machte ihm seine Tasse fertig. »Bitte schön.«

»Danke.« Er nippte an seinem Kaffee und sah mich über den Tassenrand hinweg an. »Warst du schon bei dem neuen Griechen drüben in der Amsterdam Avenue?«

Ich schüttelte den Kopf. »Nein, leider nicht. Aber ich komme auf dem Heimweg daran vorbei, und der Laden scheint immer voll zu sein.«

»Wollen wir am Freitag hingehen?«

Aus irgendeinem Grund nahm ich an, er wollte mit der ganzen Gruppe dort essen – *vor* der Happy Hour. »Gute Idee. Wer geht denn sonst noch mit?«

Will lächelte verlegen. »Außer mir niemand …«

»Oh …« Ich schüttelte den Kopf. »Ich dachte, du redest von unserer Happy-Hour-Clique.«

Er fuhr sich mit der Hand durch die Haare. »Und ich dachte, ich hätte mich geschickt angestellt.«

»Hast du ja auch … glaube ich. Möchtest du mich zum Essen einladen? Zu einem Date?«

Er schmunzelte. »Ich habe es anscheinend so geschickt angestellt, dass meine Absicht komplett an dir vorbeigegangen ist. Ja, Molly, ich bitte dich um ein Date.«

»Oh.« Mein Puls beschleunigte sich, und ich bekam feuchte Hände.

»Machst du jetzt einen Rückzieher, nachdem wir das geklärt haben?«

Ich schüttelte den Kopf. »Nein, bestimmt nicht. Ich gehe gern mit dir aus, Will.«

Natürlich kam Daisy ausgerechnet in diesem Moment in den Pausenraum. Aus ihrem enttäuschten Gesichtsausdruck schloss ich, dass sie meine Worte gehört hatte.

Wills Telefon piepste. Er schaute auf das Display. »Es ist die Aufnahme. Mrs Michaels ist da. Das ging ja schnell. Es wird vermutlich einen Grund dafür geben, dass die so aufs Gas getreten haben. Am besten laufe ich runter und sorge dafür, dass sie nicht mit einem Packen Formulare aufgehalten wird. Bis gleich.«

Ich lächelte. »Okay.«

Kaum war Will aus dem Pausenraum, stemmte Daisy die Hände in die Hüften.

»*Oh mein Gott*. Will auch noch? Du hast doch schon diesen anderen Prachtkerl. Und jetzt gehst du mit unserem Dr. McHottie aus?«

»Ich schätze schon.«

»Wirst du sie beide behalten?«

»Ich weiß nicht, ob ich das zu entscheiden habe. Sie sind schließlich Menschen, und ich bin nicht ihre Besitzerin.«

Daisy verdrehte die Augen. »Okay, aber wenn du den anderen abschießt, kann ich dann seine Nummer haben?«

Ich ging kopfschüttelnd zur Tür. »Bis später, Daisy.«

»Gieriges Biest«, knurrte sie halblaut.

Declan hatte lange an dem Projekt für seinen Kunden gearbeitet. Wir hatten uns vor weniger als einer halben Stunde erst geschrieben, und ich ging davon aus, dass er noch nicht ins Bett gegangen war.

Molly: Es gibt Neuigkeiten!

Die Antwort kam fast augenblicklich.

Declan: Du hast im Pausenraum jemandem die Tupperdose geklaut und wurdest erwischt. Jetzt muss ich kommen, um dich gegen Kaution aus dem Gefängnis zu holen, oder?

Immer einen frechen Spruch auf Lager … Ich kicherte beim Tippen.

Molly: Nein, viel größer! Will hat mich zum Essen eingeladen!

Die kleinen Punkte begannen herumzuhüpfen, dann verschwanden sie. Dann fingen sie wieder an. Und kurz darauf stoppten sie wieder. Es dauerte gute fünf Minuten, bis die nächste Nachricht kam. Und die stellte klar, dass dies die letzte für heute sein würde.

Declan: Toll. Freut mich, dass du bekommen hast, was du wolltest. Gute Nacht, Molly.

Es war wirklich nicht seine Art, die Kommunikation so abrupt zu beenden. Einen Sekundenbruchteil lang fragte ich mich, ob ihn irgendetwas an meiner Nachricht verärgert hatte. Aber das war ein absurder Gedanke, nicht wahr? Gott, es war mitten in der Nacht, und er hatte lange gearbeitet. Er war sicher müde. Wahrscheinlich hatte er sich deshalb so schnell verabschiedet.

Am nächsten Abend war Declan im Büro, und ich war allein zu Hause, als es an der Tür klopfte.

Eine Frau mit einer Yankees-Kappe auf dem Kopf hielt mir eine große weiße Schachtel hin. »Hallo. Tortenlieferung für Scooter?«

Ich stutzte. »Scooter? Wir haben hier niemanden, der so heißt.«

»Hören Sie, die Adresse stimmt, deshalb lasse ich Ihnen die Lieferung jetzt da.«

»Äh … okay.« Ich nahm die Torte und schloss die Tür mit dem Fuß.

Auf der Schachtel klebte ein Zettel. Ich nahm ihn ab und faltete ihn auseinander.

Scooter,
alles Gute zum Geburtstag!
Wir wünschten, wir könnten bei dir sein!
In Liebe,
deine Schwestern Samantha, Meagan, Catherine und Jane

Geburtstag? Declan hatte Geburtstag? Und seine Schwestern nannten ihn Scooter?

Ich griff sofort zum Telefon und schrieb ihm schnell eine Nachricht.

Molly: Warum hast du mir nicht gesagt, dass du heute Geburtstag hast?

Declan: Woher weißt du das?

Molly: Deine Schwestern haben eine Torte geschickt.

Declan: Oh-oh. Was ist drauf?

Molly: Ich habe die Schachtel noch nicht aufgemacht. Die Nachricht darauf ist für Scooter.

Declan: Großartig. Lass die Schachtel zu! Ich bin in einer halben Stunde zu Hause.

Als Declan hereinkam, sah ich ihn giftig an. »Unfassbar, dass du es mir nicht gesagt hast!«

Er warf seine Jacke auf einen Stuhl. »Ist doch keine große Sache. Es ist ein Tag wie jeder andere. Meine Schwestern machen immer viel Trara. Wäre ich zu Hause in Kalifornien, würden sie mir die Tür einrennen und ein Riesentheater veranstalten. Das ist jedes Jahr so.« Er löste seine Krawatte. »Hast du mal einen Blick auf die Torte riskiert?«

»Nein, du hast es mir verboten.«

Declan ging zum Kühlschrank und nahm die Schachtel heraus. Ich lehnte mich gegen die Kücheninsel und wartete gespannt darauf, wie die Torte aussah. Er öffnete den Deckel und schüttelte den Kopf, bevor er sie mir hinhielt.

Ich schlug mir lachend die Hände vor den Mund. Auf der Torte war ein Foto von einem linkisch wirkenden kleinen Jungen mit Zahnlücke und Topfschnitt, der nicht viel Ähnlichkeit mit Declan hatte. Darüber stand: *Happy Birthday, Scooter!*

»Ach, du liebe Güte! Das bist du?«

»Sie geben immer Torten mit den schlimmsten Fotos von mir in Auftrag. Letztes Jahr war mein fetter Babyhintern drauf. Dieses Jahr ist es mein Foto vom ersten Schuljahr.«

Unglaublich, dass aus diesem kleinen Tölpel so ein Adonis geworden war.

»Wow. Du siehst echt … anders aus.«

»Das hast du aber nett gesagt.«

Er öffnete die Besteckschublade, nahm zwei Gabeln heraus und gab mir eine. Dann stach Declan mit seiner mitten in die Torte, genau in sein Gesicht, und probierte einen Happen.

»Immerhin ist sie lecker«, sagte er mit vollem Mund. »Koste mal.«

»Nicht so gut wie deine Cupcakes, aber ja«, sagte ich nach dem Probieren. »Wo kommt eigentlich der Spitzname Scooter her?«

»Auf die Frage habe ich schon gewartet.« Er wischte sich etwas Creme von der Unterlippe. »Wie du weißt, bin ich der Jüngste und der einzige Junge in der Familie. Ich bin meinen Schwestern auf meinem Roller überallhin gefolgt wie ein kleiner Hund. Deshalb nannten mich alle Kinder in der Nachbarschaft Scooter. Das ist irgendwie hängen geblieben, und schlussendlich haben mich meine Schwestern auch so genannt.«

»Du hattest es bestimmt nicht leicht als einziger Junge im Haus, oder?«

Declan nickte. »Ich bin in meiner Jugend durch eine harte Schule gegangen, aber ich würde mit niemandem tauschen wollen. Das Leben mit meinen Schwestern hat mich meiner Meinung nach zu einem besseren Mann gemacht. Ich glaube nicht, dass ich mich so gut in Frauen hineinversetzen könnte, wenn ich keine Schwestern gehabt hätte. Ich habe viel von ihnen mitbekommen: ihren Liebeskummer, die Herausforderungen, denen sie sich stellen mussten, um zum Beispiel im Leistungssport als gleichberechtigt betrachtet zu werden, und so weiter. Ich bin zwar ihr kleiner Bruder, aber ich fühle mich als ihr Beschützer.«

Seine Worte gingen mir ans Herz. »Das ist schön.«

»Gleichzeitig bin ich ziemlich sicher, dass mir jede von ihnen jederzeit wieder einen Tritt in den Hintern verpassen würde, vor allem Schwester Catherine.«

»Wieder? Das heißt, es ist schon öfter vorgekommen?«

»Ja.« Er seufzte.

»Ich würde dafür bezahlen, das zu sehen.« Ich lachte.

Declan stippte seinen Finger in die Kuchencreme und tippte mir auf die Nase. Dann mussten wir beide lachen. Ich war erleichtert. Obwohl er sich gestern so abrupt verabschiedet hatte, schien zwischen uns alles in Ordnung zu sein.

10. KAPITEL

Declan

Mein Geburtstag verlief besser, als ich erwartet hatte. Ich hatte ihn nicht feiern wollen, aber dank meiner Schwestern verputzten Molly und ich eine halbe Torte. Danach wollte sie mich unbedingt ausführen, und wir gingen zu dem Italiener an der Ecke. Wir hatten viel Spaß miteinander, aber so war es im Grunde immer mit Molly. Ich war vor nicht einmal einem Monat eingezogen, und sie war mir eine gute Freundin geworden. Sie war witzig und intelligent, und wir konnten uns immer gut unterhalten.

Am nächsten Tag verhielt sich Julia auf der Arbeit etwas merkwürdig. Sie wirkte geistesabwesend und war unkonzentriert während der Präsentation unseres Vorgesetzten, der dafür eigens eingeflogen war.

Als wir nachmittags den Konferenzraum verließen, sprach ich sie darauf an.

»Alles okay mit dir?«

Nach kurzem Zögern sagte sie: »Bryant und ich sind nicht mehr zusammen.«

Ich blieb ruckartig stehen. »Was ist passiert?«

Julia atmete tief durch. »Ich habe mich entschieden, einen Schlussstrich zu ziehen. Wenn ich keine exklusive Beziehung mehr mit ihm will, dann stimmt doch irgendetwas nicht, oder? Auch wenn ich es nicht genau benennen kann.«

Ich war noch dabei, die Nachricht zu verdauen, und nickte. »Ja, da muss ich dir zustimmen. Man sollte sich in einer Beziehung nicht gefangen fühlen. Man sollte sie gern führen und niemand anderen als den Partner im Kopf haben.«

»Stimmt. Diese Erkenntnis ist mir gestern Abend auch gekommen, also habe ich ihn heute ganz früh angerufen und es ihm gesagt. Wenn ich etwas neben der Spur bin, dann weil ich traurig darüber bin, dass ich ihn verletzt habe, obwohl auch eine große Last von mir abgefallen ist.«

»Kann ich mir vorstellen.«

Es war ein komisches Gefühl. Ich hatte lange darauf gewartet, dass Julia ihre Beziehung beendete. Aber nun wusste ich nicht, wie ich mit der Nachricht umgehen sollte.

»Und jetzt?«, fragte ich.

Sie klimperte mit den Wimpern. »Ich weiß nicht. Sag du es mir. Was soll ich zur Feier des Tages machen?«

»Wir sollten einen trinken. Oder zwei.«

Declan, du alter Opportunist.

Sie lächelte. »Das klingt super. Ich möchte aber erst nach Hause und mich umziehen, wenn es dir nichts ausmacht. Es war ein langer Tag.«

»Ja, kein Problem. Das mache ich auch. Ich kann dich um sieben abholen.«

»Perfekt.«

Dafür, dass Julia sich gerade von ihrem Freund getrennt hatte, hatte sich ihre Laune ziemlich schnell gebessert.

Molly machte sich für ihr Date mit Dr. Willi zurecht, als ich in die Wohnung kam. Meine Reaktion auf ihre Mitteilung, dass er sie zum Essen eingeladen hatte, hatte mich überrascht. Seit dem Abend, an dem sie in diesem sexy Outfit aufmarschiert war, um Julia eifersüchtig zu machen, war die Stimmung zwischen uns irgendwie anders. Doch dass diese Veränderung etwas mit *meinen* Empfindungen für sie zu tun hatte, war mir erst durch ihre Nachricht bewusst geworden.

Aber es spielte keine Rolle, dass mich ihr Date eifersüchtig machte. Zwischen Molly und mir konnte nichts laufen. Mit Will bekam sie, was sie wollte, und schon bald würden wir sehr weit auseinander wohnen.

Ich blieb an Mollys Tür stehen. Sie schminkte sich vor ihrem Spiegel und hatte sich wieder diese langen Wimpern angeklebt. Das rote Kleid, das sie trug, war noch heißer als das schwarze, das sie neulich abends angehabt hatte.

»Will flippt aus, wenn er dich sieht.«

Sie zuckte zusammen. »Du hast mich erschreckt.«

»Entschuldige.« Ich machte ein paar Schritte in ihr Zimmer.

»Ich habe nicht damit gerechnet, dass du so früh nach Hause kommst«, sagte sie.

»Unser Meeting hat nicht so lange gedauert, und wir konnten früher abhauen. Ich hole Julia nachher ab. Wir gehen noch was trinken.«

Sie zog sorgfältig ihre Lippen nach. »Gott, ihr Freund wird nicht gerade erfreut darüber sein, dass sie so viel Zeit mit dir verbringt.«

»Witzig, dass du das sagst …«

Sie setzte die Kappe auf ihren Lippenstift und drehte sich um. »Was?«

»Sie hat sich von ihm getrennt.«

Mollys Augen weiteten sich. »Im Ernst?«

»Ja.«

»Heilige Scheiße!«

»Ich weiß. Es ist verrückt, dass wir beide fast gleichzeitig bekommen, was wir wollten.«

»Ja, ich meine … Verdammt! Wer hätte das gedacht?« Molly atmete geräuschvoll aus. »Du musst glücklich sein.«

Ich legte mich auf ihr Bett, nahm die Hände hinter den Kopf und starrte an die Decke. »Ich weiß nicht. Es ist irgendwie sonderbar.«

»Wieso?«

»Ich war so lange hinter ihr her, und nachdem das größte Hindernis nun aus dem Weg geräumt ist, fühlt es sich irgendwie … anders an als erwartet.«

»Ich verstehe, was du meinst. Als Will mich eingeladen hat, war es ähnlich. Es war nicht so aufregend, wie ich es mir vorgestellt hatte.«

Ich drehte mich zur Seite, um sie anzusehen, und mein Blick fiel auf ihre sexy Schuhe. »Wie auch immer …« Ich räusperte mich. »Eigentlich ist doch alles gut, oder?«

Unsere Blicke kreuzten sich.

»Klar.« Sie lächelte. »Alles bestens.«

Ich wechselte das Thema. »Wie geht es deinem Vater?«

Ihre Miene verdüsterte sich, und sie setzte sich an die Bettkante. »Ich habe heute mit ihm gesprochen. Er klang ehrlich gesagt nicht so toll. Seine Stimme war total heiser. Allmählich bekomme ich Angst.«

Scheiße. »Versuch, positiv zu denken. Ich weiß, es ist schwer, aber eine optimistische Einstellung ist für alle das Beste. Dein Vater wird sich viel besser fühlen, wenn er sich nicht darum sorgen muss, dass du seinetwegen am Boden zerstört bist.«

»Ja, aber es ist wirklich schwierig.« Ihr kamen die Tränen. »Das Risiko, ihn zu verlieren, ist hoch. Und ich glaube, das habe ich noch nicht richtig realisiert.«

Ihr Stimmungsumschwung war meine Schuld. Ich hatte das Thema aufgebracht.

Ich richtete mich auf und wischte ihr die Tränen mit dem

Daumen von der Wange. »Es tut mir leid, Mollz. Ich wünschte, ich könnte etwas tun. Wenn es möglich wäre, würde ich dir den Schmerz abnehmen.«

»Danke.« Sie trocknete sich die Augen. »Ich habe eine Therapie begonnen.«

»Echt? Du hast mir gar nicht erzählt, dass du darüber nachgedacht hast. Ich halte das für eine gute Idee.«

»Komischerweise habe ich durch das Wissen, dass mein Vater eine Therapie macht, den Mut dazu gefunden.«

»Ich bin stolz auf dich. Wann hast du angefangen?«

»Erst diese Woche. Ich habe meiner Therapeutin erzählt, was der Therapeut meines Vaters über meinen Hang zur Perfektion gesagt hat. Sie hat mir bestätigt, dass es einen Zusammenhang geben könnte, weil mein zwanghaftes Verhalten nach dem Auszug meines Vaters begonnen hat. Ich soll üben, meine Angewohnheiten Schritt für Schritt abzulegen, um akzeptieren zu können, dass es im Leben keine hundertprozentige Kontrolle gibt. Wie sie sagte, wird es mir auch dabei helfen, seine Krankheit anzunehmen.«

»Und wie soll das genau aussehen?«

»Das ist es ja – sie hat mir keine konkreten Anweisungen gegeben. Ich soll selbst erkennen, wo sich mein Kontrollzwang und mein Perfektionismus zeigen, und mir geeignete Übungen ausdenken.« Sie sah mich schräg an. »Hast du irgendwelche Vorschläge?«

»Mir fällt bestimmt etwas ein.« Ich folgte meinem Bauchgefühl, stand vom Bett auf und öffnete die obere Schublade ihrer Kommode.

»Was machst du da?«

»Ich helfe dir.«

Ohne mir den Inhalt genauer anzusehen, warf ich alles aus der Schublade, was sich darin befand. Unglücklicherweise fiel außer ihrer Unterwäsche noch etwas anderes zu Boden – ein verdammter Vibrator.

Ich hob ihn auf. »Oh Mist. Tut mir leid. Ich hatte …«

Sie streckte die Hand aus. »Gib ihn mir bitte.«

»Wirklich, ich hatte …«

»Ich *weiß*. Du konntest es nicht wissen. Gib ihn mir einfach.«

»Ich glaube, diese Übung reicht für diese Woche«, sagte ich.

»Allerdings.« Sie wurde rot. »Sogar für einen ganzen Monat!«

Ich fragte mich, ob ich in der Lage sein würde, heute Abend an irgendetwas anderes zu denken als daran, dass Molly es sich mit diesem Gummischwanz selbst besorgte.

11. KAPITEL

Molly

Will erhob sich von seinem Platz, als ich das Restaurant *Mykonos* betrat. »Du siehst umwerfend aus, Molly.«

»Danke«, sagte ich, beugte mich vor und ließ mich von ihm auf die Wange küssen.

Mit seinem blauen Hemd und der Stoffhose sah Will einfach toll aus. Es war immer schön, ihn ohne Kittel zu sehen.

Ich setzte mich, nahm meine Serviette und legte sie mir auf den Schoß. »Ich wollte das Lokal schon immer mal ausprobieren.«

Er schnupperte. »Es riecht auf jeden Fall ganz fantastisch, findest du nicht auch?«

»Ja, mir knurrt schon der Magen.«

»Wusstest du eigentlich«, sagte er, »dass ich zu einem Viertel Grieche bin?«

»Das ist ja ein Ding!« Ich lächelte.

Im gesamten Restaurant herrschte rege Betriebsamkeit. Eine Band bereitete sich in einer Ecke auf ihren Auftritt vor, und der Geruch von Knoblauch, Minze und anderen Gewürzen lag in der Luft. Es war ein wahres Fest für die Sinne. Aber ich hatte eigentlich nur Augen und Ohren für den attraktiven Arzt, der mir gegenübersaß.

Will bestellte Moussaka, und ich wählte einen griechischen Salat mit gegrillten Hähnchenspießen. Beim Essen plauderten wir angeregt. Er erzählte mir seine verrücktesten Geburtsgeschichten, und wir tauschten unsere Arbeitserfahrungen mit gewissen Kollegen aus. Es mangelte uns wahrhaftig nicht an Themen, und ich dachte bei mir, dass es eine Zukunft für mich und Will geben konnte, wenn jeder Abend so lief wie der heutige.

Von Zeit zu Zeit wanderten meine Gedanken jedoch zu Declan. Dass er zum ersten Mal mit Julia aus war, nachdem sie sich von Bryant getrennt hatte, ging mir nicht aus dem Kopf. Ich fragte mich, ob sie tatsächlich zusammenpassten oder ob es ihm in erster Linie um die »Eroberung« ging. Die Zeit würde es wohl zeigen.

Irgendwann wechselte Will das Thema, und die Atmosphäre änderte sich grundlegend.

»Ich muss dir etwas gestehen«, sagte er und wischte sich den Mund mit seiner Stoffserviette.

Ich rutschte unruhig auf meinem Stuhl umher. »Okay …«

»Ich finde dich schon seit einiger Zeit ziemlich großartig.«

Meine Wangen begannen zu glühen. »Wow. Also, danke. Ich bewundere dich auch sehr.«

»Wie du wahrscheinlich weißt, komme ich gerade aus einer Beziehung«, schob er nach.

»Ja, das ist mir bekannt.«

»Ich habe unter anderem deshalb Schluss gemacht, weil sie etwas wollte, das ich ihr momentan nicht geben kann.«

Ich schluckte. »Und zwar?«

»Nun, sie wollte lieber heute als morgen unsere Bindung festigen, also heiraten und Kinder bekommen.«

»Oh.« Mit einem Mal hatte ich einen Knoten im Magen. »Und das … willst du alles nicht?«

»Jedenfalls nicht in naher Zukunft. Abgesehen davon war sie nicht die Richtige für mich.«

Es ging zwar recht lebhaft zu in dem Restaurant, doch in dem Moment blendete ich alles ringsum plötzlich aus.

»Verstehe …«

»Ich finde dich unter anderem so interessant, weil du so eine unbeschwerte Einstellung zum Daten hast. Du scheinst zurzeit auch nichts allzu Ernstes zu wollen. Nach dem Ende meiner Beziehung muss ich erst mal Luft holen, und es fühlte sich für mich ungefährlich an, mit dir essen zu gehen.«

Ungefährlich? Ich nickte. Das musste ich erst einmal verdauen.

Er fühlte sich also deshalb zu mir hingezogen, weil ich jemand anderen datete? Aus diesem Grund hatte er sich mit mir verabredet?

Nicht wegen meiner Persönlichkeit.

Nicht wegen unserer gemeinsamen Interessen.

Nur weil er glaubte, ich hätte kein Problem damit, wenn er andere Frauen trifft?

Ich bemühte mich, cool zu bleiben. »Ah, ich verstehe, was du meinst.«

»Ich hoffe, meine Ehrlichkeit macht dir nichts aus. Es ist zwar unser erstes Date, aber ich bin für absolute Offenheit.«

»Okay … nun ja … ich weiß deine Aufrichtigkeit zu schätzen«, entgegnete ich mit einem gezwungenen Lächeln.

»Danke. Und ich bin froh, dass du ehrlich zu mir warst. Das hat mich letztlich dazu gebracht, den Sprung zu wagen und etwas zu tun, das ich schon lange tun wollte.«

Mir war übel. Irgendwie hatte ich das Gefühl, dass es vorbei war, bevor es überhaupt angefangen hatte. Das Ganze als Enttäuschung zu beschreiben, wäre untertrieben gewesen.

Andererseits war ich wahrscheinlich selbst schuld. Ich hatte Will den Eindruck vermittelt, keine ernsten Absichten zu haben.

Nachdem wir das Restaurant verlassen hatten und ich mich von ihm verabschieden und zu meinem Uber laufen wollte, legte Will unerwartet die Hände um meine Wangen und küsste mich. Als er seine Zunge in meinen Mund gleiten ließ, war mein einziger Gedanke, dass es sich anders anfühlte, als ich es mir vorgestellt hatte. Es fühlte sich gut an, aber längst nicht so gut, wie es hätte sein können, wenn er meine Hoffnungen nicht zerstört hätte. Was mich zu der Erkenntnis führte, dass ich mir tief im Inneren eine Beziehung wünschte – mit dem einzig Richtigen. Die Frage war, ob ich Will gelegentlich treffen und darauf hoffen wollte, dass sich seine Einstellung änderte, wenn wir uns besser kannten. Ich hatte das Bedürfnis, Declan nach seiner Meinung zu fragen.

Als ich nach Hause kam, war die Wohnung jedoch leer. Mein Mitbewohner war nicht da. Es überraschte mich nicht, weil ich von seiner Verabredung mit Julia wusste. Ich wäre nur froh gewesen, wenn sein Abend ebenso früh zu Ende gegangen wäre wie meiner.

Nachts um zwei Uhr ging endlich die Wohnungstür auf.

Ich sprang von der Couch auf. »Hey!«

Es fiel mir sofort auf. Declan hatte zerzauste Haare und Lippenstiftspuren am Mund. Die rasende Eifersucht, die mich bei seinem Anblick überkam, erwischte mich eiskalt.

»Hey«, sagte er mit einem schiefen Lächeln.

»Anscheinend hast du einen schönen Abend gehabt.«

»War ganz nett. Warum sagst du das?«

»Schau mal in den Spiegel.«

Declan ging in den Flur. »Oh Scheiße.«

»Julia hat wohl Trost wegen ihrer Trennung gebraucht«, bemerkte ich schnippisch.

Er wischte sich über die Lippen. »Wir haben ein bisschen was getrunken und im Taxi geknutscht.«

Mir stieg die Hitze ins Gesicht. »Das ging wohl ziemlich heiß her, hm?«

Anstatt darauf einzugehen, fragte er: »Und wie war dein Date?«

Irgendwie widerstrebte es mir auf einmal, mich zu beklagen. Natürlich gab es keinen Wettstreit zwischen uns, aber ich wollte ihm auch nicht unter die Nase reiben, wie lahm meine Verabredung im Vergleich zu seiner gewesen war, die offensichtlich hervorragend gelaufen war.

Deshalb spielte ich meine Enttäuschung herunter. »Es war okay. Wir waren im *Mykonos*, diesem neuen griechischen Restaurant.«

»Und? Ist es gut?«

»Ja, das Essen war köstlich.«

»Cool.« Er sah mich an und kniff die Augen zusammen. »Geht es dir gut?«

Offenbar gelang es mir nicht, mich zu verstellen. In mir herrschte ein völliges Gefühlschaos, und ich musste ins Bett und den Tag abhaken.

»Ja, alles in Ordnung.«

»Bist du sicher?«

»Jaha.« Ich zwang mich zu einem Lächeln. »Ich gehe jetzt schlafen, bin supermüde.«

Declan rührte sich nicht von der Stelle und sah mir nach, als ich in mein Zimmer ging.

»Gute Nacht, Mollz!«, rief er mir nach.

Ich drehte mich noch einmal um und lächelte. »Gute Nacht.«

In den Tagen danach sah ich Declan kaum. Er war häufiger unterwegs – wahrscheinlich mit Julia.

Wegen einer Änderung im Schichtplan hatte ich an den vergangenen zwei Tagen gearbeitet und dafür am heutigen Freitag frei.

Nach dem Aufstehen fand ich einen Zettel in der Küche.

Gott sei Dank, es ist Freitag! Einen schönen freien Tag wünsche ich dir. Ich habe diesen Nudelauflauf gestern Abend gemacht, bin dann aber doch auswärts essen gegangen. Du kannst ihn völlig straffrei zum Lunch genießen. Geht auf mich. ;-)
xo Declan

Aus irgendeinem Grund bekam ich beim Lesen einen Kloß im Hals. Es war eine lange Woche gewesen, und Declan hatte mir gefehlt – unglaublich gefehlt.

Tief im Inneren wusste ich, dass es gut für mich war, ihn phasenweise nicht zu sehen, weil ich mich ohnehin daran gewöhnen musste. Bald war er weg. Ich fand den Gedanken schrecklich.

Am Freitagabend traf ich mich mit den Kollegen vom Krankenhaus zur Happy Hour in der Stadt. Will saß mir gegenüber, aber niemand hätte ahnen können, dass wir kürzlich zusammen aus gewesen waren. Er hatte mich noch nicht um eine neue Verabredung gebeten. Und obwohl er mir hin und wieder einen tiefen Blick zuwarf, hatte er mich noch nicht einmal auf die Wange geküsst. Offensichtlich hielt er sich alle Möglichkeiten offen.

Ich war mir nicht sicher, ob ich mit ihm ausgehen würde, wenn er mich noch einmal einlud. Gelegenheitssex mit Will Daniels wäre nicht das Schlimmste auf der Welt, aber ich wollte meine Zeit nicht mit jemandem vergeuden, der eine feste Beziehung von vornherein ausschloss. Wenn er mich also das nächste Mal fragte, musste ich aus dem Bauch heraus entscheiden.

Mein Handy vibrierte.

Declan: Ich hatte gehofft, du wärst heute zu Hause. Wir haben uns eine Ewigkeit nicht mehr gesehen.

Ich bekam Herzflattern.

Molly: Ich bin bei der Happy Hour.

Declan: Mit Will?

Molly: Er ist zwar hier, aber wir haben noch nicht viel geredet. Heute sind ziemlich viele Leute da.

Declan: Stimmt etwas nicht?

Mein erster Impuls war, ehrlich zu sein und ihm von dem Date mit Will zu erzählen. Aber der egoistische Teil von mir suchte einen Weg, wie ich Declan heute noch sehen und Will gleichzeitig eine Lektion erteilen konnte.

Molly: Ich glaube, ich könnte dich hier gut brauchen, wenn du Lust hättest vorbeizuschauen.

Declan: Als dein »Date«, meinst du?

Molly: Ich weiß, dass du jetzt mit Julia zusammen bist, und nehme es dir nicht übel, wenn du Probleme mit unserer früheren Abmachung hast.

Die Punkte bewegten sich, während er schrieb.

Declan: Julia ist nicht meine Freundin. Sie ist noch nicht so weit. Wir amüsieren uns nur ein wenig.

Molly: Dann stört es sie nicht, wenn ich dich ausleihe? ;-)

Mein Herz hämmerte in meiner Brust. Ich wartete gespannt auf seine Antwort.

Declan: Bin in zwanzig Minuten da.

»Tu so, als wärst du überrascht, mich zu sehen«, flüsterte Declan mir ins Ohr, als er den Arm von hinten um meine Taille legte. Dann hauchte er mir einen Kuss auf die Wange.

Ich drehte mich in seinem Arm um. »Oh, Declan! Was machst du denn hier? Das ist ja … eine nette Überraschung.«

Er strich mir eine Haarsträhne aus dem Gesicht und lächelte. »Wirklich? Ich hoffe, es ist in Ordnung für dich, dass ich hier einfach so hereinplatze. Du hast neulich erwähnt, du gehst zur Happy Hour, und ich hatte um die Ecke zu tun. Da dachte ich, ich überrasche dich.«

»Das ist toll. Ich freue mich.«

Ich stand neben meiner Freundin Emma und sah aus dem Augenwinkel, dass ihr der Mund offen stand. Kein Wunder, denn ich hatte ihr gerade von meinem Date mit Will erzählt, und nun hatte mich ein anderer Mann im Arm – ein anderer hinreißender Mann.

»Äh … Declan, das ist meine Freundin Emma. Wir arbeiten zusammen im Krankenhaus.«

Declan schenkte ihr ein strahlendes Lächeln und gab ihr die

Hand. »Freut mich, dich kennenzulernen, Emma. Tut mir leid, wenn ich euch unterbrochen habe.«

»Nein, wir waren gerade fertig. Molly hat mich auf den neusten Stand gebracht. Ich hatte Urlaub.« Sie bedachte mich mit einem empörten Blick. »Es ist erstaunlich, wie viel man in ein paar Wochen verpassen kann.«

»Ja, wirklich.« Declan zeigte auf mein fast leeres Glas. »Ich hole etwas zu trinken. Für dich den üblichen Pinot?«

»Ja, bitte.«

Er zeigte auf Emma. »Was kann ich dir mitbringen, Emma?«

»Ach, das musst du nicht tun.«

Declan grinste. »Oh doch. Regel Nummer eins: Sorge immer dafür, dass die Freundin der Frau, auf die du stehst, etwas zu trinken hat und zufrieden ist.«

Emma lachte. »Die Regel gefällt mir. Ich nehme einen Wodka Cranberry. Vielen Dank.«

Während Declan mit dem Barkeeper sprach, flüsterte mir Emma zu: »Hast du mir vielleicht etwas verschwiegen?«

Emma war eine gute Freundin, aber es war weder der richtige Ort noch der richtige Zeitpunkt, um ihr zu erklären, was es mit meiner Beziehung zu Declan auf sich hatte. Es war mir zudem ein bisschen peinlich, dass ich mich auf solche kindischen Spielchen eingelassen hatte. »Das ist … neu. Aber wir sehen das locker und haben einfach nur Spaß.«

»Spaß, hm?«

Ich nickte.

Emma führte ihr Glas zum Mund. »Willst du wissen, wer so aussieht, als hätte er gerade gar keinen Spaß?«

»Wer?«

Sie sah über meine Schulter. »Doktor Dandy. Und er kommt direkt auf uns zu.«

12. KAPITEL

Declan

Na, das ging ja fix.

Als ich mit den Drinks zurückkehrte, war Dr. Sackgesicht schon aufmarschiert, um Molly anzupinkeln, als wäre sie ein Feuerhydrant. Gott, ich konnte den Kerl nicht ausstehen.

»Declan, nicht wahr?«, sagte er, als ich dazukam.

Ich gab Emma ihren Drink und schüttelte Will die Hand. »Genau. Wie geht's, Bill?«

Er runzelte die Stirn. »*Will* heiße ich.«

»Will … stimmt, okay. Tut mir leid.« Ich trat zu Molly und hielt ihr ihren Wein hin. »Bitte schön, Baby.«

Mollys Augen weiteten sich. Sie sah aus, als würde sie sich gleich in die Hosen machen. Und so verzichtete ich ihr zuliebe darauf, ihr meine freie Hand vor seinen Augen auf den Hintern zu legen, so gern ich es auch getan hätte.

Wir vier starrten einander an, und ich nahm rasch einen Schluck von meinem Drink. *Wow, wie unangenehm.*

»Sagen Sie, Declan, wohnen Sie hier im Zentrum?«

»Nein, im Westen der Stadt.«

»Ah, auf Mollys Seite demnach.«

Ich warf ihr einen Blick zu. »Ja, wir wohnen sehr nah beieinander.«

»Und dadurch haben Sie Molly kennengelernt?«

Der gute Will war ziemlich neugierig, nicht wahr?

»Ja, das stimmt.« Ich sah Molly an. »Aber ich bringe sie wahrscheinlich in Verlegenheit, wenn ich die Geschichte erzähle, nicht wahr, Mollz?«

Mollys Augen wurden noch größer. »Vielleicht solltest du sie nicht erzählen, Declan.«

Ich konnte einfach nicht widerstehen. »Eines Abends fuhr ich mit der Bahn nach Hause, und sie saß mir gegenüber und las ein Buch. Ich konnte die Augen nicht von ihr abwenden. Ihre Mundwinkel zuckten beim Lesen, als würde sie sich amüsieren und ihr Lächeln unterdrücken. Aber ich Trottel habe sie aussteigen lassen, ohne sie anzusprechen. Doch sie ging mir nicht mehr aus dem Kopf. Um sie wiederzusehen, habe ich am nächsten Tag die Bahn zur selben Uhrzeit genommen. Aber sie war nicht da – und am nächsten und am übernächsten Tag auch nicht. Eine Woche später ging ich zu einer anderen Uhrzeit zur Bahn. Dabei kam ich am Buchladen vorbei, und das Buch, das sie gelesen hatte, stand im Schaufenster. Ich ging hinein, um es zu kaufen, und die Verkäuferin sagte mir, der zweite Band der Reihe sei gerade erschienen, und so nahm ich auch diesen mit. Als ich zwanzig Minuten später in die Bahn stieg, war sie auch da.« Ich schenkte Molly einen liebevollen Blick. »Ich habe mich neben sie gesetzt, ihr den zweiten Band geschenkt und sie auf einen Drink eingeladen.«

Emma hatte kleine rote Herzchen in den Augen. »Das ist die romantischste Geschichte, die ich je gehört habe.«

Ich zwinkerte Molly zu. »Ich bin echt froh, dass sie mich nicht für einen Stalker gehalten hat.«

Ich musste schnell noch einen Schluck trinken, um nicht laut über Wills Gesichtsausdruck zu lachen. Die Redewendung »vor Neid erblassen« war mir natürlich geläufig, aber gesehen hatte ich es bis jetzt noch nie bei jemandem. Er war in der Tat etwas blass um die Nase geworden.

Ein Kollege sprach ihn an. »Hey, Will. Hast du kurz Zeit? Mark und ich würden uns gerne für Ärzte ohne Grenzen engagieren. Und wir möchten deine Meinung dazu hören, an welchen Ort wir gehen sollten. Du warst doch schon mehrmals für die im Einsatz.«

»Ja, klar.«

In den vergangenen zehn Minuten war ich ziemlich selbstgefällig gewesen, aber die Information, dass Will sich ehrenamtlich engagierte, nahm mir den Wind aus den Segeln. Meine heldenhafteste Tat bestand bislang darin, dass ich »Achtung!« geschrien hatte, als ein Baseball auf den Kopf meiner Schwester zugeflogen war. In dieser Hinsicht konnte ich nicht mit ihm mithalten. Aber warum hatte ich überhaupt das Gefühl, ihn übertrumpfen zu müssen? Möglicherweise ging ich mittlerweile ein bisschen zu sehr in meiner Rolle auf.

Als Will mit seinem Kollegen verschwand, entschuldigte sich Emma, um zur Toilette zu gehen, und Molly und ich waren allein.

»Du hast mich in der Bahn gesehen und dich auf den ersten Blick unsterblich in mich verliebt?« Sie kicherte. »Noch dicker hättest du nicht auftragen können, Romeo!«

Ich zuckte die Achseln. »Hey, ich bin ein hoffnungsloser Romantiker. Du kannst dich glücklich schätzen.«

Molly stöhnte. »Ich hatte noch gar keine Gelegenheit, es dir zu erzählen, aber mein Date mit Will ist nicht so gelaufen, wie ich gehofft hatte.«

»Was ist passiert?«

»Na ja, eigentlich bin ich selbst schuld. Ich hatte ihm erklärt, dass ich die Sache mit dir ganz locker sehe, und Will hat hineininterpretiert, dass ich für Gelegenheitssex zu haben bin.«

Mein Puls beschleunigte sich. »Du meinst, er will dein Sex-Buddy sein?«

Sie zuckte die Achseln. »Das hat er so direkt nicht gesagt, aber er meinte, er habe mich bisher nie um eine Verabredung gebeten, weil er dachte, ich wäre nicht der Typ für was Lockeres. Er hat sich erst mit mir verabredet, als er den Eindruck gewonnen hatte, ich wäre für so etwas zu haben. Aber die Sache ist die: Ich will keine offene Beziehung. Die Vorstellung, mit einem Mann zusammen zu sein, der eventuell auch mit anderen Frauen schläft, gefällt mir nicht, und in Bezug auf Will schon gar nicht. Versteh mich nicht falsch, ich brauche keinen Heiratsantrag oder so was, aber wenn ich Gefühle für jemanden habe, kommt für mich nur eine feste Beziehung infrage.«

Ich hatte feuchte Hände. »Ihr zwei hattet also …«

»Nein, wir hatten keinen Sex.«

Mich überkam grenzenlose Erleichterung. »Das tut mir leid, Mollz. Was hast du vor? Willst du ihm sagen, wie du empfindest?«

»Ich weiß nicht, ob ich überhaupt etwas sagen muss, denn er hat mich nicht um eine zweite Verabredung gebeten. Ich glaube, er ist nicht an einer Affäre mit mir interessiert und an mehr sowieso nicht.«

War sie blind? Ich schüttelte den Kopf. »Oh, und ob er Interesse hat! Der Typ hat praktisch vor Wut geschäumt, als er mich so dicht bei dir stehen sah.«

»Ich weiß nicht …«

»Glaub mir, Mollz. Ich weiß es.«

Molly biss sich auf die Unterlippe. »Es wird sich zeigen.«

Ja, aber ich hätte meinen letzten Cent darauf verwettet, dass es sich eher früher als später zeigen würde. Der Kerl würde auf jeden Fall versuchen, sie sich zu angeln. Er fühlte sich bedroht.

Ich trank mein Glas in einem Zug aus und brauchte definitiv noch mehr Alkohol, um mich ein wenig zu entspannen. »Möchtest du noch einen Wein?«

»Ich beschränke mich eigentlich auf zwei, wenn ich ausgehe. Aber du bist ja bei mir, und ich muss nicht im Dunkeln allein nach Hause fahren, warum also nicht?«

Nachdem ich die nächste Runde geholt hatte, kehrte Emma von der Toilette zurück. Molly stellte mich einigen anderen Freunden vor, und wir amüsierten uns prächtig. Aber im Verlauf des Abends erwischte ich Dr. Willi mindestens ein Dutzend Mal dabei, wie er Molly anstarrte. Irgendwann begann er ein Gespräch mit Daisy. Sie flirtete völlig unverhohlen mit ihm, ging so oft wie möglich mit ihm auf Tuchfühlung und schüttelte ihre blonde Mähne. Molly bemerkte es auch, und mein Herz zog sich zusammen, als ich die Enttäuschung in ihrem Gesicht sah.

Deshalb legte ich einen Arm um ihre Schulter und zog sie an mich. Das passte Mr Gelegenheitssex offenbar gar nicht, denn innerhalb weniger Minuten tauchte er wieder bei uns auf.

»Ich muss los«, sagte er. »Hast du kurz Zeit für mich, Molly?«

Eins musste ich ihm lassen: Er hatte wirklich Mumm – einfach herzukommen und sie um ein Gespräch unter vier Augen zu bitten, obwohl ich den Arm um sie gelegt hatte.

Molly sah mich an. Ich hätte sie am liebsten fester an mich gedrückt und ihm gesagt, er solle verschwinden, doch ich überließ ihr die Entscheidung.

»Äh … natürlich. Entschuldige mich bitte einen Moment, ja, Declan?«

Es versetzte mir einen schmerzhaften Stich. »Ja … selbstverständlich«, sagte ich und ließ sie widerstrebend los.

Während die zwei ungefähr eine Viertelstunde lang in einer Ecke miteinander redeten, gönnte ich mir zwei weitere Drinks und unterhielt mich mit einigen ihrer Kolleginnen, ohne Molly aus den Augen zu lassen.

Als sie zurückkam, hatte sie ein Lächeln im Gesicht. Ich zwang mich zurückzulächeln.

»Tja, wer hätte das gedacht ...«, meinte sie.

»Was hat er gesagt?«

»Will hat zugegeben, dass es ihn eifersüchtig gemacht hat, uns zusammen zu sehen. Er hat mich für morgen Abend zum Essen eingeladen, zum Reden.«

Was für ein Arschloch.

Sicher, wir hatten den Plan gehabt, Will und Julia eifersüchtig zu machen, damit ihnen klar wurde, dass sie unter Umständen ihre Chance verpassten. Aber irgendwie beschlich mich das Gefühl, dass es dem Kerl weniger darum ging, seine Chance bei Molly nicht zu verspielen, als vielmehr darum, den Kampf gegen einen Rivalen zu gewinnen. Doch Molly schien glücklich zu sein, und ich wollte ihr das nicht verderben.

»Super.« Ich sah mich nach ihm um. »Ist er schon weg?«

»Ja, er muss morgen früh raus.«

»Du musst morgen nicht arbeiten, oder?«

»Nein, ich habe wunderbarerweise drei Tage frei.«

Eigentlich hatte ich schon genug getrunken, aber mit einem Mal verspürte ich den Drang, mich zu besaufen. »Darauf müssen wir anstoßen!«

»Oh nein ... ich vertrage nicht so viel.«

»Kein Problem«, entgegnete ich mit einem Augenzwinkern. »Ich bin stark. Zur Not trage ich dich nach Hause.«

»Hast du Rattoos?«

Wir standen vor der Wohnungstür, und mir fiel zum zweiten Mal der Schlüssel aus der Hand. »Rattoos?«

Molly prustete. »Du hast Rattoos gesagt!«

Ich lachte. »Ich habe nur wiederholt, was du gesagt hast. *Du* hast Rattoos gesagt.«

»Nein, habe ich nicht! Ich habe Rattoos gesagt.« Sie hickste. »Oh mein Gott! Ich habe wirklich Rattoos gesagt. Warum kann ich nicht vernünftig Rattoos sagen?«

Ich hob den Schlüssel vom Boden auf, kniff die Augen zusammen und bemühte mich ein drittes Mal, ihn ins Schloss zu stecken. »Jetzt hab ich's!« Ich machte die Tür auf und ließ Molly den Vortritt.

In der Tür drehte sie sich zu mir um. »*Tat-toos*«, sagte sie und artikulierte langsam und übertrieben jede Silbe. »Hast du Tat-toos?«

»Ah, Tattoos. Ja, habe ich. Aber Rattoos habe ich noch keine.«

Molly streifte ihre Schuhe im Flur ab und ging schnurstracks in die Küche. »Was gibt es denn hier noch Gutes? Ich sterbe vor Hunger.«

»Ich glaube, von den Penne alla Wodka ist noch was übrig.«

Sie riss die Kühlschranktür auf und nahm die Plastikdose heraus. »Komm, die essen wir kalt.«

Ich nahm ihr schmunzelnd die Dose aus der Hand. »Ich mache sie schnell warm. Es dauert nur fünf Minuten.«

Molly zog eine Schnute. »Das sind viereinhalb Minuten zu viel.«

Ich gab die Nudeln in einen kleinen Topf und schaltete den Herd an. Wir hatten beide zu viel getrunken, und Molly lehnte sich an die Küchentheke. Offensichtlich konnte sie sich nicht allein aufrecht halten.

»Mach es dir doch schon mal im Wohnzimmer bequem.«

»Ich will dir beim Kochen zugucken. Ich finde es sexy, wenn ein Mann mir Essen macht.«

»Ach ja?«

Als ich mich zu ihr umdrehte, rutschte sie mit dem Ellbogen von der Arbeitsfläche ab und drohte hinzufallen.

»Hey, Vorsicht!« Ich fing sie auf und setzte sie auf die Arbeitsfläche. »Dann bleib schön hier sitzen.«

Molly langte nach dem Glas mit den rosafarbenen Schokolinsen, das hinter ihr stand. Sie nahm eine Handvoll heraus und steckte sich ein paar in den Mund, bevor sie mir welche anbot. »Willst du auch?«

»Nein danke. Die fünf Minuten halte ich noch aus.«

Sie streckte mir die Zunge heraus, und ich musste grinsen.

»Und wo isses?«, fragte sie mit vollem Mund.

»Wo ist was?«

»Dein Tat-too.«

»Ah. Das ist ein Geheimnis. Wenn du es wissen willst, musst du mir auch etwas Persönliches verraten. Geheimnis gegen Geheimnis.«

»Okay!« Ihre Augen leuchteten auf. »Fang du an.«

»Na gut. Ich habe sogar zwei Tattoos: eins auf meinem linken Schulterblatt und das andere seitlich an meinem Brustkorb.«

»Oh wow. Und wie sehen sie aus?«

Ich drohte ihr mit dem Finger. »Nicht so schnell, du neugieriges Weib. Das ist das zweite Geheimnis. Du musst mir zuerst ein Geheimnis verraten.«

Molly tippte sich mit dem Zeigefinger an die Unterlippe. »Oh! Ich weiß! Ich habe auch ein Tattoo!«

Ich zog die Augenbrauen hoch. »Wirklich?«

Sie nickte. »Ja.«

»Wo ist es?«

Sie grinste. »Nicht so schnell, du neugieriger Kerl. Das ist das zweite Geheimnis. Du musst mir zuerst dein zweites Geheimnis sagen.«

Ich lächelte. »Sehr clever. Okay. Das Tattoo auf meinem Rücken ist ein Kompass. Frag nicht, warum, denn ich habe nicht die leiseste Ahnung. Ich war achtzehn, als ich es mir stechen ließ, und es hat mir einfach gefallen. An der Seite habe ich ein Kreuz und darunter die Worte ›*Dimitte tua consilia*‹. Das ist Latein und bedeutet so viel wie: Lass deine Pläne ziehen. Ich habe mir das Tattoo an dem Abend stechen lassen, als meine Schwester Nonne wurde. Am Nachmittag hatte sie in einer feierlichen Zeremonie ihre Gelübde abgelegt. Vorher hatte ich nicht begreifen können, wie sie einfach eines Morgens mit der Idee aufwachen konnte, Nonne zu werden. Aber der Priester, der die Zeremonie leitete, hat von unseren Zukunftsplänen als den größten Hindernissen im Leben gesprochen. Er meinte, wenn es uns gelingt, unsere Pläne und Erwartungen loszulassen, ist alles möglich.« Ich schüttelte den Kopf. »Dadurch habe ich erkannt, dass nicht alle die gleichen Lebenspläne haben müssen. An dem Tag war ich unheimlich stolz auf Catherine. Ich wollte sie auf irgendeine Weise ehren.«

»Eine schöne Geste.«

»Danke. Aber jetzt zu den interessanten Dingen.« Ich hob mein Kinn. »Wo ist dein Tattoo?«

Sie lachte. »Auf meiner Hüfte. Es sind drei kleine Amseln. Ich habe es mir nach dem Tod meiner Großmutter stechen lassen. Wir standen uns sehr nah, und sie war ein großer Beatles-Fan. *Blackbird* war ihr Lieblingslied. Es wurde auf der Trauerfeier gespielt. Ich kenne den Text schon lange, aber verstanden habe ich ihn erst an diesem Nachmittag. Und kurz darauf hatte ich das Tattoo.«

»Das ist wirklich schön!«

Die Soße im Topf begann zu köcheln, also drehte ich die Flamme runter und rührte um.

»Kann ich deins sehen?«, fragte Molly.

Ich legte den Kochlöffel auf ein Stück Küchenpapier und nahm mir wohl zum zehnten Mal vor, ihr so ein Löffel-Ablege-Ding zu besorgen. »Kannst du … Aber wenn ich dir meins zeige, musst du mir auch deins zeigen.«

Molly biss sich auf die Unterlippe und überlegte einen Moment. Bei der Aussicht, dass sie ihre Hose öffnete und mir ihren Hüftknochen zeigte, beschleunigte sich mein Puls. Es wäre wahrscheinlich besser, wenn wir jetzt nicht mit solchen Ausziehspielchen anfangen würden.

Doch kaum war ich zu dieser Erkenntnis gelangt, sagte Molly: »Du zuerst.«

Scheiße. Na schön. Wie du willst …

Ich knöpfte mein Hemd auf und streifte es ab. Das T-Shirt, das ich darunter trug, zog ich mir über den Kopf, dann drehte ich mich zur Seite, damit sie sich das Tattoo ansehen konnte.

Ohne Vorwarnung fuhr Molly mit dem Finger darüber. Als sie das Kreuz mit dem Nagel nachzeichnete, bekam ich eine Gänsehaut.

Gott, es fühlte sich gut an. Ich wünschte unwillkürlich, sie würde ein wenig fester kratzen und vielleicht Spuren hinterlassen.

»Das ist wirklich wunderschön, Declan.«

»Äh … danke.«

Wir starrten einander an, und wenn ich nicht gewusst hätte, dass sie betrunken war, hätte ich gedacht, sie wäre angetörnt. Ihr Blick war verschleiert, und ihre Pupillen waren so groß, dass von dem strahlenden Blau ihrer Augen nicht mehr viel zu sehen war. Als mein Blick auf ihre Lippen fiel, schaute ich schnell wieder weg und drehte mich um. Ich wandte ihr meine linke Schulter zu und ging ein wenig in die Knie, um ihr mein Kompass-Tattoo zu zeigen. Dieses zeichnete sie nicht mit ihrem Finger nach, und ich wusste nicht, ob ich froh oder enttäuscht darüber war. Ihre Nägel auf meinem Rücken wären womöglich zu viel für mich gewesen.

Als ich mich ihr zuwandte, betrachtete sie eingehend meine Brust. Eine ganze Minute lang checkte sie mich ab. Dann fasste sie sich an den Hosenbund und öffnete ihre Jeans. In diesem Moment dachte ich gar nicht mehr daran, dass sie nun an der Reihe war und mir ihr Tattoo zeigen wollte. Mein an Sexmangel leidendes Hirn glaubte einen Sekundenbruchteil lang, sie würde sich für mich ausziehen.

Ich musste schlucken, als sie die Hose ein Stück herunterzog und ihre cremeweiße Haut zum Vorschein kam. Entweder hatte mich der Alkohol enthemmt, oder ich war nicht stark genug, um mich am Riemen zu reißen, aber ich tat genau das, was sie zuvor getan hatte, und zeichnete die drei kleinen Vögel mit dem Finger nach. Ihre Haut war so weich und warm, dass ich meine Hand wahnsinnig gern in ihre Hose geschoben hätte, um dahin zu gelangen, wo es *besonders weich und warm* war.

Nicht gut.

Ich beobachtete ihr Gesicht, während ich über ihre Haut strich. Sie hatte die Augen geschlossen und den Mund leicht geöffnet.

Verdammt.

Sie war wunderschön.

Absolut hinreißend.

Und ich wollte sie küssen.

Nur ein kleiner Kuss … nur einmal ihre Zunge kosten.

Ich wusste, es war eine dumme Idee.

Ich wusste, wir waren beide betrunken.

Ich wusste, dass ich mich wahrscheinlich nicht mehr von ihr losreißen konnte, sobald meine Lippen die ihren berührten.

Noch dazu hatte ich kein Shirt mehr an.

Und ihre Hose stand offen …

Schwer atmend versuchte ich mir auszureden, irgendetwas anderes zu tun, als mein Hemd wieder anzuziehen und unsere Münder mit Essen vollzustopfen.

Aber als Molly die Augen aufschlug und meine Lippen anstarrte, wurde mir klar, dass ich kurz davor war, den inneren Kampf zu verlieren. Sie fuhr mit der Zungenspitze über ihre Unterlippe.

Verdammt.

Ich wollte sie *so sehr*.

Molly sah mir in die Augen. »Declan …«, hauchte sie.

Ich trat einen Schritt näher und legte die Hand auf ihre Hüfte. »Molly …«

In dem Moment erregte etwas hinter mir ihre Aufmerksamkeit, und sie riss die Augen auf. »Oh mein Gott, Declan! Das Küchenpapier hat Feuer gefangen!«

13. KAPITEL

Molly

Als ich am nächsten Morgen aufwachte, erinnerte ich mich überraschend gut an den vergangenen Abend, wenn ich bedachte, wie betrunken ich gewesen war.

Mir dröhnte der Kopf, und mein Magen spielte verrückt.

Ich wusste noch, dass wir fast das Haus abgefackelt hätten. Aber Declan hatte schnell reagiert und die Flammen gelöscht.

Und ich wusste noch, dass Will mich erneut zum Essen eingeladen hatte.

Oh mein Gott. Heute Abend habe ich ein Date mit Will.

Besonders gut hatte ich in Erinnerung behalten, dass ich seit Langem nicht mehr so erregt gewesen war wie in dem Moment, da ich Declans Tattoo nachgezeichnet hatte. Es war nur eine kurze, eigentlich harmlose Berührung gewesen, aber ein wahnsinnig erotisches Erlebnis.

Ich erschauderte, als mir einfiel, dass ich meine Hose etwas heruntergezogen hatte, um Declan mein Tattoo zu zeigen.

Oh Mann.

Was wäre geschehen, wenn das Feuer unser »Zeig mir deins, ich zeig dir meins«-Spiel nicht unterbrochen hätte? Hätten wir uns geküsst? Es wäre unweigerlich darauf hinausgelaufen, aber die Götter im Himmel hatten es wohl für eine schlechte Idee gehalten.

Wie spät ist es überhaupt?

Die Uhr zeigte elf.

Als ich in die Küche ging, war Declan nirgends zu sehen.

Auf der Theke lag eine Nachricht.

Hallo, Mitbewohnerin,
ich bin mit Julia zum Brunch verabredet. Ich wollte dich nicht wecken, aber die Kaffeemaschine ist schon vorbereitet. Du musst nur auf den Knopf drücken. Ich dachte, du brauchst sofort einen. Gestern haben wir beide zu viel getrunken. Falls du es vergessen hast: Wir hätten fast die Hauptrollen in einer Folge von Chicago Fire *gespielt, und du hast ein neues Wort erfunden: Rattoo.*
xo Declan

Es gelang ihm immer, mich zum Lachen zu bringen, selbst wenn ich mich wie gerädert fühlte.

Ich checkte mein Telefon und fand eine Nachricht von Emma.

Emma: Wir hatten gestern nicht annähernd genug Zeit zum Quatschen. Ich will einen genauen Bericht darüber, was passiert ist, nachdem du mit Declan gegangen bist!

Ich atmete tief durch und überlegte, wie ich reagieren sollte. Ich wollte sie nicht belügen. Emma war meine beste Freundin auf der Arbeit. Und ich vertraute ihr. Es war schlimm genug, dass ich nicht ehrlich zu Will gewesen war.

Nachdem ich mir Kaffee eingeschenkt hatte, beschloss ich, mich mit Emma zum Lunch zu verabreden, um ihr alles zu erklären. Außerdem würde es mir guttun, mit jemandem über die ganze Situation zu sprechen.

Eine Stunde später traf ich Emma in einem Lokal, das auf halbem Weg zwischen unseren Wohnungen lag.

Als die Kellnerin das Essen gebracht hatte, kam Emma ohne Umschweife zur Sache.

»Okay, und jetzt raus damit! Was hat es mit diesem Declan auf sich? Gehst du mit ihm ins Bett?«

Ich spielte mit meinen Pommes und schüttelte den Kopf. »Es ist eine verrückte Geschichte. Du musst mir versprechen, niemandem auch nur ein Wort davon zu sagen.«

Emma kniff die Augen zusammen. »Jetzt bin ich wirklich neugierig. Aber ich verspreche es selbstverständlich.« Sie beugte sich vor. »Was zum Teufel läuft denn da?«

In den nächsten zehn Minuten erzählte ich ihr, wie Declan mein Mitbewohner geworden war und welchen Plan wir ausgeheckt hatten.

Sie schüttelte ungläubig den Kopf, während sie Zucker in ihren Eistee rührte. »Nur damit ich es richtig verstehe: Ihr habt diese Vereinbarung getroffen, und jetzt weißt du nicht mehr, wen du eigentlich versuchst eifersüchtig zu machen – Declan oder Will? Du hast dich in deinen Fake-Freund verknallt?«

Ich nahm einen großen Bissen von meinem Burger und antwortete kauend: »Ich wollte nicht, dass es so kompliziert wird. Meine Zuneigung zu Declan ist mit der Zeit gewachsen, und er hat bestimmt keine Ahnung, wie ich empfinde. Erst als er angefangen hat, sich mit Julia zu treffen, ist mir das Ausmaß meiner Gefühle bewusst geworden.« Ich starrte vor mich hin. »Wir verstehen uns einfach großartig. Er ist wirklich ein guter Freund. Aber gestern Abend wäre garantiert etwas passiert, wenn das Feuer nicht gewesen wäre.«

Sie nickte. »Du jonglierst also mit Gefühlen für zwei verschiedene Männer. Aber heute Abend gehst du mit Dr. Dandy aus. Vielleicht schlägt das Pendel ja in seine Richtung aus.«

»Wir werden sehen, was passiert.« Ich seufzte. »Und wie gesagt, Declan zieht in ein paar Monaten sowieso wieder weg. Dann ist die Sache erledigt.«

»Da hast du deine Antwort! Konzentrier dich einfach auf Will. Sein Eingeständnis, dass er gestern eifersüchtig war, bedeutet offensichtlich, dass deine Chancen bei ihm besser stehen, als du dachtest.«

»Ja, aber was ist, wenn es hier nur um einen Kampf zwischen Rivalen geht? Ich weiß nicht, ob ich mich darauf verlassen kann, dass er wirklich an mir interessiert ist. Das werde ich wohl nur erfahren, wenn ich weiter am Ball bleibe.«

Sie schmunzelte. »Es gibt wahrhaftig schlimmere Probleme. Du wohnst mit einem tollen Mann zusammen, und ein anderer will mit dir ausgehen.«

Ich lächelte, obwohl mir das eine ebenso missfiel wie das andere. Ich wollte nicht bloß mit einem Mann zusammenwohnen oder mit einem ausgehen. Ich wollte jemandes Ein und Alles sein.

Ich will Liebe.

An diesem Tag sah ich Declan nicht mehr. Er war nicht zu Hause, als ich zurückkehrte, um mich für mein Date mit Will fertig zu machen.

Als ich abends in dem italienischen Bistro eintraf, in dem wir uns verabredet hatten, war Will schon da. Er stand auf und zog einen Stuhl für mich heraus, sobald er mich erblickte.

Dann musterte er mich von oben bis unten. »Du siehst absolut hinreißend aus, Molly. Danke, dass du so kurzfristig zu einem Treffen bereit warst«, sagte er und gab mir einen Kuss auf die Wange. Die Berührung jagte mir einen Schauer über den Rücken.

Meine ungeschminkte Antwort schockierte mich selbst ein

bisschen. »Ehrlich gesagt habe ich nicht damit gerechnet, dass du noch mal mit mir ausgehen willst.«

Er machte einen verblüfften Eindruck. »Warum nicht?«, fragte er, als er sich wieder hinsetzte.

»Weil du mich nicht gefragt hast, bevor Declan gestern Abend aufgetaucht ist.«

Er atmete langsam aus und nickte. »Ich habe die Zeit mit dir neulich Abend wirklich sehr genossen und musste die ganze Woche an dich und den Kuss denken. Dass ich mich nicht gleich wieder mit dir verabredet habe, hat nichts zu bedeuten. Es war eine verrückte Woche – viel Stress und wesentlich mehr komplizierte Geburten als sonst. Das ist alles.« Er hielt inne. »Aber … ich habe es ja gestern schon zugegeben: Als ich dich mit ihm gesehen habe, gab mir das einen Schubs. Mir ist klar geworden, dass meine Gefühle für dich noch stärker sind, als ich mir eingestehen wollte.«

Ich fand sein Verhalten trotzdem irritierend und hatte das Bedürfnis, auf der Stelle reinen Tisch zu machen. Doch in diesem Moment kam die Kellnerin, um unsere Bestellung aufzunehmen. Ich hatte noch keine Gelegenheit gehabt, in die Speisekarte zu schauen, und sie ließ uns noch ein bisschen Zeit.

Als sie wiederkam, bestellte Will Lasagne, während ich mich für Pasta Primavera entschied. Kurz darauf brachte sie uns zwei Gläser Wein.

Nachdem sie gegangen war, trank ich einen großen Schluck von meinem Pinot und nahm da den Faden wieder auf, wo wir unterbrochen worden waren.

»Will … Es ist so … Zurzeit gehe ich zwar mit Declan aus, aber ich habe nicht vor, bis in alle Ewigkeit zweigleisig zu fahren. Langfristig ist mir an Stabilität gelegen. Es tut mir leid, wenn ich einen anderen Eindruck erweckt habe. Du hast ja bereits erwähnt, dass du nicht an einer festen Beziehung interessiert bist, und ich respektiere deine Ehrlichkeit. Daher ist es mir wichtig, jetzt auch ehrlich zu dir zu sein. Und ich möchte deine Zeit nicht vergeuden, wenn du nichts Ernstes willst. Ich …«

»Molly …« Er breitete die Hände aus. »Ich denke, ich muss da etwas klarstellen. Es ist wahr, dass ich *momentan* nichts Ernstes anfangen will, aber vielleicht habe ich mich bei unserem ersten Date nicht verständlich ausgedrückt. Du scheinst zu glauben, ich wollte dich *nur* aus dem einen Grund treffen, weil du offen für eine lockere Beziehung bist. Das ist nicht richtig. Ich finde dich absolut großartig, clever und wunderschön – *deshalb* fühle ich mich zu dir hingezogen.« Er sah mir unverwandt in die Augen.

Ich spürte, wie mein Puls raste. »Ich bin dankbar, dass du das sagst, aber ich weiß nicht, ob wir uns weiter treffen sollten, wenn du nicht an einer festen Beziehung interessiert bist.«

Er richtete den Blick für eine Weile auf die Tür, bevor er mir wieder in die Augen sah. »Es ist so … Ich möchte nicht aufhören, dich zu sehen. Auf keinen Fall! Ich denke, wir sollten es langsam angehen lassen und aufgeschlossen bleiben. Wenn wir beide zu dem Schluss kommen, dass es gut zwischen uns läuft, hätte ich sehr gern die Option auf eine Beziehung mit dir. Ich denke allerdings, dass du dir über deine Empfindungen für diesen anderen Typen klar werden musst.«

Ich blinzelte und versuchte, seine Worte zu verarbeiten. »Ich finde es gut, von Tag zu Tag weiterzusehen. Aber du hast auch gesagt, dass du nicht heiraten und keine Kinder haben willst. Ich weiß, es ist viel zu früh, um über dieses Thema zu reden, aber eines Tages möchte ich definitiv eine Familie gründen. Und wenn du nicht sicher bist, ob du so eine Zukunft überhaupt willst, bist du nicht der Richtige für mich.«

Will griff nach meiner Hand und sah mich durchdringend an. »Lass es mich erklären. In nächster Zukunft möchte ich weder heiraten noch Kinder haben. Ich möchte noch eine Zeit lang herumreisen und das Leben genießen. Meine letzte Freundin wollte unbedingt so bald wie möglich heiraten, das war der Hauptgrund für unsere Trennung. Aber natürlich würde ich einer Frau nicht die Möglichkeit verwehren, Mutter zu werden, wenn ich mich in die Richtige verliebe. Und wenn dann noch der Zeitpunkt stimmt, bin ich offen für Kinder.«

Der Widerspruch zwischen seiner Aussage bei unserem ersten Date und der heutigen verwirrte mich nach wie vor. Nichtsdestotrotz hatte er mir gerade wieder ein wenig Hoffnung geschenkt.

»Es erscheint wirklich albern, solche Dinge beim zweiten Date zu besprechen«, sagte ich. »Aber ich will meine Zeit nicht mit jemandem vergeuden, der von Anfang an eine gemeinsame Zukunft ausschließt, und den Eindruck hast du mir ehrlich gesagt vermittelt.«

»Das habe ich verstanden.« Er lächelte. »Ich hoffe, ich konnte deine Bedenken ausräumen und wir können weiterhin Zeit miteinander verbringen.«

»Ja, es ist dir gelungen. Danke.« Ich atmete einmal durch und trank noch einen Schluck Wein. »Mann, das war ein ernstes Thema für den Beginn des Abends.«

Er lachte. »Ja, aber jetzt haben wir es hinter uns gebracht und können die restliche Zeit miteinander genießen.«

Kurz danach kam unser Essen. Es war der perfekte Übergang in eine leichtere Stimmung. Will und ich genossen eine fantastische, entspannte Mahlzeit.

Danach wollten wir den Abend noch nicht beenden. Da seine Wohnung näher beim Restaurant lag als meine (und meine tabu war, weil ich mit meinem angeblichen anderen Lover zusammenwohnte), gingen wir zu Will.

Er öffnete eine Flasche Wein und legte Jazzmusik aus seiner beeindruckenden Plattensammlung auf.

Wir knutschten heftig miteinander, aber weiter gingen wir nicht. Will war der perfekte Gentleman. Ob er auch der perfekte Mann für mich war, blieb abzuwarten.

An den folgenden Tagen ging ich wieder zur Nachtschicht. Will hatte frei, und ich sah weder ihn auf der Arbeit noch Declan zu Hause. Und im Grunde genoss ich es, mich nicht ständig mit meinen Gefühlen für die beiden beschäftigen zu müssen.

Als ich jedoch an meinem ersten freien Tag Besorgungen gemacht hatte und dann nach Hause zurückkehrte, stand Declan mit blankem Oberkörper am Herd.

»Pass auf, dass du die Küche nicht in Brand setzt«, rief ich über die Musik hinweg, die den Raum erfüllte.

Er drehte sich zu mir um. »Weil ich so heiß bin?«, fragte er mit einem Augenzwinkern, legte den Pfannenwender aus der Hand und überraschte mich mit einer stürmischen Umarmung. Während er mich fest an seine breite Brust drückte, waren mir meine Gefühle für ihn einmal mehr nur allzu bewusst.

Dann rückte er von mir ab, um mich anzuschauen. »Es kommt mir vor, als hätten wir uns eine Ewigkeit nicht gesehen.«

Meines Wissens hatte er diese Woche mindestens eine Nacht bei Julia verbracht. Daher ging ich davon aus, dass sie Sex hatten. Das behagte mir zwar nicht, aber wenigstens ließ er sie nicht bei uns in der Wohnung übernachten.

»Hast du Hunger?«, fragte er.

Der Geruch von French Toast hing in der Luft. Der Geruch von Declan ebenfalls – dieser köstliche männliche Duft.

Ich schluckte. »Ich könnte etwas essen.« *Puh.* Nach dem Abend neulich hatte sich die Atmosphäre zwischen uns eindeutig verändert, als hätte jemand die sexuelle Spannung von null auf hundert gedreht.

»Tja, ich mache gerade zufällig dein Lieblingsessen: Frühstück zum Abendessen«, sagte Declan und verschwand in seinem Zimmer.

Als er wiederkam, hatte er ein T-Shirt an, als hätte er gemerkt, dass sein nackter Oberkörper mir unangenehm war.

Er wendete die Toasts und bestreute sie mit Zimt. Die nächsten Minuten verbrachte ich damit, ihm beim Kochen zuzusehen. Es hatte sich inzwischen zu meiner Lieblingsbeschäftigung entwickelt.

Ich beklagte mich bei ihm über den Personalmangel im Krankenhaus, während er mir anvertraute, dass eine seiner Schwestern Eheprobleme hatte. Die sexuelle Spannung zwischen uns schien nachzulassen, je länger wir uns gut unterhielten.

Nachdem er jeweils zwei Toasts auf einen Teller gelegt und sie auf den Tisch gestellt hatte, setzten wir uns und begannen zu essen.

»Das sind die besten French Toasts, die ich je gegessen habe!«, schwärmte ich, während mein Blick zu den Gläsern auf der Küchentheke wanderte. Ich hielt mitten im Kauen inne. »Was hast du gemacht?«

Unglaublich, dass es mir erst jetzt auffiel, aber beim Hereinkommen war ich abgelenkt gewesen. Statt meiner pastellfarbenen durchsortierten M&Ms befand sich eine Mischung aus allen Regenbogenfarben in den Gläsern. Ich wurde augenblicklich nervös.

»Ich will dir helfen«, sagte er. »Deine Therapeutin möchte doch, dass du Unordnung ertragen lernst, und die Idee ist mir gekommen, als ich am Süßwarenladen vorbeigegangen bin.«

»Sehr aufmerksam von dir, dass du mir fast einen Herzanfall bescherst.«

Ganz schön dreist von ihm, aber ich wusste, er hatte in guter Absicht gehandelt. Tatsächlich hatte ich meine Übungen in den letzten Tagen schleifen lassen. Streng genommen hatte ich mich nicht vor die kleinste Herausforderung gestellt.

»Was hast du mit den anderen Schokolinsen gemacht?«

»Keine Sorge, ich habe sie sicher aufbewahrt. Du bekommst sie zurück, wenn du sie dir verdient hast.«

»Au Mann. Ist ja großartig.«

»Julia war selbstverständlich nicht so begeistert, weil ich bei dem Laden angehalten und mit einer Zweieinhalb-Kilo-Tüte wieder herausgekommen bin. Aber das lag wohl eher daran, für wen ich sie gekauft habe.«

Ich verschluckte mich an einem Stück Toast. »Sie ist immer noch eifersüchtig auf mich?«

»Ich habe ihr gesagt, dass du mit Will ausgehst, aber es ist ihr trotzdem nicht geheuer, dass wir zusammenwohnen.«

Wir schwiegen einen Moment, und mein Herz raste.

»Zu Recht?«, fragte ich leise.

Man hätte eine Stecknadel fallen hören können. Ich bedauerte meine Frage sofort, aber zurücknehmen konnte ich sie nicht.

Sein Blick bohrte sich in meinen.

Bilder von neulich Abend schossen mir durch den Kopf: meine Finger auf seinem Tattoo, wie er Gänsehaut bekommen hatte … Ich erinnerte mich an jeden einzelnen Moment.

Statt meine Frage zu beantworten, legte er seine Gabel etwas zu fest auf den Tisch. »Ich hatte noch gar keine Gelegenheit, dich nach deinem Date mit Will zu fragen.«

Ich räusperte mich. »Es ist echt gut gelaufen. Wir waren essen, und dann hat er mich zu sich eingeladen und mir seine Plattensammlung gezeigt.«

Er lachte, aber es klang ein wenig gekünstelt. »Und du musstest so tun, als würde sie dich interessieren?«

Ich zuckte mit den Schultern. »Es … hat mir gefallen. Er hat einen vielseitigen Musikgeschmack.«

Declan nickte. »Hat er dir mehr gezeigt als nur seine Sammlung?«

Die Frage war ziemlich frech. Aber ich war wohl auch ein bisschen frech gewesen. Ich sagte ihm die Wahrheit.

»Nein. Ich habe ihm nichts gezeigt. Dafür ist es zu früh.«

»Gut.« Er atmete erleichtert aus. »Ich weiß einfach nicht, ob ich dem Kerl wirklich traue. Mir hat die Hundertachtzig-Grad-Wendung nicht gefallen, die er hingelegt hat, nur weil ich in der Kneipe aufgetaucht bin. Für meinen Geschmack hat er viel zu schnell eine andere Tonart angeschlagen.«

Ich hatte das Gefühl, Will verteidigen zu müssen. »Ich kann nichts Schlechtes an seiner Eifersucht und Ehrlichkeit finden. Er hat zugegeben, dass er im Moment nicht an etwas Ernstem interessiert ist, und das respektiere ich. Er hätte mir auch etwas vormachen können. Aber gestern hat er einige Dinge klargestellt. Er meinte, dass er in der Zukunft durchaus an etwas Ernstem interessiert sein könnte. Er möchte die Sache langsam angehen.«

»Wie edel von ihm.« Declan schnaubte. »Scheiß drauf, Molly. Du hast jemanden verdient, der nicht so unentschlossen ist. Ich meine, er erzählt doch jeden Tag etwas anderes. Was sagt dir das?«

Tief im Inneren hatte ich die Warnsignale selbst schon laut und deutlich wahrgenommen. Aber obwohl ich es schätzte, dass Declan für mich eintrat, stießen mir seine Worte bitter auf.

»Und Julia ist nicht unentschlossen? Sie hat wochenlang mit dir geflirtet, während sie liiert war. Das ist das Gegenteil von Aufrichtigkeit und klingt für mich reichlich unentschlossen.«

»Ich habe auch nicht behauptet, dass sie perfekt ist.«

»Aber du hast es gedacht. Als du mir zum ersten Mal von ihr erzählt hast, klang es beinahe, als könnte sie übers Wasser laufen.« Ich verdrehte die Augen.

Er zog die Augenbrauen hoch. »Und das macht dir zu schaffen?«

Mir schoss das Blut ins Gesicht. »Nein. Wie kommst du darauf?«

»Ich weiß nicht. Du hast irgendwie verärgert gewirkt, als du es gerade gesagt hast – dass ich Julia für perfekt gehalten habe. Stören dich meine Gefühle für sie?«

»Natürlich nicht! Komm mal wieder runter. Wieso sollte mich das stören?«

»Keine Ahnung. Sag du es mir.«

Ich fühlte mich angegriffen. »Warum sollte es mir etwas ausmachen, wenn du etwas für eine andere Frau empfindest?«, stieß ich hervor. »So sehr mag ich dich nun auch nicht.«

Großer Fehler. Aber er war nicht rückgängig zu machen. Ich bekam umgehend die Quittung.

»Wenn du betrunken bist, scheinst du mich aber sehr zu mögen«, konterte er.

Mist. Es gefiel mir gar nicht, welche Richtung dieses Gespräch gerade einschlug. »Wir waren *beide* betrunken, Declan. Wenn ich mich recht erinnere, war es *deine* Idee, dass ich dir mein Tattoo zeige, wenn du mir deins zeigst.«

Er schwieg einige Sekunden lang. Dann kam er mir so nah, dass ich seinen Atem in meinem Gesicht spürte. »Komisch, dass wir beide angeblich so betrunken waren und uns doch sehr genau an jedes Detail erinnern.«

Das Klingeln meines Telefons unterbrach unsere Auseinandersetzung. Erst war ich erleichtert, doch dann wurde mir schlagartig flau.

Es war Kayla, die Frau meines Vaters. Sie rief sonst nie an.

14. KAPITEL

Declan

»Wie sieht es aus?« Ich sprang auf, als Molly in den Warteraum kam.

Sie seufzte. »Er ist okay. Sie meinen, er hat aufgrund einer Anämie das Bewusstsein verloren. Das ist eine häufige Nebenwirkung der Chemotherapie. Das Blutbild liegt vor, aber sie nehmen ihn stationär auf, um weitere Untersuchungen durchzuführen. Außerdem hat er eine ziemlich üble Beule am Kopf, weil er die Tischkante erwischt hat, als er umgefallen ist. Sicherheitshalber untersuchen sie ihn noch auf eine Gehirnerschütterung.«

Ich fuhr mir durch die Haare. »Okay. Das klingt alles behandelbar.«

Molly nickte. »Ja, die Anämie ist therapierbar. Er bekommt eine Bluttransfusion und wird eine Zeit lang Eisentabletten einnehmen müssen.« Sie schüttelte den Kopf. »Aber er sieht jetzt schon so gebrechlich aus. Seine Diagnose hat er vor etwas mehr als einem Monat bekommen, und es ist noch gar nicht lange her, seit ich ihn zuletzt gesehen habe, und man sieht deutlich, wie schnell die Erkrankung fortschreitet. Er hat viel Gewicht verloren, seine Haut ist fahl, und er wirkt erschöpft. Kayla sagte, er habe bereits davon gesprochen, die Chemo abzubrechen.«

»Wegen dieses Vorfalls jetzt? Kann er nicht einfach wieder damit anfangen, wenn es ihm besser geht?«

Molly schwieg einen Moment. Sie schluckte und kämpfte offensichtlich mit den Tränen. »Er hat ein kleinzelliges Karzinom. Es ist schon in andere Organe metastasiert, und die Überlebenschance ist …« Sie schluckte abermals und rang um Fassung, doch dann kullerte ihr eine große Träne über die Wange. »Seine Lebensqualität wird wegen der Chemo …«

»Komm her.« Ich nahm sie in die Arme und zog sie an mich, um ihr über die Haare zu streichen. Ich wollte etwas sagen, aber als ich sie weinen hörte, blieben mir die Worte im Hals stecken. Ihre Schultern bebten, als sie ihren Tränen freien Lauf ließ. Es war schrecklich, aber ich konnte nichts anderes tun, als sie fester an mich zu drücken, obwohl ich ihr gern ihren Schmerz genommen hätte.

Nachdem wir fast zehn Minuten mitten im Warteraum gestanden hatten, löste sich Molly schniefend von mir und wischte sich über die Augen.

»Danke, Declan.«

»Keine Ursache. Ich bin immer für dich da.« Ich gab ihr einen Kuss auf die Stirn. »Und was jetzt? Wenn er aufgenommen wird, braucht er bestimmt ein paar Sachen, nicht wahr? Eine Viertelstunde von hier ist ein *Walmart*, der rund um die Uhr aufhat. Ich kann ihm dort schnell einen Schlafanzug und Toilettenartikel besorgen.«

»Danke für das Angebot, das ist wirklich lieb von dir. Aber ich habe Kayla gesagt, ich fahre zu ihnen nach Hause und hole ihm seine Sachen, damit er sich wohler fühlt. Es dauert mindestens eine Stunde, bis sie ihn auf ein Zimmer bringen, und in der Notaufnahme darf sowieso immer nur eine Person bei einem Patienten sein. Die Schwestern haben zwar nichts gesagt, weil ich mit einigen von ihnen befreundet bin, aber ich will es nicht ausnutzen, dass ich hier arbeite. Jetzt weiß ich, dass er stabil ist, und kann beruhigt fahren. Aber es ist schon spät. Ich kann dich auf dem Weg zu Hause absetzen.«

Als würde ich sie in ihrem Zustand allein durch die Stadt fahren lassen! »Ich komme mit.«

»Nachdem ich seine Sachen geholt habe, werde ich wahrscheinlich die Nacht über hierbleiben.«

»Das ist okay. Die Nacht durchmachen ist meine Spezialität«, entgegnete ich augenzwinkernd, um die Stimmung wenigstens ein bisschen aufzulockern.

Sie verdrehte die Augen, doch ihr Lächeln blieb mir nicht verborgen. Wenige Minuten später saßen wir im Auto. Die Fahrt zum Haus von Mollys Vater dauerte etwa vierzig Minuten. Allerdings war er in einem Restaurant in Ohnmacht gefallen, nachdem er auf der Toilette gewesen war. Bei unserem Besuch zum Dinner hatte ich nur das Erdgeschoss des Hauses zu sehen bekommen, jedoch nicht die Räume im oberen Stock. Als wir ankamen, bot ich Molly deshalb an, im Wohnzimmer zu warten, während sie ihm eine Tasche packte, doch sie bat mich, sie zu begleiten. Sie war anscheinend nur einmal in seinem Schlafzimmer gewesen, und zwar vor vielen Jahren, als er das Haus gerade gekauft hatte.

Ich wartete an der Tür zum Schlafzimmer, während Molly zu einer großen Kommode ging und die obere Schublade öffnete. Dann fiel ihr Blick auf die Fotos, die darauf standen, und sie nahm eins davon in die Hand.

»Oh mein Gott. Nicht zu glauben, dass er das gerahmt hat! Ich bringe ihn um.«

Ich trat näher und schaute ihr über die Schulter. »Was hast du da?«

»Ein altes Foto von mir und meiner Schwester. Ich war sechs und sie sieben, glaube ich.«

Das Foto war bezaubernd. Welches der kleinen Mädchen

Molly war, erkannte ich auf Anhieb an den großen blauen Augen. Sie hatte zwei schiefe Zöpfe und lachte, wie ich noch nie jemanden hatte lachen sehen. Bei dem Anblick gingen meine Mundwinkel prompt nach oben.

»Warum regst du dich so auf? Du siehst doch süß aus.«

»Äh … weil ich eine nasse Hose habe?«

Ich hatte nur auf ihr Lachen geachtet und gar nicht auf ihre Kleidung. Aber tatsächlich, als ich genauer hinschaute, musste ich feststellen, dass ihre Shorts nass war. Und es sah nicht so aus, als hätte sie sich beschlabbert.

»Du hast dir in die Hose gemacht?«, fragte ich.

Sie schlug die Hände vors Gesicht. »Ja! Er hat sich ein Foto hingestellt, auf dem ich mit schmutziger Hose zu sehen bin. Wie konnte er nur?«

Ich schmunzelte. »Ist das häufiger passiert? Du siehst auf dem Bild ein wenig zu alt aus, um in die Hose zu machen.«

»Mein Vater und meine Schwester hatten mich gerade durchgekitzelt. Ich habe geschrien, sie sollen aufhören, aber sie haben weitergemacht. Wirklich unfassbar, dass er das Foto immer noch hat – noch dazu auf der Kommode.«

Es war schon ein bisschen merkwürdig, aber ich konnte trotzdem nachvollziehen, warum er gerade dieses Bild gewählt hatte. »Er liebt dein Lachen auf diesem Foto. Es erinnert ihn an gute Zeiten.«

Ihr entfuhr ein Seufzer. »Ja … vermutlich.«

Sie stellte das Bild kopfschüttelnd wieder an seinen Platz, sah sich die anderen an und nahm eins zur Hand, auf dem sie mit Schwesternkittel und Stethoskop zu sehen war.

»Das ist das Foto von meinem Abschluss an der Krankenpflegeschule. Meine Mutter muss es ihm geschickt haben, denn ich habe es ihm nicht gegeben.«

»Nun, wenn er es hier stehen hat, ist er wohl stolz auf dich.«

Mollys Miene wurde ernst, als sie mit dem Finger über den Rahmen fuhr. »Ich hatte ihn nicht mal eingeladen. Meine Mutter war zwar dafür, aber nach meinem Empfinden wäre es respektlos ihr gegenüber gewesen. Er hat so viele Ereignisse verpasst, die für meine Schwester und mich wichtig waren, weil wir ihm nicht verzeihen konnten, dass er uns verlassen hat.«

»Mach das nicht, Molly. Tu dir das nicht an. Du warst verletzt und hattest deine Gründe. Wir können die Vergangenheit nicht ändern, wir können nur aus ihr lernen. Jetzt bist du für ihn da, und das bedeutet ihm sicherlich viel.«

»Danke«, sagte sie mit einem halbherzigen Lächeln.

Nachdem sie seine Sachen gepackt hatte, gingen wir zur Treppe. Doch auf der ersten Stufe blieb sie stehen und machte kehrt. »Moment mal. Ich muss mir kurz etwas ansehen.«

Ich folgte ihr, als sie zu der Tür lief, an der wir gerade vorbeigegangen waren. Sie öffnete sie und schaltete das Licht ein. Auf dem Bett lag eine rosa Steppdecke, und vor dem Fenster hingen rosa-weiß gestreifte Gardinen. Es war ein hübscher Raum, obwohl er irgendwie verlassen wirkte.

»Das Zimmer deiner Halbschwester?«

Sie schüttelte den Kopf. »Ihres ist weiter den Flur hinunter. Das hier sollte mein Zimmer sein. Ich war sechzehn, als er das Haus gekauft hat. Er hat mich einmal hierhergebracht, um es mir zu zeigen, und da war es schon so eingerichtet. Ich habe es nie benutzt, aber wie es aussieht, hat er hier im Lauf der Jahre nichts verändert.«

»Wow. Er hat wohl nie die Hoffnung aufgegeben, dass du mal Zeit hier verbringst.«

»Ja.« Sie knipste seufzend das Licht aus und schloss die Tür, blieb aber mit der Hand auf der Klinke stehen. »Ich bin froh, dass ich heute hergekommen bin«, sagte sie mit gesenktem Kopf.

Ich drückte ihr die Schulter. »Und ich bin froh, dass ich mitgekommen bin … Molly P. Corrigan.«

Sie drehte sich erstaunt zu mir um. »P? Mein zweiter Vorname ist Caroline.«

Ich wackelte mit den Augenbrauen. »Jetzt nicht mehr. Von heute an bist du Molly Pipihose Corrigan.«

Sie verdrehte grinsend die Augen. »Gott, du bist echt kindisch.«

»Mag sein, aber zumindest gehe ich schon aufs Töpfchen.«

Es war vier Uhr in der Frühe, als Molly in den Warteraum zurückkehrte. Ihr Vater lag inzwischen auf der Intensivstation, und ich war beim Warten eingedöst.

»Entschuldige, ich wollte dich nicht wecken.« Sie zeigte auf den Getränkeautomaten. »Ich hatte nur schrecklichen Durst und wollte mir ein Wasser holen.«

Ich rieb mir das Gesicht. »Ich habe nicht richtig geschlafen, bloß meine Augen ausgeruht.«

Sie lächelte, kramte einige Münzen aus ihrem Geldbeutel, steckte sie in den Automaten und nahm eine Flasche Mineralwasser heraus. »Willst du auch etwas?«

»Nein danke. Ich habe schon zwei Tüten Chips, eine Packung Fruchtschnüre und einen Erdnussriegel gegessen, mit dem ich mir wahrscheinlich eine Zahnfüllung rausgezogen habe.«

Molly setzte sich in den Sessel neben mir. »Sie helfen ihm jetzt beim Umziehen. Ich dachte, ich verschwinde besser und lasse ihn ein bisschen schlafen. Auf der Intensivstation beginnt die Visite meist gegen sieben Uhr, und jetzt ist es schon so spät, dass es eigentlich Unsinn ist, nach Hause zu fahren. Ich will unbedingt mit den Ärzten sprechen, wenn sie kommen.«

»Dann bleiben wir. Diese Sessel sind ziemlich bequem.«

»Du solltest fahren, Declan. Du musst in wenigen Stunden arbeiten. Ich bestelle mir später ein Uber.«

Ich zuckte die Achseln. »Nein, nein, ich kann meinen Zeitplan anpassen. Ich habe keine festen Termine.«

Mollys Blick fiel auf das Tischchen neben meinem Platz, und ihre Augen weiteten sich. »Was ist das?«

Ich hatte mein Projekt völlig vergessen. Ich nahm den großen Styroporbecher, den ich mir im Schwesternzimmer besorgt hatte, und gab ihr die Belohnung, die ich für sie vorbereitet hatte. »Nur Rote für mein tapferes Mädchen.«

Sie schaute in den Becher. »Woher hast du die alle?«

Ich nickte zu dem Snackautomaten, aus dem ich alle Schokolinsenpackungen geholt hatte. »Die waren da drin.«

»Du musstest bestimmt zehn Tütchen kaufen, um so viele Rote zusammenzubekommen. Wo sind die anderen hin?«

»Um genau zu sein, waren es dreizehn.« Ich rieb mir den Bauch. »Und keine Sorge, die anderen sind nicht im Müll gelandet. Sie haben eine gute Verwendung gefunden – obwohl mein Magen da vielleicht anderer Meinung ist. Gut, dass diese Automaten auch Kreditkarten annehmen. Ein Tütchen kostet einen Dollar fünfundsiebzig – der reinste Wucher!«

Molly sah mich unverwandt an.

»Was ist?« Ich wischte mir übers Gesicht. »Habe ich mich beim Dösen besabbert?«

Sie schüttelte den Kopf. »Nein, alles in Ordnung. Es ist nur … Warum hast du das gemacht?«

Ich verstand ihre Frage nicht. »Wie, warum? Weil du immer nur eine Farbe isst. Warum sollte ich es sonst tun?«

»Aber du musstest doch wissen, dass ich diese Riesenportion unmöglich auf einmal schaffen kann.«

Daran hatte ich nicht gedacht. »Ich habe nicht gesagt, dass du sie *alle* essen musst.«

»Schon klar. Aber du hast wohl kaum mehr als zwanzig Dollar ausgegeben und die M&Ms nach Farben sortiert, nur damit ich etwas zu essen habe.«

Ich konnte ihr nicht folgen. »Okay …«

»Du hast es getan, weil du wusstest, wie niedergeschlagen ich bin und dass es mich aufheitern würde.«

Ich zuckte die Achseln. »Und?«

Molly ergriff meine Hand und verschränkte ihre Finger mit meinen. »Du bist wirklich ein guter Freund, Declan.«

Es sollte ein Kompliment sein, das war mir bewusst, aber irgendwie gefiel es mir nicht, von ihr als »guter Freund« bezeichnet zu werden. Unser Gespräch am vergangenen Abend schien mir eine Ewigkeit her zu sein. Irgendwann in den letzten Wochen hatten sich meine Gefühle für Molly verändert. Zuerst hatte ich gedacht, es handle sich um ganz normale sexuelle Anziehung. Ich meine, es ließ sich nicht leugnen, dass sie eine wunderschöne Frau war. Doch in der letzten Zeit hatte ich den Wunsch verspürt, jede freie Minute mit ihr zu verbringen, und ich hatte das, was ich für Julia zu empfinden glaubte, infrage gestellt.

Natürlich war dies weder der Ort noch die Zeit für die Fortsetzung unserer Diskussion, doch dass sie mich einen »guten Freund« genannt hatte, war wie ein Schlag in die Magengrube.

Trotzdem drückte ich ihre Hand. »Ich tue nur, was du im umgekehrten Fall auch für mich tun würdest.«

Sie legte den Kopf an meine Schulter. »Glaub mir, ich wäre hundertprozentig für dich da.«

»Molly?«

Gegen sechs Uhr wurde ich von der Stimme eines Mannes geweckt. Als ich die Augen öffnete, stand jemand vor mir, den ich als Allerletztes hier sehen wollte: Dr. Willi. Molly schlief zum Glück tief und fest. Wir waren beide vor ein, zwei Stunden eingenickt. Ich hatte die ganze Zeit gesessen, aber Molly hatte sich auf drei Sesseln ausgestreckt, und ihr Kopf ruhte auf meinem Schoß. Weil das Arschloch keine Rücksicht darauf nahm, dass er sie womöglich aufweckte, obwohl sie den Schlaf dringend brauchte, hob ich ihren Kopf behutsam an, um aufstehen zu können, und ließ ihn sanft auf die Sitzfläche sinken.

Ich nickte mit dem Kopf in Richtung Tür. »Lassen Sie sie schlafen. Wir können draußen reden«, raunte ich ihm zu.

Im Flur fuhr ich mir mit den Fingern durch die Haare und reckte mich. »Ihr Vater ist wenige Blocks von hier entfernt in einem Restaurant umgekippt. Sie war die ganze Nacht auf.«

Dr. Willi stemmte die Hände in die Hüften. »Das habe ich gerade gehört. Sie hätte mich anrufen sollen.«

Da Mollys Vater keine vaginalen Probleme hatte, war ich anderer Meinung. »Warum?«

Will presste kurz die Lippen aufeinander. »Nun ja, zum einen, weil ich Arzt bin.«

Ich verschränkte die Arme vor der Brust. »Sie werden es nicht glauben, aber in diesem riesigen Gebäude gibt es jede Menge Ärzte.«

Will rollte mit den Augen. »Ich hätte ihr Gesellschaft leisten können.«

»Darum habe ich mich gekümmert. Wir haben Sie nicht gebraucht.«

Er seufzte. »Hören Sie, ich werde mich nicht auf einen Wettstreit mit Ihnen einlassen. Molly und ich haben zahlreiche Gemeinsamkeiten. Zwischen ihr und mir hat sich schon seit Jahren etwas angebahnt. Wahrscheinlich kratzt es an Ihrem Ego, dass wir angefangen haben, miteinander auszugehen, nachdem Sie sich kennengelernt hatten. Aber sehen wir der

Wahrheit doch mal ins Gesicht: Molly würde mich nicht treffen wollen, wenn Sie es bringen würden.«

Ich ballte die Hände zu Fäusten. »Wissen Sie was? Ich kann Sie nicht leiden. Aber das ist jetzt irrelevant. Es geht allein um Molly. Sie macht gerade etwas Furchtbares durch. Es kommt nicht darauf an, *wer* ihr die Hand hält, sondern darum, *dass* es jemand tut. Wenn sie wach wird, dann stressen Sie sie also nicht.«

Als wir hörten, wie die Tür des Warteraums aufging, drehten wir uns beide um. Es war Molly, die ziemlich groggy aussah. Will ging sofort auf sie zu.

»Hey. Daisy hat mir gesagt, dass du hier bist und was deinem Vater passiert ist. Ich habe eben eine Frau mit Senkwehen nach Hause geschickt und dachte, ich sehe schnell nach dir.«

Molly schaute von mir zu Will. »Bei der Einlieferung lag sein Hämoglobinwert nur noch bei drei.«

Will runzelte die Stirn. »Wer ist der behandelnde Arzt?«

»Dr. Marks. Ich kenne ihn nicht so gut. Aber er war sehr nett.«

»Ich golfe ab und zu mal mit ihm. Ich nehme an, sie haben ihn schon in die Röhre geschoben?«

Molly nickte. »Sie haben sich seinen Kopf wegen des Sturzes angesehen und seine Brust.«

»Lass uns doch zusammen mit Dr. Marks reden, und dann gehen wir rüber zu den Kollegen und schauen uns auf den Aufnahmen an, wie der Stand der Dinge ist.«

Mollys Schultern entspannten sich. »Das wäre großartig, Will.«

Ich war zwar froh zu hören, dass Molly Hilfe bei der Informationsbeschaffung bekam, aber ich hasste den Helfenden. Ich tat mein Bestes, um es zu verbergen.

»Declan«, sagte Molly, »ich würde gern sehen, ob wir etwas

Neues in Erfahrung bringen können, wenn du nichts dagegen hast.«

Ich schüttelte den Kopf. »Natürlich nicht. Ich warte hier auf dich.«

Will legte die Hand an Mollys Rücken, und plötzlich fühlte ich mich wie ein Ausgestoßener.

»Schon gut, ich übernehme ab hier, Declan«, sagte er. »Danke, dass Sie Molly Gesellschaft geleistet haben. Sie wird sicher noch eine Weile bleiben und auf die Visite warten. Da ich jetzt freihabe, kann ich sie danach nach Hause fahren. Sie sehen aus, als könnten Sie etwas Schlaf brauchen.«

Molly sah mich stirnrunzelnd an. »Er hat recht, Dec. Fahr nach Hause. Ich bleibe sicher noch ein paar Stunden hier, und du warst schon die ganze Nacht bei mir.«

Ich wollte nicht gehen und sie mit Dr. Willi allein lassen. Aber mir war auch klar, dass er ihr Zugang zu Informationen verschaffen konnte – wozu mir die Möglichkeiten fehlten. Abgesehen davon wäre Molly die Leidtragende, wenn ich jetzt eine Szene machte.

Also nickte ich widerwillig. »Okay. Ich fahre. Ruf mich an, wenn du etwas brauchst, Moll.«

Sie kam auf mich zu und küsste mich auf die Wange. »Danke für alles, Declan.«

Dr. Willi bedachte mich mit einem triumphierenden Blick. *Gott, ich kann den Kerl nicht leiden.*

»Danke, Declan.« Er reichte mir seine freie Hand, während die andere noch auf dem Rücken meines Mädchens lag. »Auf Wiedersehen.«

Ich sah den beiden nach, als sie davongingen, und mein Magen zog sich zusammen. An der Tür zur Intensivstation drehte Molly sich um und warf mir ein versöhnliches Lächeln zu. Ich winkte ihr und tat so, als wäre alles okay.

Aber das war es nicht.

Als die Tür zufiel, ging mir auf, was mir mehr als alles andere zu schaffen machte. Es war nicht die Tatsache, dass Dr. Willi ihr die Hilfe angeboten hatte, die ich ihr nicht geben konnte. Für mich standen ihre Bedürfnisse an erster Stelle, und ich akzeptierte natürlich, was das Beste für sie war. Es war ebenso wenig die Tatsache, dass er ihr die Hand auf den Rücken gelegt hatte. Vielmehr machte mich wahnsinnig, dass ich innerlich so aufgewühlt war, weil er den Rücken *meines Mädchens* berührte.

Mein Mädchen.

So dachte ich von ihr.

Aber sie war nicht mein Mädchen, oder?

Wie auch immer ... Ich hatte sie jedenfalls in die Obhut des Mannes gegeben, der sie ursprünglich auch bekommen sollte.

15. KAPITEL

Molly

Meine Wohnung hatte mir schrecklich gefehlt.

Mein Vater war nach einigen Tagen aus dem Krankenhaus entlassen worden, und ich hatte mir freigenommen und eine Woche bei ihm zu Hause verbracht. Denn wenn ihm etwas passierte, würde ich es bereuen, mich nicht genug um ihn gekümmert zu haben. Und so hatte ich in dem ehemals verbotenen rosa Zimmer übernachtet.

Glücklicherweise hatte sich sein Zustand stabilisiert, und er war wieder an dem Punkt, wo er vor dem Sturz gewesen war. Nun kehrte ich nach fast sieben Tagen endlich nach Hause zurück, nachdem ich ihm versprochen hatte, ihn bald wieder zu besuchen.

Ich hatte Declan nicht über meine heutige Rückkehr informiert. Er stand in der Küche, als ich die Tür öffnete. Ich hatte erwartet, dass er mich mit dem üblichen fröhlichen Lächeln begrüßen würde, nachdem ich so lange weg gewesen war, doch er sah nicht einmal auf, als ich hereinkam.

»Hey!«, sagte ich. »Ich wusste nicht, ob du zu Hause bist.«

»Hey. Willkommen zu Hause.« Sein Lächeln wirkte gezwungen. »Ja, ich bin hier. Irgendwie hatte ich heute keine Lust auszugehen.«

Mein Magen zog sich zusammen. »Ist alles okay?«

Er zögerte. »Ja, alles bestens.«

Ich umarmte ihn und atmete seinen köstlichen Duft ein. Die Wärme seines Köpers fühlte sich wahnsinnig gut an, obwohl mir seine Umarmung viel steifer vorkam als sonst. Irgendetwas stimmte nicht.

»Gut, dass du hier bist«, sagte ich, als ich mich wieder von ihm löste. »Im Moment ist es besser für mich, wenn ich nicht mit meinen Gedanken allein bin.«

Er nickte schweigend. Ich hatte gehofft, er würde mir sagen, wie schön es war, dass wir den Abend zusammen verbringen konnten, aber ich hatte eher das Gefühl, ihn zu stören. Bisher hatte mir Declan immer den Eindruck vermittelt, dass er sich freute, mich zu sehen, aber heute war es anders.

»Wie war es bei deinem Vater«, fragte er nach einer Weile.

Ich zuckte mit den Schultern. »Ganz okay. Ich bin auf jeden Fall froh, dass ich die Zeit dort verbracht habe. Es geht ihm ein wenig besser. Er hat es genossen, mich bei sich zu haben. Besser spät als nie, nicht wahr?«

»Absolut.«

»Ich war immer bei ihm, wenn er wach war, und wenn er geschlafen hat, bin ich in mein Zimmer gegangen und habe gelesen. Ich habe mich nicht gezwungen, Small Talk mit Kayla zu machen. Einmal bin ich mit meiner Schwester Siobhan Mittag essen gegangen, und wir haben uns gut verstanden. Aber auch sie hat Angst. Ich glaube, es ist noch um einiges schlimmer, wenn man seinen Vater als Kind verliert, als mit Ende zwanzig.«

»Sie kann sich glücklich schätzen, dich als große Schwester zu haben.«

»Ja, wahrscheinlich.« Ich ließ mich auf die Couch fallen und starrte an die Decke.

»Worüber denkst du nach?«, fragte er.

»Ich bereue so viel, was meinen Vater angeht, Declan.«

Er setzte sich neben mich.

»Jeder bereut irgendetwas in seinem Leben. Niemand ist perfekt.« Seine Miene verdüsterte sich.

»Alles in Ordnung mit dir?«

»Ja, mir geht es gut.«

Ist ihm nicht klar, dass ich ihn durchschaue? »Du wirkst irgendwie … bedrückt oder so.«

Er schüttelte den Kopf. »Nein, nein. Mach dir um mich keine Gedanken.«

»Ist irgendwas auf der Arbeit passiert?«

»Nein. Es ist nichts.« Sein Ton war etwas barsch. Er atmete geräuschvoll aus. »Ich bin der Letzte, um den du dir jetzt Sorgen machen solltest, okay?« Dann warf er mir noch einmal ein gezwungenes Lächeln zu. »Was hast du denn gerade gemeint? Was bereust du konkret?« Er schien unbedingt von sich ablenken zu wollen.

Ich hielt inne, um ihm prüfend ins Gesicht zu sehen, bevor ich seine Frage beantwortete. »Na ja, ich war noch so jung, als mein Vater ausgezogen ist. Ich wusste nicht, wie kompliziert Beziehungen sein können, und ich war gekränkt, weil er uns verlassen hat. Dabei ging es eigentlich um die Ehe meiner Eltern, die nicht funktioniert hat, und nicht darum, dass er seine Kinder loswerden wollte. Er war nicht glücklich. Hätte er etwa meinetwegen in einer Beziehung ohne Liebe bleiben sollen? Ich finde es nicht in Ordnung, wie er sich verhalten hat. Aber wenn ich zurückblicke, finde ich sehr hart, dass ich ihn wegen der Entscheidung, sein Glück an die erste Stelle zu setzen, aus meinem Leben ausgesperrt habe.«

Declan schüttelte den Kopf. »Okay, aber es ist, wie du sagst: Du warst sehr jung, und du warst verletzt. Gegen unsere Gefühle sind wir machtlos.« Er legte den Arm auf die Rückenlehne und rutschte etwas näher an mich heran. »Und weißt du was? Du bist immer noch jung. Du hast alle diese Dinge erkannt, und dein Vater ist noch da. Du kannst es wiedergutmachen.«

Ich wischte mir über die Augen und nickte. »Darum habe ich mich in den letzten Wochen wirklich bemüht.«

»Das hast du. Und dein Vater liebt dich bedingungslos. Das sieht man daran, dass er dein Zimmer unverändert gelassen hat, und daran, wie er dich anschaut. Die wahren Gefühle eines Menschen erkennt man an seinem Blick. Er trägt dir nichts nach.«

Es war ironisch, dass Declan das sagte, denn wegen der Art, wie er mich manchmal ansah, hatte ich mich bereits hin und wieder gefragt, was er wohl für mich empfand. Ich mochte es, wie er mir seine ungeteilte Aufmerksamkeit schenkte, auch wenn wir in einem Raum voller Leute waren. Er konzentrierte sich immer völlig auf unsere Unterhaltungen, als wären unsere Themen superwichtig, auch wenn wir nur über das Wetter redeten. Doch heute fehlte diese Aufmerksamkeit, und sein Blick war leer und distanziert.

»Bist du sicher, dass alles in Ordnung ist?«, hakte ich nach.

»Ja«, entgegnete er und lenkte das Gespräch gleich wieder auf mich. »Sag mir, was dich sonst noch beschäftigt.«

Ich hätte gerne weitergebohrt, warum er so trübsinnig wirkte, aber ich wusste, er würde mich nur wieder abblitzen lassen. Deshalb beantwortete ich seine Frage.

»Die Sache mit meinem Vater hat mich dazu gebracht, über mich selbst nachzudenken. Mein Vater ist zu jung zum Sterben. Er hatte nicht genug Zeit, um alles zu tun, was er tun wollte. Und das gibt mir wiederum das Gefühl, dass ich nicht genug aus meinem Leben mache.«

Er nickte. »Ja, manchmal braucht man einen Anstoß, um über solche Dinge nachzudenken.« Er schaute einen Moment zu Boden, bevor er mich wieder ansah. »Ich kann dir sagen, wenn ich morgen sterben würde, hätte ich das Gefühl, in meinem Leben nicht genug bewirkt zu haben. Ich meine, ich arbeite in der Werbebranche und dränge den Leuten mit überzogenen Behauptungen Produkte auf. Und helfe ich der Welt damit? Nein. Ich helfe nur den ohnehin schon überbezahlten Führungskräften dabei, sich noch mehr Geld in die Taschen zu schaufeln. Meine Schwester Catherine hingegen verbringt ihr Leben damit, Gutes zu tun. Ich versuche, wenigstens im Kleinen etwas zu bewirken. Und ich hoffe, dass es in der Summe dann doch etwas ausmacht.«

Ich lächelte. »Es heißt immer, wenn man an jemanden zurückdenkt, erinnert man sich hauptsächlich daran, welches Gefühl einem derjenige gegeben hat. Und du gibst den Leuten in deinem Umfeld das Gefühl, dass du dich wirklich für sie interessierst. Jedenfalls empfinde ich es so. Du bist ein sehr guter Freund.«

»Und du hättest mich fast ziehen lassen, weil ich einen Penis habe«, sagte er mit einem Augenzwinkern.

Ich lachte und freute mich über sein erstes aufrichtiges Lächeln an diesem Abend. »Das wäre echt ziemlich dämlich gewesen.«

»Aber im Ernst, ein guter Freund zu sein ist eine Möglichkeit, wie man etwas bewirken kann. Es ist nie zu spät, um den Freund anzurufen, den man schon ewig anrufen wollte. Man kann mit dem Obdachlosen an der Straßenecke reden und ihm ein Essen spendieren. Man muss nicht das ganze Gewicht der Welt auf seinen Schultern tragen, um zu Veränderungen beizutragen. Man kann jeden Tag ein bisschen tun.«

»Wie einsichtig von dir«, entgegnete ich lächelnd, nahm mir ein Sofakissen und drückte es an meine Brust. »Hey, ich habe mich noch gar nicht richtig bei dir dafür bedankt, dass du in der Nacht für mich da warst, als mein Vater ins Krankenhaus kam.«

»Gern geschehen.«

Ich zögerte einen Moment. »Will hat es ganz offensichtlich nicht gefallen, dass du bei mir warst, aber angesichts dessen, was ich ihm über meine Beziehung zu dir erzählt habe, kann ich es ihm nicht verübeln.«

»Hat er dir gesagt, dass wir vor dem Warteraum aneinandergeraten sind?«

»Nein, aber ich habe es geahnt, als ich euch gesehen habe.« Ich hielt inne. »Ich verstehe, warum er dich hasst. Er hält dich für einen Rivalen. Aber … warum kannst du ihn nicht leiden?«

Declans Unterkiefer wirkte angespannt. »Ich habe es dir doch schon gesagt. Das Urteil über Dr. Willi ist noch nicht gesprochen. Mir gefällt nicht, wie schnell er seine Meinung geändert hat.« Er zuckte mit den Schultern. »Aber weißt du, ich will einfach, dass du glücklich bist. Wenn er dich glücklich macht, ist das die Hauptsache.«

Du machst mich glücklich. Die Worte lagen mir auf der Zunge, und die Spannung im Raum wurde nahezu greifbar.

Declan sprang von der Couch und klatschte in die Hände, um sich, wie mir schien, gewaltsam aus seiner trüben Stimmung zu befreien. »Weißt du, was heute Abend fehlt?«

»Was denn?«

»Ein Frühstück zum Abendessen. Hast du Lust?«

Ich rieb mir grinsend den Bauch. »Ich bin halb verhungert!«

»Entspann dich ein bisschen. Ich muss kurz in den Laden, weil wir keine Eier mehr haben. In zwanzig Minuten bin ich wieder da.«

»Klingt gut.«

Nach der Woche bei meinem Vater freute ich mich, wieder an meinem Wohlfühlort zu sein. Ein gemütlicher Abend mit Declan war genau das, was ich jetzt brauchte. Der einzige Dämpfer war Declans sonderbare Stimmung. Aber womöglich war ich ja etwas empfindlich im Moment. Jeder durfte sich mal beschissen fühlen, ohne sich dafür rechtfertigen zu müssen. Vielleicht war ich einfach verwöhnt von seiner bisherigen Unbeschwertheit.

Während ich auf seine Rückkehr wartete, stellte ich mich unter die Dusche. Ich schloss die Augen und ließ das heiße Wasser auf mich herabprasseln. Dabei dachte ich über unser Gespräch nach und überlegte, was ich ändern konnte, um ein besseres Leben zu führen: Ich wollte meinen Eltern eine bessere Tochter sein und Siobhan eine bessere große Schwester, oder vielleicht könnte ich einmal pro Woche an einem freien Tag ehrenamtlich Pflegedienste leisten. Declan hatte vollkommen recht. Ich hatte viele Möglichkeiten, meinem Leben mehr Sinn zu geben – zu Ehren meines Vaters.

Ich verließ erfrischt die Dusche und hoffte, dass Declans Stimmung sich gebessert hatte, wenn er zurückkam. Ich hatte gerade meine Haare getrocknet, als es an der Tür läutete. Ich fand es komisch, dass er die Klingel benutzte, aber vielleicht hatte er seinen Schlüssel vergessen.

In mein Handtuch gewickelt ging ich zur Tür und öffnete sie mit einem strahlenden Lächeln im Gesicht. Es erstarb augenblicklich, als ich sah, dass nicht Declan mit den Einkäufen, sondern Julia vor mir stand.

Ich zog das Handtuch fester um mich. »Oh … hallo. Ich dachte, es ist Declan.«

Sie taxierte mich von oben bis unten. »Du dachtest, es ist Declan, und deshalb gehst du im Handtuch zur Tür?«

Will sie ernsthaft, dass ich mich in meinem eigenen Haus vor ihr rechtfertige?

»Nein, ich bin im Handtuch zur Tür gegangen, weil ich hier

wohne und es geklingelt hat, als ich gerade aus der Dusche kam.«

»Natürlich.« Sie nickte und betrat unaufgefordert die Wohnung. »Wo ist Declan?«, fragte sie und sah sich misstrauisch um.

»Er ist einkaufen gegangen.«

»Ah.« Sie folgte mir in die Küche und fuhr mit dem Finger über die Granitarbeitsfläche. »Kann ich hier warten, bis er wiederkommt?«

Was soll ich dazu sagen?

»Klar.«

Ich ging in mein Zimmer, um mich anzuziehen. Oh Mann, wie ätzend. Mit Julia wollte ich mich an diesem Abend wirklich nicht herumschlagen müssen.

Als ich ins Wohnzimmer zurückkehrte, ging die Wohnungstür auf, und Julia und ich drehten uns gleichzeitig um.

Declan fielen fast die Augen aus dem Kopf. »Julia, was machst du hier?«

»Ich war auf der Heimfahrt von meinem Termin im Spa. Und da es zu dir näher war als zu mir, dachte ich, ich schaue mal vorbei. Du hattest zwar gesagt, du willst einfach einen Abend zu Hause chillen, aber ich habe dich vermisst.«

Er täuschte ein Lächeln vor, und ich sah sofort, dass es nicht echt war. »Warum hast du mir nicht geschrieben, dass du kommst?«

»Weil ich dich überraschen wollte?«

Er schaute zu mir und fühlte sich sichtlich unwohl.

»Ich kam gerade aus der Dusche, als es geklingelt hat«, erklärte ich. »Sie wollte hier auf dich warten, während ich mir etwas angezogen habe.«

Er lächelte mich mitfühlend an und wandte sich ihr zu. »Okay. Ich wünschte nur, ich hätte gewusst, dass du kommst.

Dann hätte ich noch mehr Brot gekauft. Ich habe nur Eier besorgt.«

Sie schaute zwischen uns hin und her. »Oh, mir war nicht klar, dass ich störe … beim Abendessen?«

Mist. Declan tat mir wirklich leid. Sie war eindeutig argwöhnisch, dabei handelte es sich lediglich um ein normales Essen unter Mitbewohnern. Er wollte einfach nur etwas Nettes für mich, und nun sah es so aus, als würde sie ihm dafür den Kopf abreißen.

»Declan wollte Frühstück zum Abendessen machen, nichts Großes«, sagte ich.

»Molly hatte eine harte Woche, und das mag sie am liebsten.«

»Aber …« Ich sah ihn an. »Es ist doch bestimmt genug für uns alle da, oder?«

Julia tat so, als wäre es ihr egal. »Ich verzichte sowieso auf Kohlenhydrate.«

Logisch. Dürre Ziege.

»Ich kann dir ein leckeres Omelett machen«, bot Declan an. »Wir haben Gemüse im Kühlschrank. Was sagst du zu Spinat, Tomate und etwas Feta?«

»Hmm, lecker. Du bist so gut zu mir.«

Er ist gut zu dir, weil ihm nichts anderes übrig bleibt. Was soll er denn machen, wenn du unangekündigt hier aufkreuzt?

Declan klatschte in die Hände. »Okay, ein Gemüseomelett, kommt sofort.« Er sah mich an. »Und für uns French Toast?«

»Unbedingt.« Ich entschuldigte mich. »Ich bin gleich wieder da. Ich föhne mir schnell die Haare.«

Als ich in meinem Zimmer war, vibrierte mein Handy.

Declan: Tut mir leid, dass sie einfach so hereingeplatzt ist.

Molly: Ist okay.

Declan: Nein, ist es nicht. Ich weiß, dass du einen ruhigen Abend wolltest.

Molly: Tja, jetzt ist sie da. Und ich verlange sicher nicht, dass du sie wegschickst. Es ist wirklich kein Problem für mich. Das ist auch deine Wohnung, und du warst bisher rücksichtsvoller, als du sein müsstest. Du bringst sie nur selten mit. Das ist in Ordnung.

Declan: Ich bin dir was schuldig.

Ich schaltete seufzend den Föhn ein.

Als ich mit meinen Haaren fertig war, ging ich wieder in die Küche. »Diese Toasts mit Zimt riechen wie immer köstlich.«

Julia schnupperte. »Du hast recht. Ich wünschte, mir wäre egal, wie ich aussehe.«

War das eine Beleidigung?

Declan winkte mit dem Pfannenwender. »Du gehst davon aus, dass Männer nichts übrig haben für ein wenig Fleisch an den Knochen einer Frau.«

Danke, Declan.

»Also, letztens haben dir *diese* Knochen noch ziemlich gut gefallen«, gab Julia zurück.

Kotz. Würg.

Declan antwortete nicht und kümmerte sich wieder um die Toasts und Julias blödes Gemüseomelett.

Nachdem er alles angerichtet hatte, setzten wir uns zum Essen an den Küchentisch. Declan hatte meinen Lieblings-O-Saft mit extra viel Fruchtfleisch mitgebracht und schenkte ihn in zwei Weingläser ein. Julia wollte Wasser, weil Orangensaft offenbar zu viel Zucker enthielt.

Declan nahm einen großen Bissen und fragte mich mit vollem Mund: »Wie schmeckt der Toast?«

»Ausgezeichnet. Danke.«

Sein Lächeln wirkte auf mich wie eine stumme Entschuldigung.

»Declan hat mir erzählt, du gehst jetzt mit einem Arzt aus dem Krankenhaus aus. Stimmt das?«, fragte Julia.

Ich wischte mir einen Tropfen Sirup vom Kinn. »Ja, aber noch nicht lange.«

»Wie aufregend.«

Ich zuckte mit den Schultern. »Ich bin erst mal vorsichtig. Es wäre dumm, gleich am Anfang zu enthusiastisch zu sein. Ich will mehr als eine Affäre fürs Bett.«

»Aber du bist jung. Warum willst du dich gleich so festlegen?«, fragte Julia erstaunt.

»Es geht mir ja nicht darum, sofort eine Familie zu gründen. Ich möchte mit jemandem zusammen sein, der nur Augen für mich hat. Das ist mir wichtig.«

Ich fing Declans Blick auf, bevor er sich rasch wieder auf seinen Toast konzentrierte.

Nach mehreren Minuten des Schweigens meldete sich Julia erneut zu Wort.

Sie klopfte sich auf den Bauch. »Das Omelett war toll. Es hat mich an das Essen zu Hause in Kalifornien erinnert. Ich vermisse all meine Stammlokale für gesundes Essen. Ich kann es nicht erwarten zurückzukehren.«

Declan kniff die Augen zusammen. »Hier bekommst du auch gesundes Essen.«

»Ja, aber es ist nicht das Gleiche. Hier gibt es nicht an jeder Ecke einen Smoothie-Laden, und es ist eine echte Herausforderung, ein Biorestaurant zu finden. Aber es ist nicht nur das. Ich glaube, ich habe einfach Heimweh. Ich vermisse die Sonne, die frische Luft, den Pazifik. Und natürlich meine Familie.«

Declan nickte. »Meine Familie fehlt mir auch. Aber ich *liebe* Chicago.« Er sah zu mir herüber. »Es gibt vieles an dieser Stadt, das mir gefällt.«

»Ja, so schlecht ist es hier nicht«, meinte Julia. »Ich bin einfach nur bereit heimzukehren.«

Heimzukehren und Declan mitzunehmen …

»Und ich will endlich einen Hund haben«, fügte sie hinzu. »Ich wollte mir gerade einen holen, als der Auftrag reinkam. Das Erste, was ich zu Hause machen werde, ist also einen Hund kaufen.«

»Und wenn du noch mal für den Job dein Zuhause verlassen musst?«, fragte ich.

Sie zuckte mit den Schultern. »Dann kann meine Schwester auf ihn aufpassen.«

Ich zog eine Augenbraue hoch. »Und die ist dazu bereit?«

»Ich weiß, dass sie es macht.«

Julia war eine dämliche Kuh. Vielleicht dachte ich aber auch nur so, weil ich sie ohnehin nicht ausstehen konnte. Sie machte mit dem Mann herum, für den ich eine heftige Schwäche hatte.

»Meine Schwester liebt Tiere genauso wie ich.«

Ich betrachtete ihre Designerstiefel, die einen Besatz aus echtem Pelz hatten.

»Wenn du Tiere liebst, solltest du vielleicht keinen echten Pelz tragen. Für deine Stiefel ist ein Tier gestorben.«

Sie schaute nach unten. »Da hast du vermutlich recht. Ich habe nicht darüber nachgedacht.«

»Ja, das solltest du vielleicht«, sagte ich und nahm einen großen Bissen von meinem Toast.

Declan grinste und startete einen Versuch, die etwas feindselige Stimmung zu vertreiben. »Hat jemand Lust auf einen Cocktail zum Nachtisch? Ich habe neulich einen Margarita-Mix gekauft, den ich gern probieren würde.«

Ein Schlückchen Alkohol könnte ich wirklich gut brauchen.

Julia leckte sich die Lippen. »Mmm … Das klingt köstlich.«

Und das aus dem Mund der Frau, die Kohlenhydraten abgeschworen hat? Absolut schlüssig. Wahrscheinlich zählten Margaritas nicht.

Danach folgte der vielleicht schlimmste Teil des Abends. Julia klebte förmlich an Declan, als er in der Küche unsere Drinks vorbereitete. Sie schlang die Arme um seine Taille und ließ ihn keine Sekunde los.

Er konnte sich gerade lange genug von ihr lösen, um mir meinen Drink zu geben. »Hier, für dich, Mollz. So wie du ihn magst, mit extraviel Salz.«

»Danke.«

Ich kostete die eiskalte Margarita. Süße und Säure standen im perfekten Verhältnis zueinander. Doch wie gut sie auch war, ich war es leid, Julia dabei zuzusehen, wie sie sich an meinem Kerl rieb.

Verdammt.

Wie bitte?

An meinem Kerl?

Was für ein unpassender Gedanke.

Und doch war er mir gekommen.

Höchste Zeit, dich zurückzuziehen, Molly!

Ich hob mein Glas und prostete ihnen zu. »Wisst ihr was? Ich nehme die Margarita mit in mein Zimmer, wenn das okay ist. Ich bin irgendwie erschöpft. Vermutlich haut mich der Alkohol gleich endgültig um.«

Declan wirkte enttäuscht. »Okay. Wenn du noch eine möchtest, sag mir Bescheid. Da ist noch jede Menge im Mixer.«

»Mache ich. Danke.« Ich lächelte. »Gute Nacht, Julia.«

»Gute Nacht, Molly.«

Ich warf Declan noch ein Lächeln zu, bevor ich in mein Zimmer ging.

Als die Tür hinter mir ins Schloss fiel, atmete ich erleichtert auf. Ich schaltete Hulu ein und leerte mein Glas.

Ich döste mehrmals ein und wurde immer wieder wach. Irgendwann stellte ich fest, dass keine gedämpften Stimmen mehr aus dem Wohnzimmer zu hören waren.

Und ich hatte eine Nachricht von Declan verpasst.

Declan: Bist du noch wach?

Ich tippte.

Molly: Ja.

Declan: Hast du was an?

Molly: Ja.

Wenige Sekunden später klopfte er an meine Tür.

»Komm rein.«

16. KAPITEL

Declan

»Hey.« Molly richtete sich im Bett auf und lehnte sich mit dem Rücken an das Kopfteil. »Ist Julia gegangen?«

Ich nickte. »Darf ich mich setzen?«

Sie zog die Beine an und legte die Arme um ihre Knie, um mir Platz zu machen.

»Ja, klar.«

Ich ließ mich am Fußende nieder und war versucht, ihr zu erklären, warum ich bei ihrer Rückkehr heute Abend in einer solch merkwürdigen Stimmung gewesen war. Die vergangene Woche war schwer für mich gewesen – so schwer, dass ich Dr. Spellman zu Hause in Kalifornien angerufen hatte. Molly war offensichtlich aufgefallen, dass ich nicht ich selbst war, und sie sollte nicht denken, es hätte mit ihr zu tun. Aber sie hatte eine schwierige Zeit mit ihrem Vater hinter sich, und ich wollte sie nicht belasten. Ich musste mich verdammt noch mal zusammenreißen.

»Ich wollte mich nur noch mal dafür entschuldigen, dass Julia unangemeldet hier aufgekreuzt ist.«

»Kein Problem. Du musst dich nicht entschuldigen, wenn deine Freundin vorbeikommt.«

Ich fuhr mir durch die Haare. »Sie ist nicht meine Freundin.«

Molly legte den Kopf schräg. »Nein? Weiß sie das?«

Ich atmete tief durch und ließ die Schultern hängen. »Ich weiß nicht, was ich da mache, Moll.«

»Wie meinst du das?«

Ich beschloss, ganz am Anfang zu beginnen. »Seit einem Jahr bin ich ziemlich verschossen in Julia. Wir sind mehr zusammen gereist als sonst und haben viel Zeit miteinander verbracht. Und wie du weißt, hatte ich immer gehofft, dass sie durch die gute Chemie zwischen uns ihre Beziehung in Zweifel zieht. Das ist endlich geschehen, und sie scheint total auf mich abzufahren. Und jetzt trete ich plötzlich auf die Bremse und will es langsam angehen lassen.«

Molly biss sich auf die Unterlippe. »Sooo langsam nun auch wieder nicht, wenn man bedenkt, wie sie ständig an dir klebt – und dann posaunt sie auch noch herum, dass dir ihre *Knochen* gefallen.«

Ich schüttelte den Kopf. »Wir haben noch nicht … du weißt schon …«

Molly sah mich überrascht an. »Ihr habt noch nicht zusammen geschlafen?«

Ich schüttelte abermals den Kopf.

»Das überrascht mich jetzt aber«, sagte sie. »Ihr macht einen sehr vertrauten Eindruck.«

»Ich weiß nicht, was passiert ist. Ich war dermaßen scharf auf sie, und dann … ist es einfach irgendwie verpufft.«

Das stimmte nicht ganz. Ich wusste genau, was passiert war. *Molly* war passiert. Merkwürdigerweise hatte es mir keine Probleme bereitet, mit anderen Frauen zusammen zu sein, während ich in Julia verschossen war und auf den rechten Augenblick gewartet hatte. Ich hatte das vergangene Jahr nicht in sexueller Enthaltsamkeit verbracht. Das war zwar beschissen, aber es war die Wahrheit. Und nun schien ich durch meine Gefühle für Molly nicht in der Lage zu sein, mit Julia aufs

Ganze zu gehen. Ich hatte einmal bei ihr übernachtet, jedoch nur, weil ich eingeschlafen war, als wir uns einen Film angesehen hatten. Dabei hatte Julia mich öfter eingeladen, über Nacht zu bleiben, und durchblicken lassen, dass sie die Pille nahm. Hätte ich die Bremse nicht angezogen, hätten wir längst Sex gehabt.

»Vielleicht wolltest du Julia nur, weil du sie nicht haben konntest«, meinte Molly. »Menschen neigen dazu, Dinge zu wollen, die tabu für sie sind.«

Ich schaute eine Zeit lang zu Boden und dachte darüber nach. Dann hob ich den Kopf und sah Molly ins Gesicht. »Das ist es nicht, da bin ich mir ziemlich sicher.«

Mollys Lippen öffneten sich, und mein Blick blieb an ihnen hängen. Ihre Atmung schien sich zu beschleunigen, und mir wurde mit einem Mal sehr bewusst, wie nah ich ihr war – auf ihrem Bett. *War ihr Zimmer schon immer so klein?* Je länger ich dasaß und ihre sinnlichen Lippen betrachtete, desto näher schienen die Wände auf mich zuzukommen.

Das Gespräch, das wir begonnen hatten, als ihr Vater ins Krankenhaus eingeliefert worden war, mussten wir unbedingt fortsetzen. Und es sollte unbedingt in einem neutralen, weniger gefährlichen Raum passieren.

Ich stand auf. »Können wir uns … im Wohnzimmer unterhalten?«

Molly stutzte, kletterte aber aus dem Bett, und mir fiel auf, dass sie keinen BH trug.

Ich räusperte mich. »Hey, Moll?«

»Ja?«

»Und kannst du dir bitte einen BH anziehen?«

Ihre Mundwinkel zuckten. »Ja, klar. Ich komme gleich nach.«

»Möchtest du noch eine Margarita?«, fragte ich.

»Trinkst du auch eine?«

Ich hatte schon eine intus, und nachdem ich gerade erst meine Medikation angepasst hatte, sollte ich besser verzichten. »Ich denke nicht. Ich muss morgen früh raus.«

Molly schmollte. »Ach komm, trink noch eine mit mir.«

Ich konnte ihr einfach nicht widerstehen. *Was solls?* Ich wollte sowieso die depressive Stimmung loswerden, in der ich mich den ganzen Abend befunden hatte – die ganze Woche, um ehrlich zu sein.

»Na gut. *Eine* noch.«

Während ich die Drinks in der Küche holte, setzte sich Molly auf die Couch. Ich ging zu ihr und gab ihr eins von den Gläsern mit Salzrand. »Für dich.«

»Danke.«

Zuerst wollte ich mich neben sie setzen, besann mich jedoch eines Besseren. Der Sessel vor dem Couchtisch war wahrscheinlich die klügere Entscheidung. Er war der am weitesten von ihr entfernte Sitzplatz im Raum.

Sie trank einen Schluck und fragte, noch während sie das Glas an den Lippen hatte: »Bist du sicher, dass du nicht lieber in der Küche sitzen willst? Dann wären wir noch zwei Meter weiter auseinander.«

Ich kniff grinsend die Augen zusammen. »Klugscheißer!«

Nach einem weiteren Schluck stellte Molly ihr Glas ab.

»Kann ich dich etwas fragen, Declan?«

»Sicher. Was du möchtest.«

»Was läuft da zwischen uns?«

Scheiße. Okay, jetzt kam also *dieses* Gespräch. Vielleicht hätte ich in der Küche einen Tequila exen sollen, statt an dieser Margarita zu nippen.

»Das ist die große Frage.«

»Ich weiß, und ich kann gar nicht glauben, dass ich sie gerade gestellt habe. Aber in letzter Zeit bin ich wirklich durcheinander.«

Ich atmete tief durch. »Hast du früher mal ›Sätze vollenden‹ gespielt?«

Molly runzelte die Stirn. »Ich glaube nicht. Wie geht das?«

»Es ist kinderleicht. Einer fängt einen Satz an, und die anderen müssen ihn zu Ende bringen. Es wird manchmal bei Firmenevents als Kennenlernspiel benutzt. Jemand sagt zum Beispiel ›Als Kind wollte ich …‹, und die anderen ergänzen dann ›Feuerwehrmann werden‹ oder so.«

Molly nickte. »Klingt wirklich einfach.«

»Normalerweise spielt man es in der Gruppe, aber es funktioniert auch mit zwei Personen.«

»Das heißt, du willst es jetzt spielen?«

Ich nickte. »Unter gewissen Auflagen: Wir sagen die absolute Wahrheit, wir dürfen keiner Frage ausweichen, und in einer Viertelstunde geht jeder allein in sein Zimmer.«

»Wow. Okay. Aber warte mal, ich glaube, ich muss mich darauf vorbereiten.« Molly nahm einen großen Schluck von ihrer Margarita und straffte die Schultern. »Ich ahne, dass ich es bereuen werde, aber ich bin bereit. Spielen wir.«

»Ich fange mit etwas Leichtem an.«

»Sehr schön.«

»Zuerst starte ich noch den Timer auf meinem Telefon.« Ich stellte ihn auf fünfzehn Minuten ein und überlegte mir zum Einstieg eine einfache Frage. »Meine Lieblingsfarbe ist …«

»Und ich muss den Satz bloß beenden?«

»Ja.«

»Das ist wirklich einfach. Meine Lieblingsfarbe ist Rosa.«

»Perfekt. Jetzt bist du dran.«

Ich konnte sehen, wie sich die Rädchen in Mollys Kopf

drehten. »Wenn ich mir eine Superkraft aussuchen könnte, wäre es …«

Ich zögerte keine Sekunde. »Telepathie mit Tieren.«

Molly lachte. »Damit habe ich jetzt nicht gerechnet.«

Ich zuckte die Achseln. »Was soll ich sagen? Früher war ich total besessen von den *Dr. Dolittle*-Filmen.«

»Das passt. Du bist dran.«

Ich hätte ewig so weitermachen können, aber ich brauchte dringend Informationen und schlug eine andere Richtung ein. »Als Julia Declan vorhin umarmt hat, habe ich …«

Molly biss sich auf die Lippe.

Ihr war anzumerken, dass sie ihre Antwort überdachte, doch das würde den Zweck des Spiels völlig verfehlen. »Sag einfach, was dir spontan in den Sinn kommt, Moll. Denk nicht zu lange darüber nach. Es gibt kein Richtig oder Falsch.«

Ich hatte vermutet, sie würde sagen, dass sie Eifersucht verspürt hatte, aber ihre Antwort war viel lustiger.

»Okay … Als Julia Declan vorhin umarmt hat, habe ich … innerlich die Messer gewetzt«, sagte sie.

Ich nickte lächelnd. »Schön gesagt.«

Sie trank den Rest ihrer Margarita bis zur Hälfte aus. »Ich bin an der Reihe. Ich habe Molly zum Reden ins Wohnzimmer gebeten, weil …«

Jetzt brauchte ich auch einen ordentlichen Schluck. Ich begann zu überlegen, was ich sagen könnte, aber Molly hatte den Witz an der Sache schnell begriffen.

»Äh … nicht grübeln, schon vergessen?«, sagte sie. »Raus damit.«

»Ich weiß nicht, ob das so eine gute Idee ist.«

»Du hast das Spiel vorgeschlagen, und da ich mich an die Regeln halten muss, musst du es auch tun. Spuck es aus, Mr Tate!«

»Okay. Aber sag nicht, ich hätte dich nicht gewarnt.« Ich sah ihr in die Augen. »Ich habe Molly zum Reden ins Wohnzimmer gebeten, weil ich an nichts anderes denken konnte als an Sex, als ich so nah bei ihr auf dem Bett saß.«

Molly lachte nervös. »Oh … wow.«

Ich trank meine Margarita aus und stellte das Glas ab. Mein Medikament verstärkte die Wirkung des Alkohols eindeutig. Nach nur zwei Drinks fühlte ich mich verdammt betrunken, und das nahm mir offenbar alle Hemmungen.

»Vergiss das Spiel, Molly. Ich sage es jetzt einfach. Ich fühle mich extrem zu dir hingezogen. Das war von Anfang an so. Aber in letzter Zeit … wird es immer schwerer, dagegen anzukämpfen.« Ich schüttelte den Kopf. »Meiner Erfahrung nach geht es sonst meist in die andere Richtung. Ich fühle mich körperlich zu einer Frau hingezogen, und wenn ich sie besser kennenlerne, verliere ich das Interesse. Mit dir ist es genau umgekehrt: Je länger ich dich kenne, desto mehr begehre ich dich.«

Molly schaute zu Boden und dann wieder in mein Gesicht. »Und was ist mit Julia?«

Ich schüttelte den Kopf. »Ich weiß es nicht. Ich mag sie, das will ich nicht bestreiten. Aber es ist anders.«

»Inwiefern?«

»Sie ist hübsch und alles, und es würde mir – ohne respektlos sein zu wollen – gewiss nicht schwerfallen, mit ihr zusammen zu sein. Aber ich fühle mich nicht wie ein Höhlenmensch, wenn ich sie ansehe, so als müsste ich auf der Stelle über sie herfallen und sie erobern.«

Molly blinzelte. »Und so fühlst du dich bei mir?«

Ich nickte. »Ja. Fühlst du dich auch zu mir hingezogen, Molly?«

»Sehr.«

»Vielleicht sollte ich es besser nicht sagen, aber wenn du jemand anders wärst, würde ich nicht mehr dagegen ankämpfen. Ich würde nicht so weit weg von dir sitzen.« Ich fuhr mir mit der Hand durch die Haare. »Gott, und ich hätte dich gewiss nicht ins Wohnzimmer gebeten – ich würde *tagelang* bei dir im Bett bleiben.«

Molly schluckte. »Trotzdem sitzen wir hier, und du bist so weit weg …«

»Weißt du noch, was du zu Julia gesagt hast, als sie nach Will gefragt hat?«

Sie zog die Augenbrauen zusammen. »Nein. Was habe ich gesagt?«

Ich konnte mich Wort für Wort daran erinnern – natürlich war es nichts Neues für mich gewesen. Ich hatte die ganze Zeit gewusst, wie Molly tickte. »Du hast gesagt, dass du mehr als eine Affäre fürs Bett willst. Ich bin nicht mehr lange hier, Molly. Ich lebe und arbeite in Kalifornien. Dein Leben ist hier in Chicago. Ob ich mir vorstellen könnte, dass wir beide uns noch eine tolle Zeit miteinander machen, solange ich hier bin? Absolut. Aber langfristig kann ich dir nichts versprechen, und auch wenn ich innerlich *die Messer wetze*, wenn ich dich mit Will sehe, möchte ich nicht zwischen dich und einen Kerl treten, den du schon lange magst. Was, wenn ich dir wegen ein paar fantastischen Monaten die Chance auf eine gute langfristige Beziehung versaue?«

Molly schwieg eine Weile. »Wenn du mir nicht begegnet wärst, wärst du dann jetzt mit Julia zusammen?«

Wir kannten beide die Antwort auf diese Frage, und ich gab sie an sie zurück. »Wenn du mir nicht begegnet wärst, wärst du dann jetzt mit Will glücklich?«

Molly runzelte die Stirn. Wir starrten uns wortlos an, bis der Timer meines Telefons piepste.

»Ich könnte hierbleiben und die ganze Nacht mit dir reden, Moll. Und ich denke, keiner von uns ist überrascht über das, was wir gerade zugegeben haben. Aber nachdem wir gesagt haben, was gesagt werden musste, brauchen wir Zeit, um alles zu überdenken – jeder für sich. Deshalb der Timer.«

Molly lächelte traurig. »Du bist ein kluges Köpfchen.«

Ich zwinkerte ihr zu. »Verrat es bitte keinem. Mir ist es lieber, wenn die Leute mich unterschätzen und denken, ich hätte nur ein hübsches Gesicht.« Ich hielt inne. »Lass uns schlafen gehen. Ich denke, wir werden zwei, drei Tage nachdenken müssen.«

Sie nickte und stand auf. »Ja, ist wahrscheinlich eine gute Idee.« Dann blieb sie stehen und schien nicht zu wissen, wie sie sich verabschieden sollte. Schließlich kam sie zu mir herüber und umarmte mich. »Gute Nacht, Declan.«

Gott, sie roch so gut! Wo zur Hölle war die Keule des Höhlenmenschen, wenn man sie mal brauchte?

Molly ging durch den Flur zu ihrem Zimmer. An der Tür hielt sie abermals inne. »Hey, Dec?«, sagte sie, ohne sich umzudrehen.

»Ja?«

»Die Margarita ist mir wirklich zu Kopf gestiegen. Am besten schließt du deine Tür heute Nacht ab.«

Ich lächelte. »Du auch, Baby. Du auch.«

17. KAPITEL

Molly

»Und? Was ist los in Mollys Abenteuerland?« Emma wickelte ein paar Spaghetti auf ihre Gabel und schob sie sich in den Mund.

»Nicht viel. Das Übliche. Am Freitagabend gehe ich mit Will aus, und gestern haben Declan und ich uns gestanden, dass wir es miteinander treiben würden, bis die Bude wackelt, wenn es Will und Julia nicht gäbe.«

Emmas Augen quollen hervor, und sie fing an zu husten. »Mein Gott, jetzt habe ich mich verschluckt!« Ihr kamen die Tränen, als sie nach ihrer Wasserflasche griff.

Ich kicherte. »Tut mir leid, aber du hast gefragt.«

Wir arbeiteten auf verschiedenen Stationen, aber in der gleichen Schicht, und so schafften wir es manchmal, zusammen in die Pause zu gehen. Hätte es in der Nacht nicht geklappt, hätte ich sie nach der Arbeit zu einem Kaffee eingeladen, weil ich dringend mit jemandem reden musste.

»Letzte Woche hast du gesagt, du fühlst dich zu ihm hingezogen und dass er nichts davon weiß.«

Ich seufzte. »Ja, ich habe mich geirrt.«

Emma schüttelte den Kopf. »Also beruht das Gefühl auf Gegenseitigkeit?«

»Offenbar …«

»Und ihr habt darüber geredet, ohne dass etwas gelaufen ist?«

Ich nickte. »Wir nehmen uns ein bisschen Zeit, um darüber nachzudenken.«

»Was wirst du tun?«

»Ich habe keine Ahnung.«

»Eigentlich bist du schon jahrelang hinter Will her.«

»Ja, und wenn Declan nicht wäre, wäre ich wahrscheinlich total begeistert davon, wie es jetzt zwischen mir und Will läuft. Zuerst hat er gesagt, er wolle nichts Festes, aber mittlerweile kann er sich vorstellen, dass sich die Dinge mit uns gut entwickeln und er *eines Tages* Frau und Kinder haben möchte.«

»Das ist doch genau, was du wolltest, oder? Einen Kerl, nach dem du verrückt bist und der bereit ist, sich mit der Richtigen häuslich niederzulassen.«

»Ja, schon, aber ...« Ich schüttelte den Kopf. »Ich weiß nicht. Ich bin durcheinander.«

»Dann lass uns überlegen, was für oder gegen den jeweiligen Kandidaten spricht. Sag mir, was dir an Will gefällt.«

»Wir haben viele Gemeinsamkeiten. Er ist Gynäkologe, und ich bin Schwester auf der Entbindungsstation. Er ist attraktiv und vernünftig. Ich bewundere an ihm, wie gut er unter Druck arbeiten kann und mit wie viel Leidenschaft er seinen Job macht. Er ist klug, spielt sich aber im Gegensatz zu anderen Ärzten nicht auf.«

»Okay. Das klingt alles super. Jetzt sag mir, was gegen ihn spricht.«

Dazu fiel mir nicht viel ein. »Wenn wir eine feste Beziehung eingehen und uns später trennen, kann es schwierig auf der Arbeit werden.«

»Stimmt. Und was ist mit Declan? Sag mir, was du an ihm magst.«

»Mir gefällt seine Fürsorglichkeit. Als ich von der Krankheit meines Vaters erfahren habe, war Declan gerade erst eingezogen. Trotzdem hat er sich immer nach ihm erkundigt und war für mich da, wenn er den Eindruck hatte, dass ich Unterstützung benötige und mit jemandem reden muss. Er scheint zu ahnen, wann ich Hilfe brauche, ohne mir jemals das Gefühl zu geben, eine Last für ihn zu sein. Er ist sehr witzig und bringt mich ständig zum Lachen, und …« Ich zeigte auf die Auberginenröllchen auf meinem Teller. »Er ist ein fantastischer Koch. Nicht zu vergessen, wie unglaublich heiß er ist.«

»Und was spricht gegen ihn?«

Mir fielen auf Anhieb zwei gewichtige Argumente gegen Declan ein. »Na ja, erst einmal lebt er dreitausend Kilometer weit weg in Kalifornien. Außerdem ist er berufsmäßig viel unterwegs, und zwar mit Julia – mit der Frau, die er zurzeit datet und von der er schon fast genauso lange träumt wie ich von Will. Wir haben auch nicht so viele Gemeinsamkeiten. Er ist eher der Typ, der das saubere Geschirr in der Spülmaschine lässt, weil man es sowieso wieder benutzt, und ich habe die Sachen lieber da, wo sie hingehören.«

Emma nickte. »Gut, sie haben beide viele Pluspunkte, aber Declan hat wesentlich mehr Minuspunkte. Und einer scheint mir ziemlich entscheidend zu sein: Er lebt in Kalifornien, Molly. Wie lange ist er überhaupt noch hier?«

»Etwas mehr als vier Monate.« Ich runzelte die Stirn.

»Ist seine ganze Familie auch in Kalifornien? Und die Firma, für die er arbeitet?«

Ich nickte. »Er hat vier Schwestern und seine Eltern dort sowie Nichten und Neffen. Chicago ist nur ein befristeter Auftrag. Er hofft auf eine Beförderung, wenn er wieder in die Firmenzentrale zurückkehrt.«

»Okay, sagen wir mal, du entscheidest dich für Declan. Was wird geschehen, wenn seine Zeit hier vorbei ist? Wird er seine

Zelte dort abbrechen und hierherziehen? Oder willst du deine Mutter und deine Schwester verlassen und deinen kranken Vater?«

Ich stöhnte. Nichts davon klang optimal. Ganz abgesehen davon hatten wir uns noch nicht einmal geküsst. Über solche Fragen nachzudenken war demnach reichlich verfrüht. »Ich verstehe, was du meinst.« Die Entscheidung hätte mir leichtfallen müssen, aber so war es nicht.

»Willst du meine Meinung hören?«

Meiner Vermutung nach kannte ich sie bereits. Trotzdem nickte ich.

»Wenn du Declan nimmst, hast du in vier Monaten ein gebrochenes Herz. Und du wirst dich dafür in den Hintern treten, dass du Will hast ziehen lassen.«

Nach dem Essen machten Emma und ich uns wieder an die Arbeit, aber mir ging unser Gespräch nicht aus dem Kopf. Eine Pro-und-Kontra-Liste war genau das Richtige für mich, um meine Gedanken zu sortieren und die richtige Entscheidung zu treffen. Deshalb nahm ich später, als auf Station alles ruhig war, einen Notizblock und schrieb alle Punkte auf, die ich Emma genannt hatte. Bei Declan blieb alles so, wie ich es ihr gesagt hatte. Aber als ich Wills Minuspunkte noch einmal rekapitulierte, merkte ich, dass ich das größte Hindernis, das mir im Weg stand, nicht erwähnt hatte.

Er ist nicht Declan.

Am Freitagabend fuhren Will und ich mit dem Taxi zu dem Restaurant, das er ausgesucht hatte.

»Wohin geht es denn?«, fragte ich.

Will legte die Hand auf mein Knie. »Das ist eine Überraschung«, sagte er mit funkelnden Augen.

»Oh, jetzt bin ich aber neugierig.«

Eine halbe Stunde später führte mich Will in ein exklusives Restaurant auf einer Dachterrasse – auf der wir die einzigen Gäste waren. Zwischen hübschen Laternen und kleinen weißen Lichtern stand nur ein einzelner Tisch.

»Will, was hast du getan?«

Er breitete die Arme aus. »Für heute Abend gehört es uns ganz allein.«

Ich sah ihn mit offenem Mund an. »Wie hast du das angestellt?«

»Sagen wir mal so: Der Besitzer meinte, mir etwas schuldig zu sein, weil ich seine Tochter auf die Welt geholt habe. Eine Steißgeburt.«

»Wow. Wer ist es?«

»Richard Steinberg – ihm gehören *Steinberg Financial* und dieses Lokal. Die Geburt ist mittlerweile etliche Jahre her, und ich dachte, ich würde nie auf sein Angebot zurückgreifen, aber dann habe ich eine Frau gefunden, die so besonders ist, dass ich unbedingt mit ihr herkommen wollte. Das Dach ist für Privatpartys reserviert, und unsere steigt heute.«

Mein Herz hüpfte vor Freude. »Wow. Ich weiß nicht, was ich sagen soll.«

»Du musst auch nichts sagen, meine Schöne. Lass uns einfach den Abend genießen.«

Ich strahlte, als wir uns an den in Kerzenschein getauchten Tisch setzten.

Nachdem der Kellner uns Wasser gebracht hatte, faltete Will seine Serviette auseinander und legte sie sich auf den Schoß. »Wie geht es deinem Vater?«

Ich runzelte die Stirn. »Könnte besser sein. Ich habe ihn jetzt ständig im Auge. Im Moment ist er stabil. Aber mental ist es schwer für ihn. Du bist ja auch Arzt, du kannst es bestimmt nachvollziehen. Er hat es immer als seine Aufgabe angesehen, sich um andere zu kümmern, und wie du dir vorstellen kannst, ist es hart für ihn, dass er das nicht mehr tun kann – abgesehen davon, dass er sich noch nicht mal um *sich selbst* kümmern kann.«

Will schloss kurz die Augen und schüttelte den Kopf. »Oh ja, das kann ich hundertprozentig nachvollziehen, Molly, und du weißt, wie wichtig es jetzt ist, für ihn da zu sein. Ablenkung von seinen Gedanken ist wahrscheinlich die beste Medizin. Er darf sich auf keinen Fall unnütz fühlen. Er braucht jede Unterstützung, die er bekommen kann.«

»Das sehe ich auch so.«

Will griff nach meiner Hand. »Wenn ich irgendetwas für ihn tun kann, sag es mir bitte. Ich kenne eine Menge Leute – falls du nicht die Antworten bekommst, die du brauchst.«

»Danke, Will. Ich weiß deine Hilfe sehr zu schätzen.«

Kurz darauf brachte uns der Kellner die köstlichsten Meeresfrüchte, die meine Nase je zu schnuppern bekommen hatte: Königskrabbenbeine und Hummer, frisch aus der Schale gelöst. Von früheren Gesprächen wusste Will, dass ich die Meeresküche liebte, und er hatte das Menü offenbar vorab geplant, denn bestellt hatten wir nichts.

»Das ist das romantischste Dinner, das ich jemals erlebt habe«, sagte ich zu ihm. »Ich kann dir gar nicht genug danken.«

Seine nächste Frage kam für mich ziemlich überraschend. »Triffst du dich noch mit Declan?«

Okay, direkt zur Sache also. Ich musste innerhalb eines Sekundenbruchteils eine Entscheidung treffen, und in dem Moment hielt ich es für das Beste, mich von den Lügen zu befreien, die ich ihm erzählt hatte. »Nein, nicht mehr.«

Er atmete erleichtert aus. »Das ist die Antwort, auf die ich gehofft habe.«

»Wirklich?« Ich griff zu einem Krabbenbein.

»Ja, als ich dich mit ihm im Krankenhaus gesehen habe, hat mich das unerwartet heftig getroffen. Ich habe mich gefragt, auf was um alles in der Welt ich warte und warum ich dir nicht sage, was ich für dich empfinde.«

Ich wischte mir den Mund ab. »Gut, dass du es ansprichst. Ich brauche nämlich ein wenig Orientierungshilfe, was dich und mich angeht.«

Er zögerte nicht. »Ich will dich nicht mehr nur *daten*, Molly. Ich möchte eine exklusive Beziehung.«

Oh. Wow. »Wo kommt das denn plötzlich her?«

»So plötzlich ist es gar nicht. Ich habe schon seit längerer Zeit Gefühle für dich. Und wie mir bewusst geworden ist, rührt meine Bindungsangst vor allem daher, dass ich bisher noch nicht die Richtige gefunden habe. Je mehr Zeit ich mit dir verbringe, desto sicherer bin ich, dass ich dich nicht teilen will.«

Nach einem großen Schluck Wasser sagte ich: »Es überrascht mich offen gesagt, dass du das nach so kurzer Zeit plötzlich erkannt hast.«

»Das verstehe ich. Ich hatte ja zu Anfang gesagt, ich will nichts Festes …«

»Allerdings. Irgendwie bin ich wohl noch nicht so überzeugt von deinem Sinneswandel.«

Er nickte. »Die Gefahr, jemanden zu verlieren, gibt dem Herzen einen Schubs in die richtige Richtung. Wenn es nicht dieser Declan ist, dann kommt irgendein anderer. Ich erkenne das Gute, wenn ich es sehe. Du hast es verdient, geliebt und geschätzt zu werden. Ich möchte der Mann an deiner Seite sein. Du sollst dich nicht scheuen, mit mir zusammen zu sein, weil du glaubst, ich wäre daran interessiert, andere Frauen zu treffen. Das bin ich nicht. Ich bin nur an dir interessiert.« Er hielt inne. »Möchtest du fest mit mir zusammen sein?«

Puh. Ich schaute zu den hübschen Laternen auf, die über uns baumelten. Obwohl ich lange auf diese Worte gewartet hatte, brauchte ich Zeit, um alles zu verarbeiten, bevor ich mich an ihn band.

»Das muss ich erst mal sacken lassen. Ich mag dich wirklich, Will. Ich denke, wir haben viele Gemeinsamkeiten, und ich finde dich sehr anziehend. Ich bin nur leicht überrascht.«

»Verständlich.«

»Du hast dir wahrscheinlich eine andere Antwort erhofft, aber gibst du mir ein bisschen Zeit, um darüber nachzudenken?«

»Selbstverständlich. Ich habe schließlich auch mehrere Tage überlegt, also ist das nur fair.«

18. KAPITEL

Declan

Ich zog meine Schwester immer gern auf, wenn ich sie im Kloster anrief. »Hey, wie läuft's in Sachen Sex, Drugs and Rock 'n' Roll?«

»Ach, wie immer, du kennst das ja …«

»Wenn ich nach Hause komme, besuche ich dich als Erstes«, sagte ich.

»Solange du nicht wieder versuchst, Schwester Mary Jane in Versuchung zu führen.«

»Komm schon. Es war ein Scherz, das weißt du doch.«

Sie seufzte. »Was ist los? Irgendetwas stimmt doch nicht. Normalerweise rufst du mich nicht mitten am Tag an.« Ihre Stimme klang besorgt.

»Du kennst mich so gut, Schwester-Schwester.«

»Raus damit!«

Ich setzte mich auf die Couch und legte die Beine hoch. »Okay. Bei unserem letzten Telefonat habe ich dir doch von der Frau erzählt, mit der ich zusammenwohne, nicht wahr?«

»Ja. Molly, oder? Versteht ihr euch immer noch so gut?«

Wo soll ich anfangen? Es vergingen einige Minuten, bis ich Catherine meine komplizierte Beziehung zu Molly und unsere Spielchen mit Will und Julia geschildert hatte. Zum Schluss berichtete ich ihr von dem Abend, an dem wir zu viel getrunken hatten.

»Ihr habt euch ehrlich gesagt, was ihr füreinander empfindet«, sagte sie. »Was ist daran so schlimm?«

»Tja, ich habe dir noch nicht von der Woche erzählt, als sie weg war.«

»Okay ...«

»Ich will es kurz machen. Sie ist eine Woche zu ihrem Vater gefahren, als er aus dem Krankenhaus entlassen wurde. Und ich ... hatte eine schwere Zeit.«

»Du meinst, du hast sie vermisst?«

»Nein, ich meine ... ich hatte wieder eine Episode.«

»Oh nein, Declan. Was ist passiert?«

»Gar nichts. Ich bin einfach ein paar Tage im Bett geblieben. Ich musste mich krankmelden und so weiter. Aber schließlich habe ich Dr. Spellman angerufen.«

»Okay, gut. Konnte er dir helfen?«

»Er hat meine Medikation angepasst, und ich glaube, das war hilfreich.«

»Das freut mich. Tut mir leid, dass es passiert ist, aber ich bin froh, dass du es gleich erkannt und dich darum gekümmert hast. Klingt, als hättest du die Sache im Griff. Wie hat Molly es aufgenommen, dich bei ihrer Rückkehr so zu sehen?«

»Ich habe versucht, es mir nicht anmerken zu lassen, und mich zusammengerissen. Es ging mir eh wieder ein wenig besser, und für sie war es wichtig, mit mir über ihren Vater zu reden, der wirklich sehr krank ist. Aber sie hat geahnt, dass etwas nicht stimmt. Sie hat immer wieder gefragt, was mit mir los ist.«

»Hast du Angst, es ihr zu sagen, Declan?«

»Es war nicht der richtige Zeitpunkt dafür. Dann habe ich etwas getrunken, und der Alkohol hat sich nicht gut mit den Medikamenten vertragen. Ich habe ein wenig die Kontrolle verloren, sodass wir schließlich ein Gespräch über Sex hatten.«

»Meine Güte.« Sie lachte. »Du weißt, dass du keinen Alkohol trinken solltest.«

Ich schnaubte. »Die Sache ist die, Cat: Ich weiß, dass es richtig wäre, die Gefühle für Molly zu ignorieren. Die Entfernung ist zwar ein Problem – ich in Kalifornien und sie hier in Chicago –, aber ich habe so getan, als wäre es der *Hauptgrund*, warum wir kein Paar sein können. Tief in mir weiß ich es besser. Das größte Hindernis ist, dass ich ihr noch nicht erzählt habe, wie kaputt ich bin.«

Catherine hob die Stimme. »Du bist nicht kaputt, okay? So darfst du nicht reden. Du hast von Zeit zu Zeit dunkle Phasen, die du durchstehen musst. Und du machst dir viel zu viele Gedanken darüber, was es für die Zukunft bedeutet und ob es mit Mom in Zusammenhang steht. Das macht dich fertig. Aber du bist nicht Mom. Bitte lass dich nicht von deinen Ängsten leiten, wenn du Molly wirklich magst.«

»Als ich nach unserer Unterhaltung in meinem Zimmer war, habe ich versucht, mir meine Ängste auszureden. Vielleicht könnte ich es ja schaffen. Warum muss es so schwer sein?«

»Du *willst* es also schaffen. Aber mal eine Frage, Declan: Du hattest etwas mit deiner Kollegin, und du hast in den letzten Jahren einige Freundinnen gehabt. Bist du wegen deiner Situation mit keiner von ihnen eine dauerhafte Beziehung eingegangen?«

»Nein, aber das war etwas anderes.«

»Warum?«

»Weil … es jetzt um Molly geht. Ich möchte ihr nicht wehtun.«

»Genau. Ich denke, das sagt eine Menge darüber aus, wie du für sie empfindest. Du stellst das, was für *sie* das Beste ist, über das, was für dich das Beste ist.«

»Ja, und deshalb musst du mich jetzt auch zur Vernunft bringen. Du musst mir sagen, dass Molly eine schwere Zeit durchmacht und gut auf meinen seelischen Ballast verzichten kann. Sag mir, dass ich endlich die Frau date, die ich schon seit einem Jahr haben will und die keine Verpflichtung verlangt, und dass ich nicht das Leben aller auf den Kopf stellen soll, indem ich etwas mit meiner Mitbewohnerin anfange.«

Catherine seufzte. »Aber sie ist mehr für dich als nur eine Mitbewohnerin, nicht wahr?«

Ich überlegte einen Moment. »Vor allem ist sie eine gute Freundin. Und das ist der andere Grund, warum es so schwer ist. Mir liegt sehr viel an ihr, und ich will ihr Leben nicht kompliziert machen. Aber ich …«

»Du kommst nicht gegen deine Gefühle an.«

»Offenbar nicht.«

»Wie wäre es für dich, wenn dich dein Chef zurückbeordern würde und du sofort nach Kalifornien müsstest? Wenn du auf der Stelle alles stehen und liegen lassen und Chicago für immer verlassen müsstest?«

Diese Frage war leicht zu beantworten. »Das wäre wirklich scheiße. Ich wäre am Boden zerstört.«

»Und meinst du, es wird anders für dich, wenn du Chicago in wenigen Monaten verlässt?«

Ich atmete langsam aus. »Wahrscheinlich nicht.«

»Dann solltest du alles noch mal überdenken. Wenn du echte Gefühle für sie hast, musst du ihnen folgen. Und du musst ihr von deinen Ängsten erzählen – von all dem, womit sie *deiner* Meinung nach nicht klarkommt.«

Catherine war mir keine große Hilfe, obwohl sie normalerweise ein sehr vernünftiger Mensch war. Deshalb hatte ich auch sie angerufen und nicht eine meiner anderen Schwestern. Doch heute kam sie mir mit der »Hör auf deine Gefühle«-Tour.

»Ich traue mir wohl selbst nicht, Cat. Vielleicht wäre sie mit diesem dämlichen Arzt besser dran. Ich bin instabil und tauge nicht für eine feste Beziehung. Aber das ist es, was sie will.«

»Woher weißt du, dass du nicht dafür taugst, wenn du noch nie eine hattest?«

»Warum stellst du mir so schwere Fragen?«

»Das ist meine Aufgabe! Ich muss dich zum Nachdenken bringen, weil du es offensichtlich nicht schaffst, den Kopf aus dem Arsch zu ziehen.«

»Dürfen Nonnen ›Arsch‹ sagen?«

»Ich riskiere jedes Mal, wenn du mich anrufst, einen Rauswurf.«

»Hör mal, dein kleiner Bruder nimmt dich jederzeit auf, wenn der liebe Gott dich nicht mehr will.«

Sie lachte. »Erinnerst du dich an das Spiel, das wir früher gespielt haben? Ich sage ein Wort, und du musst mir das Wort nennen, das dir als Erstes dazu einfällt?«

»Ja, und?«

»Das ist eine gute Methode, um herauszufinden, wie du tatsächlich zu bestimmten Dingen stehst. Wortassoziationen sagen eine Menge aus. Lass es uns versuchen. Bist du bereit?«

Gegen ein Spiel hatte ich nie etwas einzuwenden. »Okay, bereit.«

Catherine fing an. »Chicago.«

»Pizza.«

»Dad.«

»Old Spice.«

»Das sind zwei Wörter«, warf sie ein.

»Verklag mich doch!« Ich lachte.

Catherine fuhr fort: »Werbung.«

Einfache Sache. »Lügen.«

»Bier.«

»Rausch.«
»Nonne.«
»Catherine.«
»Declan.«
»Aufgeschmissen.« Ich schmunzelte.
»Meer.«
»Zuhause.«
»Julia.«
»Hübsch.«
»Mom.«
»Gürtel.«
Catherine stutzte. »Gürtel?«
»Als ich mal weggelaufen bin, hat sie mir den Hintern versohlt. Das werde ich nie vergessen. Also ja, Gürtel.«
»Kaffee.«
»Leben.«
»Schwester.«
»Scooter.«
»Schokolade.«
»Ablecken.«
»Ich will gar nicht wissen, woher diese Assoziation kommt.«
»Daher, wo du noch nicht warst, liebe Schwester.«
Sie lachte und sagte: »Molly.«
»Meine.«
Scheiße. Meine? Das war das Erste, was mir zu Molly einfiel?
»Hmmm …« Catherine kicherte.
»Schon gut. Ich weiß, was du denkst.«
»Ach ja?«
»Du denkst, ich bin ein Idiot, weil du dieses Gespräch überhaupt mit mir führen musst.«
»Hör mal, ich bin die Letzte, die dir beim Thema Liebesbeziehungen helfen kann. Aber das hier erscheint mir offen-

sichtlich. Du hast Molly sehr gern. Das sollte mehr Relevanz haben als alles andere.«

Andererseits war da natürlich noch Julia. Ich seufzte. »Julia habe ich auch gern, aber anders, schätze ich. Ihr will ich ebenso wenig wehtun.«

»Du hast nicht angerufen, um mit mir über Julia zu reden«, entgegnete Catherine. »Das sagt alles, Bruderherz.«

Molly und ich brachten es fertig, mehr als eine Woche lang jede Unterhaltung zu umgehen. Ich wusste, dass sie Sonntag Nachtschicht hatte, und hoffte, sie vor der Arbeit zu sehen, denn falls wir etwas Peinliches sagten oder taten, war sie danach erst einmal zwölf Stunden weg.

Als ich am Sonntag aufstand, schlief Molly. Trotz meiner Unruhe fühlte ich mich etwas besser. Ich war aus dem Nebel der Depression aufgetaucht, und meine Energie war wieder da, und so ging ich ins Fitnessstudio und machte danach Besorgungen.

Am späten Nachmittag kehrte ich in die Wohnung zurück, und Molly war nicht da. Ich fragte mich, ob sie vor Dienstbeginn noch einmal nach Hause kommen würde. Nach einer kurzen Dusche harrte ich ungeduldig der Dinge.

Ich wusste noch nicht, was ich ihr sagen würde, und vor allem hatte ich keine Ahnung, wie sie zu uns stand. Ich beschloss, einfach auf den Eindruck zu reagieren, den sie mir vermittelte. Vielleicht gab sie mir ja ein Zeichen. Ich wollte sie zuerst reden lassen, und wenn sie irgendwelche Zweifel zum Ausdruck brachte, war das Spiel aus.

Um die Zeit zu nutzen, schrieb ich mir einige Dinge auf, die ich sagen wollte – um sie gleich wieder durchzustreichen.

Scheiß drauf. Versuchen wir es einfach.

Strich.

Ich denke ständig daran, wie es wäre, mit dir zu schlafen, Molly. Aber es ist so viel mehr als das.

Strich.

Vielleicht sollten wir von Tag zu Tag sehen, wie es sich entwickelt.

Strich.

Ich bin verrückt nach dir, Molly. Lass es uns einfach versuchen.

Strich.

Die Wohnungstür ging auf, und ich ließ den Zettel unter meinem Bett verschwinden.

Dann schlenderte ich ins Wohnzimmer, als ob nichts wäre – als ob ich mich gerade nicht in süßen Worten geübt hätte wie ein verdammter Schuljunge.

»Hey! Lange nicht gesehen.«

»Eine halbe Ewigkeit«, sagte Molly. »Hast du auf mich gewartet?«

Offenbar wirkte ich doch nicht so locker wie gedacht. Wo war der coole Typ hin?

»Ja. Ich dachte, wir könnten das Gespräch von neulich fortsetzen.«

Sie schaute um sich und wirkte nervös. »Okay. Ich gehe nur schnell duschen und mache mich für die Arbeit fertig. Dann reden wir.«

»Klingt gut. Soll ich inzwischen Kaffee kochen? Ich weiß, du nimmst dir gern einen für unterwegs mit.«

»Das wäre super.«

Ich saß minutenlang in der Küche und atmete den aromatischen Duft des frisch gekochten Kaffees ein – in der Hoffnung, er würde mich beruhigen. Aber in diesem Moment konnte mich nichts beruhigen. Als Molly in ihrer dunkelvioletten Schwesterntracht in die Küche kam, war ich immer noch nicht wirklich bereit für dieses Gespräch.

Ich sprang über meinen Schatten. »Möchtest du anfangen, oder soll ich?«

»Ich kann anfangen«, sagte sie und setzte sich mir gegenüber. »Also, ich finde alles, was du neulich gesagt hast, sehr einleuchtend.«

Oh-oh. Ich hatte ihr alle Gründe genannt, weshalb wir uns *nicht* aufeinander einlassen sollten. Warum hatte ich das getan?

»Du hast gesagt, du glaubst nicht, dass du mir etwas Langfristiges versprechen kannst, und du hast deine Sorge zum Ausdruck gebracht, dass du meine Beziehung mit Will gefährdest.«

Ich atmete zittrig aus. »Das habe ich gesagt, nicht wahr?«

Was sie als Nächstes erzählte, erschütterte mich. »Letzte Woche hat mich Will beim Dinner gefragt, ob ich eine feste Beziehung mit ihm möchte.«

Mir wurde schwer ums Herz. »Echt?«

»Ja. Es war ehrlich gesagt ein Schock für mich.«

Ich hatte das Gefühl, als würden die Wände um mich herum einstürzen, und nickte nur stumm.

»Ich habe ihm gesagt, ich muss es mir überlegen. Aber je länger ich über das nachdenke, was du gesagt hast, desto klarer wird mir, dass ich realistisch sein sollte. Will ist ein guter Kerl. Ich weiß, du hast Vorbehalte gegen ihn, aber nur, weil du dich um mich sorgst.«

»Genau …«, murmelte ich.

»Jedenfalls habe ich in den vergangenen Tagen viel nachgedacht. Und ich … werde Ja sagen. Wahrscheinlich wäre ich nicht in der Lage gewesen, eine Entscheidung zu treffen, wenn du nicht so ehrlich zu mir gewesen wärst. Was immer zwischen uns vorging, hätte mich gebremst, wenn wir nicht geredet hätten. Deshalb danke ich dir, dass du mir gegeben hast, was ich brauchte, um den richtigen Schritt zu machen.«

Ich war sprachlos.

Vollkommen sprachlos.

Die Worte, die ich geplant hatte, blieben mir im Hals stecken, und ich drohte daran zu ersticken. Jetzt konnte ich ihr all das unmöglich noch sagen. Oh Gott, so ein verdammter Mist.

Molly atmete erleichtert auf, nachdem sie alles losgeworden war. »Was wolltest du mir sagen?«

Stille trat ein, und ich konnte die Rädchen in meinem Kopf rattern hören. Ich hatte zwei Möglichkeiten: Ich konnte ehrlich sein und Molly vor eine ziemlich üble Herausforderung stellen, oder ich konnte lügen und ihr den inneren Frieden schenken, den sie verdient hatte. Ich entschied mich für Letzteres, obwohl ich wusste, dass ich es womöglich bis an mein Lebensende bereuen würde.

»Ich kann dir gar nicht sagen, wie froh ich darüber bin, dass wir einer Meinung sind. Ich werde nicht zurücknehmen, was ich über meine Gefühle für dich gesagt habe, aber ich halte es für das Beste, wenn wir all das abhaken und hinter uns lassen. Und obwohl ich ständig auf Will herumhacke, freue ich mich für dich. Ich freue mich wirklich.«

»Danke, Declan.« Molly stand lächelnd auf und umarmte mich.

Dann wurde es wieder still. Sie ging zur Kaffeemaschine und füllte ihren Thermobecher. Als sie mich ansah, kam es mir so vor, als wäre gar nichts klar, obwohl wir die Dinge gerade vermeintlich geklärt hatten.

Ich lehnte mich betont lässig gegen die Küchentheke. »Du hast ihm also noch keine Antwort gegeben?«

Sie schüttelte den Kopf. »Nein. Wir sind für Mitte der Woche wieder miteinander verabredet. Unsere Arbeitszeiten überschneiden sich in den nächsten Tagen nicht, und ich sehe ihn erst am Mittwoch. Ich wollte warten, bis wir uns persönlich treffen.« Sie zwinkerte mir zu. »Außerdem soll es nicht so aussehen, als wäre mir die Entscheidung allzu leichtgefallen.«

»Verstehe.«

Sie sah mir tief in die Augen. »Alles in Ordnung?«

»Ja.« Ich schaute zur Seite. »Alles okay. Ich bin erleichtert, dass wir das Thema hinter uns lassen können.«

Als wir uns am folgenden Abend begegneten, war ich gerade aus dem Büro nach Hause gekommen, und Molly hatte schon ihre Schwesternkluft an und wollte zur Arbeit.

»Hallo, Mitbewohnerin!«

Sie lächelte. »Hey.«

Ich hatte gehofft, bei unserer nächsten Begegnung anders zu empfinden, aber sie anzusehen war nun sogar noch schwerer für mich als vorher. Noch dazu gab der Stoff ihrer Montur zu viel von ihr preis. Der Anblick von Mollys Hintern in ihrer Arbeitshose törnte mich jedes Mal an.

Ich war eifersüchtig und wütend – hauptsächlich wütend auf mich selbst. Dennoch war ich sicher, dass ich die richtige Entscheidung traf. Trotzdem wollte ich noch immer ein wenig mehr von ihr. Ich hatte eine Art Abschiedsgeschenk verdient.

Molly packte sich etwas zu essen ein, und ich öffnete den Schrank neben ihr, als wollte ich mir ein Glas herausnehmen.

»Du hast Will immer noch nichts gesagt?«

»Nein. Ich hab dir doch erzählt, dass ich ihn erst am Mittwochabend sehe.«

Ich verschränkte die Arme vor der Brust. »Genau genommen bist du also noch Single.«

»Ja.« Sie lächelte. »Ein paar Tage noch.« Ihr entging offenbar nicht, wie ich sie ansah, denn sie lachte nervös und errötete. »Was ist?«

»Da du noch Single bist …« Ich schluckte und zwang mich, es auszusprechen. »Ich möchte dich küssen. Nur ein Mal.«

Molly sah mich mit offenem Mund an. Statt ihre Verblüffung als Hinweis zu verstehen und mich zurückzuhalten, starrte ich nur ihre Lippen an. Sie waren so voll und einladend, so rosa und sinnlich. Ich verspürte den unbändigen Drang, an der unteren zu knabbern.

Ihr Atem ging schneller, und ich war wie hypnotisiert vom Heben und Senken ihrer Brust. Der Anblick, wie sie vor meinen Augen in Erregung geriet, war unfassbar sexy, und ich wuchs ein paar Zentimeter vor Stolz, dass ich diese Wirkung auf sie hatte.

Ich trat auf sie zu und stützte die Hände links und rechts von ihr auf die Arbeitsfläche. Am liebsten hätte ich sie sofort gegen den Schrank gedrückt und ihr den Kuss gegeben, nach dem ich mich schon seit dem Tag meines Einzugs sehnte. Aber weil ich Molly respektierte und bewunderte, brauchte ich die Bestätigung von ihr, dass sie es auch wollte.

»Rede mit mir, Molly«, sagte ich mit gepresster, rauer Stimme. Ich legte zwei Finger unter ihr Kinn und hob ihren Kopf, um ihr in die Augen zu sehen. »Sag mir, dass es okay ist, wenn ich dich küsse. Sag mir, dass du es auch willst.«

Sie schluckte. »Ich will es auch.«

Mein Herz raste. Ich rückte noch näher an sie heran. Ihre warmen, weichen Brüste pressten sich gegen meine Brust. »Was willst du, Molly? Sag es. Sag mir, was du willst.«

»Ich … ich will, dass du mich küsst.«

Ich grinste spitzbübisch. »Ach ja?«

Molly trug wie so oft, wenn sie arbeiten ging, einen Pferdeschwanz. Ich griff danach und wickelte ihn mir um die Hand. Dann kam ich ihr so nah, dass sich unsere Nasen berührten. »Sag es noch mal.«

Bis eben war sie mir nachdenklich erschienen, aber nun wurde sie ebenso ungeduldig wie ich. Sie befeuchtete ihre Lippen und sah mir direkt in die Augen. »Verdammt, Declan. Nun küss mich endlich. Ich muss jetzt wirklich los. Es wird sowieso schon knapp.«

Meine Augenbrauen schossen nach oben. Aber sie hatte vollkommen recht. Unsere Zeit war kostbar, und ich durfte keine Sekunde mehr verschwenden. Außerdem hätte ich mich in ihren großen blauen Augen verloren, wenn ich sie weiter angestarrt hätte.

»Jawohl, Ma'am!«, entgegnete ich lächelnd.

Mit der einen Hand umfing ich ihre Wange, und mit der anderen, die ihren Zopf hielt, neigte ich ihren Kopf nach hinten. In dem Moment, als sich unsere Lippen trafen, stand mein Körper augenblicklich in Flammen. *Oh mein Gott.* Ich hatte zwar immer geahnt, wie gut wir zusammen sein würden, aber die Realität übertraf schon jetzt meine Vorstellungen. Normalerweise beginnt der erste Kuss mit einer Phase, in der man einander erforscht – es dauert eine Weile, bis man sich aufeinander einspielt. Doch mit Molly war es nicht so. Wir harmonierten von Anfang an perfekt miteinander.

Ich ließ meine Hände zu ihrem Po hinabgleiten, um ihr zu helfen, die Beine um meine Hüfte zu schlingen. Doch sie kletterte bereits an mir hoch wie an einem Baum. Sie krallte die Nägel in meine Schultern und zog sich an mir hoch. Ich trug sie quer durch die Küche, bis sie den Kühlschrank im Rücken hatte und ich mich gegen sie pressen konnte. Unsere Lippen lösten sich dabei keine Sekunde voneinander, und ich rieb mich an ihr, um ihr zu zeigen, was sie mit mir anstellte.

Als Molly in meinen Mund stöhnte, hätte ich fast den Verstand verloren.

In mir hatte sich so viel Frust, Verlangen und Zorn aufgestaut, dass ich nicht behutsam sein konnte. Mit einem festen Ruck an ihrem Zopf zog ich ihren Kopf weiter nach hinten, bedeckte ihren Hals mit Küssen und verfolgte mit der Zungenspitze die pochende Ader von ihrem Ohr bis hinunter zum Schlüsselbein.

»Declan …«, stöhnte Molly.

Gott, ich wünschte, ich hätte daran gedacht, eine Tonaufnahme von diesem Moment zu machen. Es wäre wunderbar, den Klang ihrer Stimme zu hören und wie sie meinen Namen stöhnte, wenn ich sie später nicht mehr um mich haben würde.

Wenn ich sie nicht mehr um mich haben würde.

Der Gedanke, sie nicht mehr zu sehen, weil sie mit einem anderen zusammen war, traf mich so schmerzhaft wie ein Dolchstoß. Er machte mich besitzergreifend und wütend. Aber wenn dieser Moment alles war, was wir jemals zusammen haben würden, wollte ich ihn mir nicht von Dr. Willi verderben lassen. Deshalb verdrängte ich die negativen Gedanken und legte mein ganzes Verlangen und meine Sehnsucht in unseren Kuss.

Ich hatte nicht die leiseste Ahnung, wie lange wir uns küssten. Die Zeit schien stillzustehen. Als wir uns keuchend voneinander lösten, um Atem zu schöpfen, legte ich die Hände um ihre Wangen und wischte mit dem Daumen über ihre feuchten Lippen.

»Wow …«, wisperte sie überwältigt. »Das war …«

Ich lächelte. »Ja, genau.«

Molly blinzelte einige Male, als müsste sie erst wieder zu sich kommen. »War das …? Machst du …? Küsst du einfach immer so, oder war das gerade etwas Besonderes?«

Als Mann wollte ich natürlich den Ruhm einheimsen. Ich hätte ihr gern gesagt, es sei allein mein Werk gewesen, weil ich eben so ein guter Küsser war. Aber das wäre gelogen gewesen.

»Es war auf jeden Fall etwas Besonderes. Das war nicht ich, das waren wir beide.«

Sie schluckte. »Wahnsinn.«

Die Realität drängte sich viel zu früh zwischen uns. Als Molly über meine Schulter schaute, sah sie vermutlich die Uhr an der Mikrowelle. »Scheiße.« Sie verzog das Gesicht. »Ich muss los. Ich komme zu spät zur Arbeit. Das war … länger, als ich dachte.«

Mir graute davor, sie herunterzulassen. Vor allem, weil ich wusste, dass es das jetzt gewesen war. Wenn ich sie nun freigab, dann in mehrerlei Hinsicht.

»Ich fahre dich.«

Molly schüttelte den Kopf. »Nein, lass nur. Ich glaube, ich brauche ein bisschen Zeit für mich, um einen klaren Kopf zu bekommen.«

Ich wollte sie keine Sekunde früher als nötig gehen lassen, doch schließlich ließ ich sie widerstrebend herunter.

Molly schaute zu Boden. »Okay, also … dann mach ich mich mal auf den Weg.«

Ich konnte der Versuchung nicht widerstehen, sie noch einmal zu küssen. Und so legte ich die Hand unter ihr Kinn und zwang sie, mir in die Augen zu schauen. Ich presste meine Lippen lange auf ihre, und als ich mich von ihr löste, schlug mir das Herz bis zum Hals. »Mach's gut, Molly.«

Sie sah mich komisch an. »Das klingt, als ob du morgen früh, wenn ich nach Hause komme, nicht mehr da wärst.«

Ich zwang mich zu lächeln. »Doch, ich werde hier sein.« *Meine Wunden lecken und unter meinem gebrochenen Herzen leiden.*

»Okay. Dann wünsche ich dir eine gute Nacht.«

»Ich dir auch, Mollz.«

19. KAPITEL

Molly

»Ich wollte dich gerade fragen, wie es mit dir und Dr. Daniels läuft.« Daisy deutete mit dem Kinn auf meinen Hals und kicherte. »Aber wie ich sehe, läuft es ziemlich gut.«

Wir hatten zusammen ein Bett für eine neue Patientin bezogen, und mein Kittel war verrutscht. Ich schaute an mir hinunter, sah aber nicht, was sie meinte.

»Was meinst du?«

Sie lachte. »Du hast einen Knutschfleck, direkt über dem Schlüsselbein.«

Ich riss entsetzt die Augen auf und rannte in das angrenzende Bad, um in den Spiegel zu schauen. Tatsächlich, ein dicker, fetter Knutschfleck! Declan musste ihn mir verpasst haben, ohne dass ich es gemerkt hatte. Ich rückte meinen Kittel zurecht, und glücklicherweise verdeckte der Kragen den Fleck wieder. Doch dann ging mir auf, dass Will ihn ebenso gut hätte bemerken können, und mir wurde übel.

Was um Himmels willen sollte ich nur tun? Ich war lange verrückt nach Will gewesen und hatte trotzdem mit der Entscheidung gerungen, eine feste Beziehung mit ihm einzugehen. Dann hatte ich mich endlich dazu entschlossen, und weniger als achtundvierzig Stunden bevor ich es ihm sagen wollte, küsste ich Declan – oder er mich – und fing mir einen Knutschfleck ein.

Warum sollte ich so etwas tun, wenn die Entscheidung, die ich getroffen hatte, die richtige gewesen wäre? Ich war verwirrter denn je.

Meine Emotionen überwältigten mich, und mir kamen die Tränen.

Großartig. Einfach großartig. Jetzt bekomme ich zu dem Knutschfleck noch verquollene Augen und eine rote Nase.

Ich fühlte mich schäbig – wie eine Verräterin –, obwohl ich Will noch gar nicht gesagt hatte, dass ich zu einer Beziehung bereit war. Ich versuchte, die Tränen zurückzuhalten, aber die abgrundtiefe Traurigkeit, die mich ergriffen hatte, war einfach überwältigend. Dicke Tränen kullerten mir über die Wangen, wie sehr ich mich auch dagegen wehrte.

Da ich die Badezimmertür nicht geschlossen hatte, kam Daisy herein, ohne sich etwas dabei zu denken.

»Molly, weißt du, wo die …?«

Als sie mein Gesicht sah, erstarrte sie. Offenbar wusste sie nicht, was sie tun sollte. Wir waren zwar befreundet, aber meine Probleme vertraute ich ihr im Allgemeinen nicht an. Sie schien nicht zu wissen, ob sie mich trösten oder das Bad auf dem schnellsten Weg wieder verlassen sollte. »Geht es dir nicht gut?«

Ich schniefte. »Ich brauche nur einen Moment.«

»Klar, natürlich. Soll ich … bei dir bleiben? Gibt es etwas, worüber du reden möchtest?«

Ich schüttelte den Kopf. »Nein, tut mir leid. Es war einfach ein langer Tag. Ich komme in fünf Minuten.«

»Sei nicht albern. Nimm dir alle Zeit, die du brauchst. Ich übernehme für dich. Auf Station ist eh nicht viel los.«

»Danke, Daisy.«

Nach dem Ende meiner Schicht am nächsten Morgen wollte ich noch nicht nach Hause. Ich hatte meinen Vater seit einigen

Tagen nicht gesehen, und nachdem ich bei Kayla nachgefragt hatte, ob es okay sei vorbeizukommen, kaufte ich eine Tüte Bagels und fuhr zu ihnen.

»Hallo, Dad.« Ich gab ihm zur Begrüßung einen Kuss auf die Wange. Er hatte mittlerweile ein mobiles Sauerstoffgerät, doch die Atemmaske hing an der Lehne des Küchenstuhls, auf dem er saß. Ich zeigte darauf. »Äh ... die funktioniert am besten, wenn man sie aufsetzt, ob du es glaubst oder nicht.«

Mein Vater schüttelte den Kopf. »Klugscheißer. Du klingst wie Kayla. Ich trinke hier gerade meinen Kaffee, und es geht mir gut.«

Jedes Mal, wenn ich ihn besuchte, sah er etwas schlechter aus. Als Krankenschwester war ich an den Anblick von kranken Patienten, die zusehends abbauten, gewöhnt, aber der körperliche Verfall meines Vaters war extrem. Der Unterschied zwischen kleinzelligem und nicht kleinzelligem Krebs war enorm. Sein Äußeres spiegelte die schnelle Ausbreitung der Krankheit im Inneren seines Körpers wider.

Ich legte die Tüte auf den Tisch. »Ich hab dir deine Lieblingsbagels mitgebracht.«

Er lächelte. »Ja? Du weißt, welche ich am liebsten esse?«

»Selbstverständlich! Die mit Salz – je mehr, desto besser. Ist wahrscheinlich nicht das Gesündeste für dich, wenn man die Folgen für den Blutdruck bedenkt.«

Mein Vater winkte ab. »Das ist meine kleinste Sorge.«

Ich griff in die Tüte. »Ich mache dir einen fertig. Frischkäse oder Butter?«

»Butter, bitte.«

Kayla kam die Treppe herunter, während ich das Frühstück für meinen Vater zubereitete. Wir begrüßten uns, und sie ging zu meinem Vater und küsste ihn auf die Stirn. »Ich mache ein paar Besorgungen.«

»Okay, Liebes.«

»Ich bin in etwa einer Stunde zurück. Kannst du so lange bleiben, Molly?«

»Ich brauche keinen Babysitter«, warf mein Vater brummig ein.«

Sie verdrehte die Augen. Es war wohl nicht das erste Mal, dass er sie aus diesem Grund anknurrte. »Natürlich nicht. Aber der Doktor hat gesagt, du brauchst Ruhe, zumindest bis deine Blutwerte wieder normal sind. Deshalb fühle ich mich einfach besser, wenn ich weiß, dass jemand bei dir ist, falls dir wieder schwindelig wird.«

»Ach, die Ärzte, die wollen sich doch nur absichern.«

Ich schmunzelte. »Du musst es ja wissen.«

Als Kayla gegangen war, frühstückten mein Vater und ich zusammen. Wir unterhielten uns, und ich dachte, ich würde meinen inneren Aufruhr recht gut vor ihm verbergen. Aber als er mit dem Essen fertig war, lehnte er sich zurück und sah mich mit zusammengekniffenen Augen an.

»Machst du dir Sorgen um mich, oder belastet dich irgendetwas anderes?«

Ich zog die Augenbrauen hoch. »Was meinst du?«

Er warf einen Blick auf meine Hände. »Wenn du nervös bist, knibbelst du immer an der Nagelhaut deiner Daumen.«

Das stimmte, aber mir war nicht klar gewesen, dass mein Vater es wusste. Ich ballte die Hand zur Faust, um meinen Daumen zu verstecken. »Es war bloß eine lange Nacht.«

»Ist bei einer Geburt etwas schiefgegangen?«

Ich schüttelte den Kopf. »Nein, nichts Derartiges.«

»Okay …«

Mein Vater wartete ab. Er sollte nicht denken, dass *er* mir Probleme bereitete. Ich meine, natürlich hatte ich seine Situation immer im Hinterkopf, aber meine heutige Stimmung hatte nichts damit zu tun. Ich hielt es daher für das Beste, ihn zu beruhigen.

»Es geht um ein Problem mit Männern.«

Mein Vater trank einen Schluck Kaffee. »Okay. Ob du es glaubst oder nicht, ich bin einer, also erzähl mir davon.«

Meine Situation war schwer zu erklären, und ich wusste nicht genau, ob ich sie mit meinem Vater besprechen wollte. Wir hatten nie zuvor über mein Liebesleben oder solche Dinge geredet. »Ich quäle mich mit einer Entscheidung herum und bin unsicher, was das Richtige für mich ist.«

Dad nickte. »Auf dem Gebiet bin ich zufällig Experte.«

Zuerst wunderte ich mich, aber dann begriff ich, dass er sich auf meine Mutter und Kayla bezog. Ich hatte die Ereignisse stets aus der Perspektive des verlassenen Kindes betrachtet und nie aus der eines verheirateten Mannes.

»Was ist zwischen dir und Mom passiert, Dad? Ich habe es nur von ihr gehört.«

Mein Vater seufzte. »Wie viel Zeit hast du? Das ist eine längere Geschichte.«

Ich lächelte. »Die Kurzversion genügt.«

»Na gut. Nun, wie du weißt, waren deine Mutter und ich seit dem College zusammen. Wir haben mit einundzwanzig geheiratet. Alle haben uns gesagt, wir seien zu jung, aber das war uns egal.« Er schaute einen Moment zur Seite, und auf seinem Gesicht erschien ein wehmütiges Lächeln. »Sie war das schönste Mädchen auf dem Campus.« Er schüttelte den Kopf. »Um es kurz zu machen, überspringe ich mehrere Jahre. Deine Mutter hat viel gearbeitet, während ich Medizin studiert habe. Als ich meinen Abschluss hatte und ihr Mädels auf die Welt kamt, ist sie zu Hause geblieben, und ich habe viel gearbeitet. Im Lauf der Jahre haben wir uns dann irgendwie auseinandergelebt. Zuerst habt ihr Mädchen uns zusammengeschweißt. Abends, wenn ich nach Hause kam, hat mir deine Mutter von euren Erlebnissen erzählt. Aber mit der Zeit hatten wir nur noch dieses eine Thema. Und als ihr älter wurdet und angefangen habt, auszugehen und bei Freundinnen zu übernachten und so weiter, sind wir uns fremd geworden. Manchmal saßen wir in der Küche beim Abendessen, nur wir zwei, und hatten uns nichts zu sagen, obwohl wir den ganzen Tag getrennt gewesen waren. Das führte zu Frustration, und der Frust führte zu Streitereien. Ich bin sicher, daran erinnerst du dich. Es war, als wären wir zusammen erwachsen geworden, ohne gelernt zu haben, wie man miteinander kommuniziert.«

»Und wie war das mit Kayla?«

Dad entfuhr abermals ein Seufzer. »Ich weiß, du denkst, Kayla wäre die Ursache für die Trennung von deiner Mutter gewesen, aber das stimmt nicht – sie hat nichts getan. Ich schwöre, so wahr Gott mein Zeuge ist, dass ich deine Mutter nie betrogen habe, zumindest nicht im physischen Sinn. Aber es wäre gelogen, wenn ich sagen würde, ich wäre anderen Frauen im Lauf dieser schweren Jahre nicht auf platonische Weise nähergekommen. Rückblickend denke ich, ich habe eine emotionale Bindung gesucht, die deine Mutter und ich nicht hatten. Ich hätte mit ihr daran arbeiten sollen, statt mich außerhalb der Beziehung zu orientieren. Das gebe ich offen zu. Fremdgehen ist nicht nur eine Frage des Körperlichen. Ich entwickelte Gefühle für Kayla, die sie damals noch nicht erwidert hat, weil sie keinen blassen Schimmer hatte, was in mir vorging. Es war einfach so angenehm, auf der Arbeit mit ihr zu reden. Und da habe ich begriffen, dass es zwischen deiner Mutter und mir nicht mehr gestimmt hat. Ich hatte ein extrem schlechtes Gewissen, aber ich war auch ein egoistisches Arschloch. Statt Zeit zu investieren, um die Beziehung mit deiner Mutter wieder in Ordnung zu bringen, habe ich es mir leicht gemacht.«

Wow. Keine Ahnung, was ich erwartet hatte, aber das auf jeden Fall nicht. Obwohl es die Wahrheit zu sein schien.

Mein Vater schüttelte den Kopf und sah mich mit feuchten Augen an. »Tut mir leid, dass ich dich enttäuscht habe. Ich hätte ein besserer Mann sein müssen.«

Ich ergriff seine Hand. »Du bist ein Mensch. Und als du gegangen bist, habe ich das noch nicht begriffen. In meinen Augen warst du mein Vater, keine normale Person, wenn das irgendwie Sinn ergibt. Ich war sechzehn und hatte noch keine Ahnung von Jungs und davon, dass man an einer Ehe arbeiten muss oder dass man sich entlieben kann. Ich brauchte nur jemanden, dem ich die Schuld dafür zuschieben konnte, dass mein Vater weg und meine Mutter traurig war, und es war das Leichteste, dich zum Sündenbock zu machen.«

Wir schwiegen eine ganze Weile, bis ich schließlich fragte: »Und wenn es keine Kayla gegeben hätte, wärst du dann bei Mom geblieben?«

Dad schüttelte den Kopf. »Das ist natürlich nicht so leicht zu beantworten, weil es eine Kayla *gibt*. Aber ich bin ziemlich sicher, dass die Antwort Nein lautet. Wenn sie nicht gewesen wäre, wäre irgendwann eine andere gekommen. Das Problem war nicht, dass ich mich in eine bestimmte Frau verliebt hatte, Molly. Das Problem war *ich*. Darf ich dich etwas fragen?«

»Ja.«

»Haben deine Probleme zufälligerweise mit Declan und Will zu tun?«

Ich nickte.

»Ich bin wahrscheinlich der Letzte, der dir Beziehungsratschläge erteilen sollte, aber manches ist im Rückblick viel klarer, als wenn man mittendrin steckt. Wenn ich dir also etwas raten kann, dann Folgendes: Binde dich erst, wenn du sicher bist und bereit, an der Beziehung zu arbeiten.«

20. KAPITEL

Declan

»Wie läuft es bei euch?« Kens Stimme dröhnte aus dem Telefonlautsprecher.

Julia und ich hatten einmal pro Woche eine Telefonkonferenz mit unserem Chef, meistens freitags. Aber an diesem Morgen hatte er uns per E-Mail gefragt, ob wir um sechzehn Uhr reden konnten, obwohl erst Dienstag war.

»Gut«, entgegnete ich. »Wir sind dem Zeitplan noch immer ein bisschen voraus und haben schon mit der Mediaplanung begonnen.«

»Wunderbar. Gut zu hören. Das macht es wesentlich leichter.«

Ich warf Julia einen fragenden Blick zu, um herauszufinden, ob sie wusste, wovon er redete, aber sie runzelte die Stirn und war offenbar genauso ahnungslos wie ich.

Weil sie nur die Achseln zuckte, fragte ich: »Macht *was* wesentlich leichter, Ken?«

»Ihr kennt doch Jim Townsend?«

Wir nickten beide. »Klar. Ist mit ihm alles in Ordnung?«, fragte ich.

»Ja, aber er hat heute Morgen gekündigt und verlässt uns nächste Woche. Anscheinend hat er ein Angebot bekommen, das er nicht ausschlagen konnte. Es ist ein Job ohne Reisetätigkeit, und da er und seine Frau gerade ein Baby bekommen haben, konnte er sich diese Chance nicht entgehen lassen. Sie wollten ihn sofort.«

»Oh, wow«, sagte Julia. »Er hat an dieser großen Kampagne für Molkereiprodukte gearbeitet, nicht wahr?«

»Ja. In Wisconsin. Er hat zwei Teammitglieder bei sich, aber sie sind beide zu jung für die Leitung eines derart großen Projekts wie *Border's*. Deshalb muss ich leider einen von euch bitten, sie zu übernehmen.«

Ich fuhr mir mit der Hand durch die Haare. »Für wie lange?«

»Die Kampagne soll in etwas weniger als neun Wochen starten. Zwei bis drei Monate würde ich demnach sagen.«

Scheiße.

»Und wie soll es hier weitergehen?«, fragte ich. »Das ist zu viel Arbeit für einen allein.«

»Ich schicke eine Vertretung nach Chicago – zwei Nachwuchskräfte, wenn ihr es für nötig haltet. Wenn Wisconsin abgeschlossen ist und es in Chicago immer noch etwas zu tun gibt, kann derjenige von euch, der rübergeht, noch mal zurück. Ich weiß, dass ihr beide diese Kampagne kreiert habt, und es ist natürlich unbefriedigend, sie nicht auch selbst umzusetzen. Es tut mir also wirklich leid. Aber einer von euch muss sich dicke Pullover einpacken und nach Wisconsin gehen.«

Julia und ich sahen uns an. Wir dachten beide das Gleiche, aber sie war schneller und fragte: »Und wer von uns soll gehen?«

»Nun ja, Declan ist der höherrangige Marketingleiter, obwohl ihr beide den gleichen Titel habt. Daher überlasse ich ihm die Entscheidung.«

Meine Schwester Catherine war überrascht, schon wieder von mir zu hören. »Noch ein Anruf? Was verschafft mir die Ehre, Bruderherz?«

»Schwester-Schwester, du musst mir helfen!«

»Oh-oh, geht es um Molly?«

»Ich wünschte, es wäre nur das.«

»Was ist denn jetzt wieder?«

Ich berichtete ihr von der Bombe, die mein Chef hatte platzen lassen, denn ich war hin- und hergerissen, ob ich den Job in Wisconsin übernehmen oder Julia schicken sollte. Tief in mir drin kannte ich die richtige Entscheidung allerdings.

»Er hat es euch überlassen, wer geht?«

»Nein«, stellte ich klar, »*ich* soll es entscheiden. Und das ist echt beschissen. Ich wünschte, *er* hätte es einfach bestimmt.«

»Was hat Julia gesagt?«

»Sie hat versucht, großzügig zu sein, und gesagt, sie würde gehen, aber ich weiß es besser. Seit wir hergekommen sind, sehnt sie sich wie verrückt nach Newport Beach zurück. Sie hat sich gerade erst halbwegs in Chicago eingewöhnt – hat Läden gefunden, wo sie ihr gesundes Essen bekommt, und so weiter. Es würde sie fertigmachen, für zwei Monate nach Wisconsin zu gehen, auch wenn es ihr vielleicht nicht bewusst ist.«

»Du willst dich also freiwillig zur Verfügung stellen?«

»Ich glaube, das muss ich. Obwohl ich es nicht will – absolut nicht. Im Gegensatz zu Julia bin ich nämlich gern hier. Abgesehen davon, dass ihr mir fehlt, möchte ich hier nicht weg.«

Catherine atmete tief durch. »Ich finde es wirklich mies von deinem Chef, dich in diese Situation zu bringen. Wie wäre es, wenn ihr eine Münze werft?«

»Dann bestünde immer noch die Möglichkeit, dass Julia gehen müsste. Sie würde es mir sicher ziemlich übel nehmen.«

»Tja, in dem Fall gibt es nicht mehr viel zu sagen. Offenbar hast du deine Entscheidung getroffen. Du willst Julia nicht wehtun, also tust du dir stattdessen lieber selbst weh.«

Ich seufzte. »Die Frau hat sich von ihrem Freund getrennt, um mit mir zusammen zu sein, und ich habe mich noch nicht für sie entschieden, obwohl sie sich offensichtlich für mich entschieden hat – und dann schicke ich sie nach Wisconsin? Das wäre wirklich übel, meinst du nicht auch?«

»Ich stimme dir zu, dass dir kaum etwas anderes übrig bleibt, wenn du Julias Gefühle nicht verletzen willst.« Catherine hielt inne. »Und was ist mit Molly? Was sagt sie dazu?«

Diese Frage machte mir Angst. »Sie weiß es noch nicht. Der Anruf meines Chefs ist ja eben erst passiert. Und jetzt arbeitet sie.«

»Was ist eigentlich aus dem Gespräch geworden, das du mit ihr führen wolltest?«

Ich schloss die Augen. »Das ist nach hinten losgegangen. Um es kurz zu machen: Ich hatte mir vorgenommen, ihr zu sagen, dass ich es mit ihr versuchen möchte, aber bevor ich dazu kam, hat sie mir erzählt, dass der verdammte Doktor sie gefragt hat, ob sie fest mit ihm zusammen sein will. Sie meinte, sie wolle es wagen.«

»Wie hast du reagiert?«

»Ich habe sie geküsst.«

Catherine lachte. »Du hast *was?*«

»Ich habe sie geküsst. Und es war verdammt noch mal der beste Kuss meines Lebens.«

»Entschuldige bitte, aber ich bin völlig verwirrt.«

»Ich auch, Catherine.«

»Okay, das erklärst du mir jetzt genauer.«

»Molly will ihm morgen Abend sagen, dass sie sein Angebot annimmt. Als sie es mir erzählt hat, habe ich beschlossen, ihr nicht im Weg zu stehen. Du hast selbst gesagt, ich soll mich danach richten, welche Stimmung sie ausstrahlt. Nun, das war ziemlich einfach. Aber … weil sie in diesem Moment streng genommen noch Single war und ich vielleicht keine weitere Chance mehr bekomme, sie zu küssen, habe ich sie gefragt, ob ich es ein einziges Mal tun darf. Sie hat Ja gesagt. Es war fantastisch. Ende der Geschichte.«

»Und das ist alles innerhalb von achtundvierzig Stunden passiert: Du hast dich entschieden, es mit ihr zu versuchen, dann wurde dir das Herz gebrochen, aber du hast sie trotzdem geküsst, und dann hast du erfahren, dass du für zwei Monate nach Wisconsin musst. Ich würde sagen, heute hast du dir ein Bier verdient, kleiner Bruder.«

Ich öffnete den Kühlschrank und nahm eine Flasche heraus. »Ich mache mir gerade eins auf.«

»Besteht eventuell die Möglichkeit, die Versetzung einfach abzulehnen?«

Ich trank einen Schluck und schüttelte den Kopf. »Nicht, wenn ich meinen Job behalten will. Und schon gar nicht, wenn ich für die Beförderung im Spiel bleiben möchte, für die ich so hart gearbeitet habe.«

»Okay.« Meine Schwester atmete tief durch. »Dann treten wir mal einen Schritt zurück und betrachten die Situation mit Abstand.«

»Gut.«

»Molly hat ihre Entscheidung getroffen. Sie will mit dem Doktor zusammen sein. Deine Begeisterung für Julia hat nachgelassen. Kann unter diesen Umständen der Einsatz in Wisconsin vielleicht sogar hilfreich sein? Du müsstest nicht mit ansehen, wie Molly ihrer Wege geht, und es würde dein Problem mit Julia lösen, ohne dass du sie enttäuschen musst. Es kann ein Neustart für dich sein, und wenn du von Wisconsin nach Kalifornien zurückkehrst, kannst du das alles hinter dir lassen.«

»Wenn du es so sagst, klingt mein chaotisches Leben eigentlich ganz einfach.«

»Warum muss es immer kompliziert sein?«

»Nun, es gibt da eine kleine Komplikation: das Timing. Wahrscheinlich muss ich noch einmal nach Chicago zurück, wenn ich in Wisconsin fertig bin, um das Projekt hier zu beenden. Wer weiß, wie die Lage dann aussieht. Aber weißt du, je länger ich darüber nachdenke, desto klarer wird mir, dass es egal ist, wie ich mich bei der ganzen Sache gerade fühle. Ich *muss* nach Wisconsin.« Ich trank einen großen Schluck Bier. »Verdammt, ich muss.«

21. KAPITEL

Molly

Der Ratschlag meines Vaters ging mir nicht aus dem Kopf, seit ich ihn besucht hatte. Ich hatte Will gesagt, ich würde ihm heute meine Entscheidung mitteilen, aber war es wirklich notwendig? Warum musste ich die Dinge übers Knie brechen? Wenn ich unsicher war, sollte ich auf jeden Fall tun, was mein Vater gesagt hatte: mir mehr Zeit lassen, bevor ich eine Bindung einging.

Ich schaute in den Spiegel, knöpfte meine Bluse auf und zog den Kragen zur Seite. Der Knutschfleck war noch da. Ich musste ihn vor meinem Date mit Make-up abdecken. Aber es gab noch mehr, worum ich mich vorher kümmern musste. Ich konnte mich nicht mit Will treffen, ohne noch einmal mit Declan gesprochen zu haben.

Er hatte mir geschrieben, er sei auf dem Heimweg von der Arbeit und hoffe, mich zu erwischen. Ich fragte mich, ob er mit mir darüber reden wollte, was am Montag zwischen uns passiert war.

Oberflächlich betrachtet erschien der Kuss wie eine simple, aus der Situation geborene Abschiedsgeste. Aber *wie* Declan mich geküsst hatte, war eine völlig andere Geschichte. Voller Begierde und Leidenschaft und ganz anders, als ich jemals geküsst worden war. Und seitdem war ich verwirrter als je zuvor.

Ich dachte an das Gespräch mit meinem Vater zurück. Jemanden zu verletzen war auf verschiedene Weise möglich. Wenn ich mich an einen Mann binden wollte, musste ich sicher sein, dass meine Gedanken nicht bei einem anderen sein würden. Und zu diesem Zeitpunkt glaubte ich nicht, dass meine Gefühle für Declan automatisch abgeschaltet wurden mit einem Ja zu Will. Wie wäre mir im umgekehrten Fall zumute? Wenn Will mein Freund sein wollte, aber komplizierte Gefühle für eine andere Frau hätte? Ich könnte es nicht ertragen.

Das Klicken der Wohnungstür riss mich aus meinen Überlegungen. Ich blieb in meinem Zimmer, weil ich davon ausging, dass Declan gleich zu mir kommen würde.

Kurz darauf sah ich im Spiegel, wie er im Türrahmen auftauchte. Auf seine düstere Miene war ich jedoch nicht gefasst gewesen.

Ich drehte mich um. »Was ist los, Declan?«

Er ließ sich auf mein Bett plumpsen, legte sich auf den Rücken und rieb sich das Gesicht. »Ich weiß nicht, wie ich es sagen soll.«

Mit bangem Herzen setzte ich mich zu ihm an die Bettkante. »Wo liegt das Problem?«

Meine Gedanken rasten. *Will er mir gestehen, dass er Gefühle für mich hat? Hat sich durch unseren Kuss etwas verändert? Ist etwas mit Julia vorgefallen?* Was er jedoch schließlich sagte, war viel schlimmer.

»Ich muss Chicago verlassen, Mollz.«

»Was? Ist etwas pa...?«

»Ich wurde nach Wisconsin beordert. Der Kollege, der dort für einen Kunden tätig war, hat gekündigt, und mein Chef braucht jemanden, der den Auftrag schnellstmöglich übernimmt. Entweder ich oder Julia, und er hat es mir überlassen, darüber zu entscheiden.«

Er oder Julia?

Mein Herz klopfte. »Warum geht *sie* dann nicht?«

Er schloss kurz die Augen. »Julia hält es kaum in Chicago aus. Sie klagt ständig darüber, wie sehr sie Kalifornien vermisst. Der Kunde in Wisconsin ist mitten im Nirgendwo angesiedelt. Ich bin ziemlich sicher, dass die zwei Monate sie umbringen würden.«

»Und deshalb gehst du?«

Er nickte. »Ja. Ich muss, Mollz. Aber es ist das Letzte, was ich will.«

»Das gibt's doch nicht! Es war immer klar, dass deine Zeit hier begrenzt ist, aber jetzt kommt es mir vor, als wären wir beraubt worden.«

»Mir auch. Ich bin schon den ganzen Tag niedergeschlagen. Nachdem ich Ken gesagt habe, dass ich es mache, bin ich in ein tiefes Loch gefallen.« Er richtete sich auf und setzte sich neben mich. »Es gibt aber einen kleinen Lichtblick. Je nachdem, wie schnell ich in Wisconsin fertig werde, komme ich vielleicht nach Chicago zurück, um unseren Auftrag hier zu Ende zu führen, bevor ich wieder nach Kalifornien muss.«

Ich schöpfte Hoffnung. »Du kommst zurück?«

»Ich weiß noch nicht, wie sich die Sache entwickelt, aber die Möglichkeit besteht auf jeden Fall. Ich habe meinen Chef gefragt, ob die Firma meine Miete bis zu dem Auszugstermin übernehmen kann, den ich mit dir vereinbart habe. Dir soll schließlich kein finanzieller Nachteil daraus entstehen. Und er hat es mir zugesagt.« Declan strich mir eine Haarsträhne hinters Ohr. »Kannst du mein Zimmer für mich frei halten? Dann weiß ich, dass ich eine Bleibe habe, wenn ich zurückkomme.«

Es kam mir immer noch unwirklich vor. »Natürlich, Declan. Sicher.«

Er schaute kopfschüttelnd auf meine Bettdecke. »Das Timing ist wirklich beschissen – erst küssen, dann wegrennen.« Er sah zu mir auf und schenkte mir ein schiefes Lächeln, das mir in der Seele wehtat. Dann ergriff er meine Hand. Es war eine harmlose Geste, aber sie wärmte mich auf der Stelle.

Ich warf einen Blick auf unsere vereinten Hände. »Egal, wie durcheinander wir im Moment sind, Declan, du bist einer der besten Freunde, die ich je hatte. Ich hoffe, wir bleiben in Kontakt, denn allein der Gedanke an den Abschied macht mich sehr traurig.«

Er drückte meine Hand. »Ich verspreche dir, dass wir den Kontakt halten werden, Molly. Ich fände das auch schön.«

»Du hast mir wirklich durch eine harte Lebensphase geholfen. Deine Freundschaft, das Frühstück am Abend, dein Lächeln …« Ich grinste. »Seit deinem Einzug fühle ich mich lebendiger als die Jahre zuvor.«

Er sah mir prüfend ins Gesicht. Vielleicht hatte ich ein bisschen zu viel gesagt.

»Das ist echt Scheiße«, murmelte er.

Dann schwiegen wir.

»Wann musst du weg?«, fragte ich schließlich.

»Anfang nächster Woche soll ich da sein.«

Ich rechnete kurz nach. Die nächsten drei Tage hatte ich frei, aber Samstag bis Montag musste ich arbeiten. Das bedeutete, dass mir bis zu seiner Abreise nur wenige Tage mit ihm blieben.

Mir war zum Heulen zumute. »Das ist zu früh.«

Er runzelte die Stirn. »Ich weiß.«

»Was ist mit dir und Julia? Was wird aus eurer Beziehung?«

Er zuckte mit den Schultern. »Die bleibt einfach in der Schwebe. Ich glaube, der Abstand tut uns gut. Ich bin froh, dass wir noch keine Verpflichtung miteinander eingegangen sind.«

Klar, er wollte in Wisconsin die Freiheit haben, sich mit jeder Frau zu treffen, die ihm gefiel. Bei dem Gedanken wurde mir übel, denn er rief mir einmal mehr in Erinnerung, wie viel ich für Declan empfand.

»Ich wünschte, ich könnte auf den Job scheißen und einfach bleiben. Es gefällt mir hier in Chicago, und ich bin nicht im Geringsten bereit zu gehen.« Er atmete hörbar aus. »Ich habe es in dieser Firma verdammt weit gebracht, und wenn ich das jetzt ablehne, würde es aussehen, als wäre ich kein Teamplayer. Es würde meine Beförderungschancen schmälern.«

»Ich verstehe dich vollkommen. Du bist eben in der Lebensphase, in der du viel arbeiten musst, und das Vergnügen kommt danach.«

Er ließ meine Hand los, legte sich wieder hin und starrte an die Decke. »Mein Ehrgeiz ist tief in mir verwurzelt. Meine Eltern sind sehr altmodisch, vor allem mein Vater. Sie haben mir eingebläut, dass ich erfolgreich sein muss, weil ich ein Mann bin, während sie bei meinen Schwestern mit Heiraten und Kinderkriegen zufrieden gewesen wären. Das Ironische daran ist, dass meine Schwestern beruflich alle extrem erfolgreich sind. Aber mir als einzigem Jungen in der Familie hat mein Vater immer ordentlich Druck gemacht. Es war eine Enttäuschung für ihn, dass ich nicht Jura studiert habe, wie er es wollte, und deshalb war ich immer bemüht, ihm zu zeigen, dass ich mich in einem anderen Bereich profilieren kann, den ich selbst gewählt habe.«

»Dein Vater ist Anwalt?«

»Ja. Habe ich dir das nie gesagt?«

»Nein.«

»Er wollte, dass ich in seine Fußstapfen trete, aber das war nichts für mich. Als ich schließlich beschlossen habe, ins Marketing zu gehen, habe ich mir geschworen, ihm zu beweisen, wie erfolgreich ich sein kann.«

»Du redest oft über deine Schwestern, aber nur selten über deine Eltern.«

»Das ist sozusagen ein wunder Punkt. Zugleich rührt meine Motivation daher.«

»Verstehe.«

Er sah mich lächelnd an. »Du hast etwas an dir, das mich dazu bringt, dir Dinge zu erzählen, die ich normalerweise für mich behalte. Es wird mir fehlen, mit dir zu reden – und dir dabei gegenüberzusitzen. Ich verspreche dir, dass wir miteinander in Verbindung bleiben.«

»Ich werde dich beim Wort nehmen.«

Er nickte. »Und an deinen Plänen hat sich nichts geändert? Du triffst dich gleich mit Will?«

Ich seufzte. Die Nachricht von seiner verfrühten Abreise hatte meinen Plan durchkreuzt, mit ihm über meine zwiespältigen Gefühle zu reden. »Ja, ich soll zu ihm nach Hause kommen.«

»Und wirst du seinen kleinen Antrag annehmen?«

Ich zögerte. »Ich weiß es nicht.«

»Ich muss dir ein Geständnis machen …«, sagte er.

»Okay …«

Er setzte sich auf. »Diesen Kuss … den bereue ich kein bisschen. Obwohl es nicht korrekt und ziemlich egoistisch von mir war. Du hattest mir gerade gesagt, dass du eine Entscheidung getroffen hast, mit der du dich gut fühlst, und ich bin über dich hergefallen, weil ich eifersüchtig war.«

Ich lächelte nur und ließ ihn fortfahren.

»Ich hatte nicht das Recht, so mit dir zu spielen. Es tut mir leid.«

»Ich bereue den Kuss auch nicht«, sagte ich. »Ich bedaure höchstens, dass ich dich derart an meinen Hals habe saugen lassen. Jetzt muss ich diese Bluse heute Abend bis obenhin zugeknöpft tragen. Ich sehe aus wie eine Nonne.« Ich öffnete die oberen zwei Knöpfe und zeigte ihm den Knutschfleck. »Das mit der Nonne war nicht böse gemeint.«

»Kein Problem.« Declan strich mit dem Finger über meinen Hals. »Scheiße.«

Die Berührung ließ mich erschaudern.

»Ich muss leider sagen, ich sehe ihn gern an dir. Sorry, aber ich werde mich nicht dafür entschuldigen. Ist es falsch, mir zu wünschen, dass Dr. Willi ihn entdeckt?«, sagte er. »Es kommt mir fast vor, als wäre der Konkurrenzkampf mittlerweile echt, den wir zwischen ihm und mir inszeniert haben.«

Wenn er wüsste, *wie* echt er für mich die ganze Zeit gewesen war. Ich wäre liebend gern mit Declan zu Hause geblieben, weil uns nur noch so wenig Zeit miteinander blieb.

Ich war drauf und dran, mein Date mit Will abzusagen, als Declan sagte: »Amüsier dich ruhig heute Abend. Lass dir nicht die Laune davon verderben, dass ich Chicago verlassen muss. Bestell dir das Teuerste von der Speisekarte. Sei beschwipst, aber trink nicht zu viel. Und verlass dich auf dein Bauchgefühl, Molly. Wenn du dich nicht bereit fühlst, musst du ihm keinerlei Versprechungen machen. Lass dich nicht zu einer Antwort drängen.«

»Das hat mein Vater auch gesagt.« Ich lächelte.

»Siehst du! Zwei Dumme, ein Gedanke.«

Letzten Endes kam es nicht zu dem Date mit Will. Er musste zu einem Notfall ins Krankenhaus und in letzter Minute absagen. Ich war erleichtert – was mich dazu brachte, meine Gefühle abermals zu hinterfragen. Als ich nach Hause kam, war Declan nicht da, also nutzte ich die Ruhe, um gründlich nachzudenken. Ich gelangte zu dem Schluss, dass ich erst wirklich beurteilen konnte, ob ich den nächsten Schritt mit Will machen wollte, wenn Declan die Stadt verlassen hatte. Es war nicht fair, eine Entscheidung zu treffen, solange ich an nichts anderes denken konnte als an Declans Abreise.

Will und ich hatten unser Date verschoben. Wir wollten uns heute Mittag in einem Lokal in der Nähe meiner Wohnung treffen, was mir bedeutend lieber war als das ursprünglich geplante Abendessen bei ihm zu Hause. Bisher hatten wir uns nur ein paarmal bei unseren Verabredungen geküsst, aber die natürliche Weiterentwicklung der körperlichen Beziehung zeichnete sich bereits ab, und diesem Druck wollte ich mich entziehen, solange ich nicht bei klarem Verstand war.

Es war Freitag Morgen. Declan war auf der Arbeit, aber danach wollten wir uns sehen, weil es mein letzter freier Abend war, bevor er am Montag die Stadt verließ.

Als ich in die Küche ging, entdeckte ich eine rosafarbene Schokolinse auf der Küchentheke. Daneben lag eine Nachricht.

Mollz, ich habe mir überlegt, dass ich dir deine rosa M&Ms zurückgeben sollte, bevor ich fahre. Aber ich habe beschlossen, sie an verschiedenen Stellen in der Wohnung zu verstecken, damit du an mich denkst, wenn ich weg bin, und jedes Mal lächelst, wenn du welche findest. Es wird sein, als wäre ich noch hier. (Leider nicht.) Das hier ist deine erste Schokolinse. Ich wünsche dir einen schönen Tag. Bis heute Abend!

22. KAPITEL

Declan

»Wissen Sie was? Die nehme ich auch mit.« Ich zeigte auf einen bunten Blumenstrauß. Ich stand an einem Obststand, um Erdbeeren für das Dessert zu kaufen, das ich für Molly machen wollte.

Die Verkäuferin lächelte. »Eine gute Wahl. Habe ich frisch hereinbekommen. Hübsche Farben, nicht wahr?«

»Ja, wirklich. Ich bin sonst nicht so der Blumentyp.«

»Tz«, machte die ältere Frau. »Dann sind Sie wohl in Ungnade gefallen. Was haben Sie angestellt?«

Ich lachte. »Nein, ich habe keinen Ärger.«

»Sie verschenken die Blumen einfach so?«

»Ja, schon. Ich koche für ... jemanden und dachte, sie machen sich hübsch auf dem Tisch.«

Die Frau packte die Erdbeeren in eine Tüte, und ich bezahlte. Als sie mir den Blumenstrauß gab, sagte sie augenzwinkernd: »Viel Glück heute Abend mit ... jemandem.«

Der Obststand war insgesamt die fünfte Station auf meinem Heimweg. Weil ich heute wahrscheinlich zum letzten Mal für Molly kochen durfte, hatte ich früher bei der Arbeit Schluss gemacht. Ich wollte sie mit all ihren Lieblingsgerichten in Vorspeisengröße überraschen, um ihr ein Lächeln ins Gesicht zu zaubern, was mir wiederum gute Laune bereiten würde. Es war das erste Mal, dass ich sämtliche Gedanken an den Abschied von Chicago aus meinem Kopf hatte verbannen können. Ich pfiff sogar fröhlich vor mich hin, als ich nach Hause schlenderte.

Einen Block von unserer Wohnung entfernt blieb ich an einem Fußgängerüberweg stehen, weil die Ampel rot war. Während ich also das gute alte *Don't Worry, Be Happy* pfiff, schaute ich zufällig zu dem italienischen Restaurant auf der anderen Straßenseite, bei dem Molly und ich schon öfter Essen bestellt hatten. Schlagartig verging mir das Pfeifen.

Molly.

Sie hockte an einem Tisch direkt am Fenster. Und sie war nicht allein. Ihr gegenüber saß Will. Die Ampel wurde grün, und die Leute rings um mich gingen los. Aber ich konnte mich nicht bewegen. Ich stand einfach nur da und starrte in das Lokal. Molly lächelte – ein echtes, herzliches Lächeln ließ ihr wunderschönes Gesicht erstrahlen. Der Mistkerl auf der anderen Seite des Tisches beugte sich vor und sagte etwas, und sie legte lachend den Kopf in den Nacken.

Schon mal an einem Unfall vorbeigefahren? Man weiß, man sollte nicht gaffen, aber man muss einfach hinschauen – obwohl der Anblick einen zutiefst erschüttert. Tja, so fühlte sich dieser Moment *überhaupt nicht* für mich an. Es war vielmehr, als hätte ich selbst das verdammte Auto mit hundertzwanzig Kilometern pro Stunde gegen einen Baum gefahren. Mir wurde eng in der Brust, meine Kehle war wie zugeschnürt, und ich bekam kaum noch Luft.

Verdammt.

Verdammt!

VERDAMMT!

Meine Molly. Mit Will. Und sie sah … glücklich aus. Wie sehr ich es ihr auch gönnte, es war körperlich schmerzhaft zu sehen, dass ein anderer Mann dafür verantwortlich war. Zwei

Minuten zuvor war ich vergnügt pfeifend mit einem Blumenstrauß auf dem Heimweg gewesen, und nun brach für mich die Welt zusammen. Ich bin kein Idiot – mir war natürlich längst bewusst, wie stark meine Gefühle für Molly waren. Aber nun wurde mir klar, dass ich noch sehr viel mehr für sie empfand.

Ich hatte mich ernsthaft in sie verliebt.

Ihre Nachricht kam, als ich ein Paar Socken in meinen Koffer legte.

> **Molly:** Müsste gegen halb acht zu Hause sein. Bin zu Dad gefahren, um nach ihm zu sehen, und wir haben die Zeit vergessen. Soll ich auf dem Rückweg irgendwas besorgen?

Da ich früher als ursprünglich geplant nach Hause gekommen war, hatte ich Trübsal blasend herumgesessen und überlegt, was ich tun sollte. Die Entscheidung, die ich fast vier Stunden später getroffen hatte, wirkte zwar etwas überstürzt, aber tief im Inneren wusste ich, dass es das Richtige war … für uns beide.

Statt Molly sofort über die Umbuchung meines Flugs zu informieren, beschloss ich zu warten, bis sie nach Hause kam. Ich wollte nicht, dass sie meinetwegen den Besuch bei ihrem Vater verkürzte und sich abhetzte.

> **Declan:** Nicht nötig. Genieß die Zeit mit deinem Vater.

Eine Stunde später schloss ich gerade den letzten Koffer, als Molly zur Wohnungstür hereinkam. Ich wollte ins Wohnzimmer gehen, um sie zu begrüßen und mit ihr zu reden, bevor sie mein ganzes Gepäck sah, aber einen Augenblick später stand sie bereits im Türrahmen.

»Hey, was würdest du dazu sagen, wenn wir …?« Molly verstummte und runzelte die Stirn, als sie die Koffer auf meinem Bett sah. »Du hast schon gepackt?«

»Ja.«

Sie ging zur Kommode und schloss eine offen stehende Schublade, dann öffnete sie die darunter.

Leer.

Sie machte sie zu und zog die nächste auf.

Auch leer.

»Was ist los, Declan? Du hast gar keine Sachen zum Wechseln mehr«, fragte sie, doch ihre Miene sagte mir, dass sie die Antwort bereits kannte.

Ich setzte mich aufs Bett und klopfte auf den Platz neben mir. »Komm, setz dich.«

Im Laufe meiner Zeit bei Molly hatte es mindestens ein halbes Dutzend Situationen gegeben, in denen ich sie hätte anlügen sollen – beispielsweise als ich zugegeben hatte, dass ich Julia geküsst hatte, und vor allem als ich ihr meine wahren Gefühle gestanden hatte. Doch meistens war ich ehrlich zu ihr gewesen, und so schmeckte der Blödsinn, den ich nun verzapfte, besonders bitter.

»Es gab eine Planänderung. Der Kollege in Wisconsin hatte einen Notfall, und mein Chef hat mich gebeten, früher rüberzufliegen.«

Molly sah mich panisch an. »Wann?«

Ich schluckte. »Noch heute Abend. Ich nehme den letzten Flug vom O'Hare Airport. Um kurz vor elf.«

»Aber … aber … das bedeutet, du musst gegen halb neun fahren?«

»Viertel nach acht sogar. Ich habe schon einen Wagen bestellt.«

»Oh mein Gott, Declan. Nein! Das ist zu früh! Jetzt haben wir ja gar keine Zeit mehr.«

Ich schaute betreten zu Boden und nickte. »Ich weiß. Es tut mir leid.«

Molly sah auf ihre Uhr. »Warum hast du nicht früher angerufen oder geschrieben? Ich wäre direkt nach Hause gekommen, ohne meinen Vater zu besuchen.«

»Deine Besuche bei deinem Vater sind wichtig. Und ich wollte nicht, dass du dich abhetzt.«

»Aber Zeit mit dir zu verbringen ist mir auch wichtig.« Sie ergriff meine Hand. Es fühlte sich total gut und richtig an, was mir die Sache noch schwerer machte.

Ich räusperte mich. »Komm, gehen wir in die Küche. Ich habe Essen für dich vorbereitet und das Wasser schon aufgesetzt. Lass dich noch ein letztes Mal von mir füttern.«

Wir verließen schweigend mein Zimmer. Ich hatte meine Pläne geändert und mich für frische Gnocchi entschieden, die nur drei bis vier Minuten kochen mussten. Das Wasser simmerte bereits, und ich drehte die Flamme hoch, bevor ich die Sahnesoße warm machte.

»Ist in fünf Minuten fertig. Ich habe auch den Wein besorgt, den du so gerne magst. Möchtest du?«

Molly setzte sich an den Tisch. Ihre Miene war bedrückt, doch sie nickte und bemühte sich zu lächeln, was ihr gründlich misslang.

»Bitte schön.« Ich stellte ihr ein Glas von ihrem Lieblingswein hin.

Bei getrübter Stimmung richtete ich zwei Teller an und brachte sie zum Tisch. »Brav aufessen«, versuchte ich zu scherzen. »Es könnte deine letzte gute Mahlzeit für eine ganze Weile sein, da du ab jetzt selbst kochen musst.«

Molly stocherte in ihren Gnocchi herum. Schließlich sah sie zu mir auf. »Was hättest du getan, wenn ich nicht nach Hause gekommen wäre?«

»Wie meinst du das?«

»Ich hatte geschrieben, ich komme gegen halb acht. Und wenn meine Bahn Verspätung gehabt hätte oder so? Wärst du abgereist, ohne dich von mir zu verabschieden?«

Ich hatte mir keinen Wein eingeschenkt, doch nun füllte ich mir doch ein Glas. »Ich weiß nicht. Aber du bist ja da, dann ist es doch eigentlich egal, oder?«

Molly hob zu meiner Überraschung die Stimme. »Nein! Es ist *nicht* egal!«

Ich hob beschwichtigend die Hände. »Okay, okay. Ich schätze, ich hätte dich angerufen, um Auf Wiedersehen zu sagen.«

Sie schüttelte den Kopf. »Im Ernst? Nach all dieser Zeit wärst du einfach abgereist, ohne dich persönlich von mir zu verabschieden?«

Ich fuhr mir durch die Haare und schüttelte den Kopf. »Ich habe keine Ahnung, Molly. Es ist nun mal nicht passiert, und ich weiß nicht, was ich getan hätte.«

Molly schob ruckartig ihren Stuhl zurück und stand auf. »Oh doch, wir wissen es. Du hast es eben gesagt: Du wärst ohne einen richtigen Abschied abgereist!« Sie drehte sich um und marschierte in ihr Zimmer.

»Wohin gehst du?«

»Ich will allein sein. Da es dir egal ist, ob du dich persönlich von mir verabschiedest, können wir uns das hier auch sparen.«

»Molly, warte!«

Im nächsten Moment knallte ihre Tür zu – so fest, dass die Wohnzimmerwände bebten. Ich schloss die Augen. *Scheiße.*

Eine Zeit lang saß ich ratlos in der Küche. Aber dann fiel mein Blick auf die Uhr an der Mikrowelle, und ich geriet in Panik. *Neunzehn Minuten.* Mir blieben neunzehn verdammte Minuten, und ob Molly nun sauer war oder nicht, ich wollte sie gewiss nicht ohne sie verbringen. Also ging ich zu ihrem Zimmer, klopfte an und wartete.

Keine Reaktion.

Ich klopfte abermals und öffnete die Tür einen Spaltbreit. »Moll…«

»Geh weg!«

Ihre Stimme verriet, wie verletzt sie war.

»Ich komme jetzt rein.«

Ich gab ihr zehn Sekunden, um es mir zu verbieten, dann machte ich die Tür ganz auf.

Scheiße. Sie weinte.

Ich schloss kurz die Augen und schluckte, bevor ich zum Bett ging und mich zu ihr setzte.

»Molly, es tut mir unendlich leid. Ich wollte dich nicht aus der Fassung bringen. Ich … ich weiß einfach nicht, wie ich es machen soll. Ich habe keine Ahnung, wie ich mich von dir verabschieden soll. Du bist in den vergangenen Monaten so ein wichtiger Teil meines Lebens geworden.«

Ihre Schultern zitterten, und einen Augenblick später schluchzte sie.

»Komm her …« Ich nahm sie in die Arme und strich ihr übers Haar. »Weine nicht, Süße«, sagte ich leise. »Bitte weine nicht.«

»Du wirst mir schrecklich fehlen.«

»Ich weiß. Und du wirst *mir* fehlen.« Ich umfing ihr Gesicht mit den Händen und wischte ihr die Tränen von den Wangen. »Ich muss zwar weg, Molly, aber ein Teil von mir bleibt hier.« Ich sah ihr tief in die Augen. »Und ich nehme einen Teil von dir mit. Das bleibt uns auf jeden Fall. Wir werden nicht am selben Ort sein, aber das ändert nichts daran, wie viel du mir bedeutest.«

Molly schniefte. »Und wir reden jeden Tag?«

Ich lächelte. »Es wird Dr. Willi nicht gefallen. Also werden wir es auf jeden *verdammten* Fall tun.«

Sie lachte unter Tränen. Ich hätte ihr schönes, rot geflecktes Gesicht so gern geküsst, aber ich wusste, es würde alles nur noch schlimmer machen. »Ernsthaft, Moll.« Ich nahm ihre Hände und verschränkte meine Finger mit ihren. »Ich danke dir für die letzten Monate. Ich weiß nicht, wie du es gemacht hast, aber ich habe das Gefühl, du hast mich als Mensch verändert.«

Molly nickte. »Ich weiß, was du meinst. Mir geht es genauso.«

Bevor ich weiterreden konnte, surrte mein Telefon in meiner Tasche. Ich hätte es am liebsten ignoriert, ahnte aber, dass es der Fahrer war, und ließ widerwillig eine Hand von Molly los, um es herauszuholen.

Stirnrunzelnd las ich die Nachricht. »Mein Wagen ist da. Ein paar Minuten zu früh. Er findet keinen Parkplatz und fährt so lange um den Block, bis ich runterkomme.«

Molly stiegen erneut die Tränen in die Augen. Ich strich ihr eine Haarsträhne hinters Ohr. »Hör auf zu weinen, meine Schöne. Wir sagen doch gar nicht *Lebewohl.* Ich komme wieder, schon vergessen? Es heißt also eher *Bis bald.*«

Es stimmte zwar, dass ich höchstwahrscheinlich zurückkehren würde, doch dann würde alles anders sein. Bis dahin würde Molly viel Zeit mit Will verbringen und ihm näherkommen, und das würde dann wohl das Ende unserer besonderen Beziehung sein, wie wir sie in diesem Moment hatten. Ich gab ihr einen Kuss auf die Stirn. »Bis bald, Mollz.«

Ich war superstolz auf sie, weil sie nicht wieder zu weinen begann, als sie mich zur Tür brachte. Ich umarmte sie ein letztes Mal und rollte mein Gepäck nach draußen. »Pass auf dich auf, Süße.«

Es verlangte mir alles ab, einen Fuß vor den anderen zu setzen und davonzugehen. Mein Herz wollte furchtbar gern bleiben. Aber irgendwie schaffte ich es, in den wartenden Wagen zu steigen. Als ich saß, blickte ich stur geradeaus, obwohl ich Mollys Blick von oben spürte. Sie stand am Fenster und wartete darauf, dass ich zu ihr hinaufsah. Aber das konnte ich ihr nicht antun. Es würde sie zusätzlich schmerzen, die Tränen auf meinem Gesicht zu sehen. Deshalb schaute ich nach unten. *Auf Wiedersehen, Molly.*

23. KAPITEL

Molly

Eine Woche später musste mein Vater zu einer Untersuchung ins Krankenhaus. Ich hatte frei und begleitete ihn. Ich wollte möglichst viel Zeit mit ihm verbringen und Kayla zugleich Freiraum für ihre Besorgungen verschaffen. Seit er die Diagnose bekommen hatte, war sie kaum einmal von seiner Seite gewichen.

Vor wenigen Minuten hatten sie meinen Vater geholt, daher saß ich allein in dem leeren Warteraum. Während ich in einer Zeitschrift blätterte, kam Will mit zwei Bechern Kaffee herein.

»Hey«, sagte ich. »Ich dachte, du hast heute keinen Dienst.«

»Habe ich auch nicht. Ich bin gekommen, um dir Gesellschaft zu leisten.« Er gab mir einen Kuss auf die Wange, bevor er sich neben mich setzte.

»Echt? Danke. Das ist lieb von dir.«

Er hielt mir einen Becher hin, zog die Hand jedoch wieder zurück und gab mir den anderen. »Der hier ist für dich. Er ist schwarz. Meiner ist mit Milch und Zucker.«

Seine Aufmerksamkeit weckte Schuldgefühle in mir. Ich hatte ihn gemieden, seit Declan in der vergangenen Woche abgereist war, weil ich mich einem Treffen mit einem anderen Mann nicht gewachsen fühlte. An den meisten Tagen hatte ich schon Mühe gehabt, morgens aufzustehen, und ich hätte es niemals geschafft, so zu tun, als ob es mir gut ginge.

Will nahm den Plastikdeckel von seinem Becher. »Wie geht es deinem Vater?«

»Er hat stark abgenommen und praktisch keine Farbe mehr im Gesicht«, entgegnete ich seufzend. »Aber er gibt sich alle Mühe, den Mut nicht zu verlieren.«

Will nickte und nahm meine Hand. Diese liebevolle Geste erinnerte mich jedoch nur daran, wie fest Declan meine Hand an dem Abend gehalten hatte, als er zum Flughafen musste. Sofort wurde mein schlechtes Gewissen noch größer: Ich saß neben einem Mann, der sich sehr bemühte, für mich da zu sein, und trotzdem dachte ich an einen anderen.

»Ich hoffe, du nimmst es mir nicht übel, dass ich es sage, aber du scheinst ebenfalls abgenommen zu haben«, meinte Will. »Du hast schon unzähligen frischgebackenen Vätern erklärt, wie wichtig es ist, dass sich auch jemand um die Kümmerer kümmert. Und ich möchte mich jetzt gern um dich kümmern, Molly. Du musst die Last nicht allein tragen.«

Gott, ich bin ein schrecklicher Mensch. Der Mann, mit dem ich zusammen sein sollte, wollte sich um mich kümmern, weil ich traurig war. Und ein Grund für meine Traurigkeit war ein anderer Mann.

Ich drückte Wills Hand. »Danke. Das bedeutet mir sehr viel.«

In der folgenden halben Stunde unterhielten wir uns über leichtere Themen. Wir sprachen über die Arbeit und darüber, wer in diesem Monat heimlich mit wem ins Bett gegangen war. Will heiterte mich auf, indem er mir von den bizarren Rasiermustern erzählte, die er im Lauf der Jahre im Intimbereich von Frauen zu sehen bekommen hatte.

»Die hat sich wahrhaftig das Logo von Chanel da unten reinrasieren lassen?«

»So was kann man sich doch nicht ausdenken!«

Ich lachte zum ersten Mal seit einer Woche. Aber dann klingelte mein Handy, und ich wurde wieder ernst. Declans Name erschien auf dem Display, und ich war nicht die Einzige, die es bemerkte.

»Willst du nicht rangehen?«, fragte Will und nippte an seinem Kaffee.

Ich schüttelte den Kopf. »Ich rufe ihn später zurück. Er weiß, dass mein Vater eine Untersuchung hat, und will wahrscheinlich nachhören, wie sie gelaufen ist.«

Will nickte, ohne etwas zu sagen. Da ich ihm aus dem Weg gegangen war, hatte er keine Ahnung davon, dass Declan nicht mehr in Chicago war. Es wurde Zeit, ihn auf den neusten Stand zu bringen.

»Er ist nach Wisconsin gegangen«, sagte ich.

Will zog die Augenbrauen hoch. »Declan ist weg?«

Ich nickte. »Er hat einen neuen Auftrag bekommen.«

»Ist er auf Dauer umgezogen?«

»Nein, aber eigentlich ist er in Kalifornien zu Hause. Vielleicht kommt er nach dem Job in Wisconsin noch einmal für eine kurze Zeit her, aber dann wird er endgültig nach Newport Beach zurückgehen.«

»Ich wusste gar nicht, dass er nicht von hier ist.«

Natürlich nicht. Ich hatte es ihm ja auch verschwiegen, weil ich ihn mithilfe von Declan eifersüchtig machen wollte.

»Ja, er war nur vorübergehend wegen der Arbeit hier.«

Will trank einen Schluck Kaffee, ohne eine Reaktion zu zeigen. Dann wandte er sich mir zu. »Und wie geht es dir damit?«

»Dass Declan weg ist?«

Er nickte.

Meine Beziehung zu Will hatte mit einer Lüge begonnen – Declan und ich hatten vorgegeben, ein Paar zu sein. Wenn es mit Will klappen sollte, musste ich ihm die Wahrheit sagen.

Und das tat ich, auch wenn es nicht die Worte waren, die er hören wollte.

»Ich bin traurig, dass er weg ist. Wir hatten uns aneinander gewöhnt. Aber er ist ein guter Freund, und wir wollen in Kontakt bleiben.« Ich stockte. »Oder passt dir das nicht?«

Will sah mir in die Augen. »Mehr ist da nicht mehr? Ihr seid nur Freunde?«

Das war der derzeitige Stand, egal ob sich mein Herz nach mehr sehnte. Ich nickte.

Will schüttelte den Kopf. »Dann habe ich nichts dagegen. Es wäre gelogen, wenn ich sagen würde, ich wäre nicht eifersüchtig, aber wenn du sagst, ihr seid nur Freunde, genügt mir das. Du brauchst jetzt die Unterstützung aller deiner Freunde, auch wenn einer davon für meinen Geschmack viel zu gut aussieht.«

Ich lächelte. »Danke für dein Verständnis, Will.«

Er drückte meine Hand. »Vergiss nicht, dass ich auch für dich da sein kann. Du musst mich nur lassen.«

24. KAPITEL

Molly

Als ich die Ibuprofen-Packung öffnete, fiel eine rosa Schokolinse heraus. Ich hatte nicht mitgezählt, wie oft ich mittlerweile in der Wohnung auf meine Süßigkeiten gestoßen war. Jedes Mal, wenn ich eine fand, dachte ich an Declan und lächelte; da hatte er vollkommen recht gehabt.

Er war seit einem Monat weg und fehlte mir sehr. Der einzige Unterschied zwischen der Zeit direkt nach seiner Abreise und jetzt war, dass ich mich inzwischen zwang, mein Leben weiterzuleben. Ich verbrachte Zeit mit Will und erlaubte ihm, in jeder Hinsicht für mich da zu sein, was ich nicht gekonnt hatte, als Declan noch in Chicago gewesen war.

Ich steckte mir die Schokolinse in den Mund, bevor ich eine Tablette mit einem Glas Wasser hinunterspülte. Dann nahm ich mein Telefon und schrieb Declan.

Molly: Habe gerade die in der Ibuprofen-Schachtel gefunden. Hat mich zum Lächeln gebracht. :-)

Er antwortete mit einem Selfie, auf dem er in ein großes Stück Käse biss.

Declan: Sag »Cheese«!

Molly: Ist wohl ein typischer Spruch im Käseland …

Declan: Alles okay?

Molly: Ja. Warum fragst du?

Declan: Ibuprofen?

Ach, das.

Molly: Nur Kopfschmerzen. Stressiger Tag.

Wenige Sekunden später klingelte mein Telefon.

Ich nahm den Anruf an. »Hey.«

»Alles in Ordnung mit dir?« Declan klang besorgt.

»Ja, nichts Schlimmes. Ich war nur bei meinem Vater. Er hat sich nicht wohlgefühlt, aber zumindest musste er nicht wieder ins Krankenhaus. Jetzt muss ich arbeiten, obwohl es das Letzte ist, was ich will. Ich bin hundemüde, aber ich springe kurz unter die Dusche und gebe mir einen Ruck.«

»Meldest du dich auch mal krank?«

»Nein. Ich kann meine Kolleginnen doch nicht in letzter Minute hängen lassen.«

»Ich wette, umgekehrt passiert es ständig.«

Ich überlegte einen Moment. »Du hast recht. Es passiert viel zu oft.«

»Siehst du, du hättest es schon längst tun sollen. Melde dich ab und erhol dich ein bisschen.«

Ich biss mir auf die Unterlippe. »Ich weiß nicht, ob ich es über mich bringe.«

»Doch, das schaffst du. Hiermit erkläre ich den heutigen Tag zum nationalen Scheißegal-Tag. Ich denke, er sollte mindestens einmal im Jahr gefeiert werden. Streich ihn dir im Kalender an, damit du nächstes Jahr daran denkst.«

Ich lachte. »Und wie begeht man diesen Feiertag?«

»Man kann tun, was man möchte. Das ist ja das Beste daran. Deshalb nimm dir die Nacht frei. Gönn dir eine Pause. Und jetzt mal im Ernst, wann hast du dich zum letzten Mal krankgemeldet?«

»Noch nie.«

»Das kann nicht wahr sein. Noch nie? Nicht ein einziges Mal?«

»Ja, wirklich. Ich habe mich noch nie in meinem Leben von der Arbeit abgemeldet – weder wegen Krankheit noch aus sonst einem Grund.«

»Molly. Dann wird es aber Zeit, verdammt. Das bist du dir schuldig. Tu es einfach. Ruf im Krankenhaus an. Sofort, und dann meldest du dich bei mir.«

»Meinst du das ernst?«

»Absolut. Ich weiß, es fällt dir nicht leicht, aber es ist eine gute Übung. So lernst du, dich an die erste Stelle zu setzen. Manchmal ist das eben nötig. Deine Therapeutin wollte doch auch, dass du flexibler wirst. Deshalb machst du jetzt den Anruf, und dann duschst du richtig heiß, um dich zu entspannen. Danach rufst du mich an. Ich muss wissen, dass du es wirklich getan hast.«

Ich atmete tief durch. Nicht zu glauben, dass ich es wahrhaftig in Erwägung zog.

Hätte Declan mich nicht gedrängt, wäre ich nicht im Traum auf die Idee gekommen.

»Okay … okay, ich rufe an.«

»Braves Mädchen. Dann bis gleich!«

Ich starrte mein Telefon eine Weile grübelnd an. Aber dann wurde mir bewusst, dass meine Kolleginnen umso später Bescheid bekamen, je länger ich hin und her überlegte. Also zwang ich mich dazu, den Anruf zu tätigen.

Ich wählte mit zitternder Hand die Nummer der Entbindungsstation. Als Nancy ans Telefon kam, überwand ich mich dazu, ihr zu sagen, dass es mir nicht gut gehe und ich nicht zur Nachtschicht kommen könne. Die Lüge tat mir in der Seele weh. Nancy war sehr verständnisvoll und meinte, es müsse mir wirklich sehr schlecht gehen, wenn ich mich zum ersten Mal seit meiner Einstellung krankmeldete. Ich ging nicht darauf ein, denn noch mehr lügen konnte ich nicht. Ich bedankte mich einfach bei ihr und beendete das Gespräch. Doch danach verspürte ich tatsächlich … eine gewisse Erleichterung.

Ich ging duschen, wie Declan mir empfohlen hatte. Eigentlich wäre es nicht nötig gewesen, weil ich ja nicht zur Arbeit musste, aber er hatte recht gehabt. Es entspannte mich tatsächlich, und als ich die Dusche verließ, fühlte ich mich nicht mehr so schuldig wie vorher.

Nachdem ich mich abgetrocknet hatte, rief ich Declan zurück.

»Und? Haben wir jetzt die richtige Scheißegal-Einstellung?«

»Ja, das haben wir. Oder wir bemühen uns zumindest. Ich hab's echt geschafft. Es war mir extrem unangenehm, aber nach der Dusche fühle ich mich jetzt viel besser.«

»Juhu! Willkommen auf der dunklen Seite.«

Ich kicherte und wickelte eine nasse Haarsträhne um meinen Finger. »Was kommt jetzt?«

»Du hast die ganze Nacht frei. Die Möglichkeiten sind grenzenlos.«

Ich wusste, dass Will in dieser Nacht arbeitete. Wahrscheinlich schrieb er mir eine Nachricht, um sich nach mir zu erkundigen, sobald er erfuhr, dass ich mich krankgemeldet hatte. Musste ich ihn auch belügen? Nein, vermutlich konnte ich ehrlich zu ihm sein und ihm verraten, dass ich eigentlich nicht krank war, sondern nur eine mentale Pause brauchte. Das war schließlich die Wahrheit.

Plötzlich klopfte es.

»Warte mal, da ist jemand an der Tür.«

Als ich öffnete, stand ein Lieferbote vor mir. »Lieferung für Molly?«

Ich kniff die Augen zusammen. »Ich habe nichts bestellt.«

»Ich aber«, sagte Declan in mein Ohr.

Mir stand vor Staunen der Mund offen. »Was hast du …?« Ich nahm dem Mann die Tüte ab und wollte meinen Geldbeutel holen, aber er hob die Hand und sagte: »Ist schon alles bezahlt.« Dann nickte er mir zu. »Einen schönen Abend noch. Guten Appetit!«

Mir stieg der Geruch von Marinarasoße in die Nase. Diesen Geruch kannte ich. Das Essen war von meinem italienischen Lieblingslokal.

»Wie hast du das geschafft? Ich wusste nicht, dass *Nonna's* auch liefert.«

»Ich habe da angerufen, als du duschen warst. Und … nun ja, sie liefern, wenn die Tochter des Besitzers in dich verknallt ist.«

»Ah.« Ich verspürte einen Anflug von Eifersucht und schüttelte den Kopf, um ihn zu vertreiben.

»Ich wusste, du würdest stundenlang herumsitzen und grübeln, was du essen sollst. Also wollte ich es dir leicht machen. Es sind nicht *meine* Gnocchi, aber das muss reichen. Ich konnte so schnell kein Lokal finden, das abends Frühstück liefert.«

»Du hast mich mit deinen French Toasts sowieso total verwöhnt. Die sind nicht zu überbieten.« Ich öffnete die Tüte und nahm die Aluschachteln heraus. Zusätzlich zu den Gnocchi hatte er mir Käsekuchen bestellt. »Declan, das ist echt total lieb von dir. Ich kann dir gar nicht …«

»Okay, fürs Abendessen ist also gesorgt. Der Scheißegal-Tag kann losgehen. Jetzt müssen wir den Rest deiner Nacht planen.« Er zögerte. »Ich nehme an, du willst allein sein, weil es dir nicht so gut geht.«

Möglicherweise beschäftigte ihn die Frage, ob Will zu mir kommen würde. Declan erkundigte sich nie, wie es mit ihm lief, und ich erzählte von mir aus nichts darüber. Machte er sich Gedanken deswegen? Auch ich vermied bestimmte Fragen – zum Beispiel, ob er seit seiner Ankunft in Wisconsin jemanden kennengelernt oder mit jemandem Sex gehabt hatte. Womöglich erkundigte er sich deshalb nicht bei mir, weil er mir nicht verraten wollte, was *bei ihm* lief.

»Will arbeitet heute«, erklärte ich.

»Ah. Gut. Okay. Ich kann dir natürlich auch keine Gesellschaft leisten, aber ich kann für eine angenehme Unterhaltung beim Essen sorgen.«

Ich lächelte. »Das klingt perfekt.«

Declan blieb mehr als eine Stunde am Telefon, während ich das köstliche Essen genoss, das er bestellt hatte. Seit er weg war, hatten wir zwar mehrmals pro Woche kurz geredet, aber so schön hatte ich es schon eine ganze Weile nicht mehr mit ihm gehabt – und dadurch fehlte er mir noch mehr.

Nach unserem Gespräch wollte ich in mein Zimmer gehen, überlegte es mir jedoch im Flur anders und bog in Declans Zimmer ab, um mich in sein leeres Bett zu legen. Obwohl er bereits einen Monat weg war, roch seine Bettwäsche überraschenderweise immer noch nach ihm. Ich kuschelte mich hinein und schlief ein, da ich mich geborgen und entspannt fühlte.

Gegen Ende der Woche besuchte mich Will zum ersten Mal in meiner Wohnung. Man sollte meinen, dass er im Verlauf der Zeit, die ich ihn nun schon traf, wenigstens einmal bei mir gewesen wäre, aber ich hatte ihn nie eingeladen, solange Declan bei mir gewohnt hatte, und danach hatten wir immer etwas anderes unternommen, und die Situation hatte sich irgendwie nicht ergeben. Sein Besuch war also längst überfällig.

Als ich ihm aufmachte, überreichte er mir einen großen Blumenstrauß, bevor er mich in die Arme schloss. »Hallo, meine Schöne. Wie geht es dir?« Er sah unheimlich gut aus.

Ich schnupperte an dem Arrangement aus Lilien und Hortensien. »Gut. Vielen Dank für die Blumen.«

»Nun, es ist ein ziemlich bedeutendes Ereignis, dass ich endlich deine Wohnung zu sehen bekomme.« Er schaute sich um. »Hübsch hier.«

»Danke.« Ich ging zur Spüle und nahm eine Vase aus dem Unterschank.

Will lehnte sich gegen die Küchentheke, während ich die Blumen versorgte. »Du hast gesagt, dein Mitbewohner ist kürzlich ausgezogen, nicht wahr?«

Ich schluckte den Kloß hinunter, den ich im Hals hatte. Will hatte bisher nicht erfahren, dass mein mysteriöser männlicher Mitbewohner und Declan ein und dieselbe Person waren. Ich log ihn nur ungern an, doch es war mir zu riskant, ihm jetzt reinen Wein einzuschenken.

»Ja … er ist weg, und ich muss einen neuen finden. Er hat das Zimmer allerdings bis zum Ende der ursprünglich vereinbarten Mietdauer bezahlt, und ich habe noch Zeit, bevor ich mich auf die Suche machen muss.«

»Es wird eine nette Abwechslung sein, deine Wohnung mal nicht mit jemandem teilen zu müssen«, sagte Will, während er sich weiter umsah.

»Ich wohne natürlich lieber allein, aber meine Finanzen lassen es nicht zu.«

Will warf mir einen mitfühlenden Blick zu. »Das kann ich nachvollziehen. Es ist teuer, in der Stadt zu wohnen, und du hast ein hübsches Plätzchen in einer tollen Gegend gefunden. Bevor ich meinen Studienkredit abgezahlt hatte, musste ich auch immer mit jemandem zusammenwohnen.« Er lächelte. »Jedenfalls bin ich froh, dich heute Abend für mich zu haben.« Er streckte die Hand nach mir aus und zog mich an sich. »Komm her.«

Ich dachte, er wollte mich küssen, aber er drehte mich um und legte die Hände auf meine Schultern.

»Was machst du?«

»Du wirkst angespannt. Ich will dir helfen.« Er begann mich zu massieren.

Ich schloss die Augen und genoss es, wie er meinen Nacken und meinen Rücken knetete. Ich konnte mich glücklich schätzen, von diesen Händen verwöhnt zu werden. Fast täglich holten sie Kinder auf die Welt, und nun hatten sie ihre Tätigkeit unterbrochen, nur um für mein Wohlergehen zu sorgen.

»Weißt du, was schade ist?«, fragte er, während er meine Schultern bearbeitete.

»Was?«

»Ich wünschte wirklich, ich könnte kochen. Ich würde dir liebend gern etwas zu essen machen und dich umsorgen, aber ich kann nicht mal Wasser kochen.« Er ließ seine Hände wandern und drückte seine Fingerknöchel in meinen unteren Rücken.

Es fühlte sich herrlich an. Ich schloss abermals die Augen. »Du hast sowieso schon wahnsinnig viele gute Eigenschaften. Wenn du auch noch ein begnadeter Koch wärst, wärst du zu perfekt, um wahr zu sein.«

Er lachte. »Ich weiß nicht.«

»Ich aber.«

»Ich habe eine Idee«, sagte er und drehte mich wieder um. »Wie wäre es, wenn wir etwas bei dem tollen Italiener die Straße runter bestellen, und ich tue so, als hätte ich es gemacht? Ich werde es dir servieren.«

Mir stieg die Hitze ins Gesicht. Essen von *Nonna's* erinnerte mich an mein Abendessen am Telefon mit Declan. Eigentlich gab es keinen Grund dafür, aber ich bekam ein schlechtes Gewissen. Doch das war albern. Ich sollte den Moment einfach nur genießen.

»Ich finde, das klingt fabelhaft«, sagte ich schließlich.

Als Will das Essen abholte, ging ich ins Bad und frischte mein Make-up auf. Ich legte Jazzmusik auf, die Will gern mochte, und wurde von Minute zu Minute immer aufgeregter.

Nach seiner Rückkehr arrangierte Will das Essen auf Tellern und bestand darauf, mich zu bedienen.

»Warum bist du heute so nett zu mir?«, fragte ich.

»Weil ich weiß, dass du unter enormem Stress stehst. Ich möchte dich ablenken«, sagte er und verteilte die Linguini mit der Pastazange. »Ich arbeite auch viel, und unsere Zeitpläne passen nicht immer zusammen. Da muss ich jede Gelegenheit nutzen, um dir zu zeigen, wie viel du mir inzwischen bedeutest.«

Mir wurde warm ums Herz. »Du bedeutest mir auch sehr viel.«

Will brachte unsere Teller zum Tisch. »Wein zum Essen?«

»Ich hätte gern ein Glas«, sagte ich und stand auf. »Ich mache einen auf.«

Er hob die Hand. »Nein, ich bediene dich, schon vergessen? Lass mich das machen.«

Er ging zur Küchentheke und nahm zwei Flaschen Wein, die er gekauft hatte, aus einer Papiertüte.

»Ich wusste nicht, ob du mehr Lust auf Weiß- oder Rotwein hast. Deshalb habe ich einen Sauvignon Blanc und einen Cabernet besorgt.«

»Weiß ist wunderbar.«

»Alles klar«, entgegnete er mit einem Augenzwinkern.

Ich zeigte auf den Schrank. »Der Korkenzieher ist in der zweiten Schublade links.«

Will holte ihn heraus und nahm zwei von meinen hübscheren Weingläsern, die nur auf den Tisch kamen, wenn ich Gäste hatte. Es erschien mir daher angemessen, sie an diesem Abend zu benutzen.

»Huch?«, sagte er und schaute dabei erstaunt in eins der Gläser.

»Was ist?«

»In dem Glas ist eine rosafarbene Schokolinse.«

Mein Herz zog sich zusammen. Declan sagte einmal mehr *Hallo* – oder *Verpiss dich* zu Will. Und das an diesem Abend, an dem ich so wenig an ihn gedacht hatte wie noch nie.

Will warf sich die Schokolinse in den Mund. Es kam mir falsch vor, symbolisch in gewisser Weise – als würde er die letzten Reste meiner Gefühle für einen anderen Mann verschwinden lassen.

Dann kam er mit den Weingläsern herüber. »Bitte sehr, meine Liebe.«

»Danke.« Ich trank einen großen Schluck.

Wir hörten Jazz, während wir das köstliche Essen genossen. Wie immer sprachen wir unterdessen viel über die Arbeit.

Danach schenkte Will uns nach, bevor wir auf die Couch umzogen. Es war erholsam, einfach mit ihm dazusitzen und der Musik zu lauschen, ohne viel reden zu müssen.

»Ich muss dir etwas gestehen«, sagte ich und sah in sein schönes Gesicht.

Er nahm meine Hand. »Nur heraus damit.«

»Ich war bis über beide Ohren in dich verknallt, bevor wir mit dem Daten angefangen haben.«

Will drückte lächelnd meine Hand. »Das höre ich gern.«

»Es hatte hauptsächlich mit deinem Aussehen zu tun und damit, wie sehr ich dich dafür bewundert habe, wie du mit deinen Patientinnen umgehst. Aber der Eindruck, den ich von dir hatte, ist nichts im Vergleich zur Realität. Du bist ohne Frage ein ausgezeichneter Arzt, Will, und darüber hinaus bist du ein noch großartigerer Mann.«

»Siehst du? Jetzt muss ich dich küssen.« Er beugte sich zu mir und ließ seinen Worten Taten folgen.

Während des Zungenspiels schmeckte ich den Wein. Will war ein fantastischer Küsser. Schließlich löste ich mich von ihm und fuhr mir mit den Fingern über meine geschwollenen Lippen.

Er stellte sein Weinglas ab, und als er mich an sich zog, schmiegte ich den Kopf an seine Brust. Er gab mir einen Kuss auf den Scheitel. »Sag mir, was du denkst.«

»Ich weiß nicht …«, entgegnete ich. »Ich bin aufgeregt. Aufgeregt im Hinblick auf die Zukunft, aber wenn ich an meinen Vater denke, habe ich auch Angst vor den nächsten Monaten.«

Er strich mir über den Arm. »Ich glaube, du brauchst etwas, worauf du dich freuen kannst.«

Ich sah zu ihm auf. »Was meinst du?«

»Lass uns einen Pakt schließen. Wenn es in sechs Monaten gut mit uns läuft, nehmen wir gleichzeitig Urlaub und verreisen an einen herrlichen Ort.«

Er will mit mir in Urlaub fahren? »Ich weiß gar nicht, wann ich zum letzten Mal Urlaub gemacht habe«, sagte ich.

»Bei mir ist es auch einige Jahre her.«

Ich war völlig aus dem Häuschen. »Wohin würdest du am liebsten verreisen?«

Ein Lächeln huschte über sein Gesicht. »Ich habe zum Beispiel an … Hawaii gedacht. Was hältst du davon?«

Hawaii? Hawaii mit Will klang traumhaft. Es gab jedoch ein nicht unwesentliches Problem: Ich war nicht sicher, ob ich es mir leisten konnte.

Als hätte er meine Gedanken gelesen, sagte er: »Ich bezahle selbstverständlich.«

Ich schüttelte den Kopf. »Das musst du nicht. Ich kann dafür sparen. Ich …«

»Ich möchte es aber. Und es steht nicht zur Debatte. Wenn ich mein Geld nicht für jemanden ausgeben kann, der mir wichtig ist, für wen soll ich es dann ausgeben? Es wird eine großartige Reise, und du sollst dir keine Gedanken um den finanziellen Aspekt machen. Ich will einfach, dass wir Spaß haben.«

Mir stand der Mund offen. »Also, ich weiß nicht, was ich sagen soll.«

Er zog die Augenbrauen hoch. »Sag, dass du mitkommst.«

»Ja!« Ich richtete mich auf, um ihn zu umarmen. »Ja, natürlich komme ich mit – wenn es der Zustand meines Vaters erlaubt.«

»Was das betrifft, musst du dir auch keine Sorgen machen. Wenn wir Tickets buchen, schließe ich eine Reiserücktrittsversicherung für den Fall ab, dass wir unsere Pläne ändern müssen.«

Unglaublich. Will schien heute vollkommen auf Bindung gepolt zu sein, und ich schwelgte in dem Gefühl, das große Los gezogen zu haben.

25. KAPITEL

Declan

Ich wusste nicht so recht, was ich mit mir anfangen sollte.

Es war Donnerstag Abend, und ich musste erst am Dienstag wieder zur Arbeit. Der *Labor Day* wurde traditionell am ersten Montag im September begangen und bescherte der Bevölkerung ein verlängertes Wochenende, und unser Kunde *Border's Dairy* hatte seinen Angestellten zusätzlich den Freitag freigegeben, als Belohnung für ein Rekordjahr in Sachen Profit. Ich konnte natürlich durcharbeiten, wie ich es an den meisten Wochenenden tat, aber weil ich seit vergangener Woche ziemlich niedergeschlagen war, dachte ich, ein Tapetenwechsel würde mir guttun. Eine Frau aus der Buchhaltung hatte mich eingeladen, mir ihr und ihren Freunden an einen See zu fahren. Sie war nett und sah auch gut aus, aber das Letzte, was ich jetzt brauchte, war ein Techtelmechtel mit einer dritten Frau.

Julia und ich waren in Kontakt geblieben, und sie hatte mir damit in den Ohren gelegen, dass ich sie an dem Feiertagswochenende in Chicago besuchen sollte. Sie hatte sogar gesagt, sie würde mich *belohnen*, und ich hätte mich eigentlich darum reißen müssen, weil ich seit einer Ewigkeit keinen Sex mehr gehabt hatte. Doch das exakte Gegenteil war der Fall. In der Zeit, in der ich von ihr getrennt war, hatte ich erkannt, dass wir langfristig keine Zukunft haben würden. Ich dachte nicht andauernd an sie, wie es hätte sein müssen – wohingegen mir die *andere* Frau in meinem Leben, an die ich eigentlich nicht denken durfte, tagtäglich im Kopf herumspukte.

Molly.

Die sechs Wochen ohne sie hatten mir bewusst gemacht, dass mit meinen Gefühlen nicht zu scherzen war. Ich war immer ein zielstrebiger Mensch gewesen, hatte stets vor Augen gehabt, wo ich in sechs Monaten, in einem Jahr oder sogar in fünf Jahren sein wollte. Doch seit ich Chicago verlassen hatte, wusste ich nicht mal, was ich am Wochenende machen wollte. Ich wollte mir nicht mehr ausmalen, wo ich in sechs Monaten sein würde, weil der Gedanke zu schmerzhaft war, dass Molly, wo immer ich landete, nicht bei mir sein würde.

Ich beschloss, einen Spaziergang zu machen, statt in meinem Hotelzimmer herumzusitzen und Trübsal zu blasen. Ein paar Blocks weiter war eine Bar, dort könnte ich vielleicht ein Bier trinken. Von außen sah die *Spotted Cow* wie eine Altherrenkneipe aus, doch drinnen wimmelte es von Frauen. Als ich auf einen freien Hocker an der Ecke der Theke zusteuerte, stellte ich sogar fest, dass ich so ziemlich der *einzige* männliche Gast war.

Die Wirtin war schätzungsweise Anfang sechzig. Sie hatte flammend rote Haare und die grünsten Augen, die ich je gesehen hatte. Sie legte mir eine Serviette hin.

»Du bist nicht von hier, oder?«

Ich hatte noch keinen Ton gesagt, ihre Vermutung beruhte also nicht auf meinem Akzent. Ich schüttelte den Kopf. »Nein. Wie kommst du darauf?«

Sie lachte leise und gab mir die Hand. »War nur so ein Gedanke. Ich bin Belinda. Was kann ich dir bringen, Cowboy?«

»Ich nehme ein Bier. Ein Stella, wenn du hast. Und ich bin Declan.«

»Geht klar, Declan. Bin gleich wieder da.«

Als sie mit meinem Bier zurückkehrte, schob sie es mir hin und stützte die Ellbogen auf die Theke. »Suchst du Gesellschaft für die Nacht?«

Ich runzelte die Stirn. *Soll das ein Angebot sein? So ein Laden ist das? Deshalb die vielen Frauen?* »Äh … nein, eigentlich nicht. Ich arbeite hier in der Gegend. Ich musste einfach mal raus aus meinem Hotelzimmer und dachte, ich bekomme hier ein Bier.«

Belinda nickte. »Na dann. Ich will nur nicht, dass du enttäuscht bist, falls du jemanden kennenlernen möchtest.« Sie wies mit dem Kinn zur Tür. »Versteh mich nicht falsch, du bist hier willkommen, aber die Kneipe auf der anderen Straßenseite ist vielleicht eher was für dich.«

Ich sah mich verwirrt um. Zwei Frauen standen rechts von mir, und die eine strich der anderen über den Arm. Als ich meinen Blick weiter durch die Bar schweifen ließ, stellte ich fest, dass viele Frauen paarweise beieinanderstanden, und hinten in einer Ecke knutschten zwei. *Ach herrje!*

Belinda beobachtete, wie ich mich umschaute. Ich schmunzelte kopfschüttelnd und trank einen Schluck Bier. »Und ich dachte, du wolltest mich verkuppeln.«

»Wie bitte?«

»Du hast mich gefragt, ob ich Gesellschaft suche.«

Belinda lachte schallend. »Du hast garantiert nicht genug Geld, Schätzchen, um eine von den Frauen hier mitzunehmen.«

Ich lächelte. »Ist mir nur recht. Ich habe genug Frauenprobleme.«

Sie schüttelte den Kopf. »Haben wir die nicht alle, Schätzchen?«

Eine Frau auf der anderen Seite der Theke hob die Hand, und Belinda entschuldigte sich. Eine Viertelstunde später kehrte sie zurück und tauschte meine leere Bierflasche gegen eine volle aus. »Okay, dann lass mal hören.«

»Was denn?«

»Deine Frauenprobleme.«

Ich lächelte. »Danke, schon okay.«

»Pass mal auf, Schätzchen, ich habe mein Leben lang mit Frauen zu tun: Mit einem halben Dutzend, das ich geliebt habe, habe ich auch zusammengelebt, und diese Bar gehört mir jetzt seit dreißig Jahren. Außerdem bin ich dir zwanzig Jahre voraus.« Sie zwinkerte mir zu. »Du kannst mir also ruhig glauben, wenn ich sage, dass du kein Problem haben kannst, das mir noch nie begegnet ist. Auf Sex bist du offensichtlich nicht aus, sonst wärst du gegangen, als du gemerkt hast, dass hier nichts für dich zu holen ist. Ich denke daher, du willst etwas trinken und Klarheit in deine Gedanken bringen. Aber das wird der Alkohol nicht schaffen.« Sie richtete sich auf und klopfte sich auf die Brust. »Die Frau hinter der Theke schon.«

»Das ist wirklich sehr freundlich. Aber nein danke. Für mein Problem gibt es keine Lösung, und ich will dir keine Zeit rauben.«

»Es gibt für jedes Problem eine Lösung. Manchmal muss man nur den Kopf aus dem Arsch ziehen, um sie zu erkennen.«

Ich lachte. »Du nennst die Dinge beim Namen, was?

»Na klar. Also spuck es aus. Wo drückt der Schuh?«

Es konnte vermutlich nicht schaden, mit Belinda zu reden. Sie kannte Molly und Julia nicht. Ich holte tief Luft und überlegte, wo ich anfangen sollte.

»Vor einigen Monaten habe ich mich in eine Kollegin verknallt. Sie heißt Julia. Wir hatten einen Auftrag in Chicago und waren fast ein halbes Jahr dort. Ich habe währenddessen bei Molly gewohnt, die sich auf der Arbeit in diesen Typen verguckt hat, in Will. Und ich bin auf die tolle Idee gekommen, dass wir Julia und Will eifersüchtig machen, indem wir so tun, als hätten wir etwas miteinander.«

»Auweia, das klingt ja jetzt schon ziemlich wild.«

Ich lächelte. »Um es kurz zu machen: Ich habe die Frau bekommen, die ich wollte, und Molly hat den Kerl bekommen, den sie wollte. Aber dann habe ich festgestellt, dass ich die Frau, die ich bekommen hatte, nicht mehr haben will. Ich will Molly.«

»So einer bist du, hm? Einer, der immer das will, was er nicht haben kann?«

Ich runzelte die Stirn. »Ich würde gern sagen, dass du dich irrst, aber ich denke, das war es tatsächlich, was mich ursprünglich zu Julia hingezogen hat. Sie war schön und nicht zu haben, und das war offenbar eine Herausforderung für mich. Bin ich deshalb ein totales Arschloch?«

Sie nickte. »Schon.«

Ich lachte. »Danke. Jedenfalls ist es mit Molly anders. Molly ist …« Es war nicht so leicht zu erklären, was sie mir bedeutete. Doch schließlich sah ich Belinda an und sagte die Wahrheit. »Alles. Molly ist alles.«

Belinda schenkte mir ein warmherziges Lächeln. »Ja, so eine hatte ich auch mal.«

Ich griff zu meinem Bier. »Was ist aus ihr geworden?«

»Sie ist vor zwölf Jahren gestorben. Autounfall.« Sie schaute kurz zur Seite. »Und ich denke noch jeden Tag an sie.«

»Das tut mir leid.«

Belinda räusperte sich. »Danke. Also sag mir eins: Liebt diese Molly diesen Will?«

Ich zuckte die Achseln. »Ich bin mir nicht sicher.«

»Aber sie hat ihn dir vorgezogen?«

»Das hatte nichts mit *vorziehen* zu tun. Sie weiß, dass ich auf der anderen Seite des Landes lebe, und noch dazu habe ich ihr eigentlich nie die Möglichkeit gegeben, mich zu wählen, weil ich ihr nicht gesagt habe, wie ich empfinde. Ich glaube nicht, dass ich ihr geben kann, was sie verdient.«

Belinda runzelte die Stirn. »Hast du keinen Schwanz oder was?«

Ich lachte. »Nein, in diesem Bereich ist alles bestens. Ich meine nur … Molly ist etwas Besonderes. Und ich …« Ich schüttelte den Kopf. »Ich bin nicht so zuverlässig wie Will. Er ist Arzt, lebt wie sie in Chicago und kriegt immer seinen Scheiß geregelt. Sie verdient jemanden, auf den Verlass ist.«

»Wechselst du denn öfter deinen Job oder so?«

»Nein. Ich bin jetzt fünf Jahre bei derselben Firma.«

»Wieso bist du dann nicht genauso zuverlässig wie dieser Will?«

»Das ist … kompliziert.«

»Was du nicht sagst. Das Leben als solches ist kompliziert. Deshalb ernten diejenigen den Lohn, die sich durchkämpfen. Weißt du, was die Leute bekommen, die es sich leicht machen und ihre Probleme nicht anpacken?«

»Was?«

»Sie bekommen, was sie verdient haben.«

Ich seufzte. »Ja.«

»Was ist denn wirklich Sache, Declan? Du hast anscheinend einen guten Job und behauptest, dass mit deinem Schwanz alles in Ordnung ist. Was bitte ist das Unzuverlässige an dir?«

Ich schwieg ziemlich lange. Belinda wartete geduldig und sah mir beim Denken zu. Ich hätte einen Zwanziger auf die Theke werfen und gehen können, aber irgendwann musste ich mit jemandem über mein Problem sprechen. Warum also nicht mit Belinda? Ich trank mein Bier in einem Zug aus und atmete tief durch.

»Meine Mutter ist bipolar.«

»Okay …«

Als ich nicht weiterredete, fragte sie nach.

»Hat dein Vater deine Mutter im Stich gelassen, und deshalb hast du Bindungsängste oder so ähnlich?«

Ich schüttelte den Kopf. »Nein, er steht ihr bis heute zur Seite. Sie sind inzwischen fünfunddreißig Jahre verheiratet. Ich bin das jüngste von fünf Kindern.«

»Und wo ist der Haken?«

»Mein Vater ist ein guter Mann. Er würde meine Mutter nie im Stich lassen. Aber es hat sein Leben verändert. Er hat jeden Tag eine große Last zu tragen. Als ich jünger war, hat meine Mutter manchmal monatelang im Bett gelegen und konnte keiner Arbeit nachgehen. Daher hat er viel gearbeitet, und wenn er nicht arbeiten war, hat er sich um meine Mutter und uns Kinder gekümmert.«

Sie nickte. »Klingt ganz schön hart. Aber du kannst Bindungen nicht dein Leben lang aus dem Weg gehen, weil dein Vater es schwerer hatte als andere. Das hat nichts mit deinem Leben und deinen Beziehungen zu tun.«

»Das ist nicht der Punkt.«

»Dann musst du mir das mal in verständlichen Worten erklären. Ich höre seit dreißig Jahren Betrunkenen zu, die mir ihre Probleme erzählen. Und ich konnte denen leichter folgen als dir nach nur zwei Bier. Weshalb hast du Angst, dir die Frau zu angeln, die du liebst?«

Ich hatte es noch nie laut ausgesprochen. Aber scheiß drauf … Ich sah Belinda direkt in die Augen. »Ich leide an Depressionen. Es hat in der Highschool angefangen, obwohl dir meine Klassenkameraden sagen würden, dass ich eine richtige Stimmungskanone war. Aber ich habe schwere Zeiten durchgemacht, bevor ich mit einer meiner Schwestern darüber gesprochen und mir Hilfe geholt habe. Ich habe das jetzt ziemlich gut unter Kontrolle, aber ich nehme Medikamente ein und gehe zur Therapie, damit es so bleibt.«

»Okay, na ja, niemand ist perfekt. Aber wie es klingt, hast du es ja im Griff.«

Ich schüttelte den Kopf. »Als es bei meiner Mutter angefangen hat, hielt ihr Arzt es auch nur für Depressionen. Es hat Jahre gedauert, bis ihre Krankheit alle Symptome gezeigt hat.«

»Und weil es bei deiner Mutter schlimmer geworden ist, denkst du, es könnte bei dir auch so kommen?«

Ich nickte. »Die bipolare Störung ist erblich.«

26. KAPITEL

Declan

»Hey, Dad.«

»Declan! Was machst du denn hier?« Mein Vater nahm seine Brille ab, erhob sich aus seinem Sessel und schloss mich in die Arme. »Ich dachte, du reist wegen deines schicken Jobs im ganzen Land herum?«

Ich lächelte. »Ich arbeite noch in Wisconsin und bin nur über das verlängerte Wochenende heimgekommen. Entschuldige, dass ich nicht angerufen habe. Es war eine ganz spontane Entscheidung.« Mit anderen Worten: Ich war morgens aufgewacht und zum Flughafen gefahren, ohne ein Ticket zu haben oder den Flugplan zu kennen.

»Du weißt, du brauchst nie vorher anrufen. Aber du hast deine Mutter gerade verpasst. Sie ist zu Tante Gloria gefahren. Gloria hatte eine Operation am Fuß, und deine Mutter hilft ihr jeden Tag.«

Ich stellte meine Reisetasche auf den Boden und setzte mich dem Lieblingssessel meines Vaters gegenüber auf die Couch. »Das wusste ich nicht. Wie geht es ihr?«

»Ach, du kennst doch deine Tante Gloria … Sie macht aus allem eine Staatsaffäre und liebt die Aufmerksamkeit. Aber der Doktor sagt, die Heilung schreitet gut voran.«

Das klang ganz nach meiner Tante. Sie blühte auf, wenn viel Getue um sie gemacht wurde. »Und Mom? Wie geht es ihr?«

»Gut, gut. Neuerdings hat sie mit Arthritis zu tun. Aber das ist in unserem Alter normal.«

Ich nickte. »Wie sieht es mit ihrer … psychischen Verfassung aus?«

Mein Vater sah mich an, als wüsste er nicht, wovon ich rede. »Deine Mutter ist wohlauf.«

Er tat immer so, als wäre alles in bester Ordnung. Deshalb redeten wir nicht mit ihm über Moms Zustand – ich schon gar nicht, weil ich der Jüngste war. Meine Schwestern hatten mir erklärt, was ihr fehlte, als ich acht oder neun war und allmählich mitbekam, dass andere Mütter nicht zwei Monate lang im Bett lagen, um danach drei Monate lang zu allen Tages- und Nachtzeiten zu singen, zu handwerken, zu kochen und das Haus zu putzen.

Ich fuhr mir durch die Haare. »Ich weiß, dass wir nicht darüber reden, aber ich mache mir Sorgen um Moms psychische Gesundheit.«

»Darum musst du dir keine Sorgen machen.«

»Doch, das muss ich, Dad.«

Er sah mich warnend an. »Nein, musst du nicht!«

Ich seufzte. Mein Dad war ein guter Vater, ein ganz hervorragender sogar. In meiner Kindheit hatte er jeden Abend nach seinem Sechzehn-Stunden-Arbeitstag mit mir im Garten Ball gespielt. Er war bei jeder Baseball-, Hockey- und Schwimmveranstaltung dabei gewesen und hatte kein einziges peinliches Blockflötenkonzert verpasst. Er hatte dafür gesorgt, dass wir allabendlich Essen auf dem Tisch hatten, auch wenn meine Mutter im Bett lag, und war ohne viel Aufhebens in ihren dunklen Phasen für sie eingesprungen.

Darüber geredet hatte er allerdings nie. Und bis zum heutigen Tag wusste ich nicht, wen er schützen wollte – meine Mutter oder mich und meine Schwestern.

»Dad … Können wir kurz darüber reden?«

Mein Vater stand auf. »Da gibt es nichts zu reden. Ich mache uns einen Tee.«

Ich folgte ihm in die Küche und sah ihm zu, wie er den Wasserkessel füllte und Teebeutel in zwei Tassen warf. Wenn ich nicht darauf bestand, würde nichts aus dem Gespräch werden. Und vielleicht würde er sich nicht einmal dann darauf einlassen. Aber ich musste es versuchen. Es war lange überfällig.

»Wusstest du, was Mom hat, bevor ihr geheiratet habt?«

»Ich rede nicht darüber.«

»Aber ich muss mit dir darüber reden.«

»Nein, musst du nicht.« Der Kessel begann zu pfeifen, und er goss das kochende Wasser in die Tassen. Dann stellte er die Tassen und die Zuckerdose auf den Tisch, setzte sich und ließ den Tee noch einen Moment ziehen.

»Dad …«

Er stieß einen lauten Seufzer aus. »Was für einen Unterschied macht es schon für dich? Dein Leben ist, wie es ist, unabhängig davon, was ich wusste oder nicht wusste, und ich meine, du hattest trotz allem eine ziemlich gute Kindheit.«

»Absolut. Ich hatte eine wunderbare Kindheit.«

»Warum stellst du dann diese Fragen? Dadurch ändert sich doch nichts. Schlafende Hunde soll man nicht wecken, Junge.«

Ich setzte mich zu ihm und wartete, bis er aufsah und mir seine Aufmerksamkeit schenkte. Dann holte ich tief Luft. »Ich … ich mache mir manchmal Gedanken darüber, dass meine Depressionen schlimmer werden könnten oder dass ich eventuell noch nicht alle Symptome einer bipolaren Störung entwickelt habe. Die Veranlagung dazu ist vererbbar. Ich weiß, dass du das weißt.«

Mein Vater schloss die Augen. »Scheiße«, stieß er hervor, dann nickte er. »Verschlechtert sich dein Zustand?«

»Ich komme klar. Gelegentlich habe ich meine Tiefpunkte, aber mein Arzt ist großartig. Bei Bedarf passt er meine Medikamente an, und dann bekomme ich mich wieder in den Griff. Ich habe keine monatelangen depressiven Phasen, die sich mit manischen abwechseln … noch nicht.«

»Wie sieht es mit dem Schlafen aus?«

»Gut. Keine Probleme.«

Mein Vater starrte in seine Tasse. Schließlich seufzte er. »Deine Mutter und ich haben jung geheiratet. Ich war einundzwanzig, sie zwanzig. Es war schon immer so, dass sie zeitweise sehr viel Energie hatte und nur wenige Stunden Schlaf brauchte und dann einen Punkt erreichte, an dem sie zusammenbrach.«

»Du wusstest also vor eurer Hochzeit von der bipolaren Störung?«

Mein Vater runzelte die Stirn. »Nein. Ich wusste, sie war anders. Aber das Ausmaß der Dinge war mir nicht bekannt. Es hat etwa fünf Jahre gedauert, bis die Symptome so weit vorangeschritten waren, dass wir sie nicht mehr als bloße Stimmungsschwankungen abtun konnten.«

Ich hatte genug über das Thema gelesen, um zu wissen, dass das durchschnittliche Erkrankungsalter bei fünfundzwanzig Jahren lag. Meine Mutter schien ein klassischer Fall zu sein.

»Hätte es etwas verändert, wenn du es gewusst hättest?«

Mein Vater zog die Augenbrauen zusammen. »Wieso fragst du mich so etwas?«

Ich schüttelte den Kopf. »Ich weiß nicht, Dad.«

Mein Vater starrte mich eine Weile an. »Ich werde es nicht schönreden. Mit jemandem zu leben, der bipolar ist, kann sehr schwierig sein. Aber ich habe es keinen einzigen Tag bereut, deine Mutter geheiratet zu haben.«

Ich schaute zu Boden. »Ich weiß, dass ihr Catherine bekommen habt, bevor Mom fünfundzwanzig wurde – da ist ›bereuen‹ vielleicht nicht das richtige Wort.«

»Nein, es ist bestimmt nicht das richtige Wort, aber ich denke, ich weiß, worauf du hinauswillst: Hätte ich deine Mutter verlassen, wenn ich von ihrer Erkrankung gewusst hätte? Die Antwort ist ein klares Nein.«

Ich schüttelte den Kopf. »Wie kannst du dir so sicher sein?«

»Weil ich dreihundertvierundsechzig schlechte Tage im Jahr in Kauf nehmen würde, um nur einen einzigen guten Tag mit deiner Mutter zu erleben, Declan. Deine Mutter macht mich glücklich. Wir haben unsere Höhen und Tiefen, vielleicht mehr als andere, aber sie ist das Licht meines Lebens. Ich dachte, das wäre dir klar, wo wir so viele Kinder haben.«

Ich musste schmunzeln. »Ja … wahrscheinlich schon.«

Mein Vater fasste mich am Arm. »Hast du mit dem Arzt über deine Befürchtungen gesprochen?«

»Nein.«

Mein Vater nickte. »Du weißt, dass du es tun musst, oder?«

Ich blies die Wangen auf und stieß den Atem aus. »Ja, weiß ich.«

»Gut. Es gibt viele Dinge im Leben, die wir nicht kontrollieren können. Aber du darfst nicht herumsitzen und auf etwas warten, das womöglich nie eintrifft. Dann lebst du nämlich nicht richtig, sondern trittst auf der Stelle.«

»Ich weiß.«

Mein Vater sah mich prüfend an. »Ja? Dann musst du mir etwas versprechen.«

»Und was?«

»Verkauf dich nicht unter Wert. Ich nehme an, du wolltest dieses Gespräch heute aus einem bestimmten Grund führen. Und dieser Grund sieht in einem Rock vermutlich sehr hübsch aus.«

Ich lächelte. »Sie heißt Molly.«

»Nun, Molly kann von Glück sagen, wenn sie dich bekommt. So, wie du bist, Junge. Egal welchen Weg das Leben für dich bereithält. Glaub mir, ich weiß es aus eigener Erfahrung. Holprige Wege führen manchmal an die schönsten Ziele.«

Obwohl ich seine Meinung nicht unbedingt teilte, wusste ich, dass mein Vater es gut meinte. Deshalb tat ich so, als hätte er mir bei der Lösung meines Problems geholfen. »Danke, Dad.«

Mein Aufenthalt in Kalifornien war zeitlich begrenzt, aber ich hätte die lange Reise nach Hause nicht unternommen, ohne meine Lieblingsschwester Catherine zu besuchen. Am Sonntag machte ich einen Ausflug ins vier Stunden entfernte San Luis Obispo.

Bei meiner Ankunft spielten einige Nonnen Basketball auf dem Freiplatz in der Nähe des Klostereingangs. Es war ziemlich witzig, wie sie in knie- oder knöchellangen Röcken den Ball über den Platz dribbelten. Und es strafte all diejenigen Lügen, die dachten, Nonnen würden von morgens bis abends nur herumsitzen und beten. Manche der Damen würden mich auf dem Feld ziemlich alt aussehen lassen. Catherine erzählte mir oft von ihren Ausflügen: Sie gingen gemeinsam zum Fitnesstraining, hielten Vorträge an Schulen und leisteten viel ehrenamtliche Arbeit. Sie hatten einen sehr aktiven Lebensstil. Und das war vermutlich gut so, denn wenn ich im Zölibat leben müsste, bräuchte ich auch eine Menge Ablenkung. Doch seien wir ehrlich, so hätte ich niemals leben können. Keine Ahnung, wie meine Schwester es schaffte, aber sie hatte sich nun einmal für dieses Leben entschieden.

Ich musste immer draußen warten, bis Catherine mich abholen kam. Weil sie kein Handy besaß, musste ich die Pforte anrufen und darum bitten, dass ihr jemand meine Ankunft mitteilte.

Als Catherine schließlich vor die Tür trat, kam sie mit ausgebreiteten Armen die Treppe herunter, um mich zu umarmen.

»Wie war die Fahrt, kleiner Bruder?«

»Lang, aber du bist jede Mühe wert, Schwester-Schwester.«

Sie trug ein schlichtes graues Kleid und eine Halskette mit einem kleinen Kreuz. Ihr Orden war weniger streng als andere, und die Nonnen mussten nicht ständig in der traditionellen Tracht herumlaufen. Sagen wir mal so: Sie waren so stylish, wie Nonnen eben sein konnten.

Ich zeigte auf das Spielfeld. »Warum machst du nicht mit?«

»Ich bin heute Abend mit Kochen dran und musste schon mit den Vorbereitungen anfangen.« Sie zuckte die Achseln. »Ich habe gestern gespielt.«

Nun stellte ich ihr die Frage, die ich ihr bei jedem Besuch stellte. »Mein Auto wartet startklar vor dem Eingang. Bist du sicher, dass du nicht doch abhauen willst?«

Sie verdrehte die Augen. »Keine Chance.«

Ich scherzte natürlich, und das wusste sie. Obwohl ich es früher vielleicht einmal ernst gemeint hatte.

Catherine hatte sich sehr bewusst für einen Orden entschieden, der es ihr erlaubte, ihre Freunde und Angehörigen zu sehen. In anderen Orden war Nonnen der Kontakt zu ihren Liebsten verboten. Ich musste zwar vorher einen Termin ausmachen, aber ich war froh, prinzipiell willkommen zu sein. Ich konnte mir nicht vorstellen, wie es wäre, sie nicht besuchen zu dürfen.

Wir gingen ein Stück spazieren.

»Ich war überrascht, als du mir gesagt hast, dass du nur zu einer Stippvisite herkommst«, sagte sie.

»Ja, ich brauchte eine Pause von Wisconsin.«

Sie legte den Kopf schräg. »Zu viele … Milchprodukte?«

»Nein, der Käse ist noch das Beste.« Ich lachte. »Eher zu wenig von allem anderen, von meiner Familie zum Beispiel.«

»Wann musst du zurück?«

»Morgen. Ich wünschte, ich könnte länger bleiben.«

»So sehr fehlt dir die Heimat? Bist du deshalb gekommen? Es ist ein schrecklich weiter Weg für einen Kurztrip.«

»Ja, ich musste mal ein bisschen in mich gehen. Und ich wollte mit Dad reden – und dich besuchen, selbstverständlich.«

Catherine war die Einzige, mit der ich im Lauf der Jahre ausführlicher über meine depressiven Phasen gesprochen hatte. Von meiner ärgsten Sorge hatte ich ihr trotzdem nie erzählt: von meiner Angst, so zu werden wie unsere Mutter. Catherine hatte keine Ahnung, wie sehr mich dieser Gedanke quälte.

Ein besorgter Ausdruck huschte über ihr Gesicht. »Setzen wir uns«, sagte sie und zeigte auf eine Bank vor einem Marienstandbild.

Ich betrachtete die zwei Vögel, die sich auf dem Kopf der Gottesmutter niedergelassen hatten, dann sagte ich schließlich: »Ich muss mit Dr. Spellman reden. Ich rechne ständig damit, dass es schlimmer wird.«

»Was meinst du mit schlimmer?«, fragte sie.

Ich sah ihr in die Augen. »Du weißt schon …«

Catherine richtete das goldene Kreuz an ihrer Halskette. »Nein, weiß ich nicht. Wovon redest du?«

Ich zögerte. »Ich habe das Gefühl, es ist nur eine Frage der Zeit, bis ich nachts um zwei den Badezimmerboden mit der Zahnbürste sauber mache, Cat. Was ist, wenn ich wie Mom eine bipolare Störung entwickle?« Ich schluckte.

Sie runzelte die Stirn. »Nur weil du mit Depressionen zu tun hast, hast du nicht automatisch das Gleiche wie Mom.«

»Letzten Monat mussten meine Medikamente wieder angepasst werden. Ich war völlig down und konnte ein paar Tage nicht arbeiten.«

»Okay … das klingt nach typischen Depressionen. Du weißt, dass die Medikamente von Zeit zu Zeit angepasst werden müssen. Das gilt für so ziemlich jedes chronische Leiden.«

»Oder meine Erkrankung schreitet voran. Ich habe mit Dad geredet, und Mom hat sich auch nicht plötzlich über Nacht verändert.«

Catherine atmete geräuschvoll aus. »Jetzt zieh keine voreiligen Schlüsse, nur weil du eine Anpassung gebraucht hast. Aber lass uns den Gedanken einen Moment weiterdenken. Was geschieht, wenn eines Tages der schlimmste Fall eintritt und bei dir eine bipolare Störung diagnostiziert wird? Wovor hast du wirklich Angst?«

»Ich will nicht krank sein, Cat.«

Sie kniff die Augen zusammen. »Wenn man Depressionen oder eine bipolare Störung hat, ist man nicht krank. Es bedeutet nur, dass man etwas hat, womit man zu leben lernen muss.« Sie hielt inne. »Aber abgesehen davon: Was ist so schlimm an der Vorstellung, krank zu sein? Wir alle werden irgendwann mal krank, ob seelisch oder körperlich. Niemand kommt in diesem Leben ungeschoren davon.«

»Ja«, brummelte ich, sah wieder zu den Vögeln auf und lauschte ihrem Gezwitscher.

Meine Schwester legte die Hand auf meinen Arm. »Keiner merkt dir an, dass du manchmal innerlich leidest. Die meisten Leute halten dich für einen unbekümmerten, sorglosen Kerl. Du kannst vieles mit einem Lächeln überspielen.«

»Ja, ich bemühe mich.«

»Du solltest dich nicht so anstrengen, anderen zu gefallen oder ihnen einen falschen Eindruck von dir zu vermitteln. Aber damit bist du nicht allein. Viele Leute verbergen ihre Depressionen hinter einer starken Persönlichkeit. Man weiß nie, was jemand gerade im Inneren durchmacht.«

Ich musste an Molly denken. Sie wusste sehr viel über mich. Aber sie hatte keine Ahnung davon, dass ich mit Depressionen zu kämpfen hatte. Und das war meine Schuld. Während sie immer offen mit ihren Ängsten umgegangen war und mir von ihrer Therapie erzählt hatte, hatte ich ihr meine inneren Kämpfe verschwiegen. In dieser Hinsicht war ich nicht ehrlich zu ihr gewesen, und wie mir erst jetzt bewusst wurde, hatte es meine Beziehung zu ihr maßgeblich beeinflusst, dass ich diesen Teil von mir vor ihr verborgen hatte.

»Weißt du, neulich in dieser Lesbenbar in Wisconsin, da ist mir etwas klar geworden …«

Catherines Augen weiteten sich. »Ich frage jetzt lieber nicht, was du in einer Lesbenbar gemacht hast.« Sie lachte. »Aber erzähl weiter.«

»Meine Angst, wie Mom zu werden, beeinflusst mein Verhalten sehr häufig – auch meine Beziehung zu Molly. Ich glaube, deshalb habe ich nicht genug um sie gekämpft und ihr meine Gefühle nicht gestanden. Ich habe mich selbst sabotiert, damit ich ihr nicht meine schlimmsten Befürchtungen anvertrauen muss.«

»Dir ist aber schon bewusst, wie gering die Wahrscheinlichkeit ist, dass du wie Mom wirst, oder? Nur weil du ihr Sohn bist, musst du nicht zwingend das Gleiche durchmachen. Jeder ist anders.«

»Das ist mir klar. Aber weil ich weiß, wie sehr Dad während unserer Kindheit zu kämpfen hatte, habe ich Angst, eines Tages jemandem zur Last zu fallen. Selbst wenn es bei mir halb so schlimm kommen würde, wäre es ziemlich schrecklich. Ich bin jung. Alles ist möglich.«

»Dad liebt Mom. Er betrachtet sie nicht als Last.«

»Ja, das habe ich gestern erst richtig begriffen, als ich mit ihm darüber geredet habe. Aber er wusste nicht, dass Mom krank war, als er sich für sie entschieden hat. Als sich ihr Zustand verschlechtert hat, war er schon mit ihr verheiratet.«

»Worauf willst du hinaus? Dass du dich niemals verlieben darfst und alle Frauen vor dir warnen musst, weil die entfernte Möglichkeit besteht, dass du wie Mom wirst?«

»Also ... ja. Ich glaube, das wollte ich sagen.«

»Sei nicht albern, Declan. Ich denke, du musst dich zusätzlich wegen Hypochondrie behandeln lassen. Du kannst nicht aus Angst dein ganzes Leben wegwerfen. Ich garantiere dir, dass die Angst davor, wie Mom zu enden, viel schlimmer ist, als wirklich Moms bipolare Störung zu haben oder in Dads Schuhen zu stecken. Ja, sie hatte auch heftige Phasen, und es war schwierig für uns Kinder. Es war peinlich und beschämend, wenn unsere Freunde es mitbekamen. Aber du musst bedenken, sie war sehr lange nicht in Behandlung. Du hingegen hast die Sache im Griff. Und trotz der vielen üblen Momente mit Mom hatten wir auch unzählige wunderbare. Das Leben hat nun mal Höhen und Tiefen, und wenn man jemanden liebt, wird man mit allem fertig.«

Ich trat trotzig gegen ein Grasbüschel. »Ich verstehe, was du sagen willst. Trotzdem hätte ich ein schlechtes Gewissen dabei, jemanden in mein Leben zu lassen, weil ich manchmal Mühe habe, mich normal zu fühlen. Ich möchte das niemandem aufbürden, und ich will auch nicht, dass sich eine Frau unzulänglich vorkommt, wenn ich wieder mal in Depressionen verfalle und sie mir nicht heraushelfen kann. Ich möchte nicht, dass sie glaubt, sie könnte mich nicht glücklich machen, denn es ist nun mal so, dass mich gar nichts glücklich machen kann, wenn ich in so einer Phase bin, selbst meine Liebsten nicht.«

Sie zog die Augenbrauen hoch. »Aber es geht jedes Mal wieder vorbei, oder?«

»Ja, schon.« Ich nickte und atmete durch. »Bisher immer.«

»Na also. Es ist kein dauerhafter Zustand, kein fester Teil von dir.«

»Anscheinend nicht.« Irgendwie trösteten mich ihre Worte. Plötzlich sah ich meine Depressionen als etwas, das sich außerhalb von mir befand – als etwas, das mir zwar anhaftete, aber nicht untrennbar mit meinem Inneren verbunden war. *Kein fester Teil von mir.*

Meine Schwester sah mich fragend an. »Du hast gesagt, du hast manchmal Mühe, dich normal zu fühlen. Was *ist* überhaupt ›normal‹? Verbirgt sich dahinter die gesellschaftliche Erwartung, dass wir alle perfekt sein müssen? Glücklich? Erfolgreich? Ich persönlich halte es eher für normal, Schwächen zu besitzen.« Sie starrte einen Moment ins Leere. »Ich bin mit der Erwartungshaltung der Gesellschaft aufgewachsen, dass Frauen heiraten und Kinder bekommen. Es war ziemlich ungewöhnlich, dies nicht zu wollen. Und als ich erklärt habe, dass ich allem materiellen Besitz entsage und Gott dienen möchte, dachten alle – du eingeschlossen –, ich hätte den Verstand verloren, oder es wäre nur ein Spleen. Es haben nicht alle die gleiche Auffassung davon, was normal ist. Ich habe mir die Freiheit genommen, auf materiellen Besitz zu verzichten, um meinem Leben einen größeren Sinn zu geben. Denn das macht mich glücklich. Und ich musste mein schlechtes Gewissen, weil ich andere verletzt habe, beiseiteschieben, um zu erreichen, was ich wollte.«

»Ich habe eine Weile gebraucht, um zu akzeptieren, dass du genau das tust, was deine Bestimmung ist.«

»Ich will dir nur sagen, Declan, dass du deine Entscheidungen nicht von Schuldgefühlen oder Angst leiten lassen solltest.

Gott ist der einzig wahre Richter, und er führt dich zu den Menschen und Orten, die dir bestimmt sind. Zu Menschen wie Molly. Aber er entscheidet auch, welches Kreuz du zu tragen hast, und er gibt dir nicht mehr, als du bewältigen kannst.« Sie sah mir in die Augen. »Du kannst das. Du kannst alles schaffen, wenn du auf Gott vertraust.«

Ich wünschte, ich hätte den Glauben meiner Schwester. Aber einfach darauf zu vertrauen, dass alles gut werden würde – ohne sichtbaren Beweis –, fiel mir mehr als schwer.

Am Montagabend suchte ich gleich nach der Landung in Wisconsin meine neue Lieblingsbar auf. Ich hatte hier nichts Besseres zu tun.

Belinda wischte die Theke ab, als sie mich hereinkommen sah. »Mann, mein Laden gefällt dir anscheinend. So schnell werde ich dich wohl nicht mehr los.«

»Tja, mir gefällt die Musik und die Gesellschaft.«

»Und du läufst nicht Gefahr, angemacht zu werden«, entgegnete sie mit einem Augenzwinkern.

»Stimmt, das auch.«

»Was hättest du gern?«, fragte sie. Ihr rotes Haar kam mir noch eine Spur feuriger vor als beim letzten Mal.

»Eine Zeitmaschine?« Ich schmunzelte.

»Oh-oh. So schlimm, hm?«

Als ich auf meinen Flug gewartet hatte, hatte ich den Fehler begangen, Mollys Facebook-Seite aufzurufen, und ein neues Update gesehen: *Liiert mit Will Daniels*. Es war offiziell. Es gab sogar neue Fotos, die sie bei einem Jazzkonzert aufgenommen hatten.

Bei unseren Telefongesprächen hatte ich Molly nicht nach dem Stand der Dinge mit Will gefragt, weil ich es nicht hören wollte. Aber jetzt wusste ich, dass sie ein Paar waren. *Der Zug ist abgefahren, Declan.* Und der Zug war inzwischen so weit weg, dass es nicht mehr lustig war.

Ich lud meine Sorgen bei Belinda ab, was mir zur Gewohnheit zu werden schien, und erzählte ihr von meinem Kurztrip und Mollys neuem Beziehungsstatus.

Sie schauderte. »Autsch. Okay. Aber die Hoffnung stirbt zuletzt, nicht wahr? Es muss ja nicht immer so bleiben. Beziehungen sind harte Arbeit, Mann. Der Typ kann es auch vermasseln. Vielleicht bekommst du eines Tages eine neue Chance.«

Ich schüttelte den Kopf und starrte in mein Glas. »Ich weiß nicht, worauf ich noch hoffen soll, Belinda. Womöglich ist sie mit ihm besser dran. Aber …«

»Trotzdem hättest du gern eine Zeitmaschine.« Sie lächelte mitfühlend. »Okay, spielen wir es mal durch. Was würdest du anders machen, wenn du die Zeit zurückdrehen könntest?«

Ich lachte. »Eine Menge.«

»Zum Beispiel …«

»Ich hatte mehrere Gelegenheiten, ihr zu sagen, wie ich für sie empfinde, und habe keine genutzt. Einen dieser Momente würde ich gern zurückhaben. Ich denke, jetzt würde ich es riskieren, trotz der beschissenen Stimmen in meinem Kopf, die es mir ausreden wollen.«

»Und wieso kannst du ihr jetzt nicht sagen, was du für sie empfindest?«

»Sie würde denken, ich tue es nur, weil sie nun vergeben ist. Sie hat ja gesehen, was passiert ist, als ich angefangen habe, Julia zu daten. In diesem Fall *ging* es vermutlich um die Jagd – vielleicht hatte ich aber auch begonnen, mich in Molly zu verlieben. Meine Gefühle für Molly sind anders, nur bin ich mir nicht sicher, ob sie das erkennt. Und das ist meine Schuld. Ich habe zu lange gewartet.« Ich seufzte. »Und jetzt macht sie ernst mit diesem Kerl. Wenn sie wirklich glücklich ist, will ich es ihr nicht versauen.« Ich kippte den Rest meines Drinks hinunter und knallte das Glas auf die Theke. »Es ist einfach Scheiße.«

Belinda schenkte mir nach. »Okay, willst du den besten Rat hören, den ich dir im Moment geben kann?«

Ich trank einen Schluck und rülpste leise. »Klar.«

»Entferne dich nicht zu weit von ihr. Wenn dir an ihr liegt, bleib einfach in ihrem Leben. Dann bist du da, falls sich eine Gelegenheit bietet, und du verpasst sie nicht. Risse im Fundament kann man nicht erkennen, wenn man zu weit weg vom Haus steht. Verstehst du, was ich meine? Scheue dich nicht, Molly zu fragen, wie es mit ihm läuft. Die besten Hinweise bekommt man direkt von der Quelle. Bleib am Ball, mein Freund. Alles fügt sich, wie der Himmel es will.«

Will. Ich schmunzelte angesichts der Ironie und nickte Belinda zu, die hinter der Theke zu einer Gruppe Frauen rechts von mir ging, um sie zu bedienen.

Auch wenn ich es hasste, hier in Wisconsin festzusitzen, es hatte auch sein Gutes. Es war ein neutraler Ort, an dem ich ohne jede Ablenkung an meinen Problemen arbeiten, einen Arzt aufsuchen und mit meinen Komplexen fertigwerden konnte. Doch Belinda hatte recht. Wenn ich eine Chance bei Molly haben wollte, durfte ich mich nicht von ihr entfernen, weil es mir zusetzte, dass sie mit einem anderen zusammen war. So verhielten sich nur Schlappschwänze. Ich brauchte alle Informationen, die ich bekommen konnte.

Es war mein Glück, dass die Bar nur einen kurzen Fußweg vom Hotel entfernt lag, denn ich hatte definitiv zu viel getrunken. Folglich war ich nicht ganz zurechnungsfähig, als ich Molly unterwegs eine Nachricht schickte.

Declan: Du fehlst mir, verdammt.

Es war schon spät. Ich wusste nicht, ob sie arbeitete. Aber sie antwortete wenige Minuten später.

Molly: Mein Vater ist gerade ins Krankenhaus gekommen. Es sieht nicht gut aus.

27. KAPITEL

Molly

»Ich muss an die frische Luft.«

Will nickte und stand auf. »Lass uns einen Kaffee holen und eine Runde ums Krankenhaus gehen.«

»Könntest du vielleicht bitte … hierbleiben?«

»Oh. Ja, natürlich. Ich schreibe dir, wenn sich etwas ändert oder Sam seine Visite früher macht.«

Ich lächelte traurig. »Danke, Will. Das ist lieb von dir.«

Er gab mir einen Kuss auf die Stirn. »Es tut mir leid, Molly. Ich wünschte, ich könnte etwas tun. Es macht mich fertig, hier zu sitzen und zu warten. Ich hasse es, mich derart hilflos zu fühlen.«

Will meinte jedes Wort ernst, das wusste ich. Er war ein sehr fürsorglicher Arzt, was zu den Eigenschaften gehörte, die ich am meisten an ihm bewunderte. Viele Ärzte sahen ihre Patienten nur noch als Fall und konzentrierten sich auf die klinischen Symptome einer Krankheit. Bei Will war es anders. Er lernte seine Patientinnen und ihre Familien kennen und besaß ein großes Einfühlungsvermögen.

»Danke, dass du hier bist. Du solltest eigentlich im Bett liegen und schlafen, weil du heute Nacht arbeitest.«

Er runzelte die Stirn. »Nein, ich sollte nicht im Bett liegen und schlafen. Ich bin genau da, wo ich sein sollte, Molly.«

Ich ging völlig benommen durch die Flure des Krankenhauses, bis ich nach draußen in die kühle Morgenluft trat. In dem Moment wurde mir bewusst, dass ich mich nicht mehr an den Weg erinnern konnte, den ich nach dem Verlassen der Intensivstation genommen hatte. Der Gang durch den vierten Stock, die Fahrt mit dem Aufzug nach unten und die Schritte durch die Empfangshalle waren in meinem Kopf verloren gegangen. Ich atmete tief ein und beschloss, dem Pfad um das Krankenhaus herum zu folgen, den ich manchmal in den Pausen mit den anderen Schwestern entlangspazierte.

Am vergangenen Abend hatte Kayla kurz nach elf Uhr angerufen, um mich zu informieren, dass sie in einem Rettungswagen saß und auf dem Weg zum Krankenhaus war. Sie und mein Vater waren vor dem Fernseher auf der Couch eingedöst, und als sie ihn wecken wollte, um mit ihm zu Bett zu gehen, war er nicht ansprechbar gewesen. Die Sanitäter hatten ihn bei ihrer Ankunft reanimiert und danach einen schwachen Puls ertasten können, doch im Verlauf der vergangenen sechs Stunden hatte sich sein Zustand nicht wesentlich verbessert.

Kayla war vor einer halben Stunde nach Hause gefahren, um nach meiner Halbschwester zu sehen und sie zu informieren und herzubringen, damit sie … Ich konnte den Satz nicht zu Ende denken. Damit sie *was?* Sich von ihm verabschieden konnte? Dieser Gedanke war unerträglich.

Als sie angerufen hatte, war ich bei Will gewesen und hatte mich verrückt gemacht angesichts der Möglichkeit, endlich Sex mit ihm zu haben. Es war mir vorgekommen wie die größte Entscheidung meines Lebens. Doch jetzt, nur wenige Stunden später, brauchte die Frau meines Vaters meine ganze Unterstützung, und ich wusste nicht, warum ich mein Sexleben für so relevant gehalten hatte, dass ich kostbare Zeit damit vertan hatte, mir Gedanken darüber zu machen.

In meinem Kopf herrschte das reinste Chaos, als ich um die hintere Ecke des Krankenhauses bog. Dann vibrierte mein Telefon, und ich hielt die Luft an. Declans Name auf dem Display ließ mich erleichtert ausatmen. Ich war froh, dass es nicht die Intensivstation oder Will mit einer Hiobsbotschaft war. Ich wischte, um die Nachricht zu lesen.

Declan: Gibt es etwas Neues?

Ich lächelte betrübt. Nach der kurzen Info, die ich ihm auf dem Weg ins Krankenhaus geschickt hatte, hatte ich ihn noch einmal auf den neusten Stand gebracht und ihm versprochen, ihn anzurufen, wenn sich etwas änderte. Aber jetzt wollte ich wirklich gern mit ihm reden und rief ihn an, statt ihm zu schreiben.

Er meldete sich sofort.

»Hey, wie geht es dir?«

Seine Stimme umfing mich wie eine warme Decke, und meine Schultern entspannten sich ein wenig. »War schon mal besser«, sagte ich. »Es tut gut, deine Stimme zu hören. Entschuldige, dass ich so früh anrufe. Ich hoffe, ich habe dich nicht geweckt.«

»Machst du Witze? Ich bekomme kein Auge zu und tigere hier auf und ab. Wie geht es deinem Vater?«

»Nicht so gut.« Mir kamen die Tränen. »Ich glaube nicht, dass es noch lange dauert. Er hat eine Patientenverfügung und will keine lebenserhaltenden Maßnahmen. Ohne Hilfe ist sein Puls nur schwach und seine Atmung sehr flach.«

»Mein Gott, Mollz. Das tut mir leid. Ich wusste ja, dass er krank ist, aber ich hätte nicht gedacht, dass es so schnell geht, sonst wäre ich geblieben.« Er hielt inne. »Ich hätte bleiben sollen. Verdammt, ich hätte bleiben sollen.«

Ich musste lächeln. Ich konnte ihn zwar nicht sehen, aber ich wusste, dass er sich gerade die Haare raufte. »Du hattest keine andere Wahl. Niemand konnte wissen, wie schnell es geht.«

»Fühlt er sich … wohl?«

»Ich denke schon. Er ist nicht bei Bewusstsein und kann es uns nicht sagen, aber sein Gesicht ist entspannt. Er macht im Augenblick einen sehr friedlichen Eindruck.«

»Gut. Gut. Bist du noch im Krankenhaus?«

»Ja. Ich musste allerdings an die frische Luft und mache gerade einen Spaziergang um das Gebäude.«

»Ist Kayla bei dir?«

»Nein. Sie ist nach Hause gefahren, um mit meiner Halbschwester zu reden.«

»Scheiße. Ich wünschte, ich hätte gestern Abend gleich ins Auto springen können, als deine Nachricht kam. Aber ich hatte getrunken, und es ging nicht. Du solltest jetzt nicht allein sein.«

»Bin ich auch nicht. Will ist bei mir.«

Eine lange Pause trat ein, bevor Declan reagierte.

»Klar, natürlich. Ich bin froh, dass du nicht allein bist.«

Ich musste mal ein paar Minuten über etwas anderes reden. »Erzähl mir von Wisconsin.«

»Wechselst du das Thema, um auf andere Gedanken zu kommen?«

Ich lächelte. Er kannte mich so gut. »Du hast es erraten.«

»Okay, mal überlegen … Womit fange ich an? Ach, ich weiß – ich habe eine Frau kennengelernt.«

Mir wurde schwer ums Herz. »Tatsächlich?«

»Ja, sie heißt Belinda. Sie ist einundsechzig und lesbisch.«

Ich kicherte und fühlte mich augenblicklich erleichtert. »Arbeitest du mit ihr zusammen?«

»Nein, ihr gehört eine Bar in der Nähe meines Hotels. Es gefällt mir dort. Die Leute sind super. Ich weiß gar nicht, warum ich vorher noch nie in einer Lesbenkneipe war.«

»Wahrscheinlich, weil du nicht lesbisch bist.«

»Ja, stimmt, daran wird es liegen.«

In den folgenden zehn Minuten erzählte mir Declan von verschiedenen Leuten, die er in Wisconsin kennengelernt hatte. Seine Beschreibungen waren amüsant, denn er verglich jeden mit einer Trickfigur. Nach seiner Schilderung stellte ich mir Wisconsin wie Narnia vor – nur dass man auf dem Weg nach Wisconsin eine Staatsgrenze überqueren musste, statt durch einen Wandschrank in eine andere Welt zu gelangen.

Nur Declan konnte mich im Augenblick zum Lachen bringen. »Gott, das habe ich gebraucht«, sagte ich mit einem Seufzer.

»Was? Dass ich dir von meinem langweiligen Leben in Wisconsin berichte?«

»Einfach mal kurz alles vergessen.«

Er seufzte. »Ich wünschte, ich wäre bei dir.«

Als ich um die nächste Ecke bog, um zur Vorderseite des Krankenhauses zurückzukehren, blieb mir fast das Herz stehen, denn ich sah Will auf mich zukommen. Ihm entging anscheinend nicht, dass mir die Farbe aus dem Gesicht wich, denn er hob beschwichtigend die Hände.

»Alles in Ordnung. Keine Aufregung. Kayla ist zurück, und ich habe sie und deine Schwester einen Moment mit deinem Vater allein gelassen. Sie meldet sich sofort, wenn sich etwas ändert.«

»Puh … Okay, danke.«

Als ich zur Besinnung kam, fiel mir wieder ein, dass ich Declan am Telefon hatte. »Entschuldige, ich bin kurz in Panik geraten. Ich dachte, mit Dad wäre etwas passiert.«

»Ja, ich habe mitgehört. Ist das Will?«

»Ja.«

Betretenes Schweigen. »Dann legen wir jetzt auf?«

»Ja, ist wahrscheinlich besser.«

»Okay. Aber melde dich. Versprichst du mir das, Mollz?«

»Ich verspreche es.«

»Bis dann, Liebling.«

»Bis dann.«

Nachdem ich mein Handy weggesteckt hatte, gab Will mir einen Becher mit Kaffee. Ich hatte gar nicht bemerkt, dass er zwei mitgebracht hatte. »Wer war das?«

»Declan.«

Er zog die Augenbrauen zusammen, versuchte aber, sein Missfallen zu überspielen. »Wie geht es ihm?«

»Gut. Er hatte mir gestern Abend geschrieben, als wir gerade ins Krankenhaus gekommen waren, und macht sich Sorgen.«

Will nickte. In diesem Moment ging mir auf, dass er wahrscheinlich dachte, ich hätte ihn gebeten, auf der Intensivstation zu bleiben, um draußen heimlich mit Declan telefonieren zu können. Das hatte ich wirklich nicht vorgehabt, aber das Gespräch mit Declan hatte mir gutgetan, und ich fühlte mich besser – und das bereitete mir Gewissensbisse. Will war so toll gewesen, was meinen Vater anging. Er war in den letzten Monaten insgesamt ziemlich toll gewesen.

»Ich hatte nicht vorgehabt, mit Declan zu telefonieren, als ich nach draußen gegangen bin. Deshalb habe ich dich nicht gebeten, drinnen zu bleiben.«

Will sah mir prüfend in die Augen, bevor er nickte. »Okay.«

Ich nickte zurück. »Wie geht es Kayla?«

»Sie scheint gefasster zu sein als vorhin. Sie versucht bestimmt, vor Siobhan stark zu sein.«

»Ja, natürlich.«

»Möchtest du noch eine Runde spazieren, damit die beiden ein bisschen Zeit mit deinem Vater haben?«

»Ja, das ist wahrscheinlich eine gute Idee. Meine Schwester muss sich vorbereiten.«

Robert Emerson Corrigan starb um 18.38 Uhr. Will und ich hatten es kommen sehen, und er war mit meiner kleinen Schwester nach unten in die Cafeteria gegangen. Kayla und ich hatten an Dads Bett gewacht, als er seine letzten Atemzüge tat.

Als Krankenschwester hatte ich schon öfter Menschen sterben sehen, aber einen geliebten Menschen – den eigenen Vater oder den Ehemann – in den Tod zu begleiten war für Kayla und mich das erste Mal. Die stetige Verschlechterung seiner Vitalfunktionen hatte mir signalisiert, dass es nicht mehr lange dauern konnte, aber nichts hätte mich auf den Augenblick vorbereiten können, in dem ihn der Arzt für tot erklärte.

»Todeszeit 18.38 Uhr.«

Danach hatten Kayla und ich uns minutenlang in den Armen gelegen. Ich war stark geblieben, bis ihr ein Schluchzer entfuhr und wir beide die Fassung verloren. Sie wollte sich zuerst von ihm verabschieden, um Siobhan anschließend die traurige Nachricht zu überbringen. Ich wartete an der Schwesternstation, bis sie herauskam, dann ging ich wieder zu meinem Dad hinein.

Ich ergriff die Hand meines Vaters und starrte seinen leblosen Körper an. Es war surreal, ihn so zu sehen. Wir hatten erst kürzlich wieder zueinandergefunden, und nun würde ich ihn nie mehr lächeln sehen oder lachen hören. Mir strömten die Tränen übers Gesicht.

»Hallo, Dad. Ich weiß nicht, ob du mich noch hören kannst, aber es gibt so vieles, das ich dir nicht mehr sagen konnte.« Ich schüttelte den Kopf und schluckte den Kloß in meinem Hals hinunter. »Du warst ein guter Mensch. Ich weiß, ich habe dich nicht immer spüren lassen, dass ich so denke, aber so ist es. Du warst liebevoll und geduldig, nachsichtig und ehrbar. Es war dumm von mir, so viele Jahre verstreichen zu lassen, bevor ich dich wieder in mein Leben gelassen habe, aber ich bin sehr froh, dass wir uns in den letzten Monaten noch einmal näherkommen konnten.« Ich wischte mir die Tränen von den Wangen. »Ich kann nicht ungeschehen machen, was ich getan habe, aber du sollst wissen, dass ich aus meinen Fehlern gelernt habe. Die Zeit ist zu kostbar, um sie nicht mit den Menschen zu verbringen, die man liebt, und ich liebe dich, Dad, von ganzem Herzen. Und ich liebe auch Kayla und Siobhan. Weil ich weiß, wie viel sie dir bedeuten, werde ich ab jetzt darauf achten, ein Teil ihres Lebens zu sein. Ich weiß, das würdest du dir wünschen. Sie sind für immer meine Verbindung zu dir. Danke, dass du sie in mein Leben gebracht hast.« Ich stand auf, beugte mich über ihn und küsste ihn auf die Stirn. »Ich liebe dich, Daddy. Eines Tages sehen wir uns wieder.«

Will wartete draußen, als ich herauskam. Nachdem ich noch eine Weile mit Kayla und Siobhan geredet hatte, fuhr er mich nach Hause. Unterwegs rief ich meine Mutter an, die meine Schwester informieren würde, und schrieb meinen engsten Freunden – einschließlich Declan – die traurige Nachricht, dass Dad gestorben war. Als wir endlich in meine Wohnung kamen, hatte ich das Gefühl, ein komplettes Jahr wäre vergangen, seit ich sie am Abend zuvor verlassen hatte. Ich stellte meine Tasche auf die Küchentheke und schaute auf die Uhr.

»Oh mein Gott, Will. Es ist fast elf. Deine Schicht hat um acht angefangen, oder?«

Er rieb mir die Arme. »Kurt Addison ist da. Er war mir einen Gefallen schuldig und bleibt, bis ich komme. Ich löse ihn nachher ab, und dann werde ich sehen, wer in den nächsten Tagen für mich einspringen kann.«

»Das musst du nicht tun.«

Er gab mir einen Kuss auf den Kopf. »Ich möchte aber. Es wird eine schwere Woche für dich.«

Plötzlich fühlte ich mich völlig erschöpft und schmiegte mich an seine Brust.

»Du hast seit mehr als vierundzwanzig Stunden nichts mehr gegessen«, sagte er. »Soll ich dir etwas machen?«

Ich schüttelte den Kopf. »Ich bin zu müde zum Kauen. Aber ich glaube, ich springe kurz unter die Dusche.«

»Okay. In der Zwischenzeit mache ich dir eine Suppe.« Er zwinkerte mir zu. »Die brauchst du nicht kauen.«

Ich duschte heiß und ausgiebig, dann schlüpfte ich in meinen Frotteebademantel. Mein Gesicht war verquollen vom Weinen, und ich ließ meinen Handtuchturban auf dem Kopf, weil ich zu faul war, mir die Haare zu kämmen. Ich sah furchtbar aus, aber ich war so erschöpft, dass es mich nicht kümmerte.

In der Küche hatte Will zwei Schalen heiße Suppe auf den Tisch gestellt. Er zog einen Stuhl für mich heraus, als ich den Raum betrat.

»Ich habe Hühner- und Tomatensuppe im Schrank gefunden. Ich dachte, bei der Tomatensuppe muss man weniger kauen, aber die ist leider vor anderthalb Jahren abgelaufen, deshalb bist du mit den Nudeln besser bedient.«

Ich setzte mich lächelnd hin. »Danke.«

»Ach, fast hätte ich es vergessen …« Will drehte sich um und nahm etwas von der Arbeitsfläche. »Das hier war hinter den Dosen versteckt.« Er stellte ein Schnapsglas voller M&Ms auf den Tisch. »Hast du sie dort für Notfälle versteckt?«

Mir wurde das Herz schwer. Declan hatte wieder einmal einen Weg gefunden, um sich in Erinnerung zu rufen – dabei waren meine Gedanken ohnehin nie sehr weit von ihm entfernt …

»Ich glaube, ich habe einfach vergessen, dass ich sie in den Schrank gestellt habe«, sagte ich.

Nach der Suppe wollte ich mich einfach nur in meinem Bett verkriechen. Will blieb noch eine Weile bei mir und kuschelte sich von hinten an mich, aber irgendwann musste er zur Arbeit.

Er dachte offenbar, ich wäre eingeschlafen, als er auf Zehenspitzen den Raum verließ. Statt ihm zu sagen, dass ich noch wach war, hielt ich die Augen geschlossen und rührte mich nicht.

Ich konnte jedoch nicht einschlafen, obwohl ich nach mehr als anderthalb Tagen auf den Beinen körperlich und emotional völlig erledigt war. Mir ging unaufhörlich im Kopf herum, wie viel Zeit ich vergeudet hatte, wie viele Jahre ich meinen Vater auf Abstand gehalten hatte – und nun war er tot. Es machte mir bewusst, wie schnell das Leben dahinraste und wie wichtig es war, möglichst viel Zeit mit seinen Liebsten zu verbringen. Ich konnte es nicht wiedergutmachen, aber ich konnte meine Prioritäten für die Zukunft anders setzen.

28. KAPITEL

Molly

Mein Vater hatte unheimlich viele Leute gekannt.

Drei Tage nach seinem Tod war meine Schwester Lauren aus London eingetroffen, und wir saßen in der ersten Reihe der Trauerhalle, während den zweiten Tag in Folge ein schier endloser Strom von Menschen an uns vorbeizog, um uns ihr Beileid auszusprechen. Wenn jemand an diesem Nachmittag einen Herzinfarkt erlitt, hatte er schlechte Karten, denn sämtliche Ärzte und Krankenschwestern des Bezirks waren bei der Totenwache. Sogar meine Mutter war gekommen, worüber ich mich sehr freute.

Die Totenwache ging von zwei bis vier Uhr nachmittags, und nach einer dreistündigen Unterbrechung noch einmal von sieben bis neun Uhr abends. Kayla hatte uns einen separaten Raum in einem nahe gelegenen italienischen Restaurant reserviert, damit wir in der Pause zusammen essen konnten. Da mein Vater ein Einzelkind gewesen war und seine Eltern nicht mehr lebten, waren hauptsächlich Angehörige von Kayla dabei. Und Will war wieder die ganze Zeit an meiner Seite.

»Wie geht es dir?«, fragte er nach dem Essen und gab mir einen Kuss auf die Stirn.

»Gut, aber ich kann nicht glauben, dass ich das Ganze nachher noch mal durchstehen muss.«

Glücklicherweise war die Totenwache nach diesem Abend beendet. Morgen würde die Beerdigung stattfinden.

»Entschuldige, dass ich nicht länger bleiben kann«, sagte er. »Aber morgen bin ich den ganzen Tag bei dir.«

»Red keinen Unsinn. Du warst die ganze Zeit für mich da, und ich weiß nicht, wann du zuletzt geschlafen hast. Du musst dich wirklich nicht dafür entschuldigen, dass du heute Nacht arbeiten musst. Du musst auch morgen nicht wiederkommen und meine Hand halten. Du hast mehr als genug getan, Will.«

Will verschränkte seine Finger mit meinen und führte meine Hand an seine Lippen. »Ich will einfach für dich da sein.«

Ich legte die Hände an seine Wangen. »Du warst für mich da, und das weiß ich wirklich zu schätzen. Danke, Will.«

Der Abend verlief ähnlich wie der Nachmittag. Die Hälfte der Leute, die mit mir sprachen, kannte ich nicht, und ich wurde praktisch permanent daran erinnert, wie lange ich den Kontakt zu meinem Vater vermieden hatte. Ich stand zwischen meiner Schwester Lauren und Kayla, der ich mich gerade zugewandt hatte, um sie mit einer Krankenschwester bekannt zu machen, die früher für unseren Dad gearbeitet hatte. Danach drehte ich mich wieder zu meiner Schwester um, die jedoch nicht einem weiteren Krankenhausmitarbeiter die Hand schüttelte, sondern einem Mann, den ich hier nicht erwartet hätte.

»Declan? Oh mein Gott! Was machst du hier?« Ich stürzte mich in seine Arme.

Er stolperte zwei Schritte nach hinten, weil er nicht mit einer so stürmischen Begrüßung gerechnet hatte, und schmunzelte. »Natürlich musste ich herkommen. Wie hätte ich es bei so einem Empfang nicht tun können?«

Ich versuchte, mich ein bisschen zu bremsen. »Ich hatte keine Ahnung, dass du kommen wolltest.«

»Mein Flug hatte Verspätung. Eigentlich hätte ich schon nachmittags hier sein sollen.«

»Also, das ist eine herrliche Überraschung. Danke, dass du dich extra auf den Weg gemacht hast.«

Wir redeten ein bisschen, bis Declan merkte, dass er den Verkehr aufhielt. »Ich werde ihm die letzte Ehre erweisen, und dann setze ich mich nach hinten«, sagte er. »Reden wir später weiter, wenn du wieder Zeit hast?«

»Ja, natürlich.«

Leider hatte ich erst anderthalb Stunden später wieder Zeit, als die Veranstaltung zu Ende ging. Aber meine Stimmung hatte sich erheblich verbessert, seit Declan aufgetaucht war. Hin und wieder schaute ich über die Schulter, um mich zu vergewissern, dass er noch da war, und jedes Mal lächelte er mir zu. Es war wie eine Medizin, die ich zum Durchhalten brauchte.

Als der Menschenstrom endlich versiegte, fasste Kayla mich am Arm. »Es ist nett von Declan, dass er gekommen ist. Dein Vater hat ihn wirklich gemocht.«

»Er hat Dad auch sehr gemocht.«

»Ich hoffe, ich sage nichts Falsches, aber an dem Abend, als ihr zwei zum Essen bei uns wart, hat dein Vater hinterher gemeint, er habe das Gefühl, er sei gerade seinem zukünftigen Schwiegersohn begegnet.«

»Das hat er gesagt?«

Kayla nickte. »Ja, wirklich. Und ich habe auch etwas Besonderes zwischen euch gesehen.«

Ich schaute zu Declan hinüber. Er saß noch immer hinten in der Halle. Aber während er mir diesmal zulächelte, hielt er eine Tüte Schokolinsen hoch. Ich musste kichern.

Als ich mich Kayla zuwandte, schenkte sie mir ein warmherziges Lächeln. »Amüsiert euch schön, ihr zwei. Du brauchst eine Auszeit.«

In Declans Mietwagen ließ ich mich seufzend gegen die Rückenlehne sinken. »Was für ein langer Tag.«

Er drückte meine Hand. »Du musst total müde sein.«

Ich gähnte. »Das bin ich.«

»Was kann ich tun?«, fragte er.

»Ich möchte einfach nach Hause fahren.«

Declan lächelte mir liebevoll zu. »Dann machen wir das.«

Er startete den Motor und fuhr los. »Hast du schon gegessen?«

»Gegen Frühstück am Abend hätte ich jetzt nichts einzuwenden.«

Er zog die Augenbrauen hoch. »Hast du Eier und Brot da?«

»Mein Kühlschrank ist leer.«

»Ich halte beim Supermarkt und springe kurz rein.«

Ich lächelte. »Danke. Du bist der Beste.«

Als wir weiterfuhren, schaute ich aus dem Fenster und wurde plötzlich von einer tiefen Traurigkeit erfasst. Irgendwie hatte ich den Tod meines Vaters den ganzen Tag ausblenden können, selbst bei der Totenwache. Doch nun brach in der Stille des Wagens alles über mich herein. Passend zu meiner Stimmung fing es an zu regnen.

Zu Hause verschwand ich als Erstes im Bad. Als ich nach einer langen heißen Dusche das Wohnzimmer betrat, kam es mir vor, als wäre Declan nie weg gewesen. Während ich es mir auf der Couch gemütlich machte, bereitete er seine berühmten French Toasts zu. Zimtgeruch wehte zu mir herüber. Schließlich erlebte ich an diesem elenden Tag einen kurzen Moment der Freude.

Ich atmete ein und genoss den Duft. »Ich kann immer noch nicht glauben, dass du die weite Reise gemacht hast.«

»Nicht zu kommen war keine Option, Mollz.«

Ein Lächeln breitete sich auf meinem Gesicht aus, als ich

ihm zusah, wie er einen Toast wendete. »Das ist jetzt genau das Richtige für mich, praktisch wie vom Arzt verschrieben: Frühstück am Abend und deine Gesellschaft.«

Er drehte sich um. »Von welchem Arzt redest du? Dr. Will hätte dir sicher keinen Abend mit mir verschrieben.«

Ich wurde rot und bekam prompt ein schlechtes Gewissen. »Wahrscheinlich nicht.«

»Apropos – wenn es ein Problem ist, dass ich hier übernachte, kann ich auch ins Hotel gehen.«

Ich richtete mich auf. »Spinnst du? Das hier ist dein Zuhause. Du hast deine Miete bezahlt. Es ist immer noch dein Zimmer. Und außerdem möchte ich heute Nacht nicht allein sein.«

»Gut, aber kommt er vielleicht vorbei? Du hast Will nie gesagt, dass ich dein Mitbewohner bin. Er würde also ziemlich überrascht sein und nicht sofort verstehen, warum ich hier bin. Ich möchte dich nicht in Schwierigkeiten bringen.«

Will wäre zwar nicht begeistert, aber ich hätte Declan niemals weggeschickt. Ich zuckte mit den Schultern. »Er arbeitet die ganze Nacht, wird also nicht herkommen. Und wenn er es aus irgendeinem Grund doch tut, sage ich ihm die Wahrheit: dass du nach Chicago gekommen bist und hier übernachtest. Das müsste er akzeptieren, weil er von unserer Freundschaft weiß.«

Declan nickte. »Okay, Liebling. Ich will nur nicht für Komplikationen sorgen.«

Nun hatte er zum zweiten Mal in dieser Woche Liebling zu mir gesagt. Vielleicht hätte ich darüber nachdenken sollen, warum es mir gefiel, von einem Mann, der nicht mein Liebhaber war, Liebling genannt zu werden. Aber ich war zu müde, um mir darüber Gedanken zu machen.

»Du sorgst nicht für Komplikationen, Declan. Mit dir ist der Abend viel leichter für mich, weil ich nicht allein sein muss.«

Er lächelte. »Also, ich freue mich total, wieder zu Hause zu sein.«

Zu Hause. Ich wusste nicht, ob ihm bewusst war, was er da gerade gesagt hatte. »Zu Hause, hm?«

Er stutzte. »Komisch. Das ist mir einfach so herausgerutscht. Aber ich schätze, ich sehe diese Wohnung tatsächlich als mein Zuhause an. Als mein zweites Zuhause zumindest.«

Er richtete zwei Teller mit zimtigen French Toasts und leckeren Speckscheiben an. Und mit einem Mal war mein verloren geglaubter Appetit wieder da, und ich konnte nicht genug bekommen.

Wir setzten uns an den Tisch, und er beobachtete mich grinsend. »Freut mich zu sehen, dass sich manches nicht geändert hat.«

In null Komma nichts war kein einziger Krümel mehr auf meinem Teller, und wir blieben noch eine Weile in einvernehmlichem Schweigen sitzen, während ich meinen Orangensaft austrank.

»Hast du Julia gesagt, dass du hier bist?«, fragte ich. Was sie betraf, verspürte ich immer noch einen Anflug von Eifersucht.

Er schüttelte den Kopf. »Nein. Sie muss es nicht wissen. Ich will nichts von ihr und lasse lieber alles, wie es ist. Ich bin nur deinetwegen gekommen.«

Mein Brustkorb zog sich zusammen. »Wann musst du zurück?«

»Leider geht mein Flug schon morgen Abend. Ich bin zwar bei der Beerdigung dabei, aber dann muss ich gleich wieder nach Wisconsin. Am Morgen danach habe ich eine wichtige Präsentation. Ich wünschte, ich könnte länger bleiben.«

Ich runzelte die Stirn. »Ich auch.«

Wieder breitete sich Schweigen aus, und das Hochgefühl, das ich kurzzeitig empfunden hatte, flaute allmählich ab.

Declan spürte es. »Möchtest du über den heutigen Tag reden?«

Ich schüttelte den Kopf. »Nein, obwohl ich es vielleicht tun sollte. Aber ich will diesen Tag wirklich nicht noch mal durchleben. Er war furchtbar anstrengend, und ich habe einen Riesenhorror vor morgen.« Ich stupste unter dem Tisch sein Bein spielerisch mit dem Fuß an. »Lass uns über etwas anderes reden als den Tod, ja? Erzähl mir mehr von Käse und Lesbenbars.«

Und so erzählte mir Declan ein paar lustige Geschichten aus seinem Leben in Wisconsin, und ich verlor mich in seinem Humor. Ich war von Minute zu Minute dankbarer für seine Gesellschaft.

»Ich bin übrigens nicht die Einzige, der es gefällt, dass du gekommen bist«, sagte ich. »Die Frau meines Vaters fand es auch sehr nett, und sie hat mir erzählt, wie sehr Dad dich mochte.«

Declan langte über den Tisch und drückte meine Hand. »Ich habe ihn auch sehr gemocht. Ich hätte ihn gern besser kennengelernt.«

»Obwohl er dich nicht so gut kannte, hat er gespürt, dass du einer von den Guten bist, weißt du? Genau wie ich, als wir uns zum ersten Mal begegnet sind. Ich glaube, was er besonders an dir mochte, sind deine Freundlichkeit und Aufgeschlossenheit. Im Ernst, Declan, egal wo du auftauchst, es geht sofort die Sonne auf.«

Kaum hatte ich die Worte ausgesprochen, veränderte sich seine Miene. Sie wurde düsterer, als hätte ihn mein Kompliment verletzt. Es war merkwürdig.

»Habe ich etwas Falsches gesagt?«, fragte ich erschrocken. »Es sollte ein Kompliment sein.«

»Nein.« Declan lehnte sich zurück und atmete tief durch. »Natürlich. Das war sehr lieb von dir.« Er wischte sich die Stirn und wurde rot im Gesicht.

Irgendetwas stimmte nicht. Ich beugte mich vor. »Alles in Ordnung?«

Er blinzelte mehrmals, als wüsste er nicht, wie er antworten sollte, dann wischte er meine Frage vom Tisch. »Jetzt ist nicht der Zeitpunkt, um über mich zu reden. Deshalb bin ich nicht hier.«

»Wenn dich etwas belastet, dann möchte ich es wissen, Declan.« Mein Herz begann zu rasen. »Und über mich will ich im Moment wirklich nicht reden. Also bitte sag mir, was los ist.«

Er schaute auf seine Hände. »Nichts. Nichts ist los.«

Je mehr er es herunterspielte, desto besorgter wurde ich.

»Dein Gesicht hat sich verfinstert, als ich das mit der Sonne gesagt habe. Es muss etwas bei dir ausgelöst haben. Bitte rede mit mir.«

Er schluckte. »Okay … Es *ist* etwas mit mir los. Aber heute scheint es mir nicht angebracht zu sein, darüber zu sprechen. Vielleicht können wir es am Telefon bereden, wenn es bei dir ruhiger geworden ist. Ich möchte nicht …«

»Ich weiß nicht, ob dir klar ist, wie viel mir an dir liegt«, unterbrach ich ihn, und meine Wortwahl überraschte mich. »Wenn du Sorgen hast, muss ich es wissen, Declan. Jetzt gleich. Bitte? Es ist okay. Oder sehe ich aus, als wollte ich heute noch irgendwohin?«

Er sah mir sehr lange in die Augen. Schließlich nickte er. »Setzen wir uns rüber auf die Couch.«

Mir wurde bang ums Herz, als ich ins Wohnzimmer ging, und meine Fantasie spielte verrückt. War etwas in Wisconsin passiert? Hatte er eine Frau geschwängert? Letzteres war zwar weit hergeholt, aber im Prinzip war alles möglich. Declan stellte unsere Teller in die Spüle, bevor er zu mir kam.

Wir saßen eng beieinander und sahen uns an.

»Es gibt etwas, das ich dir noch nicht erzählt habe«, begann er. »Etwas, das mir selbst erst vor Kurzem vollends bewusst geworden ist.«

Mein Herz klopfte. »Okay …«

Declan schwieg eine halbe Minute lang, bevor er weiterredete. »Es auszusprechen fällt mir schwerer, als ich gedacht hatte.« Er atmete noch einmal tief durch. »Okay. Ich sage es jetzt einfach.« Er schloss die Augen. »Es gibt Phasen, in denen ich mich nicht gut fühle und ziemlich niedergeschlagen bin.« Er hielt inne. »Ich habe Depressionen, Molly. Ich bin deswegen schon seit der Highschool in Behandlung. Und meine Mutter … hat eine bipolare Störung.«

Wow. Okay. Damit hatte ich nicht gerechnet.

»Ich war immer in Sorge, dass meine Depressionen das erste Anzeichen für eine bipolare Störung sein könnten«, fuhr er fort. »Sie ist nicht leicht zu diagnostizieren, weil sie sich über eine längere Zeit entwickelt. Ich habe das neulich mit meinem Arzt besprochen. Er scheint nicht so besorgt zu sein wie ich, aber er konnte mir auch nicht sagen, dass meine Sorge völlig unbegründet ist. Ich nehme Medikamente dagegen ein, und die helfen im Großen und Ganzen. Phasenweise falle ich jedoch in tiefe Löcher, und dann wird meine Medikation gewöhnlich angepasst. An dem Abend, als du nach der Woche bei deinem Vater zurückgekehrt bist, hatte ich gerade so ein Tief. Das Schlimmste daran ist, dass ich mich nicht gleich wieder selbst daraus befreien kann, wenn es mich erwischt.«

Das musste ich erst einmal verarbeiten. Es tat mir in der Seele weh, dass er im Stillen gelitten hatte, weil er geglaubt hatte, nicht mit mir darüber reden zu können. Es schmerzte mich vor allem, weil ich zu beschäftigt mit meinem eigenen Kram gewesen war, um der Sache nachzugehen, obwohl ich ihm bei der Rückkehr von meinem Vater angemerkt hatte, dass ihn etwas sehr beschäftigte. Ich wäre im Traum nicht auf den Gedanken gekommen, dass die Ursache in seinem Inneren lag.

»Und im Moment fühlst du dich gut?«, fragte ich.

»Ja, jetzt geht es wieder. Weißt du, ich hatte immer im Hinterkopf, dass aus der Depression etwas Ernsteres werden könnte, aber in letzter Zeit hatte ich wirklich Angst davor, so zu werden wie meine Mutter. Diese Angst wurde zum Problem für mich, und das musste ich mir und meinem Arzt eingestehen.«

»Du hast also mit ihm gesprochen?«

»Ja, er ist in Kalifornien. Ich habe einige Therapiesitzungen per Video gemacht, und er konnte einen Großteil meiner Ängste zerstreuen. Seiner Meinung nach würde es sich auf andere Weise manifestieren, wenn ich bipolar wäre. Er hält mich lediglich für depressiv. Obwohl es natürlich keine hundertprozentige Gewissheit gibt.«

»Du hast nie viel über deine Mutter geredet. Jetzt ist mir klar, warum es ein heikles Thema ist.«

»Es war wirklich hart, mit ihren Stimmungsschwankungen und Schüben aufzuwachsen. Es ist mir nie leichtgefallen, darüber zu reden. Und ich hatte ganz gewiss nicht vor, es ausgerechnet heute zur Sprache zu bringen.«

Ich griff nach seiner Hand. »Ich bin froh, dass du es getan hast.« Es war, als hätte ich endlich das fehlende Puzzleteil gefunden. Wie nah wir uns auch gekommen waren, ich hatte immer geahnt, dass etwas fehlte. Jetzt wusste ich es.

»Declan, du kannst dir nicht vorstellen, wie viel es mir bedeutet, dass du es mir anvertraut hast. Ich habe mich immer gefragt, ob es Seiten an dir gibt, die du mir nicht zeigst – fast als wäre alles an dir zu schön, um wahr zu sein.« Ich lachte.

Er grinste. »Ja, verstehe. Ich bin mittlerweile ziemlich gut darin, vieles hinter einem Lächeln zu verbergen. Manchmal denke ich, ich überkompensiere und will die Leute zum Lachen bringen, damit sie nicht tiefer in mich hineinschauen. Es gibt nicht viele, die es merken, wenn ich meine Gefühle verberge, aber ich hatte den Verdacht, dass du mich an dem Abend durchschaut hast, als du von deinem Vater zurückgekommen bist. Ich wollte dich nicht belasten, obwohl ich wusste, dass du mich unterstützt hättest.«

»Mir ist klar, wie schwer es sein kann, über solche Dinge zu reden.«

Er nickte. »Du warst immer ehrlich, was deine Ängste angeht. Ich habe einfach länger gebraucht, um an diesen Punkt zu kommen.«

»Ich wünschte, ich hätte es gewusst. Dann hätte ich helfen können.«

»Aber jetzt weißt du es, und ich muss es nicht mehr verbergen. Dadurch fühle ich mich wesentlich besser.«

In der nächsten halben Stunde erzählte Declan mir etwas mehr über seine Mutter und die Herausforderungen, mit einem psychisch kranken Elternteil aufzuwachsen.

»Ich kann nur noch mal sagen, wie froh ich bin, dass du es mir gesagt hast.«

»Ich bin auch froh.« Er lächelte zögernd. »In den letzten Wochen habe ich mich um meinen eigenen Kram gekümmert, wie ich es schon länger hätte tun sollen. Ich war sogar zwischendurch in Kalifornien.«

»Oh, wow. Das hast du mir gar nicht erzählt.« Ich lächelte. »Bist du sicher, dass es dir gut geht? Du hattest einen langen Flug, und dann hast du noch stundenlang im Beerdigungsinstitut gesessen.«

Er nahm meine Hand. »Heute Abend geht es mir besonders

gut, weil ich bei dir bin – auch wenn mich schreckliche Umstände hergeführt haben. Du hast mir wirklich gefehlt. Wie sehr, das ist mir im Grunde erst klar geworden, als ich dich heute gesehen habe.«

Ich schmolz dahin. *Was passiert hier gerade?* Ich hatte gedacht, ich wäre allmählich über Declan hinweg. Mit Will lief es so gut. Doch in diesem Augenblick sah und fühlte ich nur Declan.

Ich wollte so viel sagen, aber ich brachte nicht mehr heraus als »Du hast mir auch gefehlt«.

Declan atmete tief durch und gab mir einen Klaps aufs Bein. »Genug davon, okay? Den restlichen Abend müssen wir uns über lustige Dinge unterhalten.«

»Es fällt mir nicht schwer, über ernste Themen zu reden, nur damit das klar ist. Ich erfahre gern mehr über dich, auch wenn es schmerzlich ist.«

Er sah mir in die Augen. »Ich hatte keine Angst, dass du mich nicht akzeptierst oder so etwas. Ich habe einfach den Kopf in den Sand gesteckt und wollte mich nicht damit befassen. Nach Meinung meines Arztes habe ich aus meiner Kindheit möglicherweise eine posttraumatische Belastungsstörung davongetragen wegen all dem, was ich mit meiner Mutter erlebt habe. Und obwohl eine klinische Depression mein Hauptproblem ist, hat sich meine Angst, so zu werden wie meine Mutter, darauf ausgewirkt, wie ich mit bestimmten Dingen umgehe – mit Beziehungen zum Beispiel oder mit Entscheidungen …« Er wandte den Blick nicht von mir ab.

Redete er gerade über uns? Über seine Entscheidung, nichts mit mir anzufangen? Oder bezog er sich auf Julia?

Statt nachzufragen, sagte ich: »Du musst mir etwas versprechen.«

»Ja?«

»Versprich mir, meine Hilfe anzunehmen, da ich jetzt Bescheid weiß. Versprich mir, dass du mich anrufst, wenn du reden musst.«

Declan lächelte. »Okay, versprochen.«

Ich war ihm auch früher schon nah gewesen, doch als ich ihn nun so von seiner verletzlichen Seite erlebte, verstärkte das den Grad der Intimität zwischen uns. Sämtliche komplizierten Gefühle, die ich in der Vergangenheit für ihn gehabt hatte, loderten von Neuem in mir auf.

29. KAPITEL

Declan

Als ich am nächsten Morgen wach wurde, ging es mir beschissen.

Weil ich Molly mein Herz ausgeschüttet hatte.

Weil meine Gefühle für sie ihren Höchststand erreicht hatten.

Und weil ich in ihrem Bett aufgewacht war.

Es war nichts passiert – jedenfalls nicht auf der körperlichen Ebene.

Nach unserem Gespräch war mein Herz kurz vor der Explosion gewesen, so sehr hatte Molly mir das Gefühl gegeben, akzeptiert und umsorgt zu werden. Und ich hatte es bereut, mich ihr nicht schon vor langer Zeit anvertraut zu haben.

Ich hätte sie gerne noch mit ein bisschen Spaß abgelenkt, doch wir waren beide erschöpft gewesen. Sie hatte sich irgendwann an mich gelehnt, sodass ich den Arm um sie gelegt hatte und wir eingedöst waren. Als ich später die Augen geöffnet und gesehen hatte, dass wir noch auf der Couch lagen, hatte ich Molly geweckt, um sie ins Bett zu schicken. Weil sie nicht allein sein wollte, war ich ihr, ohne groß nachzudenken, in ihr Zimmer gefolgt, wo wir zusammen in ihrem Bett eingeschlafen waren.

Und da lag ich nun und fühlte mich miserabel, weil meine Gefühle für Molly weit über das Platonische hinausgingen.

Doch mittlerweile war die Situation noch viel schlimmer, da sie einen Freund hatte.

Während sie noch schlief, beobachtete ich, wie mehrere Nachrichten auf ihrem Handydisplay erschienen – es war Will, der sich nach ihr erkundigte. Ich wusste nicht, was ich tun sollte. Am Abend musste ich abreisen und würde einen Teil meines Herzens zurücklassen. Zwischen uns hatte sich etwas verändert. Ich hatte schon immer eine Menge für Molly empfunden, aber so intensiv waren meine Gefühle noch nie gewesen.

Es war geplant, dass wir uns alle zur Trauerfeier für Mollys Vater in der Kirche trafen, um danach zum Friedhof zu fahren.

Molly war den ganzen Morgen wie betäubt gewesen. Verständlicherweise. Und ich würde ihr den Schmerz nicht nehmen können, was immer ich heute sagte oder tat. Wir trafen frühzeitig ein, und ich ließ ihr etwas Freiraum, damit sie ihre kleine Schwester trösten konnte, entfernte mich aber nie weit von ihr, falls sie mich brauchte. Ich wollte für sie da sein, bis ich zum Flughafen musste.

Einige Minuten vor Beginn des Gottesdienstes kam Molly auf mich zu. Ihr Blick war glasig und abwesend. Ich merkte ihr an, wie sehr sie weiterhin darum bemüht war, sämtliche Empfindungen auszublenden. Sie setzte sich neben mich und lehnte ihren Kopf an meine Schulter, woraufhin ich den Arm um sie legte und sie an mich zog. Sie fühlte sich unglaublich schwach an, so als würde sie ohne meinen Halt zusammenbrechen.

Hätte mir nicht jemand auf die Schulter getippt, hätte ich sie niemals losgelassen. Ich drehte mich um und begegnete Wills drohendem Blick.

»Ab hier kann ich übernehmen.«

Ich wollte mich nicht mit ihm in der Kirche streiten. Außerdem war ich derjenige, der im Unrecht war. Ich hatte *seine* Freundin im Arm gehabt. Molly schaute mich voller Panik an. Sie schien mit der Situation komplett überfordert zu sein, also machte ich es ihr leichter. Ich stand auf und reichte Will die Hand, obwohl es das Letzte war, was ich tun wollte.

»Hey, Will. Schön, Sie zu sehen.«

Er zögerte, doch dann ergriff er meine Hand. »Ich wusste nicht, dass Sie kommen würden, Declan. Ich dachte, Sie sind umgezogen.«

»Ich bin gestern zur Totenwache eingetroffen.«

Will sah Molly mit gerunzelter Stirn an. Er war offensichtlich verärgert, aber als er ihr Gesicht sah, stellte er unsere Rivalität glücklicherweise ebenfalls hintan und ging in die Knie, um mit ihr zu reden.

Er legte die Hände an ihre Wangen und schaute ihr in die verweinten Augen. »Oh, Molly … Das wird wieder. Nicht gleich, nicht in einer Stunde und vielleicht auch nicht in einer Woche – aber ich verspreche dir, es wird leichter. Heute ist der schwerste Teil, und das darfst du ruhig zeigen. Du musst deine Gefühle nicht unterdrücken. Lass ihnen freien Lauf, Schatz.«

Prompt strömten ihr die Tränen, die sie zurückgehalten hatte, über die Wangen. Will beugte sich vor und schloss Molly in die Arme. Da ich mir vorkam wie das fünfte Rad am Wagen, tat ich, was ich für richtig hielt, und ließ die beiden allein. Ich setzte mich weiter hinten in eine Bank und beobachtete, wie er ihr half, ihre Tränen zu trocknen. Dann ließ sie sich von ihm nach vorn zur ersten Reihe führen.

Während der Trauerfeier starrte ich die meiste Zeit ihre Hinterköpfe an. Es schmerzte höllisch, dass ein anderer Mann meinen Platz einnahm und mein Mädchen tröstete. Doch letzten Endes hatte Mollys Wohlergehen Vorrang vor meinen egoistischen Wünschen.

Danach wurde der Sarg aus der Kirche getragen, und die Angehörigen folgten ihm. Ich hielt den Kopf gesenkt, als Molly mit Will an mir vorbeiging, um uns einen unangenehmen Moment zu ersparen. Draußen warteten ein Leichenwagen und eine Großraumlimousine. Ich nahm an, Will würde mit Molly und ihrer Familie in die Limousine steigen, doch zu meiner Überraschung sah ich, wie er sie auf die Stirn küsste, seine Schlüssel aus der Tasche zog und allein zum Parkplatz lief. Molly sah sich um, und als sich unsere Blicke kreuzten, lächelte sie traurig. Ich dachte, es wäre nun an der Zeit, mich von ihr zu verabschieden, und ging zu ihr.

»Wie geht's dir?«, fragte ich und rieb ihr die Arme.

»Ich bin froh, dass es vorbei ist.«

»Das glaube ich.«

Über ihre Schulter hinweg sah ich, wie Kayla ihrer Tochter und zwei älteren Frauen beim Einsteigen in die Limousine half. Dann blickte sie suchend in die Menge.

»Ich glaube, Kayla sucht nach dir.«

»Meinst du, ich verärgere sie, wenn ich ihr sage, dass ich nicht in der Limousine mitfahren möchte?«

»Ich denke, du solltest tun, was das Leichteste für dich ist. Sie hat anscheinend ihre Familie bei sich, ist also nicht allein.«

Molly hob den Zeigefinger. »Wartest du bitte einen Moment?«

»Sicher.«

Ich sah ihr nach, als sie zu der Frau ihres Vaters ging und mit ihr redete. Molly zeigte auf mich, und Kayla schaute in meine Richtung. Sie lächelte. Dann umarmten sich die beiden, und Molly kam wieder zu mir.

»Fährst du zum Friedhof?«, fragte sie.

»Das hatte ich vor.«

»Kann ich mit dir fahren?«

Ich war überrascht, aber gegen ein paar Minuten mehr mit ihr allein hatte ich selbstverständlich nichts einzuwenden. »Klar.«

Inzwischen reihten sich mehrere Autos hinter der Limousine ein. In dem zweiten Wagen saß Will, wie ich feststellte, und er hatte uns im Blick.

»Weiß Will, dass du mit mir fährst?« Ich wies mit dem Kinn in Richtung seines Autos. »Er beobachtet uns nämlich.«

Molly seufzte. »Nein, ich sollte ihm wohl Bescheid sagen.«

Ich nickte. »Ich hole inzwischen den Wagen vom Parkplatz.«

»Okay, danke.«

Als ich kurz darauf vorfuhr, stieg Molly ein.

»Alles in Ordnung?«

Sie zuckte die Achseln. »Er meinte, es sei okay.«

Als sich der Bestattungswagen in Bewegung setzte, folgte ihm der Leichenzug. Molly starrte aus dem Fenster, als wir uns anschlossen.

»Kann ich dich etwas fragen?«, sagte sie.

»Natürlich. Alles.«

»Was ängstigt dich am Sterben am meisten?«

Ich schaute kurz zu ihr hinüber. »Ich weiß nicht. Ich glaube, man hat keine Schmerzen mehr, wenn das Herz aufhört zu schlagen, und ich stelle mir vor, dass es eine Art von Leben nach dem Tod gibt. Deshalb fürchte ich mich nicht unbedingt vor dem Tod an sich. Ich würde sagen, am meisten Angst habe ich wahrscheinlich davor, mit einem Gefühl von Reue zu sterben.«

»Weshalb zum Beispiel?«

Ich zuckte die Achseln. »Ich weiß nicht … Wenn ich im Rückblick erkennen würde, dass ich zwar immer hart gearbeitet, dafür aber meine Liebsten vernachlässigt hätte. Oder wenn ich bereuen würde, aus irgendeinem Grund nicht geheiratet und keine Familie gegründet zu haben.« Ich hielt inne und schaute abermals zu Molly hinüber. »Oder wenn ich wichtige Chancen vergeben hätte, weil ich zu ängstlich war, ein Risiko einzugehen.«

Sie nickte und starrte weiter aus dem Fenster. »Ich glaube, mein Vater hatte nicht viel zu bereuen … Vielleicht, wie er mit manchen Dingen umgegangen ist, nachdem er uns verlassen hatte. Aber ich habe das Gefühl, dass er in der letzten Zeit noch seinen Frieden damit gemacht hat.«

Ich ergriff ihre Hand. »Den Frieden hast du ihm geschenkt, Molly.«

Sie stieß einen Seufzer aus. »Ich bin froh, dass ich diese letzten Monate mit ihm hatte.«

Ich nickte. »Ich denke, es hat ihm auch viel bedeutet.«

Nach einer kleinen Pause sagte sie: »Will hat mir vor Kurzem gesagt, dass er mich liebt. Einen Tag vor dem Tod meines Vaters.«

Es war wie ein Schlag in die Magengrube. Plötzlich bekam ich keine Luft mehr. Ich brauchte einen Moment, bis ich reagieren konnte. »Hat es dich … glücklich gemacht?«

»Er war echt toll in letzter Zeit. Ich weiß, du hattest anfänglich Vorbehalte gegen ihn. Die hatte ich auch. Aber ich bin davon überzeugt, dass ihm sehr an mir liegt.«

»Bist du auch … in ihn verliebt?« Ich hielt den Atem an.

»Ich mag ihn sehr.« Sie schaute auf ihre Hände. »Aber ich konnte seine Worte nicht erwidern. Noch nicht. Ich mag ihn sehr gern, und wenn wir uns sehen, verbringen wir immer eine schöne Zeit miteinander. Wir haben viele Gemeinsamkeiten.« Sie schüttelte den Kopf. »Ich weiß nicht. Vielleicht sind meine Empfindungen einfach wegen Dads Tod durcheinander, und ich bin mir deshalb meiner Gefühle nicht sicher.«

Ich war zwar kein Experte, was die Dinge des Lebens anging, aber eines hatte ich inzwischen gelernt: Wenn man wirklich verliebt war, dann wusste man es. Und auch wenn ich nicht mit Molly zusammen sein konnte, wollte ich nicht, dass sie sich mit weniger zufriedengab, als sie verdient hatte.

»Ich denke, man weiß es, wenn man verliebt ist, Molly.«

»Aber woher? Woran erkennt man es?«

In diesem Moment erreichte der Leichenzug die schmiedeeisernen Tore des Friedhofs, und es ging in einem langsameren Tempo zum Grab von Mollys Vater.

Ich war froh, dass ich nicht auf den Weg achten musste und einfach dem Wagen vor uns folgen konnte, denn ich dachte fieberhaft über eine Antwort auf ihre Frage nach. Doch es dauerte nicht lange, bis der Leichenwagen anhielt. Ich bekam Panik, als mir bewusst wurde, dass Molly und mir die Zeit davonlief.

Als ich geparkt hatte, wandte sich Molly mir zu. Sie schüttelte den Kopf. »Entschuldige bitte. Ich hätte dich jetzt nicht mit so einer Frage nach dem Sinn des Lebens überfallen sollen. Das Leben meines Vaters hat sein Ende gefunden, und das hat mir anscheinend bewusst gemacht, dass ich dringend meinen Anfang finden muss.«

Die Leute in den Fahrzeugen vor uns stiegen nach und nach aus. Molly legte die Hand auf den Türgriff. »Danke, dass du mich mitgenommen hast, Declan.«

Als sie schon fast aus dem Wagen war, rief ich: »Warte!«

Sie drehte sich um.

»Man weiß, dass man verliebt ist, wenn die vielen kleinen Dinge, vor denen man sich fürchtet, plötzlich nur noch halb so beängstigend sind wie der Gedanke, den Rest seines Lebens nicht mit dem betreffenden Menschen zu verbringen.«

Molly kamen die Tränen, während wir uns fast wie in Trance anstarrten. Beinahe hätte ich ihr gesagt, dass ich wusste, was

Liebe war, weil ich mit ihr die Liebe meines Lebens gefunden hatte. Doch der Moment endete abrupt, als jemand ans Beifahrerfenster klopfte.

Will.

Ich schloss die Augen. *Scheiße.*

Molly sah mich traurig an. »Nochmals vielen Dank, dass du gekommen bist, Declan.«

Ich nahm ihre Hand an meine Lippen und küsste sie. »Keine Ursache. Ich werde immer für dich da sein, Liebling.«

30. KAPITEL

Molly

»Alles in Ordnung mit uns?«

Ich hörte auf, Kreise in das Kondenswasser an meinem Glas zu malen, und sah auf. »Entschuldige, Will, was hast du gesagt?«

Er lächelte traurig. »Komm her.« Wir saßen nebeneinander auf der Couch, und er zog mich auf seinen Schoß, strich mir eine Haarsträhne aus dem Gesicht und sah mir in die Augen. »Ist mit uns alles okay?«

»Ja, sicher. Warum fragst du?«

Er schüttelte den Kopf. »Ich weiß nicht. Du bist so distanziert. Es ist erst anderthalb Wochen her, seit dein Vater gestorben ist, und du hast allen Grund, traurig zu sein, aber aus irgendeinem Grund habe ich das Gefühl, das ist noch nicht alles.«

Ich fühlte mich tatsächlich nicht gut. Es hatte natürlich viel mit meinem Vater zu tun, aber auch mit Declan. Nach der Beerdigung hatte ich mehrere Tage nichts von ihm gehört, und als ich mich schließlich bei ihm gemeldet hatte, war er nicht er selbst gewesen. Seine Nachrichten waren höflich, aber irgendwie reserviert. Mir wurde bewusst, dass sich meine Sorge um Declan und Wills Sorge um mich sehr ähnlich waren.

Ich log Will nur ungern an, aber meine Besorgnis wegen eines anderen Mannes behielt ich wohl besser für mich, zumal es um Declan ging. Also sagte ich die halbe Wahrheit.

»Tut mir leid, wenn ich abwesend wirke. Der Verlust meines Vaters hat mich nachdenklich gemacht, und jetzt komme ich aus dem Gedankenkarussell nicht mehr heraus, wenn das irgendwie Sinn ergibt.«

»Natürlich, das verstehe ich. Aber ich hoffe, du weißt, dass ich für dich da bin, wenn du über die Dinge reden möchtest, die dir im Kopf herumgehen, egal was es ist.«

»Das weiß ich, Will. Du warst fantastisch in der letzten Zeit – so geduldig und hilfsbereit.«

Er legte die Hände um meine Wangen. »Weil ich dich liebe.«

Nun hatte er mir schon zum dritten Mal eine Liebeserklärung gemacht, und ich hatte sie noch nicht erwidert. Ich fühlte mich zusehends unter Druck gesetzt, es zu tun, doch ohne mir sicher zu sein, konnte ich die Worte nicht aussprechen.

Ich drehte den Kopf zur Seite und drückte einen Kuss in seine Handfläche. »Danke.«

Etwas später musste Will ins Krankenhaus, und wir verabschiedeten uns voneinander. Nachdem ich die Tür geschlossen hatte, fühlte ich mich erleichtert, allein zu sein. Ich konnte ins Nichts starren, so viel ich wollte, und musste nicht vorgeben, dass es mir gut ging, oder erklären, warum es nicht so war. Ich schenkte mir zur Entspannung ein Glas Wein ein und nahm das Fotoalbum zur Hand, das seit der Totenwache auf dem Couchtisch lag. Meine kleine Schwester hatte Fotocollagen gemacht, die im Beerdigungsinstitut ausgestellt worden waren, und ich hatte dafür von meiner Mutter ein altes Familienalbum mit Bildern von meinem Vater und mir ausgeborgt.

Ich wurde melancholisch, während ich darin blätterte: Dad und ich beim Angeln und beim Softball, dann mein Vater mit den Fingern voller Nagellack, weil ich ihm mit vier Jahren eine

Maniküre verpasst hatte. Mom, Dad, meine ältere Schwester und ich auf einem Herbstmarkt zwischen Kürbissen – seitenweise Kindheitserlebnisse, an die ich mich nicht erinnern konnte. Als ich am Ende des Albums ankam, liefen mir heiße Tränen übers Gesicht. Und als ich die letzte Seite aufschlug, sah ich ein Foto, das ich definitiv nicht erwartet hatte.

Statt weiterer Familienbilder fand ich ein eingelegtes Blatt mit dem Ausdruck eines Selfies von Declan. Er schnitt eine fürchterliche Grimasse – Schielaugen, eingezogene Wangen und gespitzte Lippen – und hielt eine große Tüte Schokolinsen hoch. Ich musste laut lachen, als ich den Kommentar las, den er an den Rand geschrieben hatte.

Trockne deine Tränen, meine Schöne. Ich weiß, es war nicht leicht, dieses Album durchzublättern. Aber du hast es geschafft, und deshalb hast du eine Belohnung verdient. Und nun beweg deinen Hintern und schau mal unter die Couch!

Grinsend sprang ich auf und ging auf alle viere. Und tatsächlich, unter der Couch befand sich ein ungeöffneter Ein-Kilo-Beutel meiner geliebten M&Ms. Ich schnappte ihn mir, setzte mich wieder auf die Couch und nahm mein Telefon zur Hand, um Declan zu schreiben.

Molly: Ich habe gerade meine Belohnung gefunden! Woher wusstest du, dass ich sie brauchen werde, und wann hast du sie unter der Couch versteckt?

Wenige Minuten später tanzten die Punkte auf meinem Handy, und ich war so aufgeregt wie schon seit Wochen nicht mehr, während ich auf seine Antwort wartete.

Declan: Als ich letzte Woche zur Beerdigung zu Hause war – bevor du morgens aufgestanden bist. Sind das die einzigen, die du inzwischen gefunden hast?

Zu Hause. Schon wieder hatte er meine Wohnung als sein Zuhause bezeichnet. Ich fragte mich, ob es ihm überhaupt bewusst war.

Molly: Nein, ich habe auch die einzelnen gefunden, die du überall verteilt hast. Aber ein Foto von dir war nur bei diesem Beutel dabei. Gibt es noch mehr davon?

Declan: Das wirst du wohl irgendwann rausfinden …

Ich lachte und schrieb zurück. Doch im letzten Moment verwarf ich meine Nachricht und rief Declan an.

»Gehörst du eigentlich zu denen, die glauben, dass die grünen aphrodisierend wirken?«, sagte er ohne jede Begrüßung.

Ich lachte. »Nein, aber ich glaube, dass die Twinkies unendlich lange haltbar sind und sogar die Apokalypse überdauern.«

»Interessant. Wenn du nur einen Gegenstand aus dem Haus mitnehmen könntest, wenn die Apokalypse über uns hereinbricht, was wäre das?«

»Keine Ahnung. Vielleicht eine Taschenlampe oder ein Feuerzeug? Und du?«

»Ketchup. Eine große Flasche«, antwortete er im Brustton der Überzeugung.

»Warum um alles in der Welt Ketchup?«

»Warum um alles in der Welt nicht? Der schmeckt auf allem gut.«

Ich lachte. »Gott, Declan. Dieses Gespräch ist wirklich absurd – aber genau das, was ich gerade gebraucht habe.«

»Leider höre ich das nicht zum ersten Mal von einer Frau.«

Ich hatte Geräusche im Hintergrund gehört, die nun plötzlich verstummt waren. »Hast du gerade den Fernseher ausgemacht?«

»Nein, ich bin in der Bar in der Nähe meines Hotels.«

»In der Lesbenbar?«

»Ja. Ich habe da gute Freunde gefunden.«

Ich lächelte unwillkürlich. Declan fand überall Freunde.

»Dann will ich dich nicht lange aufhalten.«

»Keine Sorge, ich bin eben nach draußen gegangen, damit ich dich besser verstehe.«

»Ich wollte mich nur bei dir bedanken – weil du gewusst hast, dass ich eine Aufmunterung brauchen würde, wenn ich irgendwann zu der letzten Seite des Fotoalbums komme.«

»Gern geschehen, Liebling.«

Bei dem Kosewort wurde mir augenblicklich wohlig warm im Bauch.

Ich lehnte mich zurück und drückte den Süßigkeitenbeutel an meine Brust. »Wie ist es denn im Käseland?«

»Allmählich wird es gruselig.«

»Oh? Wieso?«

»Ich habe inzwischen ein unheimlich großes Repertoire an Käsewitzen.«

»Du meinst Witze, die zum Himmel stinken?«

»Nein, ich meine Witze zum Thema Käse. Wie nennt man einen Dinosaurier aus Käse?«

»Keine Ahnung.«

»Gorgonzilla.«

Ich lachte und spornte ihn damit natürlich noch an.

»Was sagt der eine Käse zum anderen?«

»Was denn?«

»Come-on-Bert.«

»Ich hoffe, du verwendest die nicht in den großen Marketingkampagnen, an denen du arbeitest.«

»Wenn ich nicht bald von hier wegkomme, womöglich doch.«

»Apropos … wann bist du dort fertig?«

»Gegen Ende des Monats.«

»Oh, wow. Dann bist du bald wieder in Chicago?«

Declan zögerte einen Moment. »Eventuell gehe ich dann zurück nach Kalifornien.«

»Was? Warum? Ich dachte, du kommst, um das Projekt hier abzuschließen.«

»Das dachte ich zuerst auch, aber … Es ist wahrscheinlich besser, wenn ich nach Kalifornien zurückkehre.«

»Zwingt dich dein Chef dazu?«

»Nein … Ich denke nur … Ich weiß nicht. Ich habe mich noch nicht endgültig entschieden.«

Ich bekam Panik. »Aber wenn du nicht wegen des Projekts zurückkommst, wann sehen wir uns dann wieder?«

Declan seufzte. »Ich weiß es nicht, Mollz.«

»Du musst noch mal herkommen.«

Er schwieg eine Weile, dann sagte er: »Ich sollte lieber wieder reingehen. Sonst denkt Belinda noch, ich wollte die Zeche prellen.«

»Oh … okay.«

»Pass auf dich auf, ja?«

»Mache ich. Du auch, Declan.«

Ich verspürte einen unerträglichen Druck auf der Brust. *Was ist, wenn er wirklich nicht mehr nach Chicago kommt?*

31. KAPITEL

Declan

Mir trat der Schweiß auf die Stirn, während ich mich von der Musik davontragen ließ. Ich war wieder einmal der einzige Mann in der *Spotted Cow*. Inmitten einer Schar von Frauen tanzte ich zu *Whatta Man* von Salt 'n' Pepa. Der Song wurde extra für mich gespielt, und ich fühlte mich geehrt. Es war der letzte Samstag, bevor ich Wisconsin in der kommenden Woche verlassen musste. Als Abschiedsgeschenk hatte Belinda einen DJ engagiert. Es war mit Abstand die beste Abschiedsparty, die ich mir hätte wünschen können. Dass meine Drinks aufs Haus gingen, war auch nicht übel. Ich hatte diese kleine Flucht aus der Realität dringend nötig, denn die Zeit nach meinem Besuch in Chicago war nicht leicht gewesen.

Die Enttäuschung in Mollys Stimme, als ich ihr gesagt hatte, dass ich wahrscheinlich nicht zurückkommen würde, hatte mich tief getroffen. Ihre Reaktion ließ mich zwar an meiner Entscheidung zweifeln, doch ich ertrug es einfach nicht, sie mit Will zu sehen. Zu wissen, dass die beiden sich von Tag zu Tag näherkamen, war eine Sache, aber mit ansehen wollte und konnte ich es nicht. Abgesehen davon würde es verdächtig erscheinen, wenn ich nach so kurzer Zeit schon wieder dort auftauchte. Es würde Will nicht gefallen, und ich wollte Molly nicht in Schwierigkeiten bringen. Ob sie es nun einsah oder nicht, es war die richtige Entscheidung, direkt nach Kalifornien zurückzukehren. Trotzdem beschlichen mich bei jeder Gelegenheit Zweifel.

Als der DJ einen langsameren Song auflegte, verließ ich die Tanzfläche und ging zur Theke.

Belinda grinste von einem Ohr zum anderen. »Mannomann, so habe ich dich noch nie tanzen sehen.«

Ich griff zu einer Serviette und trocknete mir die Stirn. »Na ja, ich versuche zu vergessen, verstehst du? Ich tanze meine Sorgen einfach weg.«

»Wann geht noch mal dein Flug?«

»Donnerstag Abend. Bis dahin sehen wir uns sicher noch.«

Belinda zog eine Schnute. »Ich werde dich echt vermissen.«

»Mach doch mal Urlaub und komm nach Kalifornien.«

»Das mache ich wirklich, versprochen!« Sie schlug mit ihrem Wischlappen nach mir. »Was ist los, Dec? Du bist nicht gerade traurig darüber, Wisconsin zu verlassen, das weiß ich. Was ist es denn, das du unbedingt vergessen willst? Seit du in Chicago warst, bist du irgendwie down.«

Ich hatte noch nicht viel mit ihr geredet, seit ich von der Beerdigung zurückgekommen war. Aber was hatte ich jetzt noch zu verlieren? »Kann ich dir etwas sagen, das ich bisher niemandem anvertraut habe?«

»Natürlich. Aber willst du es mir nur deshalb sagen, weil du ziemlich betrunken bist?«

Ich lachte. »Nein! Ich schwöre.«

»Okay. Du sollst es ja später nicht bereuen.« Sie beugte sich vor. »Was ist denn das große Geheimnis?«

»Ich glaube, ich bin verliebt.«

»In mich?«, entgegnete sie, ohne mit der Wimper zu zucken.

Ich bekam einen Lachanfall. »Natürlich, in dich sowieso. Aber in diesem konkreten Fall meine ich eine andere.«

Sie lächelte wissend. »Molly …«

Nach einem langen Atemzug nickte ich. »Ja.«

»Und das ist dir jetzt erst klar geworden?«

Ich seufzte. »Mir war schon immer bewusst, dass sie mir sehr wichtig ist. Aber nach dem letzten Trip nach Chicago bin ich mir hundertprozentig sicher, dass ich sie liebe. Und ich weiß verdammt noch mal nicht, was ich tun soll.«

»Du liebst Molly, aber du gehst nicht wieder nach Chicago.« Sie kratzte sich übertrieben am Kopf. »Klar … das klingt total logisch.«

»Ich weiß, es erscheint falsch. Aber so einfach ist die Situation nicht.«

»Wenn du eine Frau liebst, musst du es ihr sagen.«

»Aber vielleicht sollte ich das nicht tun, wenn ich bezweifle, dass ich der Richtige für sie bin. Wenn man jemanden liebt, will man nur das Beste für denjenigen.« Ich hielt inne. »Ich habe dir doch von meinen Depressionen erzählt. Was ist, wenn ich das irgendwann nicht mehr in den Griff bekomme oder wenn es im Lauf der Zeit schlimmer wird?«

»Hast du ihr davon erzählt?«

Ich seufzte. »Ja, bei meinem letzten Besuch. Sie war wunderbar und einfühlsam.«

»Was ist dann das Problem?«

»Das Problem ist, dass sie es zwar akzeptiert, womöglich aber nicht begreift, worauf sie sich einlässt.«

Belinda schüttelte den Kopf. »Niemand weiß, worauf er sich langfristig mit einem anderen Menschen einlässt und was die Zukunft bringt. Das ist das Risiko, das man für die Liebe eingeht. Ich wette, Molly ist stärker, als du denkst. Und wenn sie dich liebt, wird sie damit klarkommen, dass du zwischendurch mal schlechte Tage hast.«

Die Rädchen in meinem Kopf drehten sich immer noch gegen mich. »Okay … aber selbst wenn du recht haben solltest, sie ist zurzeit mit einem anderen zusammen.«

»Was sagt sie über ihre Gefühle für diesen Mann?«

»Soweit ich weiß, hat sie ihm noch nicht gesagt, dass sie ihn liebt, obwohl er es ihr schon gesagt hat. Aber das kann ja noch werden.«

Belinda riss die Augen auf. »Äh … Hallo? Das ist ein ziemlich deutlicher Hinweis darauf, dass sie ihn *nicht* liebt.«

»Und wenn sich das inzwischen geändert hat?« Ich stützte den Kopf in die Hände. »Ungeachtet ihrer Gefühle für ihn habe ich einfach keine Ahnung, ob sie so für mich empfindet wie ich für sie. Ich bin ihr wichtig. Wir sind gute Freunde. Und sie fühlt sich zu mir hingezogen – zumindest war es irgendwann mal so. Aber das heißt nicht, dass ihre Gefühle ebenso stark sind wie meine.«

»Dann frag sie. Was kann den schlimmstenfalls passieren?«

»Ich möchte ihr Leben nicht auf den Kopf stellen. Sie hat in letzter Zeit einiges durchgemacht. Ich möchte keine Unruhe stiften und Molly nicht durcheinanderbringen, wenn sie in einer glücklichen festen Beziehung ist.«

Belinda zuckte die Achseln. »Sie konnte dir nicht mit Bestimmtheit sagen, dass sie ihn liebt …«

»Sie war in einer Ausnahmesituation, als wir darüber gesprochen haben – ihr Vater war gerade gestorben. Ich weiß nicht, ob sie überhaupt etwas empfinden konnte.«

Belinda stützte das Kinn in die Hände und lächelte. »Ist sie die erste Frau, die du liebst?«

Gar keine Frage. »Ja, ohne jeden Zweifel.«

»Wie bist du zu der Erkenntnis gekommen, dass du sie liebst?«

»Ach … In der Kirche musste ich hinter ihr und ihrem Freund sitzen.« Ich schüttelte den Kopf. »Es hat sich unnatürlich angefühlt … und es hat sehr wehgetan. Als ob ein Teil meines Herzens in ihr schlagen würde und ich nicht hingelangen könnte. Ich wollte so sehr derjenige sein, der sie tröstet. Ich habe echte Schmerzen verspürt. Aber erst auf dem Rückflug hierher ist mir aufgegangen, dass dieses schmerzhafte Gefühl Liebe ist.«

Belinda wischte sich zu meiner Überraschung eine Träne aus dem Augenwinkel. »Declan, du musst es ihr sagen.«

Ich sah sie groß an. »Oh mein Gott, ich habe dich zum Weinen gebracht. Ich kann es nicht glauben.«

»Ich weine, weil du etwas Wunderschönes gesagt hast. Und weil es mir wirklich leidtut, dass ich dir gleich den Hintern versohlen muss.« Sie fing an zu lachen. »Dec, es wäre absolut tragisch, wenn du sie kampflos gehen lassen würdest.«

»Ich kann sie nicht gehen lassen, wenn ich sie gar nicht habe.«

Sie verdrehte die Augen und schlug mich noch einmal mit dem Wischlappen. »Weißt du, was ich denke?«

»Was?«

»Ich denke, du hast Angst. Du hast gesagt, du willst sie nicht durcheinanderbringen, aber wenn das deine Sorge ist, weiß zumindest ein Teil von dir, dass sie Gefühle für dich hat – was wiederum bedeutet, dass sie eine Entscheidung treffen muss.«

Das ergab auf jeden Fall Sinn. »Möglicherweise …«

»Indem du nichts sagst, bleibst du in deiner Komfortzone. Sie bleibt in deinem Leben, aber nicht auf die Art, wie du es dir wünschst. Auf diese Weise lässt du deine Angst sämtliche Entscheidungen treffen. Zieh den Kopf aus dem Arsch und sieh die Dinge, wie sie sind.«

Ich schmunzelte. »Verdammt, nächste Woche verliere ich meine alles durchschauende Therapeutin.«

Belinda hob den Zeigefinger und ging zum DJ-Pult. Als sie hinter die Theke zurückkehrte, kam *I'm the Only One* von Melissa Etheridge aus den Boxen.

»Achte auf den Text«, rief Belinda über die Musik hinweg. »Das ist die Einstellung, die du dir in Bezug auf Molly zulegen musst. Niemand wird sie so lieben, wie du sie liebst, auch wenn das Leben nicht immer perfekt ist. Du bist der Einzige, Declan. Das weißt du tief im Inneren. Und du kannst es am besten beweisen, indem du dein Herz riskierst. Schweigen bedeutet Reue. Tatenlosigkeit führt letztlich immer zu Reue. Wenn du nichts sagst, wirst du es nie erfahren.«

Ich rieb mir die Schläfen. Belinda hatte mir viel zu viel Stoff zum Nachdenken gegeben. Das war ihr offensichtlich auch klar, denn sie hörte auf zu reden und schenkte mir noch einen Drink ein.

32. KAPITEL

Molly

Es war die nervenaufreibendste natürliche Geburt, die ich seit langer Zeit miterlebt hatte. Sie bewies mir einmal mehr, was für ein fantastischer Arzt Will Daniels war.

»Es ist ein Junge!«, verkündete er stolz hinter seinem Mundschutz, als er das Baby unserer Patientin Karma in den Armen hielt. Sie hatte mehr als vierundzwanzig Stunden in den Wehen gelegen und alle Medikamente abgelehnt. Karma und ihr Ehemann Joshua hatten das Geschlecht ihres Babys vorher nicht wissen wollen und erfuhren nun, dass sie einen Sohn hatten.

»Ich fasse es einfach nicht!«, rief Joshua begeistert.

Meine Freude über ein neugeborenes Baby war nach wie vor riesig, ganz egal wie viele Nachtschichten ich hinter mir hatte. Jedes neue Leben war aufregend für mich.

Wenige Minuten später fragte jemand: »Haben Sie schon einen Namen?«

Die frischgebackene Mutter lächelte. »Declan.«

Ich hielt ruckartig inne.

Declan.

Mir kamen augenblicklich die Tränen. Declan hatte an seinem Entschluss festgehalten, nach seinem Auftrag in Wisconsin nicht nach Chicago zurückzukehren, und ich hatte es noch nicht verwunden.

Zuerst hatte ich nicht begriffen, warum mich seine Entscheidung so schwer getroffen hatte. Schließlich war seine Rückkehr nach Kalifornien von Anfang an geplant gewesen. Doch wie es nun aussah, würde ich ihn vielleicht nie wiedersehen.

Ich wischte mir verstohlen die Augen. »Declan ist ein schöner Name.«

Als Will vom Händewaschen zurückkam, sah er mein Gesicht und kniff die Augen zusammen. Er merkte natürlich, dass ich geweint hatte, stellte aber keine Fragen.

Will Daniels war ein guter Mann. Dessen war ich mir inzwischen sicherer denn je. Er hatte alles, was eine Frau sich nur wünschen konnte. Er war perfekt. Und er hatte mir mehrmals gesagt, dass er mich liebte. Und trotzdem konnte ich die Worte nicht erwidern.

In den vergangenen Tagen war es wegen meiner labilen Stimmung und meiner Unfähigkeit, meine andauernde Traurigkeit zu erklären, immer wieder zu Reibereien zwischen uns gekommen. Was sollte ich auch sagen? *Ich bin traurig, weil der Kerl, den du nicht gern mit mir siehst, möglicherweise niemals zurückkehren wird? Ich bin traurig, weil ich nicht genau weiß, warum ich dich nicht liebe?*

Doch mittlerweile hatte ich erkannt, dass es keine Rolle spielte, *warum* ich Will offenbar nicht genug liebte, um es zu sagen. Viel wichtiger war es, ehrlich zu ihm zu sein. Und die Wahrheit war offensichtlich: Ich konnte seine Gefühle nicht erwidern und wusste nicht, ob das jemals der Fall sein würde.

Als wir uns später im Pausenraum trafen, konnte ich ihm nicht in die Augen sehen. Und in diesem Moment wurde mir klar, dass ich eine Entscheidung treffen musste. So konnte ich nicht weitermachen. Will Daniels mochte der perfekte Mann sein, aber für mich war er nicht der Richtige. Er hatte eine

Frau verdient, die sich ihrer Liebe zu ihm sicher war. Sobald er wieder zu haben war, würden die Frauen garantiert Schlange stehen, um meinen Platz einzunehmen. Warum also sollte ich seine Zeit vergeuden, wenn ich keine Zukunft für uns sah?

»Will … können wir nach draußen gehen und reden?«

Der enttäuschte Ausdruck in seinen Augen verriet mir, dass er genau wusste, was nun kommen würde. Er nickte und folgte mir vor die Tür.

Und dann machte ich mit einem der tollsten Männer Schluss, die ich jemals kennengelernt hatte. Nur die Zeit würde zeigen, ob es der größte Fehler meines Lebens war.

Am folgenden Abend hatte ich dienstfrei und lud meine kleine Schwester Siobhan ein, bei mir zu übernachten. Ich hatte mir das längst vorgenommen und immer wieder hinausgeschoben. Sie war gerade zehn geworden und litt sehr unter Dads Tod. Laut Kayla fühlte sie sich mit mir weniger allein, weil wir beide den Vater verloren hatten. Kayla hielt es für eine gute Idee, wenn wir mehr Zeit miteinander verbrachten. Also lud ich sie ein. Und für mich war es auch eine nette Ablenkung.

Während wir im Wohnzimmer auf dem Boden saßen und Pizza aßen, steckte meine Schwester ihre kleine Nase in Angelegenheiten, die sie nichts angingen.

»Was ist mit deinen zwei Liebhabern?«

Ich sah sie mit großen Augen an. »Wie bitte?«

»Du hast doch zwei Männer, oder? Will und Declan? Sie waren beide bei Daddys Beerdigung.«

Meine Schwester war cleverer, als ich gedacht hatte. Und sie dachte allem Anschein nach, dass ich zweigleisig fahren würde.

Wie erkläre ich ihr das jetzt …? »In einer Fantasiewelt können Frauen vielleicht zwei Männer haben und es funktioniert, aber in unserer Welt haben wir in der Regel nur einen. Mit Will bin ich nicht mehr zusammen, und Declan ist ein guter Freund. Zurzeit habe ich keinen Liebhaber.«

Sie legte den Kopf schräg. »Warum nicht?«

Dieses Thema wollte ich auf keinen Fall mit einer Zehnjährigen besprechen.

»Das ist kompliziert. Sagen wir mal, ich habe Will nicht so geliebt, wie ich ihn hätte lieben sollen.«

Sie schlug die Beine übereinander. »Warum nicht?«

Ich pustete mir die Haare aus der Stirn. »Da bin ich mir nicht sicher. Wenn man jemanden wirklich liebt, dann weiß man es, aber wenn nicht, kann es länger dauern, bis man dahinterkommt.« Ich wischte mir den Mund mit der Serviette ab. »Meistens ist es nur so ein Gefühl, und als ich dann begriffen habe, dass Will nicht der Richtige für mich ist, wollte ich ihm keine Zeit mehr stehlen.«

»Wie erkennt man denn, ob man jemanden liebt?«

Ich erinnerte mich an Declans Worte auf der Beerdigung meines Vaters, als ich ihm diese Frage gestellt hatte: *Man weiß, dass man verliebt ist, wenn die vielen kleinen Dinge, vor denen man sich fürchtet, plötzlich nur noch halb so beängstigend sind wie der Gedanke, den Rest seines Lebens nicht mit dem betreffenden Menschen zu verbringen.*

Und wenn ich auf die vergangenen Tage zurückblickte, musste ich feststellen, dass mich vor allem die Angst umgetrieben hatte, Declan endgültig zu verloren zu haben. Seit dem Moment, als er mir gesagt hatte, er würde nicht wieder nach Chicago kommen, konnte ich kaum an etwas anderes denken.

Oh mein Gott.

»Siobhan«, sagte ich schließlich, »um zu erkennen, ob man jemanden liebt, braucht es oft einen Anstoß. Manchmal merken wir erst, dass wir jemanden lieben, wenn wir ihn verloren haben und es zu spät ist. Ich glaube, so etwas erlebe ich gerade.«

Sie machte große Augen. »Du liebst jemanden? Noch einen anderen? Nummer drei?«

Ich schüttelte lachend den Kopf. »Nein, es gibt keine Nummer drei. Ich liebe Declan.« Ich hielt inne, um in mich hineinzuhören. *Wow. Ja. Wirklich wahr.* »Declan ist der Richtige.«

Sie schnappte nach Luft. »Wirst du es ihm sagen?«

Ich schüttelte den Kopf. »Möglicherweise. Ich weiß nicht. Ich muss darüber nachdenken. Es ist mir eben erst bewusst geworden.«

»Okay.« Sie lächelte und widmete sich wieder ihrer Pizza, als wäre das alles keine große Sache.

Für mich allerdings schon!

Danach guckten wir einen Film und teilten uns dabei eine Riesenportion Popcorn. Aber ich musste immer wieder an meine neu gewonnene Erkenntnis in Bezug auf Declan denken. Was bedeutete das für mich? In ein paar Tagen ging er von Wisconsin nach Kalifornien. Ich hatte mein Leben hier in Chicago. Und wenn er meine Liebe nicht erwiderte? Dann war es auch egal, was ich empfand.

Ich konnte nur auf ein Zeichen hoffen. Ich brauchte Hilfe bei der Entscheidung, was ich jetzt tun sollte. Aber ich war heilfroh, dass ich Will hatte gehen lassen. Jetzt kannte ich den Grund, warum ich ihn nicht lieben konnte. Ich liebte einen anderen.

Am späten Abend war Siobhan zum Schlafen in Declans Zimmer gegangen (ja, es würde immer »Declans Zimmer« bleiben), und ich hatte mich in mein Zimmer zurückgezogen.

Mitten in meinem abendlichen Hautpflegeprogramm hörte ich meine Schwester nach mir rufen.

»Molly!«

»Ja?«

»Kannst du mal kommen?«

Als ich das Zimmer betrat, hielt sie einen Zettel in der Hand. »Ich habe eine Schokolinse unter dem Bett gefunden, als ich meine Schuhe weggeräumt habe. Dann wollte ich schauen, ob da noch mehr sind, und habe das hier entdeckt.«

Ich nahm ihr den Zettel ab und erkannte Declans Handschrift.

Und eine Menge schmutziger Wörter.

Mist.

Mehrere Sätze waren durchgestrichen.

Ich las, was er geschrieben hatte.

Scheiß drauf. Versuchen wir es einfach.
Ich denke ständig daran, wie es wäre, mit dir zu schlafen, Molly. Aber es ist so viel mehr als das.
Vielleicht sollten wir von Tag zu Tag sehen, wie es sich entwickelt.
Ich bin verrückt nach dir, Molly. Lass es uns einfach versuchen.

Was? Mein Herz zog sich zusammen.

»Tu so, als hättest du das nicht gesehen, okay? Husch, husch, ins Bett, wir reden morgen.«

»Okay.« Sie zuckte mit den Schultern. »Nacht, Molly.«

»Gute Nacht.«

Ich nahm den Zettel mit in mein Zimmer und setzte mich aufs Bett, um ihn immer und immer wieder zu lesen.

Wann hat Declan das geschrieben?

Ich zerbrach mir den Kopf darüber und kam nicht dahinter. Aber das Wann spielte eigentlich auch gar keine Rolle. Der Zettel war der Beweis dafür, dass Declan tatsächlich zu einem gewissen Zeitpunkt mit mir zusammen sein wollte. Etwas hatte ihn jedoch davon abgehalten, es mir zu sagen. Ich hatte das Zeichen bekommen, auf das ich gehofft hatte. Nur … was fing ich jetzt damit an?

33. KAPITEL

Declan

Ich hatte keine Ahnung, ob es die richtige Entscheidung war. Der Flieger stand auf der Startbahn, und ich starrte mit klopfendem Herzen aus dem Fenster.

Und wenn ich zu spät komme?

Und wenn sie mir sagt, dass sie ihn liebt?

Und wenn sie über eine Freundschaft hinaus keine Zukunft für uns sieht?

Die Alternative hätte eigentlich eine Erleichterung für mich sein müssen …

Und wenn sie mich auch liebt?

Doch dieser Gedanke brachte mich nur noch mehr ins Schwitzen.

Und wenn sie mich auch liebt?

Was würde geschehen, wenn sie die Chance auf ein sicheres Leben mit einem anständigen Kerl vergab und ich ihr nicht mehr bieten konnte als lange Phasen der Schwermut, in denen ich es gerade noch schaffte, morgens aufzustehen, um arbeiten zu gehen?

Was würde geschehen, wenn es mit mir schlimmer wurde und ich eines Tages nicht mehr arbeiten und uns nicht mehr versorgen konnte?

Mein Blick war auf die Flugzeugtür gerichtet. Ich saß in Reihe sieben, und es kamen noch etliche Leute an Bord. Der

Platz neben mir war noch nicht besetzt. Wenn ich wollte, konnte ich jetzt noch meine Tasche aus dem Gepäckfach nehmen und zur Tür hinausrennen. Molly wusste nichts von meinen Plänen, sie wäre also auch nicht enttäuscht.

Mir rann der Schweiß den Nacken hinunter, obwohl ich direkt unter der Lüftung der Klimaanlage saß. Ich beobachtete die Passagiere, die an mir vorbeigingen, und flippte innerlich aus, weil das Flugzeug stetig voller und mein Zeitfenster zum Flüchten immer kleiner wurde. Irgendwann tauchte ein riesiger Kerl vor mir auf. Er war mindestens zwei Meter groß und brachte gut und gerne hundertfünfzig Kilo Muskelfleisch auf die Waage. Er ließ sich neben mir nieder und entschuldigte sich beim Angurten.

»Tut mir leid, Mann, wenn's eng wird. Ich fliege meistens erster Klasse wegen der breiteren Sitze, aber es war kein Platz mehr frei.«

»Kein Problem.«

Ich schaute unverwandt zur Tür.

»Flugangst?«

Meine Nervosität war mir offenbar an der Nasenspitze anzusehen. Ich stieß einen gequälten Seufzer aus. »Normalerweise nicht.«

»Nun, das Wetter soll gut werden. Wir haben einen ruhigen Flug vor uns. Versuchen Sie, sich zu entspannen.«

Ich nickte.

Doch kurz darauf begann ich, mit den Beinen zu wippen. Die Abstände zwischen den Einsteigenden wurden immer größer. *Jetzt ist es gleich so weit.* Jeden Moment würden sie die verdammte Tür schließen.

Ich löste hastig meinen Gurt und stand auf, dann ließ ich mich wieder auf meinen Platz fallen und fuhr mir mit den Händen durch die Haare.

»Sind Sie sicher, dass es Ihnen gut geht?«, fragte mein Sitznachbar. »Ihr Verhalten macht mich ein bisschen nervös.«

Scheiße. Heutzutage konnte man ja auch die Nerven verlieren, wenn man jemanden im Flugzeug beobachtete, der sich grenzwertig verhielt.

»Entschuldigen Sie. Ich wollte Sie nicht beunruhigen. Ich … Ich werde jemanden treffen und weiß nicht, ob meine Entscheidung richtig ist.«

Der Baum von einem Mann wirkte wahrhaftig erleichtert. Er nickte. »Dann geht es wohl um eine Frau?«

»Ja …«

»Ah, das erklärt, warum Sie so verängstigt aussehen.« Er lächelte. »Sie sehen echt aus, als würden Sie sich gleich in die Hosen machen. Als ich sechs Jahre alt war, kam es zwischen meinen Eltern zum Streit. Mein Vater war ein großer Kerl, und neben ihm war ich winzig klein. Er hatte wieder mal Mist gebaut, seinen halben Lohn beim Zocken verloren, und meine Mutter hat ihn aus dem Haus gejagt. Ich saß draußen auf der Veranda, und er kam zu mir und machte sich ein Bier auf. Bis heute habe ich nicht vergessen, was er da gesagt hat.«

»Was denn?«

»Junge, wenn du eine Frau findest, die dich in Angst und Schrecken versetzen kann, dann musst du sie heiraten.« Der Mann schmunzelte. »Meine Frau ist gerade mal eins fünfzig groß, und die kleine Lady macht mir tierische Angst. Manchmal erweist sich die Angst vor einer Frau als das Beste im Leben eines Mannes.«

Ich lächelte matt. »Danke.«

Er nickte.

Wenige Sekunden später wurde der Drang, den Flieger zu verlassen, fast übermächtig. Ich wandte mich meinem Sitznachbarn zu.

»Würden Sie mir einen Gefallen tun?«

»Welchen?«

»Lassen Sie mich nicht aus diesem Flugzeug aussteigen.«

Er zog eine Augenbraue hoch. »Sind Sie sicher?«

Ich atmete tief durch. »Hundertprozentig.«

Der gewaltige Kerl verschränkte die Arme vor der Brust und streckte seine dicken Beine aus, um mir den Durchgang zu versperren. »Kein Problem!«

Ich beschloss, mir ein Hotelzimmer in Chicago zu nehmen. Es kam mir zwar komisch vor, nicht bei Molly zu wohnen, aber sie sollte sich nicht unter Druck gesetzt fühlen. Denn wenn wir miteinander redeten und sie mir erklärte, dass sie nicht mit mir zusammen sein wollte, konnte ich schlecht Gute Nacht sagen und mich im Nachbarzimmer ins Bett legen, oder? Das fühlte sich nicht richtig an. Daher checkte ich ins Hampton Inn in der Nähe des Krankenhauses ein, in dem sie arbeitete. Es war schon spät, und ich wollte erst einmal ausschlafen und sie am nächsten Tag kontaktieren. Ich wusste nicht, ob sie Dienst hatte, weshalb ich mir vornahm, sie um die Zeit anzurufen, zu der sie normalerweise von der Arbeit heimkam.

Der Wunsch auszuschlafen erwies sich jedoch als illusorisch. In der Ungewissheit, ob ich das Richtige tat, wälzte ich mich die ganze Nacht hin und her. Ich wollte das Beste für Molly, und das war womöglich nicht ich.

Das Morgenlicht half mir auch nicht, klarer zu sehen. Ich ging um sechs Uhr zum Frühstück nach unten, um mir einen dringend nötigen Kaffee zu besorgen. Nachdem ich mich ausreichend mit Koffein versorgt hatte, betrachtete ich mein Telefon und überlegte, was ich Molly schreiben sollte. Am Ende hielt ich es einfach.

Declan: Hey. Bist du fertig mit der Arbeit? Ich dachte, wir könnten reden.

Ich fühlte mich wie ein Teenager, als ich beobachtete, wie die Nachricht als gesendet, empfangen und dann als gelesen markiert wurde. Mein Puls raste, und mir brach erneut der Schweiß aus. Wenigstens musste ich wahrscheinlich nicht lange warten. Molly antwortete in der Regel ziemlich schnell.

Doch eine halbe Stunde später hatte sie immer noch nicht geschrieben. Statt herumzusitzen und auf das Signal meines Telefons zu warten, ging ich unter die Dusche und machte mich fertig für die Arbeit – noch so eine komplizierte Geschichte. Mein Chef wusste selbstverständlich von meiner Rückkehr nach Chicago. Vor zwei Tagen hatte ich ihm mitgeteilt, dass ich mir ein Bild vom Stand der Dinge machen wolle, um beurteilen zu können, ob meine Anwesenheit erforderlich sei. Er hatte nichts gegen die kurzfristige Planänderung einzuwenden gehabt und es mir überlassen, Julia Bescheid zu geben, und ich hatte es noch nicht getan. In dieser Hinsicht hatte ich offensichtlich auch noch etwas zu klären.

Um Viertel vor neun wurde es Zeit, zum Büro zu fahren, und ich hatte immer noch nichts von Molly gehört. Da sie meine Nachricht gelesen hatte, vermutete ich, dass sie im Kreißsaal gebraucht wurde oder so was. Ich hätte lieber vor der Arbeit mit ihr gesprochen, aber jetzt war sie am Zug.

Im Büro angekommen entdeckte ich Julia im Besprechungsraum. Er war rundherum verglast, und ich sah sie schon vom Flur aus, aber sie war beschäftigt und bemerkte mich zunächst nicht.

»Klopf, klopf«, sagte ich, während ich die Tür öffnete.

»Declan!« Ihr Gesicht leuchtete auf. »Was machst du denn hier?«

Sie befand sich anscheinend in den Vorbereitungen für ein Meeting. Am Ende des Tischs war ein Projektor aufgebaut, und an jedem Platz lag ein dickes Bündel Papiere. Nun kam sie jedoch zu mir herübergelaufen. Sie warf einen Blick in den Flur, um zu prüfen, ob die Luft rein war, bevor sie mir um den Hals fiel, ihre Brüste an mich presste und Anstalten machte, mich zu küssen. Ich schaffte es im letzten Moment, den Kopf wegzudrehen, und ihre Lippen landeten auf meiner Wange.

Einer der beiden Junior-Mitarbeiter, die mich vertraten, kam den Flur herunter. Ich nickte ihm zu und räusperte mich. »Hallo, Ben.«

Julia nahm wahrscheinlich an, dass ich seinetwegen dem Kuss ausgewichen war, und trat einen Schritt zurück.

»Hey, Declan. Wie geht's?«, sagte Ben. »Julia hat gar nicht erwähnt, dass du kommst.«

»Sie wusste nichts davon.«

Julia strahlte. »Er hat mich überrascht.«

Großartig. Jetzt dachte sie, ich hätte sie überraschen wollen, obwohl ich ihr in Wahrheit aus dem Weg gegangen war.

»Heißt das, ich kehre früher wieder in die Zentrale zurück?«, fragte Ben.

Ich nickte. »Gut möglich. Ich habe dem Chef gesagt, wir setzen uns zusammen und überlegen, wo wir stehen und wie viele Hände hier bis zum Start der Kampagne gebraucht werden.«

Julias Augen funkelten. »Oh, ich weiß genau, wie viele Hände ich brauche und wo.«

Scheiße.

Ich war erleichtert, als die Teilnehmer des Meetings im Besprechungsraum eintrudelten. So konnte ich Julias Krallen entkommen und vor allem mein Telefon checken. Julia stand gern im Mittelpunkt, und ich suchte mir rasch einen Platz und überließ ihr die Bühne, während ich verstohlene Blicke auf mein Handy warf und auf eine neue Nachricht lauerte.

Das Meeting dauerte mehr als zwei Stunden, und erst fünf Minuten vor Ende vibrierte endlich mein Telefon. Mein Puls schoss in die Höhe. Aber es war nur Belinda. Um sie nicht zu enttäuschen, antwortete ich ihr so vage, wie es eben ging, ohne zu lügen.

Belinda: Wie läuft's, Cowboy?

Ich schrieb zurück.

Declan: Ich bin dran. Warte gerade auf Mollys Rückruf.

Belinda: Hol sie dir, Loverboy. Und halt uns Mädels auf dem Laufenden. Wir drücken dir alle die Daumen.

Na super. Wenn aus mir und Molly nichts wurde, enttäuschte ich gleich eine ganze Lesbenbar.

Nach dem Meeting kamen einige Leute zu mir, die verspätet eingetroffen waren und mich begrüßen wollten. Als Julia und ich schließlich mit den beiden Juniorkräften allein waren, richtete sie ihre Aufmerksamkeit wieder auf mich. »Sollen wir beide Mittag essen gehen und uns gegenseitig auf den neusten Stand bringen?«

»Äh …« Ich schaute auf mein Telefon, auf dem nach wie vor keine Nachricht eingegangen war, und nickte. »Klar, gute Idee.«

Wir gingen zu einer Pizzeria, die zwei Blocks vom Büro entfernt lag. Julia wählte einen Nischentisch, und eine Kellnerin brachte uns Wasser und die Speisekarten. Kaum war sie weg, stand Julia von ihrem Platz mir gegenüber auf und setzte sich neben mich.

»Was machst du da?« Ich sah sie verdutzt an.

Sie grinste, und plötzlich spürte ich unter dem Tisch ihre Hand auf meinem Oberschenkel.

»Ähm, das ist keine gute Idee.«

Sie ließ ihre Hand nach oben wandern und umschloss mein bestes Stück. »Sieht doch niemand.«

Ich schob ihre Hand weg. »Würdest du dich bitte wieder auf die andere Seite setzen, damit wir reden können?«

Sie schmollte. »Gott, du bist echt eine Spaßbremse.«

Doch als ich nicht nachgab, verdrehte sie die Augen und wechselte seufzend den Platz.

»Hör zu, Julia. Du bist eine tolle Frau, aber …«

Sie blinzelte mehrmals, dann zuckte ihr Kopf zurück, als wäre sie geschlagen worden. »Das soll wohl ein Witz sein!«

»Was?«

»Kommst du mir jetzt etwa mit diesem ›Es liegt nicht an dir, sondern an mir‹-Geschwätz?«

»Also … Ich … Wir …« Ich holte tief Luft und fiel mit der Tür ins Haus. »Entschuldige bitte. Ich habe eine Frau kennengelernt, und ich bin total verrückt nach ihr.«

»In Wisconsin?« Sie verschränkte die Arme vor der Brust. »Das ging aber schnell.«

Ich schüttelte den Kopf. »Nein, hier in Chicago.«

»Wie? In Chicago? Seit wann bist du wieder hier?«

»Seit gestern Abend.«

»Wie kannst du dann hier eine Frau kennengelernt haben?«

Ich fuhr mir durch die Haare. »Ich bin in Molly verliebt.«

Sie sah mich entgeistert an. »In Molly? Deine Mitbewohnerin?«

Ich nickte.

»Wann ist das denn passiert?«

Gott, es war furchtbar. Aber ich war Julia die Wahrheit schuldig. »Ich schätze mal, es ist im Lauf der Zeit passiert, während ich hier gewohnt habe. Es hat eine Weile gedauert, aber dann ist es mir irgendwie mit einem Schlag aufgegangen.«

Sie schüttelte den Kopf. »Du willst mir erzählen, dass du dich in eine andere Frau verliebt hast, während wir zusammen waren?«

Es klang schrecklich, wenn sie es so sagte, doch es entsprach der Wahrheit. Ich ließ den Kopf hängen und wartete ab. Es war ihr gutes Recht, wütend zu sein.

»Ich habe mich deinetwegen von meinem Freund getrennt!«, rief Julia mit erhobener Stimme.

»Es tut mir leid. Ich habe dich sehr gemocht. Wirklich. Die Sache mit Molly – das war ziemlich überraschend.«

»Weißt du, was auch überraschend ist?«

Sie stand auf, warf sich ihre Tasche über die Schulter, griff nach einem der Gläser mit Eiswasser, die die Kellnerin auf den Tisch gestellt hatte, und kippte es mir in den Schoß, bevor sie wütend davonstürmte.

Na, das ist ja gut gelaufen.

Am nächsten Morgen erwachte ich mit einem unguten Gefühl im Bauch. Ich hatte immer noch nichts von Molly gehört, obwohl ich ihr am vergangenen Abend ein zweites Mal geschrieben hatte. Sie hatte wieder meine Nachricht gelesen, ohne zu reagieren. Aus Sorge hatte ich sie schließlich angerufen, aber nur die Mailbox erreicht. Es war kein gutes Zeichen, wenn man von weit her anreiste und die Frau, der man eine Liebeserklärung machen wollte, weder Nachrichten beantwortete noch zurückrief.

Allerdings hatte es aus irgendeinem Grund eine erstaunliche

Wirkung auf mich, wieder in Chicago zu sein. Ich fühlte mich sicherer denn je, dass ich Molly reinen Wein einschenken und mein Herz riskieren musste. Statt also eine dritte Nachricht zu schreiben, nach der ich dann wieder pausenlos auf mein Handy starren würde, beschloss ich, sie zu suchen.

Mollys Nachtschicht endete normalerweise um sieben, und so stand ich pünktlich zu dieser Uhrzeit vor dem Krankenhaus und wartete. Zahlreiche Leute in Kitteln gingen ein und aus, aber von der Frau, wegen der ich gekommen war, fehlte jede Spur. Als ich gerade gehen wollte, entdeckte ich ein vertrautes Gesicht in der Menge.

»Emma?«, rief ich.

Sie zog die Augenbrauen zusammen, dann erkannte sie mich. »Declan, nicht wahr?«

Ich nickte und ging auf sie zu. »Ja. Wie geht es dir?«

Emma war mit einer anderen Krankenschwester im Gespräch gewesen, von der sie sich nun verabschiedete.

»Was machst du hier? Ist alles in Ordnung? Willst du jemanden besuchen?«

Ich schüttelte den Kopf. »Ich bin auf der Suche nach Molly. Hast du sie heute zufällig gesehen? Ich weiß nicht, ob sie Dienst hat.«

Emma runzelte die Stirn. »Letzte Nacht war sie nicht hier, obwohl ich ihren Namen Anfang der Woche im Dienstplan gesehen hatte. Deshalb habe ich mich bei unserer Vorgesetzten erkundigt, und sie meinte, Molly habe um ein paar Tage Urlaub gebeten.«

»Oh? Es geht ihr doch gut, oder?«

In Emmas Augen lag ein Ausdruck, der sich nur als mitleidig beschreiben ließ. »Ja, ich habe ihr geschrieben und nachgefragt. Sie hat geantwortet, dass sie für ein paar Tage verreist ist. Sie macht wohl einen kleinen Kurzurlaub.«

»Verreist? Hat sie gesagt, wohin?«

Emma schüttelte den Kopf. »Wir hatten letzte Nacht viel zu tun, und ich hatte keine Gelegenheit zurückzuschreiben. Ich war beruhigt, als ich wusste, dass mit ihr alles in Ordnung ist, und wollte heute noch mal nach ihr hören.«

Tja, das waren keine guten Nachrichten, aber das hatte ich nun davon, dass ich hier unangemeldet aufgetaucht war. »Danke, Emma.«

»Soll ich Molly sagen, dass du nach ihr suchst, wenn ich ihr später schreibe?«

Molly hatte also genug Zeit gehabt, um ihrer Freundin zu antworten. Damit war meine Theorie zum Teufel, dass sie zu viel auf der Arbeit zu tun gehabt hatte.

»Nein, brauchst du nicht. Danke.«

»Okay, dann mach's gut, Declan.«

Sie wandte sich zum Gehen, aber eines musste ich noch wissen. »Emma?«

Sie drehte sich um.

»Hast du Will Daniels heute Nacht im Krankenhaus gesehen?«

Sie runzelte abermals die Stirn. »Nein, der war auch nicht da. Bedaure.«

Danach war ich nicht in der Lage, arbeiten zu gehen. Ich beschloss, zum See zu fahren. Als ich ankam, setzte ich mich auf die Mauer, die am sandigen Ufer entlangführte, und schaute hinaus aufs Wasser.

Wohin führte mein Weg als Nächstes? Zurück nach Kalifornien? Es war krass, aber ich empfand den Ort, an dem ich mein ganzes Leben verbracht hatte, nicht mehr als mein Zuhause. Ich hatte immer gedacht, mein Zuhause wäre da, wo ich all meine Sachen eingelagert hatte, aber nun hatte ich das Gefühl, dass mein Zuhause eher da war, wo mein Herz war.

Und mein Herz war in Chicago bei Molly. Wenn ich von hier wegging, würde ich es zurücklassen. Aber da ich mir nicht vorstellen konnte, jemals eine andere Verwendung dafür zu finden, war es vielleicht auch egal, wo es verdammt noch mal abblieb.

Ich saß stundenlang auf dieser Mauer. Ich sagte nicht einmal Julia Bescheid, wo ich abgeblieben war. Wahrscheinlich war sie ohnehin nicht scharf darauf, mich zu sehen – falls sie nicht ein weiteres Glas Eiswasser in Griffweite hatte.

Um die Mittagszeit klingelte das Handy in meiner Tasche. Und zum ersten Mal blieb die Aufregung aus, die mich in den letzten Tagen bei diesem Geräusch erfasst hatte, während ich auf ein Zeichen von Molly gehofft hatte. Denn nun wusste ich, dass sie höchstwahrscheinlich mit Will unterwegs war. Trotzdem holte ich mein Handy hervor.

Belindas Name blinkte auf dem Display. Ich zog in Erwägung, das Gespräch nicht anzunehmen, denn was sollte ich ihr sagen? Dass ich zu lange gewartet hatte und gescheitert war? Ich wollte nicht noch jemanden enttäuschen. Doch bevor ich mich entschieden hatte, verstummte mein Telefon. Kurz darauf begann es von Neuem zu klingeln. Es war wieder Belinda.

Ich holte tief Luft und nahm den Anruf an.

»Hey, Belinda.«

»Wo zum Teufel steckst du, Cowboy?«

»Ich bin in Chicago, unten am See.«

»Hör mal, ich habe gerade aufgemacht, und stell dir vor, mein erster Gast ist eine wirklich hinreißende Frau. Mein Herz hat sofort höhergeschlagen.«

Ich lächelte. »Das ist toll, Belinda.«

»Allerdings! Da kommt so eine Schönheit in meine Lesbenbar und lächelt mich an. Ich dachte, heute ist mein Glückstag. Und weißt du, was ich gemacht habe?«

»Was?«

»Ich habe sie angegraben. Hab meinen besten und bewährtesten Spruch gebracht.«

»Das klingt gut!«

»Leider nicht.«

»Wieso?«

»Weil die Lady, die hier an meiner Theke sitzt, nicht auf der Suche nach ihrer Traumfrau ist.«

»Das tut mir leid, Belinda.«

»Muss es nicht. Aber du musst auf der Stelle nach Wisconsin zurückkommen.«

Ich konnte ihr nicht folgen. »Und warum muss ich das?«

»Weil die Schönheit, von der ich gerade einen Korb bekommen habe, deine Molly ist.«

34. KAPITEL

Declan

Ich war sofort vom See in Richtung Flughafen aufgebrochen. Doch als ich die Zeit für die Rückgabe des Mietwagens, für Ein- und Ausstieg und die Abholung eines neuen Wagens in Wisconsin zu dem fünfundvierzigminütigen Flug dazurechnete, wurde mir klar, dass ich kaum schneller eintreffen würde als mit dem Auto, selbst wenn ich Glück hatte und direkt einen Flieger erwischte. Statt also die Ausfahrt zum Flughafen zu nehmen, hielt ich mich Richtung Norden. Ich konnte nicht das Risiko eingehen, dass ein Flug eventuell Verspätung hatte oder ich erst am späten Abend einen freien Platz ergatterte.

Das Navi hatte zu Beginn der Fahrt ungefähr drei Stunden für die Strecke angegeben, aber es hatte offensichtlich keine Ahnung, wie schnell ich fahren konnte, denn zweieinhalb Stunden später parkte ich bereits vor der *Spotted Cow*.

Ich hatte kein Gepäck, kein Hotel und einen Mietwagen, der in einen anderen Bundesstaat gehörte, aber das spielte alles keine Rolle. Ich hatte Belinda gebeten, Molly so lange wie möglich aufzuhalten, ihr jedoch nicht zu verraten, dass ich in Chicago gewesen war. Mir hämmerte das Herz in der Brust, als ich die Tür öffnete und Molly an meinem Stammplatz sitzen sah.

Gefühlt dauerte es ewig, bis ich bei ihr war, obwohl ich nur wenige Schritte bis zum Ende der Theke zu gehen hatte.

Molly sprang ungeschickt von ihrem Hocker. »Oh mein Gott, ich dachte, du kommst nie!«

Ich konnte sie nicht schnell genug in die Arme schließen und zog sie an mich. »Nicht zu fassen, dass du hergekommen bist.« Ich drückte sie ganz fest. »Gott, Molly, du hast mir so gefehlt.«

»Es war ein ganz spontaner Entschluss. Ich musste dich sehen.«

Ich zog den Kopf zurück, um sie anzuschauen. »Warum hast du mir nicht Bescheid gesagt?«

Sie zuckte lächelnd die Achseln. »Ich weiß nicht. Wahrscheinlich wollte ich nichts von dir hören, das mich hätte umstimmen können. Ich wollte es mir nicht ausreden lassen, weil ich dich unbedingt vor deiner Rückkehr nach Kalifornien sehen musste.«

Ich zog sie noch einmal an mich und flüsterte ihr ins Ohr: »Ich habe dir so viel zu sagen. Aber wir müssen uns irgendwo unter vier Augen unterhalten.«

Als sich unsere Blicke erneut kreuzten, fragte sie: »Warum hast du eigentlich so lange gebraucht? Wo hast du gesteckt?«

»Witzig, dass du das fragst ...« Ich lachte. »Ich habe so lange gebraucht, weil ich aus Chicago hergekommen bin.«

Ihre Augen weiteten sich. »Was?«

»Ich wollte dich sehen.«

»Machst du Witze?«

»Nein, so etwas kann man sich nicht ausdenken. Ich habe nach dir gesucht, Molly. Du hast nicht auf meine Nachrichten reagiert, und ich stand kurz davor, den Verstand zu verlieren.«

»Moment mal. Du hast also schon aus deinem Hotel hier ausgecheckt?«, schloss sie messerscharf.

Ich schmunzelte. »Ja. Ich bin jetzt obdachlos.«

»Nein!«, warf Belinda ein. »Ihr bekommt meine Wohnung. Ich übernachte bei meiner Schwester. Die wollte ich eh mal wieder besuchen.«

»Das kann ich nicht annehmen«, erwiderte ich. »Wir gehen in mein Hotel. Da ist bestimmt noch was frei.«

Belinda schlug mit ihrem Lappen auf die Theke. »Ich werde euch das, was ihr tun müsst, auf keinen Fall in Gesellschaft von Bettwanzen tun lassen.« Sie zog ihren Schlüsselbund aus der Tasche und machte einen Schlüssel ab. »Nehmt meinen verdammten Schlüssel und geht nach oben.«

Belindas Loftwohnung befand sich direkt über der Bar. Ich hatte sie noch nie gesehen, ahnte aber, dass sie hübsch war. Und ich ahnte auch, dass Widerspruch zwecklos war. Belinda würde kein Nein als Antwort akzeptieren. Zudem war es eine Erleichterung, keine Zeit mit der Zimmersuche verplempern zu müssen.

»Ich will mich nicht deswegen mit dir anlegen, Belinda«, sagte ich. »Vielen Dank.«

Während Molly sie zum Abschied umarmte, zeigte Belinda mir ihren erhobenen Daumen. Ich hatte demnach offiziell ihren Segen.

Ich legte Molly die Hand auf den Rücken und führte sie aus der Bar.

Auf der Treppe nach oben raste mein Herz. Ich sammelte meine Gedanken und fragte mich, was Molly veranlasst hatte, nach Wisconsin zu kommen. War sie ausgeflippt, weil sie befürchtet hatte, mich nie wiederzusehen, oder ging es um mehr?

Ich schloss die Tür zu Belindas Wohnung auf.

»Wow. Echt schön hier«, sagte Molly.

Belinda hatte überall Pflanzen, und das helle Loft wirkte so lebensfroh wie sie selbst. Es bestand aus einem großen Wohnraum mit offener Küche und einem breiten Bett in der hinteren Ecke, und alles war picobello sauber.

Nachdem Molly sich umgesehen hatte, wandte sie sich mir zu. »Ich bin so durcheinander, Declan. Ich dachte, du kommst nie wieder nach Chicago. Wenn ich gewusst hätte, dass du zu mir unterwegs bist, wäre ich natürlich nicht hergereist.«

Ich legte ihr die Hände auf die Schultern. »Ursprünglich wollte ich auch nicht noch mal nach Chicago kommen. Aber dann habe ich den Kopf aus dem Arsch gezogen und erkannt, dass ich es bis an mein Lebensende bereuen werde, wenn ich nicht sofort mit dir rede.« Ich atmete tief durch. *Dann mal los!* »Du bist mit Will an einem Punkt angekommen, dass ich keine Chance mehr habe, dir zu sagen, was ich empfinde, wenn ich noch länger warte …«

Molly fiel mir ins Wort, bevor ich es erklären konnte. »Ich bin nicht mehr mit Will zusammen, Declan.«

Ich stutzte. »Was?«

»Ich habe mich von ihm getrennt.«

Mir war, als würde mein Herz vor Hoffnung bersten.

»Wann?«

»Vor ein paar Tagen.«

»Was ist passiert?« Ich versuchte, mitfühlend zu erscheinen, obwohl ich am liebsten einen Freudentanz aufgeführt hätte.

»Eines Abends, als ich auf der Arbeit zu heulen angefangen habe, weil ein Paar sein Baby Declan genannt hat, ist mir klar geworden, dass ich … total in *dich* verliebt bin.«

Im Ernst?

Molly ist in mich verliebt?

Ich hätte ihre Liebeserklärung auf der Stelle erwidern sollen, aber mein überfordertes Hirn war noch nicht so weit. Es hatte mein Herz noch nicht eingeholt, weil es so viel zu verarbeiten hatte.

»Warum hast du mich nicht angerufen?«, fragte ich.

»Weil ich nicht wusste, ob du auch so empfindest und ob es richtig ist, es dir zu sagen. Dann habe ich allerdings den Zettel unter deinem Bett gefunden. Also, eigentlich hat Siobhan ihn gefunden.«

Den Zettel? »Welchen Zettel?«

Molly holte ihn aus der Handtasche und gab ihn mir.

Ich erkannte die Gedanken wieder, die ich notiert hatte, als ich Molly hatte bitten wollen, es mit mir zu versuchen. Nie im Leben wäre ich auf die Idee gekommen, dass dieses Gekritzel sie eines Tages zu mir führen würde.

»Das habe ich an dem Abend aufgeschrieben, als du mir gesagt hast, dass du eine feste Beziehung mit Will eingehen möchtest. Ich hatte den ganzen Tag überlegt, wie ich dir sagen soll, dass wir es meiner Meinung nach wagen und auf einen Versuch ankommen lassen sollten. Doch als du mit der Nachricht herausgerückt bist, hast du so optimistisch gewirkt … und daher habe ich beschlossen, dir lieber nichts zu sagen. Aber diese Entscheidung habe ich seitdem jeden Tag bereut.«

Molly umfing mein Gesicht mit den Händen. »Ich hätte mich für dich entschieden, Declan. Daran habe ich nicht den geringsten Zweifel. Ich wünschte, du hättest es mir gesagt.«

Ich legte meine Hände auf ihre. »Ich wollte dein Leben nicht auf den Kopf stellen, nachdem du deine Entscheidung getroffen hattest. Und dann haben meine Ängste die Oberhand gewonnen, und ich habe mir eingeredet, du wärst mit ihm besser dran.«

»Wie bist du nur auf diese Idee gekommen?«

Es fiel mir schwer zuzugeben, dass meine Unsicherheit schuld daran war. »Es hatte viel mit meiner Angst zu tun, wie meine Mutter zu werden. Ich habe mich gefragt, was es für dich bedeuten würde. Zu diesem Zeitpunkt hatte ich dir noch nichts von meinen Depressionen erzählt. Ich wollte dich nicht mit meinen Problemen belasten. Davon abgesehen warst du seinerzeit mit deinem Vater beschäftigt, und ich wollte dir das Leben nicht zusätzlich erschweren.«

Sie schüttelte den Kopf. »Ich würde dich niemals als Last empfinden. Wenn man jemanden liebt, dann ganz und gar, mit allen Stärken und Schwächen. Das macht mir keine Angst, Declan. Und selbst wenn ich Angst hätte, würde ich trotzdem mit dir zusammen sein wollen. Niemand ist perfekt – ich schon gar nicht. Wenn du mir erlaubst, für dich da zu sein, und mich nicht ausschließt, können wir alles durchstehen.«

Ihre Worte waren eine große Erleichterung für mich. »Ich weiß, es ist dir ernst.« Ich nickte. »Und ich bemühe mich, meine Ängste in den Griff zu bekommen.«

Wir sahen uns in die Augen, bis Molly nach einer Weile wieder sprach.

»Ich mag an dem Abend geglaubt haben, dass ich eine Beziehung mit Will haben möchte, aber ich habe dich ständig im Kopf gehabt und gehofft, *wir* könnten ein Paar werden. Ich habe mir etwas vorgemacht, als ich dachte, aus mir und Will könnte etwas werden. Und unterdessen habe ich mich Stück für Stück in dich verliebt. Mein Unvermögen, Will meine Liebe zu erklären, hatte nichts mit meinen Gefühlen für ihn zu tun, sondern allein damit, dass ich *dich* liebe.« Sie lachte. »Ich habe nur eine Weile gebraucht, um dahinterzukommen.«

Ich legte meine Stirn an ihre. »Jetzt hast du mir schon zweimal gesagt, dass du mich liebst, und ich habe es noch kein einziges Mal gesagt.« Um die Sache nicht zu vermasseln, gab ich ihr einen Kuss auf den Scheitel und sammelte mich, bevor ich ihr mein Herz ausschüttete. »Molly, ich liebe dich so sehr. Deshalb bin ich nach Chicago geflogen – um es dir zu sagen. Bis eben hatte ich Angst, du würdest mich wegschicken, nach

Kalifornien. Ich hätte nichts unternommen, wenn du wirklich glücklich mit ihm gewesen wärst. Aber ich bin heilfroh, dass ich auf meinen Bauch gehört habe. Hätte ich gewusst, dass du so für mich empfindest, wäre ich viel eher da gewesen.«

»Schon gut. Jeder von uns musste es auf seine Art herausfinden.«

»Wir hatten das gleiche Ziel, aber unterwegs haben wir mehrmals den Anschluss verpasst.«

»Und jetzt?«, fragte sie.

»Sag du es mir«, entgegnete ich.

Molly stellte sich auf die Zehenspitzen. »Ich will dich, und zwar sofort«, flüsterte sie mir zu. »Es kommt mir vor, als hätte ich seit einer Ewigkeit darauf gewartet.«

»Ich glaube, ich explodiere, wenn ich nicht auf der Stelle herausfinde, wie es ist, in dir zu sein.« Ich küsste sie voller Leidenschaft, hob sie hoch und trug sie zum Bett.

In dem Augenblick, als wir auf der Matratze landeten, bewegten wir uns auf und ab, als lägen wir bei starkem Wellengang mitten im Meer.

»Was zum Teufel …?«, rief ich.

Molly bekam einen Lachanfall. »Was ist das hier? Sind wir in den Achtzigern gelandet?«, japste sie.

Belinda besaß ein verdammtes Wasserbett! »Was denkt sie sich nur?«, fragte ich, dann fiel mir noch etwas auf. »Hör mal!« Ich hielt inne, und Molly lauschte. »Hörst du das auch?«

Es waren Meeresgeräusche. Belinda hatte ein Gerät, das Wellenschlag und Möwenschreie abspielte, sobald sich das Bett bewegte.

Angesichts des verrückten Aufs und Abs unserer Beziehung war es äußerst passend, dass unser erstes Mal in einem Wasserbett stattfand, aber offen gesagt war mir ziemlich egal, wo wir waren.

Ich bedeckte Mollys Hals mit Küssen. »Unglaublich, wie lange ich darauf gewartet habe. Du schmeckst so verdammt gut.«

Sie krallte ihre Finger in meinen Rücken. »Bitte geh nicht nach Kalifornien …«

»Ich will da sein, wo du bist«, sagte ich, bevor ich sie auf den Mund küsste. »Wir finden schon eine Lösung, Liebling.«

Dann rissen wir einander die Klamotten vom Leib, bis wir nackt und von Meeresrauschen umgeben in Belindas Wasserbett hin und her geschaukelt wurden.

Um Molly endlich zu kosten, rutschte ich an ihr hinunter und schob ihre Beine auseinander. Ihr stockte der Atem, als ich an ihrer zarten Klitoris leckte. Ich begehrte sie so sehr, dass ich nicht langsam vorgehen konnte. Molly schmeckte wahnsinnig gut. Ich spreizte ihre Beine noch weiter und verschlang sie regelrecht, bevor ich meine Zunge in sie hineinsteckte. Sie griff in meine Haare und presste mein Gesicht fester an sich.

»Declan«, keuchte sie.

Mehr brauchte sie nicht zu sagen. Ich rutschte wieder nach oben. Molly stöhnte, als ich sie küsste, und ich drang innerhalb von Sekunden in sie ein. Sie war feucht und bereit, und ich drohte schon zu kommen, kaum dass sie mich in sich aufgenommen hatte. Ich hatte es niemals für möglich gehalten, dass ich so etwas je empfinden würde. Wir begannen langsam, wurden aber immer schneller und heftiger, die Bewegungen noch verstärkt durch das Schaukeln des »Wassers«. Aber ich musste sie ohne Ablenkung spüren.

Ich löste mich von ihr, schnappte mir ein Kissen für ihren Kopf und zog sie auf den Boden. Als ich mich über sie beugte, legte Molly die Hand um meine Erektion und führte sie an die richtige Stelle. Sie war so unglaublich feucht und warm. Ich hatte mir immer ausgemalt, wie es sich anfühlen würde, aber es war tausendmal besser.

Als sie die Beine um meinen Rücken legte, um mich noch tiefer in sich aufzunehmen, stürzte ich fast in den Abgrund.

Molly kam meinen Stößen mit kreisenden Hüftbewegungen entgegen. Ich schloss vor Wonne die Augen. Unfassbar, dass ich sie beinahe hätte gehen lassen und diesen Moment nicht erlebt hätte. Dieser Gedanke trieb mich zusätzlich an, denn nun gehörte sie ganz und gar mir.

Sie hatte ihre Hände um meinem Hintern gelegt, während ich immer wieder in sie eindrang.

Ihre ekstatischen Schreie hallten durch das Loft, als sie sich plötzlich gehen ließ. Ich riss mich zusammen, um nicht sofort zu explodieren, und schaffte es, mich zurückzuhalten, bis ich ihren Orgasmus spürte. Ich hatte noch nie eine Frau so schnell zum Höhepunkt gebracht. Es war wunderschön anzusehen, wie sie sich ihrer Lust hingab.

Kurz darauf kam auch ich, mit einem letzten energischen Stoß.

Danach blieben wir erschöpft und zutiefst befriedigt auf dem Boden liegen.

Ich wollte jeden Tag so mit ihr zusammen sein, was bedeutete, dass wir einiges zu überlegen hatten. Aber das sollte uns den Abend und diesen Moment nicht verderben, denn er bedeutete einfach alles.

Am nächsten Morgen fuhren wir nach Chicago zurück und igelten uns nach der Ankunft zu Hause mehrere Tage lang in der Wohnung ein. Die meiste Zeit verbrachten wir in Mollys Schlafzimmer und holten Versäumtes nach.

In unserem Liebesrausch kamen wir der Antwort auf die Frage, wie das genau mit uns funktionieren sollte, jedoch keinen Schritt näher. Unsere Jobs und Familien befanden sich in unterschiedlichen Städten. Irgendwann in naher Zukunft sollte ich in Kalifornien einen neuen Auftrag bekommen, aber ich wollte Molly nicht verlassen.

Die schwierigen Entscheidungen mussten allerdings noch warten, denn heute war ein besonderer Tag. Mein Mädchen hatte Geburtstag.

Es war kurz vor elf. Ich hatte Molly schlafen lassen und war aufgestanden, um French Toasts zu machen, die ich ihr ans Bett bringen wollte.

Während der Kaffee durchlief, ging ich ihre Post holen, die immer sehr früh kam. Molly hatte erwähnt, dass sie für heute ein Päckchen erwartete. Doch ich fand nur ein paar Briefe in ihrem Postkasten.

Auf dem Weg nach oben sah ich ihre Post durch. Zwei Rechnungen und eine Geburtstagskarte von jemandem, dessen Namen ich nicht kannte. Dann entdeckte ich einen Umschlag von jemandem, der mir sehr wohl bekannt war: Mollys Vater.

Ich wusste nicht, was ich davon halten sollte. Vielleicht hatte er ihn schicken wollen, bevor er gestorben war. Ich bereitete mich jedenfalls auf den Gefühlsausbruch vor, zu dem es sicher kommen würde, wenn Molly den Brief sah.

Zurück in der Wohnung, legte ich die Post auf die Theke und kümmerte mich weiter ums Frühstück.

Doch bevor ich es Molly ans Bett bringen konnte, tauchte sie in der Küche auf.

»Hallo, Geburtstagskind«, sagte ich und wendete eine Toastscheibe.

»Hey.« Sie rieb sich gähnend die Augen. »Es riecht fantastisch.«

»Dein Lieblingsgericht selbstverständlich. French Toasts.

Und das ist erst der Anfang des Programms, das ich für heute geplant habe.«

Ich war unsicher, ob ich ihr gleich von dem Brief ihres Vaters erzählen oder bis nach dem Frühstück warten sollte. Da es höchstwahrscheinlich Tränen geben würde, entschied ich mich für danach.

»Setz dich. Kaffee kommt sofort.«

Molly hockte sich an den Tisch und ließ sich von mir bedienen. Nachdem ich uns zwei Teller aufgefüllt hatte, setzte ich mich zu ihr.

Wir aßen schweigend, doch die Gedanken in meinem Kopf wurden immer lauter. Einer von uns musste seinen Job aufgeben und umziehen, wenn wir zusammen sein wollten. Es gelang mir aber schließlich, alle ungelösten Probleme zu verdrängen, denn heute war nicht der richtige Tag dafür.

Nach dem Abwasch ging ich zur Küchentheke. »Ich habe vorhin deine Post geholt. Du hast doch gesagt, du erwartest ein Päckchen. Das war leider nicht dabei, aber ich habe das hier gefunden.« Ich reichte ihr den Umschlag.

Molly warf einen Blick darauf, dann wurden ihre Augen riesengroß. »Von Dad …«

»Ja.«

Sie öffnete zögernd den Umschlag und nahm eine Karte heraus. Nachdem sie die Vorderseite betrachtet hatte, drückte sie die Karte an ihre Brust.

Dann gab sie sie mir. »Würdest du sie mir vorlesen?«

»Selbstverständlich.«

Meine wunderschöne Tochter,
wenn du das hier liest, bin ich nicht mehr in dieser physischen Welt und verpasse deinen Geburtstag. Das tut mir sehr leid. Mir tut vieles leid, was dich angeht. Doch am meisten bedaure

ich, dass ich nicht genug Zeit mit dir hatte. Ich konnte es nicht voll auskosten, Zeit mit der erwachsenen Frau zu verbringen, die du geworden bist und auf die ich so stolz bin. Ich hätte dich heute in dein italienisches Lieblingsrestaurant ausgeführt und dich einfach von deinem Tag erzählen lassen. Nichts würde ich lieber tun, besonders in diesem Moment, da ich bettlägerig bin und nicht weggehen, geschweige denn so etwas Köstliches wie eine Pizza essen kann.

Ich habe mein Leben lang hart gearbeitet, wie du weißt, aber letzten Endes konnte ich meine Karriere nicht mitnehmen. Im Nachhinein wünschte ich, ich hätte mehr Zeit mit meinen Kindern verbracht und weniger gearbeitet, auch wenn das für einen Arzt schwer zu bewerkstelligen ist. Wenn du in deinem Leben die Möglichkeit hast, zwischen Arbeit und Familie zu wählen, entscheide dich immer für die Familie. Denn dass ich zu wenig Zeit für meine Familie hatte, ist wirklich das Einzige, das ich bedaure, in diesem Moment, da ich mich auf den nächsten Schritt meiner Seelenreise vorbereite.

Lebe jeden Tag, als wäre er dein letzter, und mach das Beste aus der Zeit mit den Menschen, die du liebst. Nimm dir Zeit, um deine kleine Schwester kennenzulernen. Sie braucht jetzt deine Hilfe und Liebe. Kayla wird sicherlich eines Tages wieder heiraten, und das wird extrem schwer werden für Siobhan. Du warst meinetwegen leider auch in dieser Situation, und du und Lauren werdet sie in dieser Hinsicht hoffentlich trösten können. Ich liebe alle meine Kinder, aber deinetwegen mache ich mir die meisten Sorgen. Du bist diejenige mit dem größten Herzen. Und ich hoffe, du bereust nichts, was mich betrifft. Lass all das hinter dir. Ich weiß, du liebst mich. Bitte denk nicht, du hättest es mir nicht oft genug gezeigt. In meinen letzten Tagen hast du alles Erdenkliche getan, um zu beweisen, dass du nie aufgehört hast, mich zu lieben.

Ich kann nur hoffen, dass du einen Mann findest, der dich auch nur halb so sehr liebt, wie ich dich liebe. Triff keine voreilige Entscheidung. Du hast jemanden verdient, der dich von ganzem Herzen liebt, und wenn du denjenigen gefunden hast, wirst du es wissen. Wenn du überlegen musst, ob jemand der Richtige für dich ist, dann verrate ich dir ein Geheimnis: Er ist es nicht. Es sei denn, wir reden von Declan. (Du ahnst sicher, dass ich diesen Kerl mag?) Aber ich scherze nur. Meine Meinung spielt keine Rolle. Folge deinem Herzen, Liebes.

In meinem chemobenebelten Zustand habe ich noch ein paar Karten geschrieben, um dir an deinen folgenden Geburtstagen eine Freude zu bereiten. Ich wünschte, ich hätte dir genug für ein ganzes Leben schreiben können, aber ich hoffe, du freust dich über die, die kommen werden. Und vergiss nicht, dass ich immer bei dir sein werde, wo auch immer ich bin.

In Liebe, Dad

Molly war in Tränen aufgelöst, und auch ich hatte feuchte Augen. Mich überkam ein Gefühl, und plötzlich wusste ich genau, was ich zu tun hatte.

Ich nahm mein Telefon von der Küchentheke und rief meinen Chef Ken in Kalifornien an.

»Was machst du?«, fragte Molly.

»Ich halte mich an den Rat deines Vaters und setze den Menschen, den ich liebe, an die erste Stelle. Ich will später nichts zu bereuen haben, Molly.«

Ken meldete sich. »Declan. Schön, von dir zu hören. Kannst du schon sagen, wann du kommst?«

»Ja. Äh … deshalb rufe ich an, Ken. Wir müssen reden.«

»Was gibt's denn?«

Ich sah Molly an und fasste mir ein Herz. »Ich sage es dir wirklich nicht gern, aber ich muss kündigen.«

Molly fiel die Kinnlade herunter.

Ken schwieg schockiert. »Im Ernst? Was ist passiert? Haben dir die von *Integrity* eine Stelle angeboten? Ich wusste, dass sie meine Leute abwerben wollen, aber …«

»Nein, das ist nicht der Grund.«

»Warum willst du uns dann verlassen?«

»Ich habe keine andere Stelle in Aussicht, aber meine Freundin lebt in Chicago, und ich will da leben, wo sie ist. Ich liebe sie und will nicht von ihr getrennt sein. Es hat nichts mit Geld zu tun oder so. Es ist nur einfach das Beste für mich.«

Molly bekam vor lauter Staunen den Mund nicht mehr zu. Sie hatte eindeutig nicht damit gerechnet, dass ich meinen Job kündigen würde, um bei ihr zu sein. Aber es war die richtige Entscheidung. Tief im Herzen hatte ich es längst gewusst. Der Brief ihres Vaters hatte mir den letzten Schubs gegeben.

»Nun …«, sagte Ken. »Wenn ich in deinem Alter wäre, würde ich dir jetzt vielleicht einen Vortrag darüber halten, dass dies ein großer Fehler ist, aber ich lebe inzwischen lange genug, um zu wissen, dass man tatsächlich manchmal seinem Herzen folgen muss.«

Ich lächelte. »Danke für dein Verständnis. Ich werde immer für dich da sein, wenn du irgendetwas über meine alten Projekte wissen willst. Und ich hoffe, ich kann auf dich zählen, wenn es um mein Arbeitszeugnis geht.«

»Selbstverständlich, Declan. Du warst ein vorbildlicher Mitarbeiter. Ich wünsche dir das Beste und hoffe, deine Entscheidung macht dich glücklich.«

Ich sah zu Molly hinüber und lächelte. »Daran habe ich keinerlei Zweifel.«

Nachdem ich das Gespräch beendet hatte, wischte Molly sich die Tränen weg und kam zu mir, um mich zu umarmen. »Ich kann nicht fassen, was du gerade getan hast.«

»Einer von uns musste es tun, und ich würde niemals von dir verlangen, deine kleine Schwester allein zu lassen.« Ich hob sie hoch und drückte sie ganz fest. »Ich bin gern hier, Mollz – weil du hier bist. Früher oder später hätte ich diesen Entschluss sowieso gefasst, aber der Brief deines Vaters hat mir bewusst gemacht, dass ich keine Sekunde mehr warten will.«

Sie sprang mir abermals in die Arme. »Ich liebe dich so sehr, Declan. Du machst mich unglaublich glücklich. Und ich weiß, dass mein Vater gerade mit einem Lächeln zu uns herunterschaut.«

Ich schüttelte den Kopf. »Hoffentlich ist damit ein für alle Mal bewiesen, dass ich nicht schwul bin.«

EPILOG

Molly

Es war Samstag Morgen, und Declan war gerade nach Hause gekommen. Er war früh aufgestanden und hatte die Wohnung verlassen, während ich noch schlief.

»Wie war's?«, fragte ich und begrüßte ihn mit einer Umarmung.

»Gut. Ich habe einen Jungen kennengelernt, der mich sehr an mich erinnert hat.«

»Ich bin wirklich stolz auf dich.«

»Ehrlich gesagt hilft es mir mehr als den Kids. Ich kreise nicht mehr permanent nur um mich selbst, und das tut mir gut.«

Ich gab ihm einen Kuss auf den Mund. »Du hast viel geschafft, Baby.«

Declan arbeitete jeden Samstagmorgen ehrenamtlich in einer Beratungsstelle für Jugendliche im Zentrum. Er betreute Teenager, die eine schwere Zeit durchmachten – viele litten unter Depressionen, und damit hatte er schließlich genug Erfahrung.

»Ich glaube, der größte Unterschied zwischen heute und vor einem Jahr ist, dass ich nicht mehr an mir zweifle und überlege, ob ich bestimmte Dinge verdient habe. Stattdessen übe ich mich in Selbstliebe und Selbstachtung, trotz aller Ungewissheiten. Aber man muss eine verlässliche Basis haben, um dieses Risiko eingehen zu können. Und du warst und bist meine Basis – die Sicherheit, die ich gebraucht habe, um an mich zu glauben.«

Ich gab ihm noch einen Kuss. »Es war mir ein Vergnügen, Mr Tate. Du hast mein Leben auch sehr bereichert, weißt du?«

Nachdem Declan seinen Job gekündigt hatte, um in Chicago bleiben zu können, war er einige Monate arbeitslos gewesen. Wir hatten das Beste aus dieser Zeit gemacht. Er hatte die Wohnung blitzsauber gehalten und jeden Tag etwas Leckeres gekocht. Ich hatte Urlaub eingereicht und war mit ihm nach Kalifornien geflogen, um seine Familie kennenzulernen. Es war ein Wahnsinnserlebnis gewesen, seine Schwestern zu treffen und Catherine bei einem Tagesausflug nach San Luis Obispo im Kloster zu besuchen. Ich hatte jedes Mal gelacht, wenn Declan von einer seiner Schwestern »Scooter« genannt wurde.

Es war toll, die Dynamik in seiner Familie zu beobachten und seine Eltern kennenzulernen. Wir hatten bei ihnen übernachtet und abends immer lange mit ihnen auf der Veranda geplaudert. Ich war überrascht über die Offenheit, die zwischen Declan und seiner Mutter herrschte. Im Zusammenhang mit Declans Ängsten hatte sie sogar über ihre bipolare Störung gesprochen.

Ich hatte diese ersten gemeinsamen Monate sehr genossen, nicht nur wegen unserer Kalifornienreise, sondern auch, weil ich Declan ganz für mich allein hatte. Doch wir waren beide erleichtert gewesen, als er schließlich eine Stelle bei einer Werbeagentur in Chicago bekam.

Und nun, mehr als ein Jahr später, hatten wir in einen gemeinsamen Alltag gefunden. Ich war im Job aufgestiegen und musste samstags und sonntags nicht mehr arbeiten. Ich hatte jetzt feste Tage: Dienstag, Mittwoch und Donnerstag. Und ich hätte nicht glücklicher sein können, denn es war wirklich schlimm gewesen, die Wochenenden nicht mit Declan verbringen zu können.

Faule Samstage wie heute mochte ich besonders gern, und nachdem Declan von seiner ehrenamtlichen Tätigkeit zurückgekehrt war, würde ich ihn ganz für mich allein haben.

»Was machen wir heute?«, fragte ich.

»Ich muss noch ein paar Dinge erledigen. Ist es okay, wenn ich dich ein Weilchen allein lasse?«

»Ja, schon …«

»Oder hast du noch nichts gegessen? Dann mache ich dir vorher noch Frühstück.«

»Ich habe vorhin einen Bagel gegessen.«

»Super. Ich bleibe nicht lange weg.«

»Was hast du denn zu erledigen?«

»Den üblichen Samstagskram«, sagte er. »Ich muss zur Reinigung und zur Bank, bevor sie um zwölf zumacht. Solche Sachen.«

»Okay, dann beeil dich. In der Zwischenzeit werde ich mich dann wohl oder übel um unseren Wäscheberg kümmern.«

»Was habe ich doch für ein Glück, dass meine Freundin gern meine Wäsche erledigt, nachdem sie es früher zur Strafe tun musste«, sagte er augenzwinkernd.

»Es ist das Mindeste, was ich tun kann. Du kochst schließlich jeden Tag.«

Er zog mich an sich und küsste mich. »Ich liebe dich. Bis gleich.«

»Ich liebe dich auch.«

Als Declan weg war, lief ich nach unten in die Gemeinschaftswaschküche des Hauses, stellte die Waschmaschine an und ging wieder nach oben.

An der Wohnungstür sah ich einen Umschlag auf der Fußmatte liegen.

Ich nahm an, es wäre eins der üblichen Werbeschreiben von Reinigungsdiensten, und öffnete ihn.

Doch es war eine Nachricht für mich – von Declan.

Weißt du eigentlich, dass ich dir heute vor zwei Jahren die Cupcakes vor die Tür gestellt habe? Es war der Tag, an dem du großzügig über meine Männlichkeit hinweggesehen und mir das Zimmer gegeben hast. Wie wär's, wenn wir diesen Samstag zu etwas ganz Besonderem machen? Zur Feier des Tages schicke ich dich auf eine kleine Schnitzeljagd. Zieh dir deine Turnschuhe an und mach dich auf zu deinem ersten Ziel. Ich gebe dir einen Hinweis:
Hier sind die Gnocchi noch besser als meine.

»*Nonna's!*«, rief ich, und meine Stimme hallte durch den Flur.

Ach du meine Güte. Was hatte das alles zu bedeuten? Wartete er dort auf mich? Ich stürzte in die Wohnung und suchte meine Turnschuhe.

Das Wetter war perfekt für einen Spaziergang durch das Viertel. Doch als ich zum Restaurant kam, wusste ich nicht genau, was ich tun sollte. Ich ging hinein und sah, dass die Vorbereitungen für den Samstagmittag liefen. Von Declan fehlte jede Spur.

»Molly?«, fragte die Frau am Hostessenpult.

»Ja, das bin ich.«

Sie zeigte auf einen Tisch am Fenster. »Bitte, setzen Sie sich.«

»Und was passiert jetzt?«, fragte ich.

»Ihr Freund hat darum gebeten, dass wir Ihnen eine kleine Portion Ihrer Lieblingsgnocchi servieren und einen Cannolo mit geschmolzener Schokolade. Genießen Sie Ihr Essen, und dann bekommen Sie von mir einen Umschlag, der Sie zu Ihrem nächsten Ziel führt.«

Dies war eine der schrägsten Erfahrungen meines Lebens, aber ich beschloss, mitzumachen und jede Sekunde zu genießen. Ich schaute aus dem Fenster und beobachtete die Leute, während ich meine Gnocchi aß und den Weißwein trank, den mir die Kellnerin gebracht hatte. Währenddessen trudelten die ersten Gäste zu einem frühen Lunch ein.

Ich versuchte, mir Zeit zu lassen, aber ich war total gespannt auf den Umschlag. Deshalb aß ich den Cannolo in drei Bissen auf, legte einen Zehn-Dollar-Schein auf den Tisch und ging mit vollem Mund zu der Kellnerin. »Haben Sie vielen Dank. Es war köstlich. Jetzt hätte ich gern meinen Umschlag.«

Sie gab ihn mir. »Einen schönen Tag noch, Molly.«

»Danke.«

Draußen auf dem Gehsteig riss ich ihn auf.

Jetzt gehst du am besten nach Hause und holst dein Auto. Das nächste Ziel habe ich gewählt, weil ich Gott jeden Tag dafür danke, dass ich dich gefunden habe. Wenn meine Schwester Catherine hier wäre, könnte es ihr Lieblingsort sein. Mein Hinweis: Es reimt sich auf Notre Dame.

Ich überlegte. *Catherine*. Gab es irgendwo in der Nähe ein Kloster? Oder eine Kirche?

Reimt sich auf Notre Dame.

Dann kam ich drauf: die *Holy Name Cathedral*, die große katholische Kirche in Chicago!

Ich eilte im Laufschritt nach Hause, stieg in mein Auto und gab mein Ziel ins Navi ein.

Nach einer kurzen Fahrt ins Zentrum fand ich gleich einen Parkplatz. Ich schaute an dem großen Kirchengebäude mit den massiven Bronzetoren hoch und fragte mich, was mich hier erwartete.

Die friedliche Stille im Inneren war wohltuend. Hier konnte man dem Lärm der Stadt entfliehen. Umgeben von prächtigen Buntglasfenstern atmete ich tief durch.

»Sind Sie Molly?«, fragte jemand.

Als ich mich umdrehte, stand ein Mann in meinem Alter vor mir, der ein Kapuzenshirt und eine Trainingshose trug. Allem Anschein nach handelte es sich um einen Fahrradkurier.

»Ja?«

»Der ist für Sie.« Er gab mir lächelnd einen Umschlag. »Aber bevor Sie ihn öffnen, setzen Sie sich einen Moment hin. Nehmen Sie sich Zeit, um Ihre Gedanken zur Ruhe kommen zu lassen und Dankbarkeit zu empfinden.« Er nickte mir zu und entfernte sich.

»Danke, werde ich machen«, sagte ich, aber er war schon halb aus der Tür.

Während ich in der fast leeren Kirche saß, beobachtete ich eine ältere Frau in einer der vorderen Reihen. Ich fragte mich, was in ihr vorging und ob sie vielleicht jemanden verloren hatte. Dann machte ich mir bewusst, was für ein Glück ich hatte. Mein Vater war zwar viel zu früh verstorben, aber ich hatte einen Mann in meinem Leben, der mich ebenso sehr liebte, wie mein Vater mich geliebt hatte.

Nachdem ich einige Minuten in mich gegangen war, stand ich auf. Ich fühlte mich erfrischt. Bevor ich die Kirche verließ, zündete ich noch eine Kerze an.

Draußen schlug mir der Lärm der Stadt entgegen, und ich blieb stehen, um den Umschlag zu öffnen.

Weil du immer Papas Mädchen bleiben wirst. Denk rosa.

Ich überlegte fieberhaft. *Denk rosa.*

Das rosa Zimmer im Haus meines Vaters! Das musste es sein.

Als ich wieder ins Auto stieg, schlug mein Herz vor Aufregung schneller. Bei meiner Ankunft in Lincoln Park zog der Himmel zu, und es begann zu nieseln. Ich ging die Treppe zur Tür hoch, doch bevor ich klopfen konnte, machte Kayla mir auf. Offenbar hatte sie auf mich gewartet.

»Hey, Molly.« Sie lächelte und wirkte sehr vergnügt.

»Du bist also auch an diesem Spiel beteiligt, hm?«

Sie trat zur Seite, um mich ins Haus zu lassen. »Der Umschlag liegt auf deinem Bett im rosa Zimmer für dich bereit, aber es gibt noch eine kleine Überraschung, bevor du ihn öffnest.«

»Ist Siobhan zu Hause?«, fragte ich und ging die Treppe hoch.

»Nein, deine Schwester ist beim Ballett.«

»Oh. Schade, dass ich sie verpasse.«

Als ich den weißen Umschlag auf dem Bett sah, lief mir ein Schauer über den Rücken.

»Also«, sagte Kayla, »dein Vater hat außer den Karten, die er dir geschrieben hat, noch etwas anderes für dich hinterlassen. Letztes Wochenende beim Dinner habe ich Declan gefragt, wann ich es dir geben soll, und er hat den heutigen Tag vorgeschlagen.«

Sie ging zum Schreibtisch und gab mir ein kleines rosafarbenes Velourskissen. »Drück es mal«, sagte sie.

Als ich das Kissen zusammendrückte, hörte ich die Stimme meines Vaters: »Ich hab dich lieb, meine süße Molly.«

Mir schossen die Tränen in die Augen.

Ich drückte es noch einmal. »Ich hab dich lieb, meine süße Molly.«

Seine Stimme klang ziemlich matt. Wahrscheinlich hatte er es in den letzten Tagen vor seinem Tod aufgenommen.

»Oh mein Gott.« Ich drehte mich zu Kayla um. »Wann hat er das gemacht?«

»Ich weiß es nicht. Es war in der Schachtel für dich, die er mir gegeben hat.«

Ich wischte mir über die Augen, drückte das Kissen noch ein paarmal und lauschte den Worten meines Vaters.

»Ich fand es schon toll, Geburtstagspost von ihm zu bekommen, aber seine Stimme hören zu können, übertrifft alles.«

»Er wollte noch so viel tun, als es auf das Ende zuging. Er wollte eine komplette Videoserie für dich und deine Schwestern machen, aber er war einfach zu schwach, und so wollte er euch eigentlich auch nicht in Erinnerung bleiben.«

»Darf ich das mit nach Hause nehmen?«

»Natürlich. Es gehört dir!«

Ich umarmte sie. »Vielen Dank, Kayla. Ich habe keine Ahnung, was mich bei dieser Schnitzeljagd als Nächstes erwartet, aber das Kissen ist bestimmt nicht zu toppen.«

»Declan liebt dich sehr. Du hast wirklich einen guten Mann gefunden.«

»Sag Siobhan, dass ich sie nächste Woche anrufe. Dann unternehmen wir etwas zusammen.«

»Darüber wird sie sich freuen.«

Ich nahm den Umschlag vom Bett und ging wieder mit ihr nach unten.

Als Kayla an der Haustür stehen blieb und mir zum Abschied nachwinkte, musste ich daran denken, wie sehr sich mein Bild von ihr inzwischen verändert hatte. Ich war dankbar, dass mein Vater seine letzten Tage mit einer Frau verbringen konnte, die ihm Zufriedenheit und Erfüllung schenkte.

Im Auto öffnete ich den Umschlag, um zu erfahren, wo es als Nächstes hinging.

Wenn du emotional bist, brauchst du deine Lieblingssüßigkeit – und zwar in sehr großen Mengen.

In sehr großen Mengen. Die Süßwaren-Großhandlung!

Ich schaute die Adresse nach und machte mich umgehend auf den Weg.

Das Türglöckchen bimmelte, als ich *Poppy's Candyland* betrat. Die Frau hinter der Ladentheke lächelte mich an.

»Hallo … ich bin Molly«, sagte ich. »Haben Sie vielleicht einen Umschlag für mich?«

»Na klar.« Sie reichte mir eine Plastiktüte. »Aber zuerst dürfen Sie sich bedienen«, erklärte sie mit einem Augenzwinkern und zeigte nach links. »Die M&Ms sind da drüben.«

Als ich vor dem Regal stand, stellte ich fest, dass es zwei Schokolinsenbehälter gab: einen mit bunt gemischten und einen mit rosafarbenen, auf dem *Molly* stand.

Ich fing an zu lachen. *Wie um alles in der Welt …?* Es war unglaublich, wie viel Mühe Declan in diese Schnitzeljagd gesteckt hatte.

Nachdem ich meine Tüte mit meinen geliebten rosa Schokolinsen gefüllt hatte, ging ich zur Theke, um sie wiegen zu lassen.

Die Frau schüttelte den Kopf. »Sie müssen nichts bezahlen. Ihr Freund hat uns mehr als genug für die Tüte gegeben.« Sie überreichte mir den Umschlag. »Und den hier bekommen Sie natürlich auch.«

»Vielen, vielen Dank.« Ich lächelte.

Kaum hatte ich den Laden verlassen, riss ich den Umschlag auf.

Weil du mir fehlst, wird es Zeit, dass du dahin zurückkehrst, wo alles angefangen hat. Bis gleich.

Wie vergnüglich die Tour auch gewesen war, nun hatte ich es eilig, heimzukommen und den verrücken Mann zu küssen, der sich diesen Spaß ausgedacht hatte.

Mit einem Dauergrinsen im Gesicht fuhr ich auf dem schnellsten Weg nach Hause.

Als ich mit meiner Naschtüte und dem Kissen von meinem Vater die Treppe hochkam, sah ich etwas auf der Fußmatte stehen, das mich nostalgisch stimmte. Es war der Plastikbehälter, den Declan mir vor exakt zwei Jahren vor die Tür gestellt hatte. Wären diese Cupcakes – und ihre köstlichen Toppings – nicht gewesen, hätte ich Declan wahrscheinlich nicht angerufen, um ihm das Zimmer anzubieten.

Ich bückte mich und machte den Deckel auf. Sechs Cupcakes mit weißen Toppings befanden sich in der Box. Und auf jedem stand ein anderes Wort.

Willst

du

mich

heiraten?

Sag

Ja!

Ich schlug mir ungläubig die Hand vor den Mund und richtete mich auf. Als ich mich umdrehte, kam Declan die Treppe hoch … mit einem vollen Wäschekorb. Er hatte offensichtlich die Sachen aus der Waschküche geholt, die ich nach dem Fund des ersten Umschlags komplett vergessen hatte.

Er sah mich groß an und stellte den Korb ab. »Scheiße! Wie schnell bist du denn gefahren? Du bist früher hier, als ich gedacht habe. Die Verkäuferin im *Candyland* hat mir geschrieben, als du den Laden verlassen hast. Ich wollte hinter der Tür knien, wenn du reinkommst. Aber ich dachte, ich hole noch schnell die Wäsche.« Er atmete geräuschvoll aus. »Scheiße. Der Ring liegt auf der Küchentheke. Das war's dann mit dem perfekten Antrag. Verdammt, ich …«

Ich sprang praktisch auf ihn zu und schnitt ihm mit einem langen Kuss das Wort ab. »Es war perfekt. Alles war perfekt.«

»Nur mein Timing nicht.«

»Unser Timing war noch nie das beste. Aber am Ende haben wir alles auf die Reihe bekommen. Und übrigens, du mit der Wäsche unter dem Arm – das ist fast so sexy wie ein einstudierter Antrag auf Knien.« Ich schüttelte den Kopf. »Ich hätte nie gedacht, dass ich heute noch einen Heiratsantrag bekomme. Oh mein Gott, Declan.«

Als er mich an sich drückte, spürte ich sein klopfendes Herz.

»Können wir wenigstens so tun, als ob ich es hingekriegt hätte? Gib mir einen Moment, damit ich den Korb wegbringen kann.« Er nahm ihn mit in die Wohnung. »Ich sage dir Bescheid, wenn du reinkommen kannst, okay?«

Ich lachte. »Okay, du verrückter Mann. Sag mir Bescheid.«

Er drehte sich noch einmal um. »Du sagst doch Ja, oder?«

Ich wischte mir über die Augen. »Ja.«

»Gut, dann mache ich weiter.«

Er schloss die Tür hinter sich. Nach etwa drei Minuten hörte ich ihn rufen: »Du kannst jetzt kommen!«

Als ich die Tür öffnete, war Declan jedoch nicht auf den Knien, und ein Ring war auch nicht in Sicht.

»Es war ein Tag voller Überraschungen«, sagte er. »Und stell dir vor, ich habe noch eine!« Seine Augen leuchteten.

Und im nächsten Augenblick riefen ein Dutzend Stimmen im Chor: »Überraschung!« Aus sämtlichen Ecken der Wohnung kamen Leute mit rosa Luftballons auf mich zu. Meine Mutter. Kayla. Siobhan. Emma. Und, oh mein Gott! Declans Eltern. Und zwei seiner Schwestern!

Es dauerte eine Weile, bis ich alle umarmt und meine Tränen getrocknet hatte. Dann hielt ich Ausschau nach Declan, konnte ihn aber nirgendwo entdecken. Bis ich nach unten schaute und ihn vor mir knien sah.

Er sah zu mir auf. »Wenn du denkst, der heutige Tag hat dir gezeigt, wie sehr ich dich liebe, dann irrst du dich. Es gibt nichts, was ich tun könnte, um dir zu zeigen, wie groß meine Liebe zu dir ist. Molly Corrigan, ich wünschte, ich könnte sagen, ich hätte mich auf den ersten Blick in dich verliebt. Aber es war anders. Du warst meine Freundin, bevor du meine Geliebte wurdest. Ich habe dich schätzen gelernt, bevor ich mich unsterblich in dich verliebt habe. Aber dann gab es kein Zurück mehr. Nach Chicago zu ziehen war die zweitleichteste Entscheidung, die ich jemals treffen musste. Und am leichtesten ist mir die Entscheidung gefallen, dir heute einen Antrag zu machen, genau zwei Jahre nach dem Tag, der mir das Glück meines Lebens geschenkt hat.« Er öffnete eine kleine Schatulle, und ein Ring mit einem prächtig glitzernden runden Diamanten kam zum Vorschein. »Willst du mich heiraten?«

Ich war so überwältigt von Gefühlen, dass ich das Ja kaum herausbrachte, aber im Grunde genommen hatte ich es ja schon im Flur gesagt.

Declan steckte mir den Ring an den Finger, stand auf und zog mich an sich. Ich hatte nicht mehr an das Kissen gedacht, das ich noch im Arm hielt, bis plötzlich die Stimme meines Vaters ertönte. »Ich hab dich lieb, meine süße Molly.«

Ja, Dad war auch dabei. Ich hatte die ganze Zeit gedacht, dieser Tag könnte nicht mehr besser werden, doch jeder Moment bewies mir das Gegenteil.

»Ja, Mr Corrigan. Ich habe verstanden. Keine Sorge.« Declan sah mich lächelnd an. »Ich werde gut auf sie aufpassen.«

DANKSAGUNG

Vielen herzlichen Dank an die vielen fantastischen Blogger:innen, die ihre Follower:innen auf *Not Pretending Anymore* aufmerksam gemacht haben. Wir sind sehr dankbar für eure Unterstützung.

Außerdem sagen wir danke …

An Julie: Danke für deine Freundschaft und dafür, dass du immer für unsere kleinen Abenteuer zu haben bist!

An Luna: Danke für deine Freundschaft und Unterstützung. Deine Stärke und Zielstrebigkeit sind uns jedes Mal eine große Inspiration.

An unsere Superagentin Kimberly Brower: Danke dafür, dass du immerzu an uns glaubst und dich unheimlich für uns ins Zeug legst!

An Jessica: Es ist uns allzeit eine Freude, mit dir als Lektorin zusammenzuarbeiten. Wir danken dir, weil du dafür gesorgt hast, dass Molly und Declan eines Tages bereit für diese Welt waren.

An Elaine: Du bist eine großartige Korrektorin, Editorin, Formatiererin und Freundin. Wir schätzen dich sehr!

An Julia: Danke für deinen scharfen letzten Blick.

An Kylie und Jo von *Give Me Books Promotions:* Der Erfolg unserer Bücher wäre ohne eure harte Arbeit und eure engagierte Werbeunterstützung einfach unmöglich.

An Sommer: Danke dafür, dass du Declan auf dem Cover zum Leben erweckt hast. Deine Arbeit ist immer perfekt.

An Brooke: Danke für die Organisation dieser Veröffentlichung und dafür, dass du uns jeden Tag eine Menge von unserer endlosen Aufgabenliste abnimmst.

Nicht zuletzt an unsere Leser:innen: Wir schreiben, weil ihr Lust auf unsere Geschichten habt. Es bereitet uns viel Freude, euch immer wieder zu überraschen, und wir hoffen, ihr hattet genauso viel Spaß beim Lesen dieses Buchs, wie wir beim Schreiben hatten. Wie immer ein dickes Dankeschön für eure Begeisterung, Liebe und Treue. Wir schätzen euch unendlich!

Alles Liebe,
Penelope und *Vi*

Wenn aus den Flitterwochen ein Roadtrip wird – mit einem anderen Mann!

Vi Keeland / Penelope Ward
CAN'T STOP
THE FEELING
Aus dem amerikanischen
Englisch von
Antje Görnig
384 Seiten
ISBN 978-3-7363-1658-4

Zwei Tage. Länger hält Hazel das, was nach der abgesagten Hochzeit eigentlich ihre Flitterwochen sein sollten, nicht aus. Kurz entschlossen verlässt sie den Skiort in Colorado und will nur noch zurück nach New York. Allerdings macht ihr ein Schneesturm einen Strich durch die Rechnung und sie kann weder einen Rückflug noch ein neues Hotelzimmer ergattern. Zum Glück trifft sie auf Matteo, und gemeinsam können sie sich mithilfe einer kleinen Täuschung eine Unterkunft sichern. Doch was nur eine Nacht sein sollte, wird schnell zu einem aufregenden Roadtrip mit ungeahnten Folgen ...

»Dieser Roman ist absolute Perfektion!« MODERNBELLEBOOKS

LYX

Lesejury